FRANCIA

ATTRAVERSEREMO LE BUFERE

Anne-Laure Bondoux

ATTRAVERSEREMO LE BUFERE

Traduzione dal francese
di Alberto Bracci Testasecca

edizioni e/o

Edizioni e/o
Via Camozzi, 1
00195 Roma
info@edizionieo.it
www.edizionieo.it

Titolo originale: *Nous traverserons des orages*

Art direction: Emanuele Ragnisco
www.mekkanografici.com
Progetto di copertina di Ginevra Rapisardi
Foto di Robert Doisneau © Robert DOISNEAU/GAMMA RAPHO

Impaginazione di Martina Perseli

ISBN 978-88-3357-885-9

«Dal momento in cui tentai di darle forma artistica, meno soffersi della tragedia della nostra epoca».

STEFAN ZWEIG, *Il mondo di ieri*[1]

«Non ci sono epoche serene».

LAURENT GAUDÉ, *Noi, l'Europa*[2]

[1] Traduzione di Lavinia Mazzucchetti, Milano, Mondadori 1946, p. 264. [Tutte le note sono del Traduttore.]

[2] Traduzione di Alberto Bracci Testasecca, Roma, Edizioni E/O 2019.

A mio padre, che non ho mai visto piangere

Prologo

Ecco la storia che devo raccontarti, Saule.
È la storia di una famiglia, di una casa e di un paese.

Comincia alla vigilia di una guerra planetaria in una fattoria chiamata Les Chaumes e finirà un secolo dopo, nello stesso luogo, mentre un'altra guerra minaccia di scoppiare e io mi sto chiedendo se attaccare il cartello VENDESI *al muro del fienile.*

Tra quelle due epoche vedrai vivere lì quattro generazioni di una famiglia tormentata da segreti e da morti privi di sepoltura.

Tra quelle due epoche attraverseremo le bufere. Vedrai ripetersi conflitti, incidenti, abbandoni e coltellate. Vedrai cambiare stagioni, abitudini, leggi e governi. Assisterai più volte alla fine del mondo e all'inizio di un altro.

Vedrai uomini innamorarsi, sognare grandi cose, partire per la guerra e tornarne senza parole e senza gloria, perché nella nostra storia non ci sono supereroi, solo uomini feriti dalla violenza del mondo, uomini che, incapaci di esprimere quello che hanno dentro, tacciono ed esercitano a loro volta la violenza, come prigionieri di una maledizione.

Fino a me. Fino a te.

Eppure non siamo mai condannati in eterno, Saule, e neppure alla prigionia, al silenzio o alla violenza. E anche dopo cent'anni di disgrazie, benché anch'io abbia commesso l'irreparabile, non dispero che impareremo finalmente a prendere la parola anziché le armi.

Penso spesso a quello che ha detto mio padre una mattina in una cucina che odorava di caffè forte e medicine: la letteratura è una consolazione.

Non so se avesse ragione, ma mi piacerebbe molto.

Mi piacerebbe credere che tutte le storie, anche le più tragiche, possano consolarci, sempre che dicano la verità. È quello che ho cercato di fare qui, dirti la verità sugli uomini della famiglia Balaguère, sulle loro debolezze e sulle mie. Spero che ne trarrai forza.

Così, quando avrai letto queste pagine e saprai da dove vengo e chi sono, se ne hai ancora voglia chiamami.

Sarò qui, a Les Chaumes. Ti aspetterò.

Per il momento ho messo il cartello VENDESI *in un angolo e preso la cassetta degli attrezzi. C'è una perdita nel tetto. Certo, sarà una piccola riparazione, anche se ce ne sarebbero da fare di molto più importanti, ma dato che qualcosa bisogna pur fare ho deciso di cominciare da qui.*

PARTE PRIMA
Un grande segreto

1914

Capitolo 1
Marty

Nel caldo di luglio Marty sta attraversando il cortile della fattoria. Il pomeriggio sta per concludersi e su Les Chaumes non spira un soffio d'aria. Sente solo il ronzio delle mosche, lo scampanio delle mucche al pascolo nel campo accanto, il cigolio di una carrucola da qualche parte e il cuore che gli batte nel petto.

Passa sotto il tiglio a grandi falcate. Il cane sdraiato gli sbarra la strada, gli tira un calcio, lèvati dai piedi. Il bastardo si toglie di mezzo, Marty va verso la scala a chiocciola di pietra sul fianco della casa.

«Vietato arrampicarsi in soffitta, Marty!».

Vietato questo, vietato quell'altro, uff! È chiaro, da quando l'altro giorno ha appiccato il fuoco al fienile non può più fare niente. E allora? Dovrebbe restare attaccato alle sottane della madre a sgranare fagioli o spennare oche come una femmina? Neanche per idea! Ha sedici anni, merita di essere trattato da uomo, come Anzême!

Bene, nessuno l'ha visto. Si chiude la porta alle spalle ed eccolo tranquillo al sicuro sotto le vecchie travi, tra i sacchi di segale e di patate.

Quanto al fuoco, non l'ha fatto apposta. Cioè sì, ma non pensava che le fiamme sarebbero divampate tanto rapidamente e tanto alte. Voleva solo bruciacchiare i maledetti punteruoli del grano. Quante volte ha sentito la madre lamentarsi di quelle bestiacce che attaccano i raccolti? Così gli è venuta l'idea del fuoco. È colpa sua se ha un cervello che è una macchina erratica e vagabonda? «Questo ragazzo non ne fa una giusta» dice spesso il padre assestandogli uno scappellotto sul cranio.

In quel caso deve ammettere di averla combinata grossa.

Per fortuna sono arrivati quelli delle fattorie intorno, i Jouillat, i Bouillot, gli Challard, tutti con i secchi e tutti gridando. Acqua che veniva tirata su dal pozzo, secchi che passavano di mano in mano, poi finalmente il temporale, un vero e proprio diluvio. «Il buon Dio ci ha dato una mano» ha commentato Anzême più tardi, con il viso nero di fuliggine.

All'alba hanno constatato i danni con un sospiro: metà del fienile era andata in cenere e, intrappolati in un angolo, la gatta e i gattini erano morti soffocati. Da allora Marty ha fatto il bravo. Era meglio per lui. Per vari giorni ha cercato di rendersi trasparente, ma in cuor suo pensava.

Poco fa, quando ha visto il padre preparare il carro per andare in paese, quando ha visto Anzême dirigersi verso il campo con la falce in spalla, quando ha visto la madre indaffarata nell'aia, ha pensato: questo è il momento.

Eccolo quindi in soffitta.

Il flagello della fattoria non sono soltanto i punteruoli del grano, ci sono pure i ratti, i topi, tutto ciò che rosicchia e distrugge il frutto del lavoro degli uomini. È per questo che hanno i gatti. O meglio, che avevano…

Marty prende il coltello. È affilato? Pianta la lama in una patata. Zac, ed ecco la patata sventrata come si deve. Immagina già la contentezza del padre quando vedrà i topi morti. Bel lavoro, figlio mio! Una volta tanto non sarà Anzême a ricevere i complimenti, eheh.

Anzême ha tutto: la fiducia del padre, l'ammirazione della madre, la certezza di ereditare Les Chaumes e, dall'anno scorso, una giovane moglie molto carina, Clairette, la figlia dei Paquaud. Ha pure una cavalla, mentre a lui, Marty, hanno dato solo Duc, il grosso bue! Bella fregatura. I buoi sono di tutti, in realtà Marty non ha niente, assolutamente niente.

Ogni volta che si lagna, Anzême cerca di consolarlo. «Dài, Marty, quel che è mio è tuo, lo sai!» dice.

Bugiardo, pensa Marty.

Strizza gli occhi. Ogni volta che gli viene in mente Clairette, con i seni che le ballano e il sorriso angelico, si sente ribollire. Sbuffa e si accovaccia dietro i sacchi di segale.

«Venite qui, carini… Da questa parte, piccoli!».

L'ideale sarebbe che ne facesse fuori almeno una dozzina, così dimostrerebbe a tutti che è capace di rimediare alle sue sciocchezze, rendersi utile e avere la sua parte. Anche lui vuole una cavalla! Anche lui vuole una fidanzata con i seni che ballonzolano!

Guidato da quel pensiero, si mette in caccia. Basta che un roditore faccia vedere i baffi e zac! subirà la stessa sorte della patata.

Ma passa un'ora e non succede niente. Non si vede un ratto e neppure un topolino, c'è da credere che si siano dati la voce.

Sente la madre che lo chiama. Hanno bisogno di lui nell'aia, nella stalla, nei campi, chissà dove. Si guarda bene dal rispondere. Dalle aperture della soffitta gli si insinua nelle narici l'odore familiare del mucchio di letame. Fuori, la terra cuoce come le pagnotte nel forno.

Per ammazzare il tempo si esercita con il coltello sui sacchi di segale. Una coltellata qui, una coltellata là, e uno a uno i sacchi sputano il loro contenuto. Sembrano pance che partoriscono.

Passa un'altra ora. Marty sospira. Decine di patate sminuzzate giacciono a terra in un mare di segale. Contempla la scena, si domanda se non abbia fatto ancora una volta una sciocchezza…

Ah, ecco tornato il carro! Sente il cigolio in cortile, poi la voce del padre che chiama.

«Anzême!».

In silenzio, Marty si avvicina a un'apertura. Sotto di sé vede il cortile, i buoi aggiogati, il padre che li stacca e Anzême che arriva madido di sudore.

«Allora? Hai visto Jouillat?».

Il padre agita la mano per scacciare le mosche.

«Sì, faremo lo scambio domani, agli stagni».

«Bene. E che si dice al villaggio?».

«Niente di buono» sospira il padre. «Niente di buono».

Poi parla di una guerra. È sul giornale. Tutta una storia di Austria-Ungheria, ultimatum, Serbia… Marty non ci capisce niente, come non capisce quell'altra storia dello scambio con Jouillat agli stagni. Capisce solo il dopo.

«Speriamo che le cose si aggiustino, Anzême, sennò dovrai partire soldato, e senza di te a Les Chaumes…».

«Si aggiusteranno, papà, si aggiusteranno. Non sono mica pazzi, lassù».

Cytise Balaguère fa un'alzata di spalle con aria dubbiosa.

«Ho solo due figli, io!» esclama sconsolato. «E l'altro… A proposito, dov'è?».

«Tranquillo, è con mamma».

Cytise sputa per terra, si asciuga la fronte e accarezza l'incollatura del grosso bue.

«Se devo perderne uno, preferirei che fosse l'altro» sospira poi.

Marty, a pancia sotto sul pavimento della soffitta, è immobile come una trave, ma gli ingranaggi del suo cervello si mettono in moto, le idee compiono percorsi complicati, si intrecciano, si sovrappongono, si scontrano e alla fine gli strappano una smorfia.

Di colpo è tutto chiaro: se proprio deve perdere un figlio in guerra, il vecchio Cytise preferirebbe perdere l'altro, cioè lui, Marty. Ovvio.

Capitolo 2
Anzême

È notte fonda e il sonno non arriva. Anzême si gira verso Clairette, che dorme accanto a lui. Il respiro della moglie lo rasserena. Cerca di indovinare il suo viso nell'oscurità, la curva di una spalla o di un seno, ma è troppo buio.

Di solito stare tutto il giorno nei campi lo sfinisce. Quella sera no.

Dentro la sua testa c'è la fanfara. Appena chiude gli occhi i suoi pensieri suonano la tromba, il flicorno e la cornetta, peggio che alla sfilata del 14 luglio. E, in mezzo a quella baraonda, una frase gelida che dà il tempo: se davvero scoppiasse la guerra?

Anzême non sa niente di quelle storie di zar, kaiser e arciduca, degli intrighi nei Balcani e del gioco delle alleanze tra i grandi di questo mondo, non è roba per lui, ha già abbastanza da fare a occuparsi delle bestie, tirare fuori le patate dalla terra, tagliare la legna, arare, raccogliere e trebbiare, senza contare le fesserie di Marty a cui bisogna continuamente porre riparo. Ognuno al suo posto, giusto? I diplomatici nei palazzi e lui lì, a letto con Clairette e i suoi vent'anni, ecco l'ordine delle cose. Sgobbare nei campi, tenere d'occhio il fratello, tranquillizzare la madre, aiutare il padre e poi fare figli, sognare un po'… Vivere!

Già, ma se la guerra…

Non ha dubbi, farà il suo dovere, come cinque anni prima quando è partito per il servizio militare. Solo che stavolta sarà guerra vera, fucile, baionetta, ranghi serrati, signorsì capitano, combattere e ammazzare crucchi per amor di patria.

Si volta. Il letto cigola, il materasso scricchiola.

Non riesce a crederci. La parola "guerra" appartiene al passato, alla barbarie dei secoli trascorsi. Non sono pazzi, i governanti! Sono più di quarant'anni che in Europa regna la pace, troveranno pure il modo di evitare una catastrofe del genere, certo che lo troveranno! Altrimenti chi si occuperà della mietitura? Chi si occuperà di fare figli e portare dentro il fieno? Chi si occuperà di Marty e delle sue rotelle fuori posto, eh?

Si acciambella contro Clairette. Dietro le finestre chiuse il fruscio confidenziale della notte lo tranquillizza. Niente può sconvolgere quel ciclo immutabile: i giorni, le notti, l'estate, l'amore e il grano che matura.

Poco a poco i battiti del cuore di Anzême rallentano. Al di là delle persiane si sente il verso di una civetta.

Finalmente si addormenta.

La mattina dopo è agli stagni insieme al padre.

Nel vallone umido delimitato dagli ontani pullulano le ranocchie, ma gli umani sono rari, motivo per cui hanno deciso di incontrarsi lì, lontano dall'abitato e dalle chiacchiere. Non hanno bisogno di testimoni per concludere l'affare.

Hanno portato con loro il più grosso dei due buoi, Duc, quello scelto da Jouillat.

«Regolamento di merda» sospira Anzême.

«A chi lo dici» borbotta Cytise mordicchiando nervosamente il bocchino della pipa di radica.

Da quelle parti non amano le leggi della repubblica, i gendarmi, le tasse, la scuola obbligatoria e il servizio militare altrettanto obbligatorio, sono un bell'insieme di rogne. Se solo lo Stato la smettesse di ficcare il naso negli affari della gente sarebbe tutto più semplice! Ma ecco, in caso di chiamata alle armi potranno tenere solo un bue su due, l'altro sarà requisito per lo sforzo bellico, e lo stesso vale per Jouillat, che possiede due asini.

Eccolo per l'appunto con uno dei due somari. Si stringono la mano, si guardano negli occhi in silenzio.

«Che notizie ci sono?».

«Calma piatta» risponde Jouillat. «Ho incontrato la guardia campestre, che ha parlato col sindaco, che ha parlato col prefetto. La situazione si aggiusterà di sicuro».

«Allora che facciamo, soprassediamo?» domanda Anzême.

«Meglio essere prudenti» decide il padre. «Anche se non serve, facciamo lo scambio».

I tre uomini annuiscono e firmano un documento, un finto atto di vendita con tanto di finta data che Jouillat provvederà a depositare in comune. Se ne infischiano di imbrogliare, per salvare i loro animali sono pronti a finire in prigione.

«Ce lo vedi il mio Sarpolet su un campo di battaglia?» fa Jouillat accarezzando l'incollatura dell'asino.

«E perché, Duc?» ribatte Cytise.

«Peccato che non possiamo fare la stessa cosa con i figli» sospira Jouillat. «Loro dovranno andare in guerra a tutti i costi, anche i figli unici».

Anzême conosce bene il figlio di Jouillat, andavano insieme alla scuola comunale. È un furfantello scaltro e discreto che caccia lepri e fagiani di frodo.

«Nicaud è uno che sa cavarsela» dice per consolarlo. «Non ti preoccupare per lui».

«Anche tu» sorride Jouillat. «E tuo fratello è troppo piccolo per partire soldato, quindi tutto bene».

«Sì, tutto bene» ammette Balaguère padre. «Anzême è sveglio, saprà come fare. E Marty è un bravo ragazzo, anche se ogni tanto ha idee bislacche».

Jouillat punta un braccio verso il cielo e, quasi con allegria, aggiunge:

«Con un'estate del genere non può capitarci niente di male, ve lo dico io!».

I tre sorridono senza dire altro. Si lasciano pervadere dalla bellezza di quell'angolo selvaggio, menta rossa, licopodio e gigaro scuro che approfittano dell'umidità, e gli ontani con le radici aggrovigliate che si riflettono nell'acqua stagnante come ballerini in uno specchio. Sì, pensa Anzême, è un'estate splendida.

Bene, è tempo di salutarsi e tornare nei campi.

«Ci vediamo presto!» dice Jouillat.

«Per la festa della trebbiatura!» risponde Anzême.

Quella festa è sempre stata il suo momento preferito. Vicini, cugini, vecchi, giovani e braccianti riuniti intorno a lunghe tavolate per mangiare fino a farsi saltare le bretelle, cantare a squarciagola, pizzicare le guance dei bambini e i fianchi delle donne, ballare e bere a sazietà, che bellezza!

Se Dio vuole, passata la festa sotterreranno l'atto di vendita con la data finta, Jouillat rientrerà in possesso del suo asino, Duc tornerà a Les Chaumes e la vita riprenderà il suo corso come un fiume tranquillo.

Capitolo 3
Marty

Da quand'è nato, Marty ha sempre fatto di testa sua. Gli danno un compito, per esempio ripulire il fossato o il porcile, e lo ritrovano steso sull'erba, cento metri più in là, a guardare le nuvole. C'è poco da fare, se non ci stanno attenti non è mai dove dovrebbe essere.

In quel momento per esempio dovrebbe trovarsi insieme agli altri nel campo di avena a legare i covoni in piccoli mucchi, perché luglio si avvia a diventare agosto e devono concludere la mietitura al più presto, prima che arrivino gli acquazzoni. Eppure non è difficile da capire: c'è bisogno di braccia! E Marty si è di nuovo volatilizzato.

Si può sapere dove diavolo è finito?

Marty si è nascosto dietro gli ontani dello stagno, ha seguito Anzême e il padre.

Dalla sua posizione non sente una parola del dialogo fra loro e il vecchio Jouillat, ma vede che stanno facendo un baratto.

A lui piacciono gli asini, non è quello il problema, ma lo ferisce che il padre e Anzême facciano sempre le cose alle sue spalle, senza consultarlo. E ci rimane malissimo che diano via Duc, il suo Duc! Un'altra ingiustizia!

«Traditori! Traditori!» dice fra sé a denti stretti.

Nascosto dietro un tronco, guarda Anzême, il padre e l'asino che si allontanano tra i rovi e le ortiche mentre il bue se ne va dall'altra parte con il nuovo proprietario. Ribolle di collera, è travolto da una sensazione vulcanica, contrae le dita sulla corteccia dell'albero.

Finalmente torna il silenzio. Una gallinella d'acqua sbuca tra le ninfee, un nugolo di farfalle sorvola lo stagno.

Marty abbandona il nascondiglio. Si aggira sulle rive fangose con l'anima in pena, tira sassi nell'acqua, prima piccoli e poi grossi, decapita i giunchi con il coltello, e quel trambusto che fa scappare insetti e uccelli lo risolleva un po'.

Dopo qualche minuto è stanco, si rimette il coltello in tasca e decide di tornare a Les Chaumes, e pazienza se lo strillano, non sarà la prima volta!

Fa comunque una deviazione attraverso i prati, costeggia le siepi, attraversa un ruscello e il vallone solitario e pieno di ombre che chiamano il Buco della Volpe, dalle parti del bosco Rozet. I pensieri gli si accavallano nella testa, scatenati. Nessuno gli vuole bene? Tanto peggio, nemmeno lui vuole bene a nessuno! Neppure alla madre, anche se gli dà sempre la fetta più grande di torta. Neppure a Clairette, anche se gli parla sempre con voce dolcissima. Neppure al cane, anche se gli lecca la mano. A nessuno!

Senza rendersene conto si addentra nel bosco.

Conosce la zona a memoria, non ha bisogno degli occhi per vedere dove va. Cammina veloce senza guardare niente, supera gli alberi da taglio e le scarpate, e quando arriva sulla cresta il sole è già a metà della sua corsa. Davanti a lui si apre di colpo il paesaggio arrostito dall'estate, e la sua coscienza torna a galla come il cadavere di un annegato.

Sente in lontananza voci che si chiamano, risate, cani che abbaiano, rumore di attrezzi e tintinnio di bottiglie. L'intera contrada è al lavoro, uomini, donne, bambini e animali. Sarà un ottimo raccolto di sicuro. E, altrettanto di sicuro, c'è anche che Marty si sente spaventosamente solo.

Quando raggiunge le rovine della chiesetta sulle alture del paese si lascia cadere nell'erba secca. Muore di sete e ha un po' fame, ma ormai ha le idee chiare.

Stringe il manico del coltello. Ecco cosa farà, chiederà ad

Anzême di accompagnarlo a pescare. Si ritroveranno agli stagni senza testimoni, lui con il coltello affilato in tasca.

Una volta lontani dagli sguardi, sfiderà il fratello.

Allora si vedrà chi è il più forte.

Capitolo 4
Anzême

Quand'è contento Anzême canta motivetti popolari sentiti ai balli dei villaggi, arie che gli ricordano i lampioncini e la fisarmonica. Le parole fanno ridere Clairette e, se c'è una cosa che rende Anzême felice, è veder brillare i suoi occhi.

Quella mattina, prima che spunti il giorno, si mette a canticchiare *Viens poupoule!*

Solleva il lenzuolo, si infila sotto con la testa e fa il solletico a Clairette con i baffi.

«*Quand j'entends des chansons, ça m'rend tout polisson, Ah! Viens poupoule, viens poupoule viens*!»[1].

Clairette ride sotto le lenzuola. Oh, cerchiamo di non svegliare tutta la casa! Anzême la bacia sulle labbra, le accarezza il viso, le spalle, i fianchi, e presto la camera si riempie di fruscii gioiosi e cigolii del letto.

Al primo canto del gallo è fuori in cortile, a torso nudo, spettinato come uno spaventapasseri. Il cane gli fa le feste, lo segue ovunque. Anzême va alla tettoia dei maiali, riempie il trogolo di pastone di patate, poi va alla stalla per dar da mangiare al bue, alla cavalla e all'asino di Jouillat. Fischietta. *Viens poupoule, viens!* Ha il sorriso appeso al viso come una giacca su un attaccapanni.

[1] Dalla canzone *Viens poupoule!* (1902, parole di A. Spahn adattate da H. Christiné e A. Trébitsch, musica di A. Spahn, interpretata da Félix Mayol): "Quando sento il ritornello mi ritrovo un po' porcello. Ah! Vieni, pulcino, vieni!".

Non ha scelto lui quella vita, è stato il buon Dio a volere che nascesse a Les Chaumes venticinque anni prima, ma gli va bene, gli piace la vita del contadino, l'odore del fieno tagliato, il caldo che stronca e il freddo che trapassa, gli piacciono l'acqua e il vino. Ama sua moglie, suo padre, sua madre e anche suo fratello. Povero Marty! Era così triste, l'altro giorno, che Duc se ne fosse andato… Anzême ha provato a spiegargli che era solo una precauzione in caso di guerra, che l'avrebbero recuperato presto, ma Marty non ha voluto sentire ragioni. Per farsi perdonare Anzême gli ha chiesto:

«Cos'è che ti farebbe piacere?».

Marty ha aggrottato le sopracciglia, ci ha pensato un po' e ha detto:

«Andare a pescare agli stagni. Io e te da soli».

Tutto qui? D'accordo, ha detto Anzême. Andranno a pescare insieme il giorno dopo, ma per il momento, primo agosto, c'è da finire la trebbiatura e fare bisboccia. Anzême osserva ammirato la trasparenza del cielo sopra i tetti di ardesia, respira a pieni polmoni, la sensazione di essere vivo gli fa girare la testa. Non scambierebbe il suo posto con niente al mondo.

A mezzogiorno i tavoli sono apparecchiati sotto il grande olmo sul limitare del campo.

In un'atmosfera di festa ci sono tutti quelli delle fattorie dei dintorni, i Bouillot, gli Challard, le donne, i garzoni di fattoria, i bambini e il vecchio Jouillat con il figlio magrolino. Con i piedi in mezzo ai cardi e ai gigli di san Bernardo, il vino scorre a fiumi, il pane passa di mano in mano, fioccano le risate. È la fine del raccolto e l'inizio di un'altra stagione.

Il vino scioglie le lingue e i vecchi si rivolgono ad Anzême.

«Allora, quand'è che le fai fare un marmocchio, alla Clairette? Lavorare la terra è bello, ma a che serve se non hai un erede?».

«È vero!» ridono i giovani. «La luna di miele è passata da un anno! Che c'è, non trovi le istruzioni, Anzême?».

Fioccano risate pesanti come gocce di pioggia, e Clairette diventa rossa. Anzême le stringe la mano sotto il tavolo. Non te la prendere, lasciali parlare. Non sanno niente, quegli idioti.

«Ce la prendiamo comoda» risponde con un sorriso spavaldo. «A me e Clairette piace il lavoro fatto bene».

«Ha una bella fortuna, la Clairette!» ridacchia una vecchia. «Non tutti possono dire la stessa cosa!».

«Come sarebbe?» protesta il marito, e di nuovo scrosci di risate.

Sotto il tavolo, Anzême non ha lasciato la mano di Clairette. La tiene come si tiene un uccellino caduto dal nido, con delicatezza. Hanno parlato spesso fra loro di quel figlio che tarda a venire, sono fiduciosi nella natura, ma più passano i mesi, più l'attesa si fa pesante e più Anzême si domanda se non sia il caso di andare a consultare qualcuno, la vecchia guaritrice delle Ruchettes o, se non basta, un dottore.

Sta ragionando su quello quando il padre si alza, solleva il bicchiere, si schiarisce la gola e chiede silenzio.

«Grazie! Grazie a tutti di essere venuti!» comincia. «Quest'anno abbiamo avuto un buon raccolto, grazie al cielo e soprattutto grazie a voi!».

Qualche applauso sottolinea l'introduzione. Cytise si schiarisce di nuovo la gola e posa davanti a sé la pipa di radica. Quella mattina, quando ha saputo dalla guardia campestre che Jean Jaurès era stato assassinato a Parigi, ha capito che i sostenitori della pace avevano perso il loro più prezioso portavoce. Gli è venuto un colpo.

«Intorno a questo tavolo» riprende in tono più solenne, «non sono molti quelli che sono stati a scuola al di là del ragionevole. So bene che nessuno di noi è abbastanza istruito per andare a Parigi e dirgliene quattro, a quelli che ci governano, ma a volte mi dico che dovremmo farlo, perché noi, al contrario dei signori ministri, abbiamo la saggezza. Non sarà forse quella che si trova sui libri, e allora? La nostra saggezza è qui, solida sotto i nostri piedi».

Intorno al tavolo tutti annuiscono con aria seria. Cytise sospira e apre le mani davanti a sé.

«Mani simili non sono fatte per indossare guanti bianchi, amici miei. Guardate le vostre! Zampacce d'orso! Eppure oggi queste mani hanno fatto grandi cose e possiamo esserne orgogliosi. Ecco cosa vorrei dire a quei guerrafondai che si scambiano ultimatum tra Mosca e Berlino! Allora, amici, beviamo alla vita, alle nostre vite che non contano niente! E a quelle dei nostri figli!».

Sollevano i bicchieri, brindano, ma il primo sorso di vino lascia a tutti un sapore strano in bocca. Nessuno osa dirglielo, ma Cytise era più divertente gli anni scorsi. Per distendere l'atmosfera qualcuno fa una battuta, qualcun altro chiede una canzone.

«Sì, una canzone, una canzone!» reclamano in coro i commensali. «Anzême, cantaci qualcosa!».

Benché anche lui abbia il cuore gonfio, Anzême sorride. Sa cosa canterà. Si alza e si toglie il cappello.

«*Quand nous chanterons le temps des cerises… Et gai rossignol, et merle moqueur seront tous en fête…*».

Un brivido percorre la tavolata. Colpa delle parole, e di quella melodia che commuoverebbe un aratro.

«*Les belles auront la folie en tête… Et les amoureux du soleil au cœur… Quand nous chanterons le temps des cerises… Sifflera bien mieux le merle moqueur!*»[2].

[2] Da *Le temps des cerises*, famosa canzone simbolo della Comune di Parigi del 1870, reinterpretata in seguito da numerosi cantanti tra cui Yves Montand, Charles Trenet, Juliette Gréco ecc. "Quando canteremo il tempo delle ciliegie… E l'allegro usignolo e il merlo beffardo saranno in festa… Le belle avranno in testa la follia… E gli innamorati il sole nel cuore… Quando canteremo il tempo delle ciliegie… Fischierà molto meglio il merlo beffardo!".

E in quel momento, mentre fa caldissimo e la gente comincia a rotolare sotto il tavolo per la stanchezza e l'ubriachezza, le campane cominciano a suonare.

I rintocchi vengono dal paese, ma non solo. A suonare contemporaneamente sono tutte le campane di tutte le chiese di tutti i villaggi dei dintorni.

Più o meno due rintocchi al secondo.

Le voci si spezzano. Più nessuno canta. La sbronza passa di colpo.

«Suonano a martello» dice qualcuno.

Anzême resta in piedi, impietrito. Incrocia lo sguardo del padre.

«Allora ci siamo? È la guerra?» chiede Nicaud Jouillat.

Le campane continuano a suonare in tutta la zona. Nessuno riesce a crederci, eppure è così. Accanto ad Anzême, Clairette è pallidissima, mentre all'altro capo del tavolo Marty comincia ad agitarsi. Gli uomini sono ormai tutti in piedi, si scambiano strette di mano in silenzio. Solo un garzone di fattoria un po' gradasso esclama:

«A Berlino!».

Anzême si limita a rimettersi il cappello, poi va dal fratello, la cui faccia è percorsa da tic nervosi. Vorrebbe tranquillizzarlo, ma l'unica cosa che riesce a dire è:

«Mi dispiace, Marty, dovremo aspettare che sia finita la guerra per andare a pesca insieme».

Capitolo 5
Marty

Solo, nel caldo d'agosto, Marty corre a rotta di collo sul sentiero che scende verso il paese.

È colpa sua se non si è svegliato in tempo per veder partire Anzême? Gli capita spesso. Va a letto e gli occhi rifiutano di chiudersi, allora si alza, esce a fare due passi e si addormenta dove il sonno lo coglie, per esempio in un angolo della stalla o nell'ovile, e certe volte lontano dalla fattoria, come stanotte, nella capanna del carbonaio. «Quel ragazzo non è un ragazzo, è un gufo!» dice spesso il padre quando capisce che Marty ha passato la notte fuori. «Hai un letto, Dio buono! Perché non ci dormi?». Marty non risponde. La verità è che da quando Clairette è arrivata a casa loro non riesce più a prendere sonno. Sente rumori in camera di Anzême, fruscii, cigolii, sospiri, e continua a sentirli anche quando tutto è silenzioso. I rumori fanno nascere immagini nel suo labirintico cervello e poi… poi deve uscire, camminare per ore fino a sfinirsi.

Quando si è svegliato, poco prima, era già giorno fatto. La capanna del carbonaio puzzava di fumo stantio e grasso vecchio. Il carbonaio non c'era più e Marty ha capito che era partito per la guerra insieme agli altri.

Si è messo in piedi. Pancia vuota. Capogiro.

Le scene del giorno prima, ossessionanti, continuavano a ronzargli in testa: il rullo del tamburo, gli annunci della guardia campestre sulla piazza del paese, la folla come in un giorno di fiera, tutti gli uomini del cantone ammassati di fronte al manifesto con l'annuncio della mobilitazione generale, bisognava vederlo per crederci! Poi il ritorno a Les Chaumes con i piedi di piombo, le lacrime della madre, il silenzio del padre, gli occhi sgranati di Clairette davanti alla cartolina militare ricevuta da Anzême.

Il numero di matricola 552 del 210° reggimento di fanteria dovrà presentarsi domani stesso in caserma, dove gli verrà consegnato l'equipaggiamento, la divisa e un fucile per difendere la patria.

In un attimo Anzême aveva smesso di essere un contadino, era diventato un numero, un soldato, e tutto era cambiato, a cominciare dai progetti di Marty, la pesca agli stagni e la coltellata che l'avrebbe sbarazzato una volta per tutte di quella tensione insopportabile che lo corrode. Marty non ha dubbi: dalla lontana Russia alla Germania, passando per i generali di Parigi, il mondo intero cospira contro di lui.

In quel momento corre sul sentiero. C'è un'atmosfera elettrica nel cielo vuoto, come l'annuncio di un temporale. Dove sono gli uccelli? Partiti per la guerra anche loro insieme agli uomini, ai cavalli e ai buoi che vengono requisiti a tutto spiano?

All'entrata del paese Marty si blocca e comincia a tremare. E se la guerra uccidesse davvero Anzême? Bam, fatto fuori da una cannonata. L'idea gli è intollerabile. Ah, com'è difficile desiderare una cosa e il suo contrario! Gli fanno male i denti da quanto i suoi pensieri sono ingarbugliati.

Assembramento sulla piazza del comune, una dozzina di persone tra cui Marty vede prima la guardia campestre, poi il sindaco, poi Nicaud Jouillat con in mano la bisaccia da bracconiere. Dentro non ci sono né tordi né lepri, ma un litrozzo di rosso e qualcosa da mettere sotto i denti per tre giorni. Sono tutti ammucchiati lì, come mosche su una merda di vacca. Cosa aspettano? Marty si avvicina per vedere meglio. Stanno aspettando il carro che deve portarli alla stazione di Sainte-Saverne. A quanto pare si è rotto un assale. Ecco Anzême steso per terra che lo sta riparando insieme ad altri due tipi sudati fradici.

«Guardate chi arriva!» fa qualcuno vedendo Marty. «Anzême, c'è tuo fratello!».

Anzême alza la testa e si illumina in viso. Si estrae da sotto il carro, balza in piedi e si lancia su Marty.

«Dov'eri finito, testa di rapa? Stavo per partire senza averti detto addio, ci sarei rimasto malissimo».

Marty si lascia stringere, abbracciare, cullare, fino a che una resistenza cede all'interno del suo petto. Gli fa venire in mente il giorno in cui la catena del pozzo si è spezzata sulla carrucola.

«E ora che fai, piangi?» si stupisce Anzême.

Marty ce l'ha con se stesso. Eppure lo sa che gli uomini non piangono, accidenti!

«Non ti preoccupare, fratellino, dicono tutti che non sarà lunga. Siamo più forti dei crucchi, li prenderemo a calci nel culo, vedrai, e tornerò in tempo per l'aratura». Anzême posa le mani aperte sulle guance umide del fratello e si raccomanda: «Non fare sciocchezze mentre non ci sono, d'accordo? Prenditi cura delle bestie, non sparire continuamente senza avvertire, porta dentro il fieno e veglia su mamma. Anche su Clairette. Capito? Conto su di te. Sii responsabile».

Marty tira su col naso. Responsabile, parla bene, lui! Ancora compiti subalterni mentre Anzême va a mietere gloria col fucile!

L'assale del carro è riparato, gli uomini attaccano il cavallo del vecchio Maubrant, un animale vecchio quanto il padrone e mezzo cieco che è sfuggito per un pelo al mattatoio. È ora di partire.

Marty guarda Anzême prendere posto con gli altri lungo le sponde, lo saluta con la mano, il carro si allontana e i bambini gli corrono dietro vivaci, mentre i più grandicelli restano fermi davanti al comune con il sole negli occhi.

Il sindaco si avvicina a Marty e gli posa una mano sulla spalla.

«Dovrai essere coraggioso, piccolo» dice.

Marty non risponde. Che coraggio c'è nel rimanere lì con le donne, come un moccioso, mentre i veri uomini vanno a combattere?

«Ecco fatto, viva la Repubblica» conclude il sindaco vedendo il carro sparire dietro la curva.

Non c'è altro da dire.

È domenica, più di tre milioni di uomini stanno andando al fronte, ovunque la Francia si svuota. Lì come altrove il silenzio sostituisce il rumore e si diffonde una paura simile a nebbia.

Non resta che aspettare, vivere a metà, sospesi a qualcosa che non si conosce e non si vede, ma che porta via Anzême e modifica per sempre l'equilibrio del mondo.

Capitolo 6
Anzême

Anzême entra nell'ignoto al ritmo degli scossoni del treno che lo porta verso la guerra a venti all'ora. Lungo tutto il tragitto vede folle che agitano bandiere bianche, rosse e blu per festeggiare il passaggio di quell'esercito disarmato che si affaccia alle portiere. È una commedia in cui ognuno ha un ruolo e Anzême si stupisce di esserne un attore. Partecipa meglio che può, condivide vino e salame con gli altri che come lui sono stati strappati alla vita ordinaria, ride, canta a squarciagola, e poco a poco si sente pervaso dall'entusiasmo. Sì, insieme difenderanno la Francia! Le restituiranno l'onore e, con l'occasione, l'Alsazia e la Lorena! Respingeranno l'invasione del Belgio! Sì, sì, faranno prodezze!

Finché non ammazza, la guerra suscita una specie di esaltazione, fa vedere il mondo da un po' più in alto, e sarebbe quasi bello… anche se per il momento è soprattutto un gigantesco bazar.

In tutte le stazioni i convogli che trasportano truppe si incrociano, si intralciano, si chiamano, si litigano la precedenza per arrivare a destinazione, poi, in un sapiente balletto di scambi ferroviari, i vagoni ripartono e finiscono per riversare il loro carico di uomini, cavalli e materiali pesanti in prossimità degli acquartieramenti.

Sceso dal treno, Anzême percorre decine di chilometri a piedi con il fucile a tracolla e trenta chili sulla schiena. Ha la diarrea, le vesciche, una mezza insolazione, senza contare i morsi dei tafani, bestiacce che si accaniscono sulla nuca dei soldati come un'avanguardia sorniona dell'esercito nemico.

Finalmente il reggimento arriva dove deve arrivare, a est, non lontano dalla frontiera.

Sono ormai venti giorni che Anzême ha lasciato Les Chaumes. Perso e stanco, in mezzo a uomini di truppe perse e stanche, non è definitivamente più lo stesso. Spogliato del suo passato come fosse un vestito, si ritrova di fronte a un futuro che non riesce a comprendere. Gli resta solo il presente, una successione di gesti, ordini e contrordini ai quali deve ubbidire in attesa della prima offensiva.

Gli danno pala e piccone e gli ordinano di scavare. E lui scava. Trincee, ripari, lunghi corridoi simili a quelli dei lombrichi e delle formiche. Sono in migliaia come lui a scavare, spellarsi le mani e srotolare chilometri di filo spinato. In lontananza, sul lato prussiano, succede la stessa cosa, tanto che quell'inizio di guerra fa pensare a un immenso cantiere di lavori pubblici. Anzême si sente rincuorato da quello spiegamento di forze, vede all'opera un ammirevole ingegno sommato a una solida tattica militare. C'è poco da dire, i generali che hanno concepito piani tanto elaborati devono averne, di cervello! Del resto è il motivo per cui restano al sicuro negli uffici, perché un cervello che pensa alla guerra è più importante di un corpo che la fa. Logico!

Per il momento Anzême non vede che le trincee somigliano già a un immenso cimitero. Vuole fare il suo dovere e tornare a casa il prima possibile. Vuole mostrarsi all'altezza delle aspettative dello stato maggiore e della nazione, essere un bravo cittadino e un bravo soldato, così come è un bravo contadino e un bravo figlio per suo padre.

In quello sta tutta la sua fierezza di uomo.

Capitolo 7
Marty

Nella notte bollente Marty si sforza di tenere sotto controllo ciò che lo sopraffà. Con un braccio sugli occhi, si impone di rimanere immobile nel letto. È il luogo in cui deve stare a quell'ora tarda, mentre le civette puntano le loro prede tra l'erba nera. Che c'è, Marty, sei una civetta?

«No, no» geme in risposta alla propria domanda. «Sono un uomo, un uomo responsabile!».

Anzême è partito da tre settimane e non si hanno notizie, tranne quelle del giornale che parlano di una battaglia in Belgio e del morale dei soldati, a quanto pare eccellente. Da tre settimane Marty combatte contro se stesso nell'atmosfera soffocante di fine agosto.

Intorno a lui ognuno si sforza di vivere. La madre si dà da fare più del solito nell'aia, nell'orto, al lavatoio e ovunque la fatica possa ingannare la preoccupazione. Con il padre e gli altri vecchi dei dintorni Marty ha portato dentro il fieno e cominciato a riparare la parte bruciata del fienile. Anche Clairette è lì a dare una mano e per tutto il giorno Marty cerca di puntare gli occhi su qualcosa che non sia quel seno vivente che ballonzola sotto il vestito. Non ci riesce e sa che Clairette lo vede, perché spesso sorride.

Quand'è notte sente la sua presenza nella stanza accanto. Crede di sentirla respirare, ma lui non respira più. Allarga le braccia. Il corpo gli esce dal materasso, sente ognuno dei suoi giovani muscoli, ogni osso, ogni cellula. È in ebollizione, e il letto gli va decisamente stretto! Ci sono notti, come per l'appunto quella, in cui non basta l'universo intero a contenere la sua forza, la sua energia divorante.

A un certo punto gli viene in mente l'acqua del pozzo, la sua frescura, una liberazione. Si mette a sedere, posa i piedi a terra e corre fuori.

Nel cortile della fattoria non c'è neanche un raggio di luna, solo il pallore vago del cielo stellato. Marty si avvicina al pozzo, sgancia la catena, tira su un secchio pieno e se lo rovescia sulla testa, ah! due secchi, tre secchi, sgocciola acqua a torso nudo sotto le stelle, percorso da brividi dolorosi.

Quando si volta trova Clairette con i capelli sciolti. Lei lo guarda. Il suo sorriso disegna una falce luminosa sul buio del viso.

«Che caldo» dice. «Avevo sete anch'io».

Avvicinandosi al pozzo sfiora Marty.

E di colpo non c'è più nulla, niente più barriere, niente più lotta, niente più "sii coraggioso", niente più "sii responsabile". Resta solo il desiderio di Marty, quel fuoco divorante che lo acceca e che gli fa mettere una mano sulla bocca di Clairette mentre la spinge verso la paglia del fienile.

Dopo tutto Anzême l'ha detto: quel che è mio è tuo.

Capitolo 8
Anzême

Quindi è così, la guerra? Nessun coraggio né audacia né gloria, solo terrore e granate che esplodono sollevando immensi geyser di polvere? Fumo che soffoca? Puzzo di cadaveri che dà il voltastomaco? Urla e gemiti? Topi e pidocchi? Raffiche di mitragliatrice che tagliano i corpi in due? Panico perché non sai più dove sei?

È notte. Insonne, angosciato, solo, Anzême prova a cantare per farsi coraggio. *Mais il est bien court, le temps des cerises…*[1] E però batte i denti, trema in tutto il corpo sotto il cappotto militare. Troppi morti, troppo dolore, troppa sporcizia, troppa confusione, in pochi giorni è invecchiato di mille anni. Tutto ciò che credeva è sepolto sotto la polvere.

No, l'esercito francese non è il più forte, non sta marciando su Berlino, sta fermo nei campi di barbabietole.

No, le pallottole del nemico non rimbalzano sui corpi, ci entrano dentro.

No, le trincee non riparano niente e nessuno, si sgretolano e crollano sotto le bombe.

No, gli ufficiali non sanno quel che fanno, improvvisano.

E no, non basta ergersi con fierezza di fronte alle linee nemiche per dimostrare il proprio patriottismo e la propria virilità, perché né il patriottismo né la virilità sono importanti quando ti fanno a brandelli.

[1] "Ma è brevissimo, il tempo delle ciliegie…".

Oggi Anzême ha visto morire Nicaud Jouillat, crollato sul filo spinato con il corpo bucherellato come un colabrodo. Nessuno è potuto andare a prenderlo, il suo cadavere è rimasto lì dov'è caduto, come una cosa.

Domani toccherà a me, pensa Anzême.

E se non è domani sarà dopodomani.

E se non è dopodomani sarà un altro giorno, perché questa guerra, così com'è cominciata, non può finire.

Capitolo 9
Marty

Ormai è così ogni notte. Marty aspetta che il padre e la madre dormano, poi apre la porta di camera sua, percorre il corridoio e arriva in paradiso. La mattina, prima che il gallo canti, fa il tragitto in senso inverso, più discreto di un'ombra.

Il paradiso è il corpo di Clairette, un corpo caldo, morbido come l'acqua, un corpo che non fa più resistenza e si offre alle sue carezze senza una parola, senza un rumore.

Alla fine della notte, quando se ne va in punta di piedi, gli sembra di volare. Plana fino al proprio letto, si stende e sprofonda nel sonno per un paio d'ore.

Poi comincia la giornata. Deve lavorare e lavorare, e soprattutto stare attento a non cadere dalla scala quando Clairette passa da quelle parti.

Non pensa più a vendicarsi di Anzême, ora che possiede sua moglie. Rabbia e gelosia sono sparite come per incanto, non pensa più alle ingiustizie, non pensa più che il mondo intero ce l'abbia con lui. Ha dimenticato i generali tedeschi e gli ambasciatori nei palazzi russi, non gli viene più in mente di guardare le nuvole stravaccato nell'erba insieme ai rospi. I vent'anni di Clairette hanno cancellato sedici anni di sofferenze. Finalmente ha un posto degno di lui! Finalmente vive!

"È cresciuto, il ragazzo" si stupisce il padre osservandolo inchiodare i puntoni della travatura. Benevolo, riconoscente, gli dà una pacca sulla spalla come quelle che un tempo dava ad Anzême, al punto che nonostante la guerra (o grazie a essa) a Les Chaumes regna un'atmosfera di pace.

Fino alla mattina in cui, uscendo da camera di Clairette dopo essersi trattenuto troppo fra le lenzuola del paradiso, Marty si ritrova faccia a faccia con il padre.

«Be'?» fa Cytise Balaguère, sorpreso. «Cosa diavolo...».

Le parole restano in sospeso tra padre e figlio nella luce timida del momento. Inutile terminare la domanda. La risposta è negli occhi febbrili di Marty, scritta sulla sua faccia come l'insegna di un negozio.

Interdetto, Cytise guarda la porta di Clairette, sembra quasi che veda attraverso. Marty si morde il labbro, china il capo e scappa in camera sua. Una volta solo, si siede sul letto e si fissa i piedi, inebetito. Che abbia fatto un'altra sciocchezza?

Per un'ora cammina senza sosta dal letto al muro e dal muro al letto. Sbatte, storce la bocca, va nel panico. Più il gallo canta in cortile, più il sole di settembre si arrampica sul tetto del fienile e meno sa come fare per evitare la catastrofe. Si accorgerà, Clairette, che si è fatto pizzicare? Lo sgriderà? Lo odierà? Coglierà l'occasione per scacciarlo dal paradiso?

I pensieri gli attraversano il cervello a tutta velocità, come proiettili. Ha l'impressione che la testa gli si gonfi e si dilati, e più si colpisce la fronte con i pugni, più quella continua a dilatarsi. Apre la bocca per gridare quando, di colpo, trova la soluzione.

Immobile di fronte al muro si mette a ridere. Ma certo, è chiaro, molto semplice! Il cuore si calma, non sente più dolore.

Si veste senza fretta, poi attraversa la casa e raggiunge il padre nel fienile assicurandosi di avere in tasca il coltello affilato.

Cytise Balaguère è al lavoro in cima alla scala. Attrezzi alla mano, inchioda, pialla e ripara.

«Oh!» lo chiama Marty.

Cytise non risponde. Non ha nessuna voglia di parlare, e ancora meno di pensare. Preferisce rifugiarsi nelle mani.

«Oh!» ripete Marty. «Vieni a vedere!».

Cytise vorrebbe essere sordo. Maledice quel figlio che lo obbliga a reagire e a pensare. No, Marty non è cresciuto. Resterà un bambino per tutta la vita, un bambino capriccioso, imprevedibile e imperioso. Un poco di buono.

«Ti ho detto di scendere!» si innervosisce Marty scuotendo la scala.

Cytise deve puntare i piedi sugli angoli dei pioli per non cadere, ma non ha paura, è solo triste. Si chiede cos'abbia fatto di sbagliato perché Marty sia Marty. Da quand'è nato è sempre la stessa storia, quel ragazzo vorrebbe che il mondo girasse come dice lui, non accetta che le cose gli resistano e tantomeno le persone. Lo vede agitare il coltello ai piedi della scala.

«Se non scendi salgo io!» grida il figlio.

Un brivido percorre la schiena di Cytise. Si lascia scivolare lungo la scala, in un attimo è giù, in piedi davanti a Marty. Gonfia il solido torace contadino e lo squadra con disprezzo.

«Eccomi» sibila. «Allora dài, che aspetti?».

Marty non sostiene a lungo lo sguardo del padre. La delusione che legge nei suoi occhi lo spaventa. Abbassa la testa e la lama.

«Non ne hai abbastanza di fare sciocchezze?» lo rimprovera il padre. «Tuo fratello è in guerra, Dio buono! E tu, per aiutare il mondo non trovi niente di meglio che renderlo cornuto? Non hai un minimo d'onore!».

Marty si sente mancare l'aria. Senza onore lui? Un fiotto di veleno gli risale nelle vene, alza gli occhi, solleva il braccio, ma il vecchio Balaguère ne ha viste tante e anche lui è forte. Con mano ferma blocca il polso di Marty e lo stringe con forza fino a fargli mollare il coltello.

Dopodiché diventa un dialogo da uomo a uomo, spalla contro spalla, petto contro petto, pugno contro pugno. Padre e figlio cadono sul fieno, rotolano uno sull'altro, si assestano colpi. I respiri si mischiano, i muscoli si tendono fino al limite dello strappo, c'è sangue, ci sono sputi. La lotta va avanti un pezzo senza un grido, si sente solo il cozzo delle falangi su una mascella o la cartilagine di un naso che si spezza. Nel momento in cui il campanile del paese suona le otto una mano ritrova il coltello caduto a terra.

Nella confusione, la lama guizza e si infila in una pancia fino al manico.

Capitolo 10
Anzême

Dalle parti della Mosa, mentre sta correndo verso un obiettivo poco chiaro, Anzême viene colpito da una raffica di qualcosa.

Sente dapprima una bruciatura, un morso, il peso dello zaino che lo tira indietro, poi più niente. Gli vengono in mente i pascoli di casa sua, a Les Chaumes, quando l'erba alta si piega sotto la falce, cicoria selvatica, barba di becco. Dio, ci siamo, pensa. Il cielo si ribalta, si stende sopra di lui come una grande coperta e, più leggero di un dente di leone, Anzême cade.

Più tardi lo sollevano e lo portano via.

Solo, nella nebbia luminosa e nella polvere della guerra, vola al disopra delle buche delle granate, dei cadaveri di cavalli, delle membra sparpagliate, delle punte di baionetta che spuntano dalla terra come verdure. Com'è bella questa nebbia! Com'è bello questo grande campo arato, rivoltato e scavato in cui non cresce più niente! Peccato morire senza aver avuto il tempo di fare un figlio, pensa. Di colpo gli torna il dolore, e lo spavento di essere ancora vivo gli strappa un grido.

Poi tutto si fa complicato.

Lo stato maggiore non aveva previsto che potessero esserci tanti feriti. Le guerre precedenti erano decisamente più misurate, o comunque facevano ferite più pulite, mentre stavolta c'è da mettersi le mani nei capelli! Carni maciullate, corpi crivellati da schegge metalliche, uomini spappolati e seppelliti a migliaia, e i nemici che infrangono tutte le regole dell'arte militare. Non ci sono abbastanza medici, non c'è abbastanza spazio, scarseggiano barelle, ovatta ed etere! Risultato, niente va come dovrebbe andare e tutti strillano. «Chi diavolo mi ha rifilato un bordello simile?» si chiede un ufficiale. «Dove sono gli ordini e gli ingranaggi dell'amministrazione? Non c'è dunque nessuno a fare la cernita dei morti e salvare i vivi?».

Immobile su una brandina di paglia molle, Anzême cerca di localizzare il dolore. Ce l'ha nelle gambe? Nelle braccia? Nella testa? Non lo capisce. Il dolore si diffonde come un liquido in tutto il corpo, lo riempie, Anzême potrebbe affogarci dentro.

Finalmente arrivano gli ordini. Vetture a cavalli, camion, treno. Odore di sterco e petrolio, rumore di ferraglia, e tutto quel sangue che si appiccica...

Lo sollevano di nuovo. Urla. Lo fanno stare zitto mettendogli sulla bocca un tampone di etere.

Poi lo portano nelle retrovie senza tanti riguardi, come un pacco postale, in mezzo ai feriti leggeri e ai moribondi.

Capitolo 11
Marty

«Aiuto! Venite ad aiutarmi!» urla Cytise.

Clairette esce di casa seguita da mamma Balaguère, entrambe stupefatte.

«Il carro! La cavalla!» grida il vecchio contadino.

Porta tra le braccia il corpo di Marty con un coltello ficcato dentro. Alla madre cedono le gambe, cade in mezzo al cortile. Clairette corre nella stalla, da dove esce con il carro e la giumenta. Cytise posa sul pianale il corpo insanguinato del figlio.

«Vengo con te!» fa Clairette salendo a bordo.

«Anch'io!» dice la madre rialzandosi, piena di paura.

Le due donne sollevano la testa di Marty, gli fanno da cuscino con le cosce, lo fasciano con i fazzoletti. Cytise, gli occhi velati dalle lacrime, frusta la cavalla nella speranza di trovare la guaritrice alle Ruchettes o un medico a Sainte-Saverne, qualcuno che sia in grado di estrarre la lama, curare la ferita, cancellare la tragedia!

Il carro si lancia, va come una zattera su un mare scatenato rischiando di sfasciare le ruote sulle buche. Si sente un odore di ruggine e menta schiacciata mentre la cavalla di Anzême trasporta quel carico appesantito da lamenti e preghiere.

«Dio mio, Dio mio!» ripete la madre reggendo la testa del figlio. «Perché vi siete picchiati? Che ne sarà di noi?».

«Respira?» vuole sapere il padre.

«Non lo so!» geme Clairette.

La faccia di Marty è inespressiva, sembra un calco. Cytise frusta e frusta. Un cielo cupo e basso da fine stagione sovrasta la campagna. Il sentiero scende ripido dalla collina, nella folle corsa le ruote travolgono nidi di allodole. Presto! Più presto!

«Oddio!» grida la madre vedendo colarle lungo la gamba un fiotto di sangue nero. «Sta morendo!».

Disperato, Cytise si alza per frustare ancora più forte. Arrivato dalle parti del bosco Rozet, nel punto in cui il terreno si abbassa in una specie di comba umida e solitaria, l'avvallamento chiamato il Buco della Volpe, il carro sbanda, si rovescia e si corica a bordo strada sollevando una nuvola di coccinelle.

Quando la polvere ricade non c'è più ragione di affrettarsi.

Nell'erba si sente il ruscello che continua a scorrere sui ciottoli come se niente fosse. Marty giace tra le saponarie e la senape di campo. Non respira più.

Capitolo 12
Anzême

Passano i giorni, scivolano via le settimane.

Il dolore aumenta, diminuisce, aumenta di nuovo.

Ripiegato in quel corpo martoriato, Anzême vive come una lumaca nel suo guscio. Ne esce solo col pensiero, brevemente, quand'è intontito ben bene dal cloroformio, e in quei casi, meraviglia! rivede la fattoria, i campi, i valloni assolati brulicanti di insetti, rivede il cane, gli animali nell'ombra della stalla e la madre seduta sotto il tiglio la sera. Vede il padre che porta dentro la legna per l'avvicinarsi della stagione fredda. Vede perfino quella testa bacata di Marty il giorno in cui hanno scoperto in soffitta i sacchi di segale sventrati, Marty che continuava a sostenere di non essere stato lui. Come no! E rivede Clairette con la schiena nuda davanti alla bacinella, quando si scioglie le trecce. Il ricordo lo attraversa come un torrente impetuoso, la vita gli esplode nelle vene, si crede addormentato contro la moglie ed è felice.

Tra un colpo di bisturi e un'applicazione di tintura di iodio il chirurgo, che di solito sente solo gemiti, si china su quel soldato da operetta.

«E questo che fa, canta?».

Un'infermiera che prima della guerra frequentava i balli popolari si china a sua volta e sorride riconoscendo le parole. *Vieni, pulcino, vieni.*

Finalmente gli passa la febbre.

Anzême riprende coscienza in una camerata di gente storpia, sorda, cieca, paralizzata, mutilata. Quelli che stanno meglio sono seduti e fumano giocando a dadi, i più malandati sono immobili a letto e osservano il soffitto come se fosse un pezzo di cielo.

Accanto a lui c'è un ragazzone a cui manca una gamba.

«Sei fortunato, tu, non ti hanno tagliato niente» sorride l'uomo da una gamba sola indicandogli il moncone. «Bada, sono fortunato anch'io. Ora ho una buona scusa per tornare a casa». Fa una risatina, poi si contorce per avvicinarsi ad Anzême. «Lascio a voi i crucchi» sussurra. «Ho ucciso abbastanza e visto abbastanza, non mi interessa più. So che non si dice e che potrei essere fucilato, ma questa guerra è una vera merda».

Anzême non risponde. Tra quel che pensa e quel che dovrebbe pensare c'è un baratro che non riesce a superare. Osserva il braccio destro bendato e le fasce che gli avvolgono il torace.

«Ti ho operato sei volte in un mese!» gli dice più tardi il chirurgo con una certa fierezza.

Fiducioso nella scienza, Anzême ascolta le sue spiegazioni, tutta una storia di schegge nello stomaco e tendini, ossa e nervi spappolati nel braccio. Ha dovuto ricucire tutto. Alta sartoria!

«Sono qui da un mese?» si stupisce Anzême.

Il giorno in cui riesce ad alzarsi un'infermiera lo aiuta a camminare fino al giardino. L'aria all'esterno lo blocca sulla soglia. Sbatte le palpebre. Dall'altra parte del muro vede grossi platani dal fogliame marrone e ispido.

«Allora è vero» mormora. «È autunno».

Va avanti così fino a Natale.

Medici e infermiere si prendono cura del soldato Balaguère e di una quantità di altri soldati fuori servizio. Sul muro della stanza è attaccato un manifesto di incoraggiamento ai degenti: "Affrettati a guarire, la Francia ha bisogno di te!". Eppure, nonostante gli esercizi, i bagni tiepidi e le scosse elettriche, il braccio di Anzême rifiuta ostinatamente di muoversi. Resta appeso alla spalla e galleggia nella manica come una bandiera in un giorno senza vento.

Alcuni medici dello stato maggiore vengono a ispezionare l'ospedale. Hanno ricevuto istruzioni dall'alto: appena un soldato smette di sanguinare e ha tutti e quattro gli arti deve rimettersi la divisa. Gli ospedali rigurgitano di uomini e il servizio sanitario dell'esercito si fa qualche domanda: non ci sarà qualche lavativo in mezzo a quella folla di bifolchi? Deboli, vigliacchi o paurosi che fingono di non poter più combattere?

«Tu!» abbaia un ispettore indicando Anzême. «Cosa ti impedisce di muovere quel braccio?».

«È che... mi sono preso un bel po' di ferraglia là dentro» si scusa Anzême, quasi vergognandosi.

«Stando al rapporto, il chirurgo ti ha tolto tutto!».

«Lo so, ma...» fa lui, desolato.

Il medico militare gli afferra la mano e dà uno strattone così violento che quasi gli sloga la spalla. Anzême per poco non vomita dal dolore.

«Già, già...» mormora il medico. «Ti teniamo d'occhio, ragazzo».

"Affrettati a guarire" dice il manifesto sul muro.

Anzême non vede l'ora, ma per il momento come farebbe a reggere un fucile che pesa più di quattro chili, visto che non riesce a tenere in mano neppure la matita per scrivere alla famiglia?

Del resto neanche la famiglia gli scrive. Il comando l'ha avvertita che è stato ferito? Forse in tutto quel bordello la posta non arriva più. Forse a Les Chaumes lo credono morto.

Capitolo 13
Anzême

Solo, sotto la neve, Anzême scende qualche settimana dopo alla stazione di Sainte-Saverne.

In precedenza ha dettato all'infermiera una lettera per i genitori.

Cari tutti, ai primi di settembre sono stato ferito dalle parti della Mosa. Sono vivo, ma il braccio destro non mi funziona più. Mi hanno fatto passare tre volte in commissione, credevo che volessero rimandarmi al fronte, invece no, mi hanno congedato. Arriverò alla stazione giovedì o venerdì con il treno da Parigi. Dite al vecchio Maubrant di venire a prendermi, se il suo cavallo è ancora vivo. Spero che stiate tutti bene. Vostro figlio Anzême.

In attesa del carro osserva con occhi stupiti ciò che lo circonda. Lì non è cambiato niente, la chiesa è al centro del paese, le case si ergono ai lati delle vie, non ci sono crateri di granate, i campi sono lisci e ovattati come se la guerra fosse una frottola.

Dopo un'ora si stufa di aspettare. Probabilmente la lettera si è persa. Non gli resta che camminare per quindici chilometri fino a Les Chaumes.

Arriva con i piedi gelati, è quasi buio. Sentendolo avvicinarsi, il cane abbaia, poi lo riconosce e gli fa le feste balzandogli al petto. Ad Anzême viene quasi da piangere, ma si trattiene in onore dei suoi.

Sepolta sotto uno strato di neve, la fattoria gli sembra più misera di quanto ricordasse. Alcune cornacchie sorvolano la collina gracchiando. Attraversa il cortile, passa sotto il tiglio dai rami spogli, sbatte le suole sulla soglia e bussa prima di entrare.

«Sono io» dice soltanto.

La madre sta lavorando a maglia davanti al caminetto, Clairette è avvolta in un grande scialle sotto la lampada a petrolio, entrambe si voltano verso di lui come due fiori al sorgere del sole.

«Santa Vergine!».

«Anzême!».

Lo scialle e i ferri da calza cadono a terra. Le due donne si lanciano verso di lui, lo abbracciano, è freddo come una pietra. Vieni, vieni! Lo trascinano verso il fuoco. Eccitatissime, chiamano Cytise, che è nella stalla.

«Non avete ricevuto la mia lettera?».

No! Nessuna lettera! Con questa guerra e questa neve non funziona più niente! Togliti il cappotto, è fradicio! Vieni alla luce, fatti vedere.

«Come sei dimagrito» dice Clairette con le lacrime agli occhi.

E tutti si mettono a piangere, anche Cytise che appare sulla porta tutto fumante di caldo e di freddo.

«E Marty?» chiede Anzême. «Dov'è finito, quello stupidone?».

Cala il silenzio, pesante come un sacco di grano. Gli occhi di Clairette incrociano quelli della madre, che incrociano quelli del padre, che guardano verso la finestra. Fra loro ci sono ricordi impossibili da cancellare, il carro rovesciato, le coccinelle, il Buco della Volpe e tutto ciò che hanno deciso di tacere, nascondere e seppellire.

«Marty ha fatto una sciocchezza…» comincia Cytise. «È partito».

«Come, partito?» ripete Anzême.

«Lo sai com'è» interviene Clairette. «Vuole sempre fare come te».

«Ha detto che sarebbe andato all'ufficio reclutamento, aveva intenzione di mentire sull'età e arruolarsi» si affretta a spiegare il padre. «Gli dicevamo di no, ma era un chiodo fisso, voleva diventare un eroe. Finché una mattina l'abbiamo cercato dappertutto, era scomparso. Non abbiamo potuto fare niente».

«Niente» conferma Clairette.

La madre piange come una fontana tenendosi il viso tra le mani.

«Pazzo!» dice Anzême.

Trema. Immagina il fratello, con le sue rotelle fuori posto, sul campo di battaglia, divorato dai pidocchi e dalla mitraglia. Cosa si è messo in testa, quel deficiente?

«Pazzo» dice di nuovo. «Lassù troverà solo la morte».

Tutti chinano la testa, poi le bocche si chiudono come tombe sulla bugia e la vergogna ci posa sopra il suo cemento.

La sera, in camera, Anzême sta ancora tremando. Per il freddo, per la stanchezza, per la stranezza che ha pervaso i luoghi e le persone. Riconosce il letto, per esempio, ma non riconosce più se stesso dentro il letto, il suo corpo si è disabituato a quelle sensazioni. E Clairette, la riconosce? Chiude gli occhi, si preme contro la sua schiena, la accarezza con la mano valida. Quando le passa il palmo sulla pancia Clairette ha un piccolo sussulto. Anzême intuisce che sta sorridendo nel buio.

«Senti?» dice lei.

Sotto la mano di Anzême c'è una rotondità, una protuberanza inequivocabile. Clairette sospira e posa la mano sulla sua.

«Nascerà ad aprile» dice ancora. «Sarà un figlio della primavera».

Aprile, si ripete Anzême, sottosopra. E ricorda l'ultimo mattino d'amore con lei il giorno prima della mobilitazione generale, quando cantava *Vieni, pulcino* sotto le lenzuola come un giovane gallo spensierato.

«In fondo la vita non è fatta tanto male» mormora nel collo della moglie. «Non servirò più a niente su un campo di battaglia, ma sono riuscito a fare un figlio!».

Clairette annuisce in silenzio scacciando dalla memoria le notti passate con Marty. In realtà la vita non è fatta né bene né male, è come è, si è organizzata perché un bambino nasca sulle macerie del mondo, ed è l'unica cosa che conti.

Nella primavera del 1915, mentre la guerra continua e tanti uomini muoiono nelle buche, Clairette, ovviamente con un po' di ritardo, dà alla luce un maschietto.

Aveva tanto pregato che fosse una femmina!

Con una bambina non avrebbe avuto la sensazione opprimente di dare alla nazione un futuro soldato.

E soprattutto, con una bambina avrebbe avuto meno paura che somigliasse punto per punto al genitore.

«E se lo chiamassimo Marty?» suggerisce Anzême, chino sulla culla.

«No no!» protesta Clairette. «Marty no!».

«Credevo che mio fratello ti stesse simpatico» si stupisce lui.

«Certo!» si difende lei. «È solo che… ho paura che quel nome gli porti sfortuna».

Anzême ci pensa.

A casa Balaguère da sempre si diffida di ciò che viene dall'alto, la grandine, gli ordini, i preti e i loro santi. Si preferisce ciò che viene dal basso, ciò che è solido e cresce, così di norma si danno ai maschi nomi di località o piante.

E Anzême trova per il figlio il nome di un albero.

Clairette sorride sentendo la proposta.

Per l'anagrafe troveranno un nome qualsiasi sul calendario, ma per la vita di tutti i giorni sono d'accordo che il figlio si chiamerà Charme[1]*.*

[1] In francese, *charme* significa "carpino", oltre che "fascino". A sua volta, *cytise* indica il "citiso", un tipo di ginestra.

Passano i mesi.

Passa un anno intero, poi un altro, e la guerra continua a stritolare la gioventù degli imperi, ormai in guerra su tutti i fronti.

Giovani canadesi, giovani americani, giovani malgasci, tunisini, algerini, marocchini, togolesi o vietnamiti vengono a morire nelle trincee della Somme.

Si combatte ovunque, sui mari e nei deserti.

Nella neve e nella sabbia.

Nel frattempo, a Les Chaumes, tutto è tetro e pesante.

Aspettare il ritorno di Marty logora i nervi di Anzême. Lavora con un braccio solo, dorme con un occhio solo, parla poco e non canta più per niente.

Ogni mattina teme l'arrivo del postino con un telegramma che annuncia la morte del fratello da qualche parte, a Verdun, nei Dardanelli, in Piccardia, nelle Fiandre, le occasioni di farsi ammazzare non mancano certo.

Però non arriva niente.

Né nel 1916 né nel 1917 né nel 1918.

Marty è come il braccio di Anzême, né vivo né morto, membro fantasma della famiglia Balaguère.

Poi nella primavera del 1919, quando i cannoni tacciono da sei mesi, Anzême smette di aspettare. Immagina che, come tanti altri, il fratello sia scomparso anima e corpo, polverizzato, disperso dal vento cattivo che si è scatenato sull'Europa.

E come già per la nascita del figlio, né la primavera né l'armistizio gli fanno tornare la voglia di cantare.

La guerra è finita.

Tranne che nel cuore di Anzême, dove prosegue in silenzio e senza requie.

… Tre anni dopo …

1922

Capitolo 14
Charme

È una di quelle giornate senza sole, senza vento e senza pioggia, una domenica senza scuola in cui non succede niente di niente.

Il giorno prima è morto il vecchio cane, l'hanno sepolto sotto il tiglio. Da allora Charme si porta dietro la tristezza nel cortile della fattoria, perso come un naufrago su un'isola. La madre sta facendo il pane, ha le braccia immerse fino al gomito nella pasta, il padre è rimasto in paese dopo la messa (non tornerà prima di aver finito il giro delle osterie), il nonno dorme in poltrona immerso nell'eterno odore di tabacco da pipa, immobile come il tempo. Resta la nonna che, come ogni domenica pomeriggio, va a fare una passeggiata con il foulard annodato sotto il mento.

Fin da quando era più piccolo Charme si domanda dove vada in quel modo, sola e risoluta, mormorando le sue perenni preghiere. Nell'abbandono estremo in cui si trova quel giorno pensa: e se la seguissi? Sorride all'idea del pedinamento. Ecco una bella distrazione per un bambino di sette anni triste e senza più l'amico!

Appena la nonna ha girato l'angolo del fienile Charme le va dietro a passi felpati. Si tiene a distanza, ma non la perde di vista.

Da principio è facile, scende attraverso i campi, lui non deve fare altro che accucciarsi tra le alte spighe di segale.

Arrivata in fondo, la nonna si ferma a raccogliere una manciata di campanule, poi sparisce nell'imbocco di un sentiero.

Charme si affretta. Costeggia la siepe, striscia tra le fusaggini e i ligustri, si rannicchia ai piedi del terrapieno nel momento in cui la nonna scende la collina in direzione del bosco Rozet. Altro che passeggiata! Per l'età che ha, fila come un treno!

Senza fiato, il bambino si appiattisce sulla malva. A sette anni, esperto com'è delle cose della vita, si domanda quale misterioso appuntamento possa far trottare quella donna di solito tanto lenta. Un appuntamento amoroso? Il fatto è che Charme sa già cosa sia l'amore. L'amore è Mona, la figlia del maestro Verchère. Abita sopra la scuola, e ogni volta che la vede passare Charme sente il cuore che gli... Ma attenzione, dov'è finita la nonna? Si alza e corre giù per la discesa credendo di averla persa.

Il bosco Rozet, pieno di felci e rovi, ha un'aria impenetrabile. Da bravo cacciatore, Charme tende l'orecchio. Di qua sente cinguettare un fanello, di là una capinera, e ancora più in là rumore di rametti secchi e foglie morte. Va da quella parte saltando senza rumore sul tappeto di muschio. A un certo punto vede un lembo di stoffa chiara tra le querce: è lei! La sente parlottare con esseri invisibili, poi la vede fare gesti con le mani e andare ancora avanti, verso quel vallone isolato in cui scorre un ruscello di montagna.

Il Buco della Volpe, pensa Charme, che conosce la zona come le sue tasche.

Quando arriva non lontano dal ruscello, in quel luogo buio dove nessuno va mai tranne che per sbaglio, vede la nonna seduta su un vecchio ceppo. Sembra stanca, si è presa la testa fra le mani. Si siede anche lui a venti passi di distanza, dietro un tronco largo quanto il torace di un uomo.

Dopo un po', stupefatto, capisce che la nonna sta piangendo e gli si stringe il cuore. Si chiede se abbia fatto tutta quella strada per poter sfogare il suo dolore lontano dagli occhi del mondo. Ma quale dolore?

La vede legare un filo d'erba intorno ai gambi delle campanule per fare un mazzolino che posa a terra con un gesto pieno di attenzione, poi estrarre un coltello dalla tasca della gonna e incidere una tacca nel ceppo.

Pur senza capire la scena, Charme prova una specie di timoroso ritegno, un po' come certe volte in chiesa. È deluso di aver seguito la nonna. Sentirla piangere e mormorare cose dondolandosi sul ceppo non ha più nulla di divertente. Così, aspettando che finisca, si rannicchia tra le radici e fa la cosa migliore che possa fare, si addormenta.

Quando riapre gli occhi sente cantare un usignolo. L'aria è scura, Charme si alza, il ruscello continua a gorgogliare nel letto di ciottoli, ma sul ceppo non c'è più nessuno.

Si avvicina e, sotto un mucchietto di fiori appassiti, vede un rettangolo di terra delimitato da alcuni sassi. Resta un po' a osservare quella strana aiuola, poi si dedica alle tacche incise nella corteccia, simili a graffi. Ce ne sono tante, piccole e fitte, che circondano il tronco, e alcune più grandi, per l'esattezza sette, come i suoi anni.

Pensieroso, si rimette in cammino verso Les Chaumes. A scuola il maestro Verchère dice spesso che è un ragazzo sveglio, e in effetti impara in fretta. Ragiona. Quel rettangolo di terra è troppo grande per un cane, e poi nessuno piange per sette anni la morte di un animale! Ma se non è un cane, se non è un animale, vuol dire che lì c'è sepolto qualcuno, una persona per cui la nonna soffre e di cui nessuno parla mai.

Di ragionamento in ragionamento, arriva nel cortile della fattoria al calar della sera. Il padre è lì che lo aspetta con la sua faccia da giornate storte e il suo alito da osteria.

«Dov'eri?» abbaia Anzême. «Tua madre ti ha cercato dappertutto».

"Questa è buona" pensa Charme. "Nessuno si occupa di me e poi mi sgridano se mi tengo occupato da solo". Fa un'espressione cocciuta e risponde con un'altra domanda.

«Dov'è nonna?».

Anzême guarda il figlio. Nella penombra che avanza in cortile gli sembra di leggere sul suo viso un'espressione familiare, ostinata e ribelle, che gli ricorda qualcuno, ma ha bevuto troppo per capire chi.

«Ti ho chiesto dov'eri!» ripete gridando. «Da quando in qua fai lo spavaldo, eh? Da quando in qua?».

Le grida hanno messo in allarme Clairette, che esce di casa asciugandosi le mani sul grembiule. Vedendo Charme vicino al pozzo fa un sospiro di sollievo.

«Che succede?» domanda preoccupata. «Perché stai urlando?».

Anzême si volta.

«Se tenessi d'occhio tuo figlio non avrei bisogno di urlare! Te lo fai scappare e poi mi rimproveri se gli do una strigliata?».

«Non ti sto rimproverando» dice Clairette andando verso il pozzo. «Ho solo chiesto». Poi allunga la mano verso Charme che si tiene prudentemente in disparte. «Dài, vieni, è pronta la cena».

«La cena?» ruggisce Anzême. «E poi cos'altro? Sparisce senza dire niente a nessuno, risponde male a suo padre e tu gli fai le carinerie?».

Nel tentativo di rifugiarsi tra le gonne della madre Charme fa qualche passo rapido verso di lei, ma uno schiaffone lo coglie in piena faccia.

«Eccola la tua cena!» grida Anzême. «Un bel ceffone! Non ti meriti altro!».

Charme è a terra. Il padre si lancia di nuovo su di lui. Per quanto abbia un braccio invalido, Anzême sa servirsi molto bene dell'altro! Allora, non trovando niente di meglio per evitare le botte, il bambino sputa la verità.

«Ero con la nonna! Laggiù, al Buco della Volpe! Dove c'è il morto!».

Interdetto, Anzême sospende il gesto. Nel silenzio che

segue, la nonna e il nonno appaiono sulla porta mentre Clairette, annichilita, fissa il figlio senza poter fare niente.

«Il morto? Che morto?» domanda Anzême.

Il bambino è ancora a terra. Sente su di sé gli occhi di tutti, e le preoccupazioni e il peso enorme che opprimono la famiglia.

«Non lo so» mormora. «Devi chiederlo a nonna».

Capitolo 15
Anzême

Con il braccio valido Anzême trascina la madre attraverso il campo immerso nel buio.

«Cammina!» grida. «Cammina, ti ho detto!».

La tirerebbe per i capelli, se necessario.

L'anziana si lamenta e supplica. Il resto della famiglia li segue alla luce di una lampada a petrolio storcendosi le caviglie, protestando e sbuffando, ma niente può fermare Anzême, né le scuse confuse degli uni né le invocazioni degli altri. No, non aspetterà che faccia giorno! No, non sarà ragionevole, non ascolterà i "calmati" e i "ti spiegheremo"! È ubriaco, è pazzo di rabbia, e nessuno gli impedirà di andare a cercare quella benedetta tomba in piena notte!

Clairette tiene stretta la mano del figlio che tiene stretta quella della madre, spaventato dall'aver scatenato tutto quel furore con così poche parole. Accanto a lui, Cytise ansima come un asino bolso. I loro occhi sono tondi come quelli delle civette, i loro cuori rattrappiti dall'angoscia.

«Cammina!» ripete Anzême. «E smettila di piagnucolare!».

Frusterebbe la madre, se avesse una frusta. Non ce l'ha. In compenso ha preso la pala, la porta in spalla, e Charme si chiede cosa voglia farci. Ignora che un tempo il padre ha scavato trincee nei campi di rape e che di cadaveri ne ha visti più d'uno. Intorno a loro gli animali notturni si nascondono nelle fessure e nelle tane, si sentono battiti d'ali e sospiri di ricci.

Quando stanchi e sudati raggiungono il vallone, Anzême è ancora fuori di sé.

«Allora? Dove l'avete messo?» urla.

La madre, tramortita dai rimorsi, crolla sul ceppo e indica il rettangolo delimitato dai sassi.

Anzême guarda il tumulo. Quella tomba senza croce e senza nome gli ricorda quelle dei disgraziati che seppellivano tra un cannoneggiamento e l'altro. Comincia a scavare con una mano sola, a forza di pala e di collera.

Clairette e Cytise si tengono in disparte nell'alone della lampada, si dicono cose con gli occhi mentre la pala tira fuori dalla terra vermi, ghiande putrefatte e tutto ciò che la foresta digerisce da secoli. Avrà digerito Marty in quei sette anni? Avrà dato al suo cuore la pace che gli mancava tanto? Clairette avvolge il figlio nella gonna. Da quand'è nato trema al pensiero di vedere sul suo viso i tic nervosi di Marty o qualunque altra rassomiglianza evidente. Se quella notte Anzême disseppellisce la metà del segreto, è imperativo che non scopra l'altra metà.

«Resta contro di me» mormora. «E non guardare».

Dopo una fatica improba Anzême lascia la pala e si inginocchia. Nella debole luce della lampada intuisce un cranio, mandibole e vertebre distanti, come un rosario disfatto. Si piega, con la mano sposta le zolle, estrae una scapola, gratta ancora, ma non trova più niente. Il resto dello scheletro dev'essersi staccato ed essere sprofondato nella terra resa molle dalle piene del torrente fino a sparire nel suo letto.

Ormai l'effetto anestetizzante dell'alcol è sfumato, Anzême non ha più alcuna protezione. Rimane inebetito davanti al cranio del fratello sentendo tornare tutte le sofferenze e gli orrori visti in guerra e nelle retrovie, tutte le cose disgustose che l'hanno segnato e gli restano sulla pelle come sangue che non se ne va.

Si raddrizza. Guarda la madre raggomitolata sul ceppo. Pensa che potrebbe ucciderla con una sola parola, per esempio "traditrice".

Si volta verso il padre. Potrebbe uccidere anche lui. Con

una badilata, senza problemi. E con un'altra badilata potrebbe spaccare la testa della bugiarda che dorme con lui da tanti anni. Immagina di farlo, immagina il rumore, la sensazione che produrrebbe.

Poi guarda Charme e rinuncia a prendere il badile.

«Vieni. Bisogna che tu veda» gli dice.

Clairette trasalisce, cerca di trattenere il figlio. Troppo tardi, Charme si è già fatto avanti, curiosissimo. Anzême gli mette un braccio intorno alle spalle.

«Era tuo zio Marty» gli spiega. «Era un bambinone, avrebbe adorato giocare con te».

«Ma nonno gli ha dato una coltellata» dice Charme, che non si è perso una virgola di quanto è stato detto poco prima nel cortile della fattoria.

«A quanto pare» annuisce Anzême. «E pare anche che non l'abbia fatto apposta, che sia stato un incidente. Ma io e te non c'eravamo, giusto? Non sappiamo perché si sono picchiati».

«Nonno ha detto che non se lo ricorda più».

«Mi pare strano» commenta Anzême.

Alle loro spalle Cytise combatte per non cadere in ginocchio. Batte i denti, ha freddo, è congelato.

«Una cosa che non capisco» continua Anzême facendo finta di rivolgersi al bambino, «è perché l'abbiano seppellito qui. Lo capisci, tu?».

Charme ci pensa, come a scuola davanti alla lavagna, poi azzarda:

«Forse perché allo zio piacevano tanto la foresta di notte e il ruscello?».

«È vero» riconosce Anzême ricordando tutte le volte in cui il fratello spariva, «ma i morti vanno sepolti nei cimiteri! E bisogna metterli in una cassa perché arrivino interi in paradiso, sennò vanno all'inferno, non credi?».

«Il cimitero è lontano» osserva Charme. «Forse era troppo pesante da portare fin laggiù».

«È probabile» ammette Anzême. «Ma perché non mi hanno detto niente?».

«Perché eri in guerra».

«C'ero sì, ma sono tornato. E quei tre mi hanno raccontato che tuo zio era partito soldato, quando invece…».

Anzême si interrompe. Si rivede quel giorno sotto la neve, a brandelli, con l'impressione di non riconoscere più niente. L'impressione non l'ha più lasciato e in quel momento capisce che non sarà mai più felice da nessuna parte.

Dietro di lui Clairette fa un passo.

«Non avvicinarti a me, strega!».

Lei si ferma, ma cerca ancora di far sbollire la collera del marito.

«Te l'abbiamo detto perché l'abbiamo messo lì, volevamo evitare di coinvolgere i gendarmi, lo sai come sono i gendarmi! Se tuo padre fosse andato in prigione che fine avremmo fatto io e tua madre? E Les Chaumes? E il bambino che avevo in pancia? Dato che non potevamo più salvare Marty dovevamo almeno salvare la terra, è l'unica cosa che abbiamo!».

Anzême guarda Cytise, sempre congelato e pietrificato nel suo mantello d'ombra.

«Non avete salvato niente» dice.

«Sì, invece!» protesta il padre. «Cosa cambia? Sei il maggiore, la fattoria è sempre stata per te!».

Il vecchio trema di sdegno. Ha passato la vita a tenere insieme le pietre della fattoria di famiglia, a contrattare un minuscolo lotto qua e un pezzetto di campo là, e trasmettere al figlio quei pochi arpenti è il suo unico orgoglio!

«Non voglio saperne più niente, della fattoria» dice Anzême. «Non la voglio più, la terra. È povera e maledetta come voi!».

La madre emette un gemito.

«Me ne vado» continua lui. «E Charme verrà con me».

A Clairette manca il respiro. Vorrebbe gridare no, non se ne parla! Però non dice niente, perché comunque non è lei a decidere.

«Dove andiamo?» domanda Charme.

«Via. Lontano» risponde Anzême. «A Parigi».

Si sorprende dell'intensità della vibrazione che ha sentito in gola. Via, lontano, Parigi: per lui significa il treno, la folla della gare d'Austerlitz, ricominciare da capo, cercare un tetto, cercare lavoro in una delle fabbriche che ha visto tornando dalla guerra, perché no. Assumono mutilati alla SKF? E alla Fratelli Poulenc? Certo, non è un operaio, ma imparerà.

Charme, nel frattempo, incassa il colpo. Non pensa a Parigi, per lui "Parigi" non vuol dire niente. Pensa a quello che conosce, alla scuola del paese, alle mattinate umide in cui la stufa a legna borbotta, al passo pesante del maestro Verchère quando si aggira tra i banchi durante il dettato.

Pensa soprattutto a Mona, a Mona quando gioca, a Mona quando gli passa accanto e sorride, al tremito immenso che sente dentro di sé.

Pensa al suo vecchio cane, a tutte le cose che gli piacciono di lì, le piante, gli uccelli, il colore del cielo, la geografia tortuosa dei sentieri tra i borghi, l'odore della paglia negli zoccoli e quello dell'aria dopo l'acquazzone.

«Io non vengo» dice.

Solo che ha sette anni.

… Passano tredici anni …

In Europa non c'è più la guerra,
ma il tempo che viene dopo, con il suo strascico di follia, sollievo, frustrazioni, esuberanza, disgrazie e miserie.

Alle famiglie sono stati amputati gli uomini, ai paesi sono stati amputati i territori, ai cuori sono state amputate le speranze.

Tutto trema e vacilla, i re e le leggi, le repubbliche e i parlamenti, le chiese e gli dèi.

Non si sa più a chi credere, non si sa più a chi dare fiducia. Ai comunisti? Ai fascisti? Agli anarchici? Ai monarchici? Chi di loro è in grado di far tornare quel mondo sereno e privo di sorprese in cui tutti ricordano di aver vissuto un tempo?

Uomini che parlano più forte di altri prendono il potere. Tu li conosci, Saule. In Italia, Mussolini. In Spagna, Franco. In Unione Sovietica, Stalin. In Germania, Hitler.

In Francia la gente vota a sinistra, poi a destra, poi di nuovo a sinistra, tanto per vedere.

Un francese su cinque è affetto da tubercolosi, difterite o sifilide, eppure i tavolini all'aperto dei caffè di Parigi sono pieni, nei cabaret lo champagne scorre a fiumi, l'Esposizione coloniale del 1931 richiama otto milioni di visitatori affascinati dall'impero francese, potente e prospero.

Nel frattempo, negli Stati Uniti, un gigantesco crollo della

Borsa provoca fallimenti a catena e milioni di americani finiscono in miseria.

Ben presto l'ondata investe la Francia.
I pescatori bretoni restano disoccupati.
Le industrie tessili, i cantieri navali, i laboratori, gli uffici e le fabbriche di automobili licenziano.
I negozi chiudono.
Ovunque un cartello avverte: "Non assumiamo"!

Primavera 1935

Capitolo 16
Charme

Charme pedala lungo la Marna in direzione di Joinville-le-Pont. È domenica. Si è tolto la divisa da postino per indossare una giacca a righe, si è calcato un berretto sulla testa, ha bloccato l'orlo dei pantaloni con due mollette ed è uscito promettendo a Clairette di non tornare troppo tardi.

Povera Clairette! Lo seguiva da una stanza all'altra ripetendo:

«È il tuo ultimo giorno! Potresti restare a casa, no?».

«E i miei amici?» ha protestato Charme. «Anche per loro è l'ultimo giorno!».

Clairette aveva le lacrime agli occhi. Comunque ha sempre le lacrime agli occhi, e questo è probabilmente il motivo per cui Charme preferisce le ragazze che sanno ridere. Per esempio Gaby, la cameriera del localino all'aperto dove per l'appunto deve incontrarsi con Bébert, Eugène e Pierrot.

Scaccia dalla mente gli occhi rossi della madre. Quel pomeriggio niente può impedirgli di festeggiare i suoi vent'anni e la partenza per il servizio militare. Magari Gaby gli concederà un ballo o un bacio, chissà. È pazzesco come una semplice idea possa farti pedalare più in fretta.

Quando arriva, finalmente alleggerito dagli scrupoli, è sudato e felice come una pasqua. Il sole scintilla tra le barche, gli uccelli cantano, tutto un popolo di parigini assetati di primavera si affolla sull'erba. Gli uomini sono in camicia, le donne in abitino a fiori, i bambini in calzoni corti. Alle sue orecchie giunge il suono della fisarmonica mischiato alle risate e al rumore delle forchette nei piatti. Che bellezza! Che allegria! Non riesce a credere che il giorno dopo sarà un soldato chiuso in una lugubre caserma per imparare a maneggiare un fucile.

Un fucile! Proprio lui che è contro la guerra! Accidenti! Se fosse nato un anno prima, come Bébert ed Eugène, avrebbe fatto i dodici mesi regolamentari, ma a marzo il regolamento è cambiato. Alè hop, due anni! Colpa di quell'Adolf Hitler che ha riarmato la Germania e fa paura a tutti con i suoi atteggiamenti prepotenti. Che iella!

«Eccoti, finalmente!» grida Pierrot facendogli segnali da un tavolino di Chez Matelote.

«Colpa di mia madre» borbotta Charme. «Non voleva lasciarmi uscire».

«Spicciati!» fa Eugène. «Il vino si scalda!».

Charme appoggia la bicicletta a un tiglio e si affretta a raggiungere la banda. Bébert è venuto con Félicie, la sua fidanzata, Pierrot con il suo buonumore ed Eugène con il cavatappi. Sullo sfondo, sotto i glicini, le coppie ballano un valzer alla moda suonato dalla fisarmonica.

«Ci mancherai, vecchio mio!» dice Pierrot dandogli una pacca sulla spalla.

«Due anni sono lunghi» conferma Eugène, «soprattutto se ti mandano nelle colonie, dove però almeno non avrai freddo. Dài, brindiamo!».

Riempie i bicchieri e tutti bevono.

«Bah, ti divertirai anche» lo consola Bébert. «Quando tornerai sarai un uomo fatto. E a quel punto comincerà la vita vera, caro mio! L'impiego alle poste ti aspetterà buono buono, dovrai solo trovarti una fidanzata, come me!».

E abbraccia Félicie, le dà un pizzicotto, la bacia sul collo. Charme sospira. Che significa "la vita vera"? Ne sta forse vivendo una falsa? È quello che pensa talvolta quando prova la sgradevole impressione di galleggiare, di esserci solo a metà, come se l'anima fosse rimasta nella campagna della sua infanzia.

«Buon compleanno, vecchia roccia!» esclama Pierrot.

«È venuto su bene, il nostro campagnolo, eh?» lo prende in giro Bébert. «Ricordo ancora la prima volta che ti ho visto davanti alla scuola. Avevi un accento da zappaterra, si capiva a malapena quello che dicevi!».

«In compenso non bisognava rompergli le scatole» rievoca Eugène. «Ti ricordi di Bertoux?».

«Quel gran coglione!» ride Bébert. «Era alto trenta centimetri più di te e l'hai steso con un cazzotto in faccia!».

Charme ride con loro, mostra i muscoli, si dà le arie, eppure i ricordi di quell'epoca gli provocano sempre un nodo allo stomaco. Sono passati tredici anni e ce l'ha ancora con il padre per averlo privato brutalmente del suo paese, della sua infanzia e del sorriso di Mona. Ha dovuto ingoiare rospi per conquistarsi uno spazio tra i ragazzi di città e, ora che finalmente si sente a casa, ecco che le autorità militari lo strappano di nuovo alle sue abitudini. Non che la sua giovinezza sia rose e fiori tutti i giorni, tra litigate continue, sbronze di Anzême e inverni gelidi nella casetta in cui abitano, tuttavia... c'è il piacere dei giri in bicicletta la mattina presto nelle strade di Alfortville, ci sono gli svaghi della domenica, le belle ragazze, la distribuzione dei calendari per l'anno nuovo, il caffè caldo e tutta quell'atmosfera da periferia operaia che ha imparato ad amare.

Sognante, contempla i ciliegi in fiore e l'azzurro del cielo tra i rami.

«Forse, finita la naja, tornerò dalle mie parti» annuncia dopo il secondo bicchiere di vino.

«Bah! A fare che?» domanda Bébert.

«"Region di colline, folti boschi e laghi selvaggi lontana dal mondo"» recita Eugène assumendo un'aria pomposa da poeta da strapazzo. «Il nostro Charme è sempre stato un sentimentale!».

«Le tue parti, per come la vedo io, sono il buco del culo del diavolo!» sghignazza Bébert.

«E poi non c'è lavoro dalle tue parti!» gli ricorda Pierrot. «Sennò perché staremmo tutti qui ammassati nelle nostre catapecchie? C'è la crisi, santo Dio!».

«Appunto! Là nessuno ti mette i piedi in testa» risponde Charme. «Sai, certe volte mi dico che potrei riprendere la fattoria di mio nonno, coltivare la terra, avere qualche animale… Forse è quella la vita vera!».

«E noi?» protesta Eugène. «Non contiamo niente nei tuoi progetti?».

«Venite, prendiamo una barchetta!» propone Pierrot. «Ho voglia di mettere i piedi a mollo».

A remare sono Charme ed Eugène, mentre Bébert e Félicie si sbaciucchiano a prua e Pierrot si gode i piedi nell'acqua a poppa.

«Tutto bene a casa tua?» domanda Eugène.

«Mica tanto» confessa Charme.

«Ti scoccia partire, vero? Hai paura per tua madre?».

Charme sospira, guarda l'amico e annuisce. Da quando si conoscono e crescono insieme sanno l'essenziale l'uno dell'altro, e per Charme l'essenziale è impedire che il padre picchi la madre quand'è ubriaco. Eugène prova a confortarlo.

«Ci sono i vicini, veglieranno su di lei».

«Sì, ma certe volte, ti giuro, avrei voglia che quello stronzo crepasse».

«L'essere umano non è mai contento» filosofeggia Eugène. «Rimproveriamo ai morti di essere morti e ce l'abbiamo con i vivi perché sono vivi. Vogliamo tenere il piede in due staffe, non ti pare?».

Sa di cosa parla, lui, che non ha più padre dopo che una granata l'ha polverizzato sullo Chemin des Dames nel 1917.

«Vivi o morti» dice Charme, «i nostri genitori si sono fatti spolpare fino all'osso dalla guerra. Quanto a noi, marameo! Non ci avranno!».

Eugène è d'accordo. Certo, il servizio militare è inevitabile, ma che i pezzi grossi non contino sulla loro generazione come carne da cannone. L'unica cosa importante è la pace, la pace prima di tutto.

Charme guarda sfilare i castagni che fiancheggiano il fiume. Immaginare di tornare a Les Chaumes è il suo modo di sottrarsi alla sfortuna. Quando Anzême sbraita, sbatte le porte e rompe i piatti, quando Clairette piange e mancano i soldi, si consola pensando che laggiù c'è la fattoria, un rifugio per lui e la madre, un luogo magico in cui Mona gioca eternamente a campana.

«Dài, dammi il cambio, mi sono scocciato di remare» dice a Pierrot.

Pierrot si alza, e quando scavalca la panca la barca si mette a beccheggiare.

«Attento, ci fai finire in acqua!» protesta Bébert aggrappandosi al bordo.

«Dici?».

Pierrot comincia a dondolarsi da un piede all'altro sempre più forte, e poco dopo la barca si piega sul fianco e tutti finiscono in acqua.

Tra le grida allegre dei bambini raggruppati sul greto il gruppetto riesce a raddrizzare il natante e tirarlo a riva.

«Ma che bravo» brontola Bébert, «avevo il vestito nuovo!».

Si guardano storditi dall'acqua fresca, gocciolanti, spettinati, con le scarpe piene come secchi. Poi Charme si mette a ridere, seguito da Pierrot.

«Ce la pagherai» dice Eugène.

«Va bene, offro io!».

Tornati da Chez Matelote, scossi dai brividi, si tolgono le giacche bagnate e si slacciano le cravatte.

«Uh, i naufraghi!» fa una voce divertita. «Avranno bisogno di un cordiale, questi marinai d'acqua dolce!».

Charme si volta e vede Gaby che viene verso di loro con un sorriso malizioso.

«Il fatto è che oggi Charme compie vent'anni» spiega Pierrot alla bella cameriera. «E siccome sta partendo militare bisognava innaffiare la giornata!».

Gaby si avvicina a Charme con occhi che ridono e si issa fino alle sue labbra per depositarvi un bacio insistito.

«Buon compleanno, bel ragazzo. Quando torni in licenza sai dove trovarmi, giusto?». Poi gli prende la mano. «Attacco fra un quarto d'ora, abbiamo giusto il tempo di una giava, ti va?».

«Ma... così bagnato?» esita lui.

Gaby ride.

«Non fare il timido, ti riscaldo io!».

E, accompagnati dai fischi dei compagni, si allontanano sottobraccio verso la pista da ballo.

Quella sera Charme torna a casa tardi canticchiando *Parlez-moi d'amour* e zigzagando con la bicicletta nel bosco di Vincennes, più sottosopra della barca nella Marna. "Perché" si domanda, "ma perché la vita non può essere sempre come una domenica sotto i glicini?".

Smette di cantare appena mette piede in cortile. Le luci in casa sono spente, quelle nelle case vicine pure. Si toglie le scarpe e va in camera sua senza fare rumore. Una volta tanto tutto sembra tranquillo in camera dei genitori, così apre la sua finestra e resta un po' lì a guardare la periferia che si addormenta nel chiarore tenue dei lampioni a gas.

Ha sulle labbra il sapore dei baci di Gaby, gli fa lo stesso effetto che se avesse bevuto qualcosa di forte. Cosa farà del proprio futuro? si chiede contemplando il rettangolo di cielo tra gli edifici. Cosa inventerà, cosa costruirà? Bébert ha ragione, quando avrà finito il servizio militare tutto sarà possibile! Senza puntare alla luna, potrebbe mettere da parte un po' di soldi, sposarsi con Gaby e portarla in campagna. Si immagina insieme a lei, circondato dai loro figli, che ingrandisce la fattoria, mette su un allevamento di… Di colpo esplode un'imprecazione al di là della parete, seguita da un baccano che Charme conosce fin troppo bene. Quand'è ubriaco e Clairette cerca di calmarlo, Anzême sposta i mobili, solleva il letto per impedirle di dormire, fino a farla cedere.

E lei cede.

Con il cuore gonfio, Charme chiude la finestra e si mette a letto.

Mentre abbassa le palpebre sente i singhiozzi soffocati di Clairette nell'altra camera e, come ogni sera o quasi, deve mettere la testa sotto il cuscino per prendere sonno. Un giorno succederà una disgrazia, ne è sicuro.

E così, quindi,
Charme fa il servizio militare in una caserma in Marocco.
È la prima volta che attraversa il mare.
La prima volta che vede palme, tamerici,
aloe, uomini in gellaba e cammelli.

Nel frattempo, in Spagna, una guerra civile
lacera la popolazione in due fazioni, repubblicani contro nazionalisti, estrema sinistra contro estrema destra, rossi contro franchisti. Spagnoli contro spagnoli.

Nel frattempo, in Italia, Mussolini sogna di creare un impero coloniale grande come quello dei vicini. Dopo la Libia, parte alla conquista dell'Etiopia, e i suoi sogni di grandezza fanno vibrare il popolo.

Nel frattempo, in Francia, il Fronte popolare vince le elezioni suscitando immense speranze di progresso sociale.

In un'atmosfera rivoluzionaria, gli scioperi paralizzano migliaia di fabbriche, gli uffici, i teatri. Finalmente le classi popolari possono aspirare a giorni migliori, giorni di libertà, uguaglianza e fraternità!

Per rispondere alle aspettative degli operai il governo di Léon Blum fa passare le ore di lavoro settimanali da quarantotto a quaranta, sancisce il diritto a due settimane di ferie pagate all'anno, impone un aumento dei salari e permette ai più poveri di prendere il treno a tariffa ridotta per andare al mare. Durante l'estate del 1936 le famiglie borghesi assistono strabiliate all'arrivo di centinaia di migliaia di proletari sulle spiagge della Normandia o della Costa Azzurra.

Nel frattempo, in Germania, Hitler fa costruire autostrade, fabbricare armi, carri armati e aerei, non tiene conto dei trattati firmati dopo la guerra, stringe accordi con Mussolini, manda munizioni a Franco, proibisce i matrimoni tra tedeschi ed ebrei e fa imprigionare o uccidere chiunque non sollevi il braccio nel saluto al Führer.

… Passano tre anni …

1938

Capitolo 17
Anzême

Anzême è lì da ore, appoggiato al bancone di zinco. Aveva cominciato col bere alla salute di qualcosa, una cosa importante, ma ormai non ricorda più cosa fosse. Scende dallo sgabello con attenzione e va verso il fondo del locale fino al tavolo da biliardo dove, sigaretta in bocca, tre habitué stanno facendo una partita. Li conosce, quei tipi! Lavorano alla centrale elettrica come lui, e come lui frequentano spesso quel bar. Il più grosso, quello con le bretelle, si chiama Coudier, o forse Coupier. Anzême lo sta osservando da mezz'ora e, nonostante la quantità di vino che si è scolato, ha finalmente capito dove l'ha già visto.

«Oh!» lo chiama Anzême.

«Che c'è, monco?» bofonchia quello grosso. «Vuoi giocare?».

Gli altri due ridono come salami: giocare a biliardo con una mano sola, ah ah, questa sì che è buona!

«Mi sa che ci siamo già visti da qualche parte» continua Anzême. «Ti chiami Courtier?».

«Cuvier» corregge l'altro aggrottando le sopracciglia. «Alphonse Cuvier».

«Sì, Cuvier, certo! E dov'è che ci siamo visti?».

«Qui, perdio! Qui e in fabbrica».

«Non parlo di qui, parlo di prima» spiega Anzême. Poi si mette sull'attenti, solleva il mento e dice: «Settembre 1914, 210° reggimento di fanteria, la Mosa, dalle parti di Fleury-sur-Aire, ti ricorda niente?».

Cuvier cambia espressione, lascia la stecca da biliardo e guarda Anzême. Certo, non è facile riconoscere la faccia, nel '14 avevano venti o venticinque anni, ormai ne hanno cinquanta.

«Come no, accidenti, c'ero anch'io!» risponde commosso. «È lì che hai perso il braccio?».

«Sì. Ah, lo sapevo che ci conoscevamo! Eravamo acquartierati insieme, vecchio mio! Eh, quante trincee abbiamo scavato in quel maledetto campo di rape! Eri amico di uno con i capelli rossi, se non ricordo male...».

«Sì! Dravelle!».

«Esatto!».

«Julot...» sospira Cuvier. «L'hanno ammazzato nel '16 a Verdun».

Come capita spesso tra ex combattenti dello stesso fronte, tra i due uomini si instaura un legame immediato, una fratellanza semplice. Cuvier abbandona il biliardo, prende Anzême per la spalla e gli offre da bere.

«Vieni, sediamoci qui».

Una volta al tavolo, con i piedi nella segatura del pavimento, i due uomini si lasciano andare ai ricordi. Rievocano i nomi dei compagni scomparsi, gli aneddoti di guerra, le difficoltà del ritorno, l'ingratitudine e l'incomprensione di quelli che non hanno conosciuto il fronte, i problemi di salute e di pensione, la campagna che hanno lasciato per venire a Parigi. Il tutto, naturalmente, facendo onore alla bottiglia di rosso.

«Sei stato fortunato che ti abbiano assunto in fabbrica» osserva Cuvier. «Conosco altri mutilati che non sono più riusciti a trovare lavoro, una tragedia».

«Merito di un tipo delle mie parti» spiega Anzême. «La fortuna è che riesca a saldare con la sinistra!».

«Ci sai fare, si vede» annuisce Cuvier riaccendendosi il mozzicone. «Io invece ho i polmoni fottuti».

Una cosa tira l'altra e, bicchiere dopo bicchiere, ripercorrono il passato fino ad arrivare al presente, un presente complicato e, ancora una volta, gravido di minacce.

«Che vuoi che ti dica?» borbotta Cuvier. «Per me, fanculo Hitler!».

«Anche per me» biascica a sua volta Anzême. «Fanculo tutti quei figli di puttana dei pezzi grossi! Mussolini, Franco…».

«Stalin…» aggiunge Cuvier.

«Una manica di stronzi!».

E mentre l'ora si fa tarda e il bar si svuota brindano alla pace, la pace, sempre la pace, fino a non capire più niente, tanto che Anzême non riconosce la faccia del giovane che a un certo punto entra nel locale.

«Ooooh un soldato…» dice. «Eccheccifà qui un soldato? Non trova più la sua unità?».

«Papà, sono io» dice Charme con voce stanca. «Ti ho cercato in tutti i bar. Devi tornare a casa, mamma si preoccupa».

«Uuuuuh mammasipreoccupa!» ripete Cuvier, ilare. «Ma non deve! Siamo qui buoni buoni, non stiamo facendo niente di male, beviamo alla pace!».

«È mio figlio» ride stupidamente Anzême. «Perché è vestito così, visto che ha finito il militare? Vai a una festa in maschera?».

«Magari!» ironizza Charme. «Dài, vieni».

Contento di poter finalmente chiudere bottega, il padrone del bar va ad aiutare Charme a rimettere in piedi i due ubriaconi. Infilano loro giacche e cappelli e li accompagnano fuori barcollanti.

«Quindi, se ho capito bene, non sarai tu a portarmi la posta domani» dice il padrone a Charme. «Riparti soldato?».

«Mobilitazione parziale» conferma Charme. «Richiamano i riservisti. Con quello che sta succedendo in Cecoslovacchia tira una brutta aria».

«No, no, non bisogna fare la guerra!» esclama Cuvier. «La guerra è brutta!».

«Bruttissima!» approva Anzême rischiando di finire lungo sul marciapiede.

«Dài, torniamo a casa» ordina Charme.

«Ehi!» si mette a ridere Anzême. «Ora me lo ricordo! So a cosa volevo brindare poco fa!». Afferra Alphonse Cuvier per il bavero con un sorriso idiota sulle labbra. «Questo bel ragazzone. Mio figlio. Lo vedi? Lo vedi bene?».

«Come vedo te» annuisce Cuvier.

«Ebbene, si sta per sposare, vecchio mio! Fino a ieri se la faceva nei pannolini, ed ecco che sta per andare davanti al sindaco! Capisci bene che bisogna festeggiare!».

«Altroché se lo capisco!» blatera Cuvier. «Se me l'avessi detto prima avremmo bevuto ancora di più! Congratulazioni, giovanotto!».

«Grazie» grugnisce Charme.

«E devi vedere la piccola!» continua Anzême. «Molto carina, la Gaby, sembra un'attrice del cinema, se avessi vent'anni di meno ti giuro…».

«Basta, papà!» si spazientisce Charme. «Stai impedendo di dormire a tutto il quartiere. Andiamo, adesso!».

«Sarà meglio, prima che vi tirino un vaso da notte in testa» conclude il padrone del bar abbassando la saracinesca.

Mentre Cuvier si allontana in direzione opposta cantando *Y a d'la joie, bonjour bonjour les hirondelles*, padre e figlio si avviano verso casa attraversando strade già buie e deserte. Anzême è talmente ubriaco che ci mettono un'eternità a raggiungere il ponte sulla Senna, e durante tutto il tragitto rimprovera Charme di essere venuto a cercarlo, gli dà del carceriere, del cocco di mamma e perfino del bellicista.

«Bellicista?» esplode Charme. «Proprio tu osi dirmi una cosa del genere?».

«Proprio io! Oso!».

Dopo due anni passati lontano da casa a fare il cubo e pulire i cessi in una caserma di Marrakech, Charme sopporta ancora meno di prima l'autorità e la violenza del padre. Da quando è tornato ha una sola idea in testa, fargli abbassare la cresta.

«Potrai darmi lezioni di pace il giorno in cui smetterai di picchiare mamma» risponde.

Anzême si blocca di colpo sotto un lampione, stupefatto.

«Piccolo merdoso, di che t'immischi? Il fatto che ti sposi non ti autorizza a mancarmi di rispetto. Tua madre è mia moglie e deve ubbidire a me! Faccio quello che mi pare, chiaro?».

Sono in mezzo al ponte, soli, senza nessuno intorno. Charme affronta lo sguardo vitreo del padre. Che voglia di tirargli un pugno!

«È così. Fatti sotto, se sei un uomo!» grida Anzême. «Credi di spaventarmi? Mi fai ridere, con quella divisa da burattino! Sono stato al fronte, io! Non mi fai paura!».

Charme contrae nervosamente la mascella, stringe i pugni. Ormai sa fare a botte, e anche piuttosto bene. Ha ventitré anni, Anzême è ormai una larva, potrebbe spaccargli la faccia, cambiargli i connotati...

«Smettila» dice invece. «Sei troppo ubriaco».

«Ubriaco io?» sbraita Anzême. «Guarda cosa sono capace di fare!».

E senza preavviso si mette a cavalcioni sul parapetto aggrappandosi alla ringhiera con la mano valida.

«Scommetti che sono in grado di camminare qua sopra tenendomi in equilibrio?».

Trattenendo il fiato, Charme guarda il padre che cavalca il parapetto come fosse un ronzino. Dieci metri più sotto, viscide di buio e di rifiuti industriali, le acque della Senna scorrono verso Charenton.

«Dài» esclama spazientito, «fammi vedere come fai il funambolo, voglio proprio ridere!».

Non sa cosa spera. Non ne può più. Lascia che Anzême si

arrangi. Lo vede piegarsi in avanti, poi sollevare una gamba all'indietro cercando di fare leva sui pochi centimetri della ringhiera, allungarsi come un insetto. E di colpo lo vede scivolare dal suo trespolo.

«Merda di…!» grida l'ubriaco.

Il cuore di Charme smette di battere. Anzême si è ribaltato, ma è riuscito in extremis ad aggrapparsi con la mano sinistra. Charme vede le dita contratte sulla ringhiera, il resto del corpo è sospeso nell'oscurità al disopra del vuoto.

La voce del padre sgorga come dal nulla.

«Sono scivolato! Cazzo! Aiutami!».

Charme, in piedi sul marciapiede al centro del ponte in quella notte di settembre, non si muove. Non può. Non vuole.

Per un po', senza pensare a niente, ascolta i richiami avvinazzati del padre, il suo respiro e i suoi sforzi. Un treno merci passa in lontananza diretto verso gare de la Bastille. Poi c'è un silenzio, un breve grido, e subito dopo il tonfo di un corpo che cade nelle acque della Senna.

Charme continua a non pensare a niente, come se anche i suoi pensieri fossero stati inghiottiti dal fiume.

Capitolo 18
Charme

Il neon sfrigolante sopra l'acquaio illumina di luce fredda la cucina. Charme è in piedi di fronte alla madre che sgrana gli occhi e si porta le mani alla bocca. Dopo averle raccontato tutto comincia a rendersi conto di quello che ha fatto, o meglio, che non ha fatto. Ha la misura della tragedia. C'è un lungo silenzio, poi la conclusione viene da sé.

«Vado a costituirmi».

«Te lo proibisco!» insorge Clairette. «Tu non c'entri niente!».

«Certo che c'entro, te l'ho appena detto. Ha chiesto aiuto… io sono stato fermo… non mi sono mosso…».

«È stato un incidente!» urla Clairette.

«No. Ho ucciso mio padre» afferma Charme con gli occhi nel vuoto.

«Taci! Non hai ucciso tuo padre!».

Nel momento in cui Charme apre la bocca per ribattere, Clairette dà un pugno sul tavolo con forza tale da far tintinnare le posate nel cassetto.

«E comunque Anzême non è tuo padre» sgancia. «Non lo è mai stato. Anzême non poteva avere figli».

La verità viene a galla. Come una secchiata d'acqua fredda, uno schiaffo, un pugno nello stomaco che quasi tramortisce Charme.

"Almeno finché è rintronato non pensa a costituirsi" ragiona Clairette tra sé, e nella foga affonda il chiodo.

«Il tuo vero padre è morto da un pezzo. Era sua la tomba su cui la nonna andava a piangere tutte le domeniche».

Uno sgomento gelido ridisegna i lineamenti del giovane. Non ha dimenticato niente di quella notte fatidica in cui Anzême ha disseppellito i resti del fratello, né i rumori né gli odori né la rabbia.

«Era lui, al Buco della Volpe?».

«Sì».

Poi Clairette racconta. Lo fa rapidamente, con poche parole, cercando di annullare la colpa del figlio, o almeno di ricoprirla con una colpa ancora più grande. Racconta la partenza di Anzême per la guerra nel '14, il fratello pazzo di gelosia, i mesi d'angoscia e di caldo, la forza brutale di Marty, il suo desiderio imperioso, ogni notte, al quale non ha saputo resistere, fino a che Cytise non ha scoperto il loro segreto. Racconta la brutta mania che aveva Marty di trovare soluzioni drastiche a ogni minimo problema, come appiccare il fuoco o mettere mano al coltello.

«Quel giorno è andato tutto storto» sospira Clairette. «Ma è stato un incidente, capisci, nient'altro che un incidente».

Charme sente l'improvviso bisogno di una sedia. L'emozione gli taglia le gambe, potrebbe cadere sul pavimento della cucina più floscio di uno straccio.

«E papà?» chiede poi. «Voglio dire, Anzême… l'ha saputo di te e Marty?».

Clairette scuote la testa.

«No, ma può essere che l'abbia sospettato visto che non sono più rimasta incinta» ammette. «Una cosa che lo faceva imbestialire».

Ora che è seduto, Charme ha bisogno di una sigaretta. Ne trova in tasca una un po' storta. Accende un fiammifero e guarda danzare la fiamma senza dire niente e senza provare niente, solo stupore. L'abisso che si è aperto sotto i suoi piedi è troppo vertiginoso perché abbia il coraggio di guardare in fondo.

«Andrò io al commissariato» continua Clairette con decisione. «Ci andrò domani. Dirò che Anzême non è tornato a casa e che non sappiamo dove sia. Un giorno ne ripescheranno il corpo da qualche parte e la storia finirà lì».

Charme osserva la madre come se avesse subìto una trasformazione. La donnina dalle spalle curve e gli occhi perennemente rossi ha raddrizzato la schiena.

«E il padrone del bar?» chiede preoccupato. «Testimonierà di avermi visto. E anche l'altro, il collega della fabbrica».

«Diranno soprattutto che Anzême era ubriaco fradicio» taglia corto Clairette. «Se ti chiedono qualcosa spiegherai che avete litigato lungo la strada, che ne hai avuto abbastanza e che sei tornato a casa lasciando che Anzême si arrangiasse. Non è un delitto, questo. O sì?».

Più concentrata che agitata, cammina in lungo e in largo nella piccola cucina. Charme la guarda muoversi, passare uno strofinaccio sul tavolo, prendere un pentolino, riempirlo con la brocca e mettere a bollire l'acqua per fare un caffè, gesti normali in un momento anormale. Decisamente irriconoscibile.

«Doveva succedere» sospira Clairette. Versa il caffè in una tazza, ne beve un sorso, chiude gli occhi, li riapre. «Aspettavo che succedesse» confessa.

La mattina dopo, mentre Charme si presenta al forte di Vincennes con il suo libretto militare, Clairette va al commissariato. Assume un'espressione da moglie preoccupata, si tampona gli occhi con un fazzoletto, supplica gli agenti di riportarle il marito.

«Ce ne occuperemo, signora» le promette un sergente di città. «Tipi che si perdono tra l'osteria e il letto ne vediamo tutti i giorni! Di solito li ritroviamo addormentati in qualche terreno abbandonato, non si preoccupi». La riaccompagna sul marciapiede, le tamburella sul braccio e dà un'occhiata al cielo che si fa scuro. «Si sbrighi a tornare a casa prima che piova».

E più nessuno si occupa di quella scomparsa.

Chi si preoccupa di ritrovare un operaio ubriaco mentre il mondo è sull'orlo del baratro? Nei giorni successivi una sola cosa occupa la mente di tutti: Daladier e Chamberlain sono riusciti a evitare la guerra! Proprio così: quella notte, a Monaco, il primo ministro francese e il premier britannico hanno convinto Hitler a firmare un accordo. In cambio di un pezzetto di Cecoslovacchia (che tutto sommato potevano pure dargli) Hitler (che alla fin fine forse non è poi così cattivo) si è impegnato a fare il bravo! C'è sì qualche guastafeste che storce il naso, che parla di vergogna, di viltà, di pericolosa spirale, ma la maggior parte delle persone ragionevoli è entusiasta. Ci credono, vogliono crederci! I soldati francesi e inglesi che erano stati richiamati potranno tornare a casa. Era un falso allarme, l'Europa tira un sospiro di sollievo.

Sola, nella piccola cucina della modesta casetta, Clairette spegne la radio e guarda il cielo dalla finestra. Ha quarantacinque anni. Anche se per il momento nessun corpo è stato ripescato, sa di essere vedova. Il suo unico figlio non va più in guerra, si sposerà e avrà una vita bella, bellissima.

E anche lei, adesso che non ha più marito.

Parte seconda
Un grande amore

Agosto 1939

Capitolo 19
Charme

In camera da solo, Charme si guarda nello specchio dell'armadio. Zigomi pronunciati, baffetti, occhi quasi azzurri, non è alto, ma può vantarsi di avere una corporatura da atleta a forza di pedalare tutto il giorno sulla bicicletta delle poste. Anche Anzême aveva gli occhi quasi azzurri, e forse anche Marty prima di chiuderli per sempre.

«Caro, ti sbrighi?» lo chiama Gaby. «Faremo tardi!».

«Eccomi, eccomi!».

Invece resta piantato davanti allo specchio, assillato dalle cose invisibili che gli invadono la testa. "Ventiquattro anni" pensa. "Sono più vecchio del mio vero padre". Non riesce ad abituarsi all'idea di essere figlio di suo zio, così come non riesce ad abituarsi alla cancellazione pura e semplice di Anzême, il cui corpo non è mai stato ripescato, né alla sua condizione di uomo sposato e neppure a quella presenza rumorosa arrivata sotto il suo tetto poche settimane prima, il bambino che stanno andando a battezzare.

«Sono figlio di due fratelli» mormora. «Figlio di due fantasmi».

È per questo che ha sempre l'impressione di galleggiare, di non essere mai del tutto presente, come se fosse solo un involucro vuoto?

Tre colpi di clacson risuonano per strada e lo obbligano a tornare alla realtà. È Bébert con la sua Citroën Traction! Caso ha voluto che, tirando a sorte fra i suoi tre migliori amici, fosse lui il padrino designato. Charme si scuote, indossa la giacca ben stirata, infila un fazzoletto nel taschino, si passa le mani tra i capelli imbrillantinati e verifica un'ultima volta il proprio aspetto.

«Impeccabile» dice. Poi esce dalla camera ripetendo: «Eccomi, eccomi!».

La chiesa di Alfortville accoglie il gruppetto sotto un cielo che si sta annuvolando. Tutti sono vestiti da matrimonio. Sul sagrato Pierrot guarda Gaby, orgogliosa e stanca, che tiene in braccio il neonato in fasce.

«Be', vecchio mio» esclama dando una pacca sulla spalla a Charme, «possiamo dire che tuo figlio è nato nel momento peggiore...».

Eugène gli dà una gomitata.

«Stai zitto, deficiente».

«Che ho detto?» protesta Pierrot.

Charme sospira.

«Non ti preoccupare, so tutto. Anche noi abbiamo occhi e orecchie, sai».

Dal giorno prima i muri della città sono di nuovo tappezzati di manifesti:

Difesa passiva, istruzioni in periodo di crisi.

Organizzatevi. Se avete parenti in campagna, amici, una casa o una semplice capanna in cui andare appena sarà dato l'ordine, andateci.

Non partite senza una coperta, vestiti di lana, una candela o una torcia elettrica, un po' di soldi, uno zaino di viveri e biberon per i più piccoli...

Clairette non dice niente e Gaby neppure, ma tutti lo pensano, nessuno si illude più: la guerra, che credevano di aver evitato, è imminente. Sono mesi che cova, mesi che minaccia, ma dal 23 agosto, da quando la Germania ha firmato un patto con i sovietici, più nessuno crede alle promesse del Führer. L'Austria, d'accordo; la Cecoslovacchia, passi... ma adesso che vuole impossessarsi della Polonia il suo programma è chiaro, non si può più fare finta di niente. E Charme, nonostante desideri la pace più di ogni altra cosa e nonostante diffidi dello stato maggiore francese, non avrà esitazioni, andrà a combattere contro Hitler e per la libertà. Oh sì, ci andrà!

«Caro? Stai sognando?» lo chiama Gaby.

Sale le scale per raggiungerla, prende Clairette sottobraccio e mentre gli amici entrano in chiesa formula un voto silenzioso: che mio figlio non vada mai in guerra.

Poi il prete battezza a destra e a manca una sfilza di bambini che piangono sotto la volta in braccio a madri dagli occhi umidi.

«Come si chiama?» domanda l'uomo di chiesa quando tocca alla famiglia Balaguère.

«Robert Michel Aloe» risponde educatamente Gaby.

Il sacerdote si stupisce di quel terzo nome non molto cattolico, ma c'è gente che aspetta, così benedice il piccolo Robert e passa al piagnone successivo. Ovviamente per Charme e Gaby non ci sarà nessun Robert. Secondo la tradizione di famiglia, il figlio si chiamerà Aloe e basta, un nome da pianta grassa per un'epoca che si preannuncia magra.

Qualche giorno dopo

Capitolo 20

Charme chiude il suo libretto militare e lo posa sul tavolo della cucina. Strette nel vano della porta, Clairette e Gaby fanno blocco. Hanno tutta l'aria di volergli impedire di partire. Se solo potessero! Ma no, ovviamente non possono fare niente contro il meccanismo implacabile che si è messo in moto. Il giorno prima l'esercito tedesco ha invaso la Polonia, cosa che ha provocato l'ordine istantaneo di mobilitazione generale, le requisizioni e il richiamo di tutti i riservisti nelle varie caserme di raggruppamento. Certo, la guerra non è ancora stata dichiarata ufficialmente, ma per il resto è come nel '14, pensa Clairette.

«Vado da Aloe, mi pare che pianga» annuncia eclissandosi.

In realtà nessuno sta piangendo, ma preferisce salire di sopra, tenere per sé il suo terrore e lasciare il figlio con la moglie.

«Non puoi partire senza niente in pancia, ti faccio un caffè» mormora Gaby.

Charme la intercetta prima che raggiunga la cucina a carbone e la abbraccia stretta.

«Promettimi che farai quello che abbiamo detto. Promettimelo».

Gaby si irrigidisce. Ne parlano da giorni, continuamente, e malgrado le ragioni che Charme le ripete non riesce a decidersi. Mollare tutto? Andarsene così, con una suocera che conosce appena e un bebè di poche settimane? In una campagna sperduta e sconosciuta? Con l'inverno in arrivo?

«Hai sentito quel che dicono alla radio?» insiste Charme.

«Bisogna scappare da Parigi! Bombardamenti, allarmi notturni, coprifuoco, restrizioni... Hai voglia di andare incontro a cose del genere?».

Gaby scuote la testa. Nessuno ne ha voglia, che domande! Solo che è sempre vissuta in città, non ha mai messo piede in una fattoria, non conosce nessuno laggiù, mentre a Parigi ha le sorelle, le amiche, le sue abitudini. Charme allenta la stretta.

«E questa!» aggiunge afferrando la maschera antigas, un po' innervosito. Sono andati a prenderle il giorno prima in municipio insieme alla folla degli abitanti del quartiere convocati dal Comitato di difesa passiva. «Davvero hai voglia di stare tutto il giorno con questo coso appeso al collo casomai servisse? Hai provato a mettertela? Hai provato a respirarci?».

E a mo' di dimostrazione apre una custodia ed estrae una maschera. Per poco non si strappa via la metà dei capelli con le cinghie di gomma, ma riesce a infilarsela. Con i due grossi occhi di vetro e quella specie di proboscide che gli pende davanti alla bocca sembra uno spaventoso insetto. La voce gli esce dal filtro soffocata e cavernosa.

«Santo Dio, Gaby, rifletti ci due minuti!».

La giovane non può fare a meno di ridere. Per sdrammatizzare un po' si alza sulle punte dei piedi e bacia Charme attraverso la maschera.

«In più puzza!» dice togliendosela.

«Va bene» sospira Gaby tornando seria. «Ti prometto di partire con Aloe e Clairette».

«Davvero?».

«Davvero».

«Allora domani» decide Charme. «Prenderete il primo treno per Sainte-Saverne, d'accordo?».

Gaby chiude gli occhi. Che vertigine, che follia!

«Il primo treno, promesso» ripete.

Finalmente la decisione giusta! Felice e sollevato, Charme la abbraccia di nuovo.

«Vedrai, Gaby, è bellissimo! Quando sarai lì dimenticherai la guerra! Invece delle sirene sentirai gli uccellini, invece degli aerei sentirai le campane della chiesa, e invece dei tedeschi… be', vedrai mucche, carino, no? E poi il povero nonno Cytise sarà felice di avervi con lui! Da quando è morta nonna sta…».

«Quanti anni ha?» domanda Gaby, che non l'ha mai visto.

«Settantacinque, ma a quanto pare continua a occuparsi delle bestie, tagliare la legna e fare l'orto. Ti insegnerà, non è difficile, vedrai».

«Uhm» annuisce Gaby.

Riempie la caffettiera con l'acqua della brocca. Venticinque anni prima l'altra guerra è durata quattro anni. Suo padre ci è morto, lasciando una vedova e tre orfanelle. Anche questa guerra farà di lei una vedova e di Aloe un orfano? Sarà più breve? Più lunga? Farà meno morti o di più?

L'acqua bolle. Gaby fa passare il caffè mentre Charme, sentinella immobile, sta davanti alla finestra. Quanto tempo dovranno stare separati? Cosa saranno le loro vite d'ora in poi? Nessuno lo sa, il mondo è precipitato in una specie di vuoto che fa venire la nausea. E poiché le grandi domande non hanno risposta tanto vale limitarsi alle piccole.

«Uno o due cucchiaini?» gli chiede Gaby con la tazza in mano.

Charme sa che di lì a poco lo zucchero sarà merce rara.

«Due, grazie» risponde.

2 SETTEMBRE 1939

CAPITOLO 21

Nel giro di poche ore la popolazione di Parigi sembra diventata liquida: le case si svuotano, le automobili si riempiono, un fiume umano affolla le strade e si riversa nelle stazioni, dove i treni cominciano a evacuare i civili verso ovest e i militari verso est. La gente si incrocia, si mischia, si urta, si separa, grida e si chiama mentre alcuni bambini persi tra la folla piangono.

Colpo di fortuna, Charme trova Eugène su una banchina della gare de l'Est. Stretta di mano nervosa, breve abbraccio. Tutto bene?

Pallidissimo, l'amico osserva la ressa tutto intorno, le valigie, i materassi, i cani, le carrozzine, i bauli rigurgitanti di oggetti ridicoli ritenuti ancora indispensabili, orologi a pendolo, abat-jour, tavolinetti.

«Ti ricordi quando andavamo in barca sulla Marna?» chiede.

«Come no!» sospira Charme.

«All'epoca credevamo alla pace, ne eravamo convinti» continua Eugène con amarezza. «Avevamo giurato di non farci abbindolare come i nostri genitori, ricordi? E invece eccoci qua! Non siamo meglio della generazione di prima!».

Ma dietro di loro spingono, è tempo di salire. Charme prende la valigia, sale a bordo e tende la mano a Eugène.

«Vieni, dài, ci penserai dopo! Se credi che Hitler ci lasci scelta...».

Eugène lo squadra.

«Abbiamo sempre una scelta, compagno!».

Sbigottito, Charme lascia ricadere la mano. Sa che Eugène è iscritto al partito comunista e che i suoi ideali sono stati messi a dura prova dall'alleanza tra Stalin e Hitler. Il partito comunista francese è stato sciolto e sono stati vietati i giornali che lo sostenevano, i comunisti francesi si sentono inevitabilmente in una brutta posizione, ma lui, il suo vecchio amico? Come può avere incertezze di fronte al regime nazista?

«Sei matto a dire una cosa del genere? Vieni, su».

Eugène fa un'alzata di spalle, lancia la valigia sul treno e raggiunge Charme.

«In un modo o nell'altro ci facciamo fregare» grugnisce. «Dov'è finito il tuo pacifismo, compagno? L'hai lasciato a casa con il berretto e la coscienza a posto?».

Charme stringe i denti.

«Ehi, datti una calmata. E smettila di chiamarmi compagno, visto che ce l'hai con me. Vai a spiegare le tue grandi idee ai polacchi, che ci facciamo due risate!».

E per l'appunto Eugène emette una risatina forzata.

«Non ti preoccupare, la faccio, questa guerra, sarò anche un bravo soldato ubbidiente! Io almeno, se finisco maciullato come mio padre, non lascio vedova e orfanello, al contrario di te!».

Per Charme quelle parole sono come un cazzotto in faccia, ma alle loro spalle si agitano e spingono, così avanza bene o male nel corridoio ingombro pensando a Gaby e ad Aloe. Lo fa apposta, Eugène, a essere crudele? È il momento giusto per litigare, quello?

«Cosa mi rimproveri esattamente?» si innervosisce passando a forza di gomitate da uno scompartimento all'altro. «Di aver voluto mettere su famiglia, di voler vivere? Cosa ci posso fare io se tu non vuoi bene a niente e a nessuno?».

Qualche faccia divertita si volta verso di loro.

«Ehi, ragazzi, venite! C'è una scenata coniugale!».

Eugène si blocca in mezzo al corridoio.

«Amore ne ho quanto ne vuoi! Ma non per una sola donna o un solo bambino, io voglio bene all'intero genere umano, lo capisci questo?».

«Magnifico!» urla Charme. «Se ti piacciono tanto gli esseri umani sei servito! Guarda quanto ce n'è qui, di genere umano! Bruni, biondi, alti, bassi! Ora sei pregato di lasciarmi in pace e trovarti altri amici, chiaro?».

Fischi, battutacce e urrà accolgono il discorso.

«Oh, stai sicuro che ne troverò altri! E migliori di te!» risponde Eugène.

Poi, furioso, fa dietrofront e scende dal vagone. Dal finestrino, Charme lo vede saltare sulla banchina, fendere la folla e andare verso la parte anteriore del convoglio urtando chiunque gli capiti a tiro.

Sospira deluso. Da un po' di tempo tutti litigano per tutto. Nel '36 per l'aiuto o meno da dare ai repubblicani spagnoli, nel '37 tra chi appoggiava o non appoggiava gli scioperi, tra chi sosteneva Léon Blum e chi non lo sosteneva, nel '38 tra i favorevoli e i contrari al trattato di Monaco, e ormai neanche Hitler riesce a mettere d'accordo due vecchi amici. Che fatica!

«Ci vuoi fare notte, qui?» si innervosisce un bassetto dietro di lui.

«Va bene, va bene, non c'è bisogno di spingere» brontola Charme. «Per la guerra prendono tutti».

Finalmente vede un posto libero nell'ultimo scompartimento. Issa la valigia nella retina e si lascia cadere accanto a un tizio più grande di lui, che nonostante la confusione è immerso nella lettura di un libro. Strano modo di andare al fronte, pensa Charme, che fino a quel momento ha visto più bottiglie di vino che libri negli zaini dei soldati.

Istintivamente dà un'occhiata alla copertina.

«*Terra degli uomini*» legge ad alta voce.

Il vicino lo guarda e sorride.

«È appena uscito. L'hai letto?».

Charme scuote la testa. A parte il giornale, lui…

«L'ha scritto Antoine de Saint-Exupéry, sai, l'aviatore. Racconta storie incredibili». L'uomo sfoglia qualche pagina. «Senti questa. Un giorno un suo compagno pilota si schianta con l'aereo sulle montagne del Sudamerica. Sopravvive all'incidente, ma è perso, solo, nella neve, con un freddo da ammazzare un cavallo. L'unico modo di salvare la pelle è camminare giorno e notte, senza fermarsi mai».

«E lo fa?».

«Sì, cammina per cinque giorni e cinque notti. Per farsi coraggio pensa alla moglie e agli amici che lo aspettano ai piedi della montagna e che vogliono vederlo tornare vivo. Allora pensa "Hanno fiducia in me, se non cammino sono un mascalzone"[1]». E conclude: «Mi sto ripetendo questa frase da quando l'ho letta, "se non cammino sono un mascalzone", perché il coraggio degli altri mi aiuta a mettere insieme il mio».

Sorride di nuovo, poi ricomincia a leggere lasciando Charme con quelle poche parole, tipo regalo enigmatico.

[1] Antoine de Saint-Exupéry, *Terra degli uomini*, traduzione di Renato Prinzhofer, Milano, Mursia 2014.

Il giorno dopo, tutti in assetto da combattimento.
Mentre Hitler punta ancora una volta sull'indecisione di Francia e Gran Bretagna, i due paesi dichiarano ufficialmente guerra alla Germania.

Sarà una guerra rapida, fulminante.

Te lo puoi immaginare, nessuno vuole una guerra impantanata come l'ultima volta.

Le autorità sono in fibrillazione, fioccano ordini da un apparato dello Stato all'altro e, secondo un piano sapientemente prestabilito, la Francia si mette in stato d'assedio.

Si allestiscono treni e corriere gratuite per le famiglie della zona rossa che vanno evacuate immediatamente verso regioni del Centro o dell'Ovest.

Si scavano rifugi antiaerei sotto lo Champ de Mars.

Si impilano migliaia di sacchi di sabbia intorno a Notre-Dame e ai piedi dell'Arc de Triomphe.

Si trasferiscono in luoghi segreti le opere più preziose del museo del Louvre.

Il sindaco del piccolo comune di Plouha, in Bretagna, riceve l'ordine di costruire baraccamenti e preparare la zuppa per un migliaio di sfollati provenienti da Maubeuge, mentre quello di La Baule è tenuto a requisire gli alberghi di lusso e le ville non occupate a bordo mare per ospitare ottomila abitanti poveri del XIV *arrondissement.*

Vengono chiuse le università di Parigi e professori e studenti trasferiti d'ufficio dalla Sorbona a Nantes.

Le vetrine dei negozi vengono rinforzate con nastro adesivo.

Strumentisti, cantanti e direttori d'orchestra della radiodiffusione nazionale vengono spostati a Rennes con un treno speciale.

Al calar della sera entra in vigore il coprifuoco: illuminazione pubblica al minimo, divieto di accendere le insegne dei negozi. Tutti devono dipingere di blu i vetri delle finestre e scurire con il carbone l'interno dei paralumi. Le ciminiere delle fabbriche vengono dotate di coperture in lamiera affinché non si veda il bagliore delle fornaci. Sulle strade le macchine circolano a fari spenti e la velocità di attraversamento degli agglomerati urbani viene ridotta a dodici chilometri all'ora.

Queste le consegne.

Sul terreno, evidentemente, niente va come previsto.

La maggior parte dei frontalieri e dei parigini non aspetta le corriere gratuite per mettersi in salvo. Conoscono i crucchi, sono barbari che mozzano le mani ai bambini! Così ognuno si organizza per andarsene con un carro, una bicicletta o un trabiccolo qualsiasi e i treni speciali restano mezzi vuoti, mentre i treni regolari vengono presi d'assalto, cosa che crea un caos indescrivibile nella circolazione.

In seguito a un errore di manovra degli scambi alcuni operai conciatori di Strasburgo, attesi a Limoges, finiscono a Lorient. A Plouha, invece dei mille abitanti di Maubeuge, arrivano trecento parigini.

A La Baule, mentre i proprietari si affrettano a occupare le proprie ville, i villeggianti di agosto si rifiutano categoricamente di lasciare le camere d'albergo. Temendo l'inverno, i poveri evacuati del XIV *arrondissement spaccano con l'accetta i letti dei dormitori per farne legna da ardere.*

A Quimper il signor Pontet, direttore della pubblica assistenza, segnala tra i nuovi arrivati venti casi di tubercolosi incurabile, dodici casi di sifilide e varie donne con la scabbia.

Nel giro di pochi giorni mezzo milione di parigini scappa dalla capitale.

L'intera Francia è in preda alla febbre, l'intera Francia ha la smania di muoversi.

Nel frattempo, ai confini e nei cieli...

Non succede niente.

Passano i giorni.

Finisce settembre, comincia ottobre, e ancora niente.

A La Baule, a Plouha e a Rennes gli evacuati volontari si fanno domande.

Aspettano notizie.

Centinaia di migliaia di soldati vengono ammassati lungo la linea Maginot, pronti a difendere il suolo patrio,

ma i tedeschi sono indaffarati dall'altra parte, in Polonia,

lo stato maggiore francese non se la sente di correre rischi

e la guerra, che doveva essere fulminante,

non c'è.

1939

Capitolo 22
Gaby

A Les Chaumes è autunno. Ogni mattina Gaby osserva la tetra avanzata della brina nei campi e, quando esce sulla porta, l'aria fredda la avvolge completamente.

È lì da due mesi, prigioniera in quel buco.

Da due mesi vive nella scomodità, nel fetore di letame e nella notte spaventosa della campagna da cui giungono fruscii, scricchiolii e versi di animali, impossibile chiudere occhio. Ha freddo, si sente sola, è stanca, in parole povere è infelice. Non le piace niente di quel luogo, né il sapore del latte pieno di mosche che si attinge direttamente dal secchio né la paglia del materasso che le punge la schiena né l'andatura spettrale di Cytise quando attraversa il cortile ogni mattina diretto verso oscure occupazioni nell'orto.

Contrariamente a quello che aveva detto Charme, il nonnino non sembra molto contento di avere compagnia. In realtà è indifferente a tutto meno che al cane, un giovane pastore che ha preso quando è morta la moglie e a cui ha dato il buffo nome di Pardon. Rivolge la parola solo a lui, mentre con Clairette si esprime a monosillabi e nei confronti di Gaby ostenta un silenzio ostile. Ogni sera, nella luce tremolante della lampada a petrolio, sbriciola un po' di pane secco in una scodella di latte caldo, mangia rumorosamente la sua pappa, rutta e, sempre senza una parola, prima di riempire l'eterna pipa di radica si pulisce le unghie con la punta del coltello. Gaby non è schizzinosa, ma quei modi la disgustano.

«In campagna è così» le dice Clairette con un sorriso. «Ti ci abituerai».

Fosse facile! Niente acqua corrente né elettricità, c'è sporcizia dappertutto ed è costretta a fare i bisogni in un angolo di campo sotto l'occhio delle vacche: può mai abituarsi a cose del genere? E alla mancanza di uomini? E alla mancanza d'amore? E alle lacrime di Aloe, che ha le coliche per colpa dell'acqua del pozzo?

D'accordo, Charme aveva ragione, da quelle parti non c'è un solo tedesco, ma non ce ne sono neanche a Parigi, a quanto pare, né a Charenton né nei localini all'aperto lungo la Marna, quindi che senso ha restare ancora lì? Gaby vorrebbe solo tornare a casa.

Una mattina, vedendola ancora più ingrugnata del solito, Clairette le mette una mano sulla spalla.

«Smettila di rimuginare» dice. «Se ti va, possiamo andare insieme a Sainte-Saverne, vedremo un po' di gente».

«Quale gente?» mugugna Gaby. «Il paese è deserto. Non ho voglia di farmi quindici chilometri a piedi per niente».

«Ma non andremo a piedi! Vieni a vedere».

Clairette conduce la nuora nel fienile. Da quando Cytise ha venduto gli animali e dato in affitto i suoi pascoli, da quando non miete più e lascia la fattoria in uno stato di semiabbandono, il fienile è solo una carcassa piena di correnti d'aria e ricordi immobili. E lì, rovistando dietro i vecchiumi ammassati, Clairette ha scoperto le due biciclette. Sono tre giorni che le pulisce, ripara le gomme e ingrassa le catene arrugginite.

«Sono un po' grandi per noi» riconosce, «ma di necessità, virtù! Che ne dici?».

Gaby le osserva circospetta.

«Di chi erano?».

«Di Anzême e Marty. Hanno una certa età».

Gaby prende una bicicletta, si tira su la gonna, sale in sella, dà una pedalata, poi un'altra e si lancia sul campo bitorzoluto fino al cortile della fattoria. Fa il giro un paio di volte e torna. Quando posa il piede a terra ha le guance rosa e un sorrisino sulle labbra, evento che Clairette aspettava da un pezzo.

«Va bene, andiamo a Sainte-Saverne» decide. «E Aloe?».

«Lo lasciamo a Cytise».

«Se la caverà, il vecchio?».

«Certo che se la caverà. La vita non si dimentica».

Pur dubbiosa, Gaby non resiste alla tentazione. Clairette le ha fatto il regalo più prezioso che esista, un po' di libertà, un po' di spazio per respirare.

Arrivando nella via principale del paese, allegre e fiere sulle biciclette da uomo, con le gonne raccolte tra le gambe, Gaby e Clairette non passano inosservate. Davanti alla locanda del Bon Laboureur, alla posta, alla bottega del fotografo e al negozio di stoffe e colori le conversazioni si interrompono, la gente le guarda passare, commenta… «Altre parigine venute a rifugiarsi da noi… Sì, stanno dal vecchio Balaguère, a Les Chaumes, una vedova e la nuora fresca di parto! Non hanno di meglio da fare che venire a passeggiare? Mica passeggiamo, noi!». Gaby e Clairette se ne infischiano altamente dei commenti. La guerra, come del resto quella di prima, ribalta i pregiudizi, scompiglia le abitudini, quello che si può o non si può fare, e pazienza se la gente mormora.

«Ho sete!» dichiara Clairette posando la bicicletta. «Andiamo a farci un bicchierozzo!».

Gaby annuisce, e poco dopo sono sedute a un tavolo del Café de la Gare in mezzo a vecchi giocatori di carte che aggrottano le sopracciglia e a un gruppetto di soldati in licenza, arrivati con il treno di mezzogiorno, dallo sguardo vispo.

«Ehi, barista, porta da bere alle signore, offriamo noi!» grida un militare.

«Sì, offrono la Francia e il generale Gamelin!» ride un altro.

«Alla salute delle belle signorine!» esclama un terzo sbirciando il corpetto di Gaby. «Ragazzi, fa piacere vedere qualcosa di diverso da un paio di baffi, eh?».

Clairette e Gaby sorridono accettando volentieri il bicchiere e i complimenti. Certo, i soldati sono un po' sbronzi, un po' sporchi, un po' volgari, ma diavolo, anche loro sono ben contente di vedere facce giovani e sentire qualche risata invece dei gorgoglii di Cytise e del vento che ulula sotto il tetto della fattoria.

«Finalmente un po' di allegria!» sospira Gaby. «Non è che siccome siamo in guerra dobbiamo seppellirci vive!».

«È anche vero il contrario» mormora Clairette. «Più aleggia la morte e più si sente il bisogno di divertirsi. È così» conclude facendo l'occhiolino a Gaby.

Finiscono i bicchieri, si lasciano avviluppare dal calore del caffè e dagli sguardi salaci dei soldati, tanto che quando uno di loro attacca a cantare *Félicie aussi* si alzano e si mettono a ballare tra i tavoli.

A metà della terza strofa uno stridente colpo di fischietto annuncia l'entrata in stazione dell'ultimo treno proveniente da Parigi. Poco dopo, vari viaggiatori morti di freddo e con le facce stravolte fanno irruzione in sala con le valigie.

«Ah, be', che atmosfera!» commenta di malumore un tipo corpulento con un cappotto dal collo di pelliccia. «Ma noi ci siamo appena fatti sette ore di quel maledetto treno, quindi le vostre canzoni...».

Dietro di lui una giovane donna dell'età di Gaby, palesemente incinta, spinge davanti a sé un bambino col viso rigato dalle lacrime.

«Povero cucciolo, cos'ha?» fa Clairette, impietosita.

«È stato male sul treno... Più che altro credo che abbia avuto paura della locomotiva a vapore, è la prima volta che ne vede una» spiega la madre con un sorriso stanco. «Gli compro una limonata per consolarlo».

Mentre il signore corpulento continua a protestare, Gaby e

Clairette fanno posto al piccolo malato e alla madre, che si lascia cadere pesantemente sul sedile.

«Uff, pensavo che questo viaggio non finisse mai» sospira. «Ci sono stati problemi di scambi, un guasto a Laroche-Migennes… Mi sono quasi pentita di aver comprato il biglietto per venire qui, solo che a Parigi il carbone sta cominciando a scarseggiare. Qui almeno si trova sempre legna per scaldarsi, no?». Si raddrizza e dà la mano a Clairette, poi a Gaby, al disopra del tavolo. «Mi chiamo Mona» si presenta.

Capitolo 23
Charme

«Balaguère, c'è posta per te! Tre in un colpo solo, fortunello!».

Charme trasalisce, balza giù dal posto di osservazione e prende avidamente le tre lettere. Sono sgualcite e macchiate, di sicuro sono state aperte e richiuse. Le autorità vedono spie ovunque, con il risultato che la censura filtra la posta che viaggia dal resto del paese al fronte e viceversa.

«Tua moglie?» si informa il caporale Brochard, che quella sera fa il turno di guardia con lui.

Charme annuisce con un gran sorriso sulle labbra. Da dieci giorni che il suo battaglione è stato spostato in prima linea, sul confine, non ha notizie di Gaby. C'è da dire che con tutti quei cambi di assegnazioni e settori postali non è facile ritrovarsi! In quell'assurda guerra, a parte la nebbia, l'umidità, la minestra schifosa e la noia, la mancanza di posta è la tortura peggiore che ci sia.

«Fai con comodo» sorride Brochard, «guardo io per tutti e due. E dato che come al solito non succede niente, per quanto mi riguarda puoi anche farti un bicchiere di rosso».

Riconoscente, Charme va a sedersi in un angolo della baracca su una cassetta di munizioni rovesciata. Al riparo dalle correnti d'aria, si toglie la bustina e avvicina la lampada a olio per leggere.

Caro Charme, scrive Gaby in una lettera risalente a tre settimane prima, *a Les Chaumes va tutto bene, non stare in pensiero per noi. Aloe non ha quasi più le coliche e dorme meglio.*

Tuo nonno non parla molto, lo conosci, ma è solido come una roccia. Quanto a me... E racconta come Clairette abbia riparato le due biciclette e siano andate insieme a Sainte-Saverne passando dagli stagni. *Senza mai bucare*, aggiunge con fierezza, *ma quando siamo arrivate avevo le mani gelide, così Clairette mi ha portato al Café de la Gare. Lì abbiamo conosciuto una donna del paese appena scesa dal treno che arrivava da Parigi con il figlio di tre anni. Chiacchierando del più e del meno mi ha raccontato che il padre era l'ex maestro elementare, il signor Verchère. Lei si chiama Mona. Si ricorda di te quando eravate alla scuola comunale, pare che tu fossi il miglior alunno del padre, ma ha detto che probabilmente non te la ricorderai, dopo tutto questo tempo.*

A cinquecento chilometri di distanza, seduto su una cassetta di legno in mezzo a una guerra decisamente strana, Charme ha un improvviso capogiro. Sensazioni dimenticate risalgono dalle profondità, l'odore del gessetto, quello dell'imbottitura di paglia degli zoccoli, il silenzio preoccupato in classe quando il maestro Verchère faceva il dettato, gli sembra addirittura di sentire il rumore sordo dei suoi passi tra i banchi e le voci acute delle bambine che recitano una filastrocca nell'aula accanto.

«Mona» dice ad alta voce.

Brochard, dal suo posto di vedetta, si volta.

«Tutto bene, amico?».

Charme lo guarda inebetito.

«Sì sì».

«Niente brutte notizie, spero».

«No no».

E ricomincia a leggere. La seconda lettera è di dieci giorni prima.

Caro Charme, temo che le nostre lettere si incrocino. Stamattina ho ricevuto la tua cartolina con l'indirizzo del nuovo acquartieramento, e spero che questa lettera ti trovi in buona salute.

Seguono alcune righe sul tempo, sempre più freddo, e sulle notti troppo lunghe del duro inverno che sta cominciando.

Mi manca la città, mi mancano le luci della città, anche se so bene che con il coprifuoco più niente è come prima a Parigi e ad Alfortville, ma capisci, qui non conosco nessuno, si lamenta Gaby. *Clairette si fa il sangue amaro a vedermi girare in tondo, così mi ha spinto ad andare a trovare Mona mentre lei badava ad Aloe. Ti ho parlato di Mona nella lettera precedente, ma dato che non l'hai ricevuta ti ridico chi è Mona Verchère, la figlia del tuo ex maestro, ora Mona Le Goff, perché è sposata con un bretone che fa l'artigliere nel 166° reggimento di fanteria. Si è sistemata dal padre, in paese, nell'appartamento sopra la scuola. Sono andata a trovarla ieri, ed eravamo tutte e due contente di farci compagnia. Anche lei si sente sola, nonostante il piccolo Jean di tre anni e un figlio in pancia che dovrebbe nascere ad aprile. A Parigi abita a Montparnasse. La città le manca meno che a me, perché è cresciuta qui, e con lei posso almeno parlare di qualcosa che non siano i raccolti e le faccende domestiche!*

Charme sorride immaginando la scena: Gaby e Mona insieme che chiacchierano del più e del meno, di Parigi, della vita com'era e com'è. Cerca di raffigurarsi la bambina di un tempo diventata donna, Mona che giocava a campana o al cerchio, ora incinta e già mamma di un bambino di tre anni, Mona sposata a un bretone. Vabbè.

Di colpo ha caldo. Si sbottona la parte alta della giubba, allunga le gambe, si passa la mano sulla barba non fatta e si versa un bicchiere di quel liquido che di vino ha soltanto il nome, ma che ha il pregio di raggiungere i quattordici gradi. Mona! Mona si ricorda di lui! Mona non l'ha dimenticato malgrado gli anni, i figli e la guerra. Prova una strana felicità, come qualcosa che gli fiorisca nel petto, un respiro nuovo.

«Sembri contento, vecchio mio» commenta Brochard dal suo trespolo. «A quanto pare ti racconta cose divertenti, tua moglie! Ha l'aria di una a cui piace ridere, sei fortunato».

Charme fa un'alzata di spalle senza rispondere, seccato. Ci mancava solo il commilitone che ficca il naso nella sua intimità, come se non bastasse sapere che le lettere vengono lette prima di arrivare a destinazione!

Apre la terza busta, e dal foglio che Gaby ha ricoperto con la sua scrittura appuntita cadono due fotografie. Charme si affretta a mettersele in tasca prima che Brochard le veda.

Caro Charme, la tua lettera è arrivata stamattina, ma ho il timore che tu non riceva le mie. Allego a questa una fotografia di Aloe che ho fatto due giorni fa a Sainte-Saverne, nella bottega del signor Niault, così vedrai com'è cresciuto e quanto gli sono cresciuti i capelli. Carino, vero? Sto facendo sempre più amicizia con Mona. Mi ha dato una fotografia di lei con il figlio, te la mando. Vorrebbe sapere se te la ricordi! A parte questo, niente di allegro. È arrivato il freddo in pianta stabile, stanotte ha nevicato e stamattina, mentre ripuliva davanti alla porta, tuo nonno si è ferito il piede con la parte tagliente della pala. Clairette ha provato a portarlo dal dottore, ma lui non ha voluto sentire ragioni, così gli abbiamo fatto una fasciatura con qualche pezza pulita. Ho ricevuto lettere dalle mie sorelle, che sono ancora a Parigi. Hanno partecipato allo sforzo bellico raccogliendo metallo nel quartiere, quindici pentole, decine di scatole da biscotti, brocche, attrezzi vecchi… tutta roba che verrà fusa per farne bombe! A quanto pare, Hitler non oserà mai attaccare, così mi chiedo a cosa serva tutto ciò. Riuscirai ad avere una licenza per Natale?

Charme prende le due foto dalla tasca e le mette davanti a sé, sotto la lampada. Si sofferma pochi secondi sull'immagine del piccolo Aloe steso su un cuscino di fronte all'obiettivo, ma rimane a lungo in contemplazione del viso di Mona sulla seconda foto, affascinato dall'intensità del suo sguardo e dal pallore delle sue guance, con la sensazione conturbante che si sia fatta fare quel ritratto per lui, più che per il marito Le Goff.

Probabilmente, Saule, intuisci già il seguito.
Durante una licenza Charme torna a Les Chaumes.
Non ci mette piede da diciotto anni, tranne che con il pensiero.
Sottosopra, abbraccia Gaby, Clairette, il piccolo Aloe e il vecchio Cytise.
Respira l'aria del suo paese,
cammina sui sentieri,
taglia legna, dorme in un vero letto stretto a Gaby,
guarda il grande cielo spolverato di neve,
la cima degli alberi spogli,
si accovaccia sulla terra addormentata
con l'impressione di sentire radici che gli spuntano sotto i piedi.
E rivede Mona.

Poi deve andarsene, il suo tempo è limitato.
Torna in prima linea, al confine, dove in quell'inverno del 1940
tutto è immobile, anche la guerra.
Intorno alle casematte fa diciotto sottozero.
Corvée filo spinato. Turno di guardia. Corvée legna. Corvée patate.
Montare e smontare un fucile, riparare ciò che dev'essere riparato.
Pulire cavoli per un intero battaglione.
Spaccare il ghiaccio, spalare la neve.

Curarsi i geloni alle mani
e gli edemi alle gambe causati dalle mollettiere troppo strette.
Guerra di merda che non somiglia alle altre
tranne che per l'angoscia del vuoto.
Non si potrebbe attaccare, almeno un pochino?
No, si sta fermi.
La lezione dell'altra guerra è stata crudele!
Bisogna a tutti i costi evitare una nuova ecatombe.
Resistere. Avere pazienza.
Impedire al nemico di entrare in casa nostra.
È sicuro, presto la Germania avrà finito i soldi,
l'acciaio e il pane,
finirà per capitolare.
Nel frattempo lo stato maggiore cerca di far distrarre i soldati.
Vengono organizzate partite di calcio e proiezioni di film.
Fanno venire cantanti,
troupe teatrali.

In quell'inverno interminabile,
mentre i polacchi vengono invasi, sottomessi, deportati e giustiziati,
l'Unione Sovietica lancia un'offensiva contro la Finlandia,
poi la Germania attacca Danimarca e Norvegia.
Nel frattempo la Francia lavora a maglia.
Arrivano centinaia di pacchi pieni di berretti, guanti e maglioni,
ma anche di sigarette, alcolici e parole dolci.
Il tempo si stiracchia.
Charme fuma e beve.
Pensa a Mona.
E Mona, nella casa sopra la scuola, pensa a Charme.
Finché, senza dirlo a nessuno, si scrivono.
Rifanno conoscenza, come due bambini cresciuti troppo in fretta.

A un certo punto, a febbraio, mentre continua a fare un freddo polare, Gaby decide di tornare a Parigi.

"Sono come i soldati, ho bisogno di una licenza" scrive.

"Ho bisogno di vedere mia madre e le mie sorelle, e poi sono tempi duri, ho bisogno di lavorare. Assumono gente alla SKF, la fabbrica dei cuscinetti a sfera, vado a presentarmi".

Charme non protesta.

Gaby non è fatta per vivere in campagna, è così.

Di comune accordo, lascia Aloe a Les Chaumes, affidato a Clairette.

Tornerà con le belle giornate.

E forse per allora la guerra sarà finita.

A marzo Charme ottiene un'altra licenza.

Non va ad Alfortville a trovare Gaby, torna a Les Chaumes.

Abbraccia Clairette e Aloe.

Va al capezzale di Cytise, che da quando si è ferito al piede non si è più rialzato, come se la parte tagliente della pala gli avesse mozzato le ali.

E va a trovare Mona.

Mona, che partorirà di lì a poco.

Mona che sorride, Mona che gioca con il figlio, Mona che trema, Mona che dice: «Mi scriverai? Tornerai?»

e che lascia a lungo la mano nella sua al momento degli addii.

Quella sera, quando torna alla fattoria, Charme non è più lo stesso.

Vedendolo entrare,

per poco Clairette non fa cadere la bacinella che ha in mano.

In quel momento non vede suo figlio, ma il fantasma di Marty, con la stessa luce divorante sulla faccia, lo stesso desiderio doloroso

dell'epoca lontana del paradiso.

Capitolo 24
Gaby

Gaby guarda Parigi dalla piattaforma scoperta in coda all'autobus, place de la Madeleine, gare Saint-Lazare, non crede ai suoi occhi vedendo tante automobili e biciclette nelle strade, tanti uomini e donne sui marciapiedi. Strilloni, uomini-sandwich con i cartelli pubblicitari appesi al collo, impiegati con l'ombrello in mano, signore eleganti con la maschera antigas in spalla che si affollano all'entrata dei negozi o ai tavolini esterni dei caffè.

Quand'era in campagna aveva immaginato la città abbandonata, addormentata, come morta, invece nonostante la penuria di benzina e carbone, nonostante il razionamento di caffè, pasta, olio, zucchero e sapone, nonostante il divieto di servire aperitivi nei bar, nonostante il coprifuoco a partire dalle dieci di sera, nonostante l'interdizione di organizzare balli popolari e riunioni pubbliche, i parigini si ostinano a vivere. In quel momento, con i capelli mossi dall'aria fresca di primavera, Gaby prova una gioia profonda a essere tornata fra loro. Ostinata tra gli ostinati e viva tra i vivi malgrado i giorni senza carne, i giorni senza dolci e le notti senza luce. Sì, preferisce mille volte essere lì, accanto ai parigini che combattono la malinconia, anziché nei campi, corrosa dalla noia e dalla speranza che succeda finalmente qualcosa.

Scende dall'autobus a Notre-Dame-de-Lorette. Sua sorella Rosette abita non lontano da lì. Va a trovarla in attesa di cominciare a lavorare nella fabbrica dei cuscinetti a sfera, il giorno dopo. «Vieni alle quattro del pomeriggio» le ha detto Rosette, «passeremo a prendere Jojo e Lulu a scuola, poi andremo ai giardinetti».

Eccola davanti alla scuola che si apre un varco tra la folla di mamme, carrozzine e bambini che giocano sul marciapiede. All'angolo della via, davanti all'entrata di un rifugio antiaereo, Rosette le fa un cenno. Si abbracciano e si appoggiano al muro offrendo i loro visi ai primi raggi di sole primaverili. Dopo un inverno di neve e gelo, il più freddo da un secolo a quella parte, sta rinascendo qualcosa che somiglia alla dolcezza di vivere.

«Non vedo l'ora di tornare da Chez Matelote» sospira Gaby. «Immagino che il lavoro alla catena di montaggio sia un po' meno divertente».

«Forse quest'estate potremo di nuovo andarci» sorride Rosette.

«Forse» annuisce Gaby senza crederci.

Il fatto è che, malgrado la situazione tranquilla ai confini della Francia, tutti sanno che ci sono combattimenti in corso in Norvegia e in Danimarca, tutti vedono che i prezzi stanno andando alle stelle, tanto che il governo ha cominciato a mettere in circolazione tessere di razionamento, il che non fa presagire niente di buono.

«Come sta Aloe?» domanda Rosette.

«Clairette dice che sta bene e che comincia a reggersi in piedi da solo. Mi manca, ma...».

«Sta meglio in campagna» conclude per lei Rosette. «Se ne avessi avuto la possibilità, anch'io ci avrei mandato Jojo e Lulu».

«E René?» chiede Gaby.

«Tiene botta, a quanto dice nell'ultima lettera».

Il suono della campanella evita a Gaby di pensare a Charme, che non le scrive da quindici giorni. Intorno a lei scoppia l'agitazione, le porte si aprono e un fiume di scolari si riversa sul marciapiede.

«Ci hanno fatto fare di nuovo l'esercitazione per l'evacuazione!» racconta Lucien eccitatissimo dando un bacio alla madre e alla zia. «Sono arrivato per primo in cantina!».

«Non è vero!» si ribella Georges. «Io sono arrivato prima di te!».

I due fratelli si prendono a calci, si tirano i grembiuli, si inseguono, si picchiano con le custodie delle maschere antigas e si insultano fino all'entrata dei giardinetti.

«Quei due non fanno che bisticciare» sospira Rosette. «Veri piccoli duri, soprattutto da quando il padre è al fronte… Per quanto René mi dica di prenderli a scapaccioni da parte sua, ti giuro, non riesco più a tenerli».

Gaby annuisce.

«Sono come noi, hanno bisogno degli uomini» osserva con un sorriso triste. «È davvero ora che questa guerra finisca…».

«Prima dovrebbe cominciare» le fa notare la sorella.

«Hai ragione. Nel frattempo andiamo a prendere un po' di sole sotto i lillà. Hai visto? Presto saranno fioriti».

Capitolo 25
Charme

Alle prime luci dell'alba Charme attraversa in silenzio le strade di un paesino senza nome. Lì, come dall'altra parte, non c'è più anima viva dall'inizio della guerra, solo gatti vagabondi che spuntano dai terreni incolti e dai seminterrati. Le porte delle case abbandonate dagli abitanti sono state sfondate da un pezzo, le finestre rotte, gli armadi svaligiati, i cortili saccheggiati e le bottiglie scolate, e tutta quella desolazione fa venire la pelle d'oca.

La scuola, ecco cosa stava cercando.

Scavalca un muretto, penetra in cortile, si addentra sotto il portico. È ubriaco, ubriaco di una notte passata a bere vinaccio con i commilitoni senza chiudere occhio, ubriaco di quel mattino che odora di primavera e di quegli otto mesi d'attesa inframmezzati da qualche sparo e brevi cannoneggiamenti, ma nessuna battaglia. Fare la guerra senza combattere è come desiderare una donna senza poterla toccare, snervante. Così, poco prima, quando Brochard ha lanciato quella sfida idiota, Charme ha detto «Ci puoi scommettere!» e se l'è svignata quatto quatto dagli alloggi. La sua missione è varcare la frontiera attraverso il bosco, cosa che ha fatto, e riportare indietro la prova che è riuscito a entrare in territorio nemico senza farsi beccare. Ha pensato che la scuola poteva essere un buon posto per trovare una prova.

Quando arriva nell'aula la prima cosa che vede sono disegni osceni a gessetto sulla lavagna, poi, sparpagliati a terra, quaderni di bambini dalle pagine insudiciate, libri di testo strappati, banchi rovesciati, qualche giocattolo smarrito fra fetidi escrementi umani. La sbronza gli passa all'istante, sostituita da un senso di nausea che lo prende alla gola.

Avanza tra i detriti nella mattina ancora silenziosa. Cocci di vetro scricchiolano sotto gli scarponi infangati. Pensa alla scuola del suo paese, pensa a Mona, e resta immobile in mezzo alla devastazione. Non ha più voglia di ridere, gli viene da vomitare.

Torna indietro a mani vuote. Brochard dà una gomitata al sergente del Périgord, un bassetto che ha trascorso la notte a bere con loro.

«Ho vinto la scommessa, amico! Balaguère è un fifone, mi devi tre franchi!».

Indispettito, il perigordino si rivolge a Charme.

«Ti credevo più abile, cazzo! Mi costi caro!».

Charme fa un'alzata di spalle e passa oltre con espressione cupa. Inutile affannarsi a spiegare a quei coglioni cos'ha fatto e cos'ha visto, e ancora meno cosa ha provato in quel paesino tedesco così simile a un paesino francese. Si mette in un angolo del fienile, prende carta e matita e, come ogni giorno o quasi, scrive una lettera.

10 maggio 1940

Cara Mona,

stamattina mi sono alzato prestissimo e ho camminato nel bosco. Tutto era tranquillo, ho perfino sentito cinguettare qualche tordo. Vorrei tanto vederti e vedere il tuo nuovo bambino. Il tempo che vivo qui è tempo sprecato, anche se gli ufficiali dicono...

Le grida lo interrompono. Un'onda, una voce che cresce e dilaga lungo le fortificazioni, nel fienile, nei rifugi, nelle casematte, simile a un'inondazione che di colpo invada la linea Maginot.

«I crucchi hanno attaccato! I crucchi hanno attaccato!».

Charme posa la matita. Sente una specie di deflagrazione

interna seguita da migliaia di crepitii. Ci siamo? È la guerra? Finalmente! Si precipita fuori.

È effettivamente la guerra, eppure sopra la sua testa il cielo è sgombro, sotto i suoi piedi la terra non trema, e le sue orecchie non sentono cannonate né spari. Il fatto è che, come verrà a sapere più tardi dalla bocca di uno speaker della radio, i tedeschi hanno attaccato altrove dopo aver attraversato l'Olanda, il Belgio, il Lussemburgo e le Ardenne, cioè dove nessuno pensava che avrebbero attaccato. E dove, per l'appunto, non si trova Charme.

Quello che succede dopo è
una totale sorpresa in mezzo a quel lungo torpore.
Un'armata di Stuka e Panzer
si abbatte a velocità fulminea sui settori meno preparati a resistere.

Nel frattempo a trecento chilometri di distanza, al comando di quello che è considerato l'esercito più forte di tutti, il generale Gamelin dirige le operazioni con metodi d'altri tempi. Diffida delle nuove tecnologie, niente radio e telefono! Quindi i dispacci vengono trasmessi da portaordini in motocicletta o a cavallo nonostante le strade intasate. E comunque Gamelin si rifiuta di credere a un attacco-lampo nelle Ardenne: i carri armati non passeranno.

Anche se i tedeschi tentassero l'impossibile impiegherebbero quindici giorni ad attraversare quel massiccio montuoso accidentato e ricoperto da fitte foreste, l'esercito francese avrebbe tutto il tempo di ricompattarsi e contrattaccare!

Come no.

In soli tre giorni i tedeschi arrivano a Sedan.

Non si capisce come facciano, ma i guidatori dei carri armati, i piloti degli aerei e i soldati della Wehrmacht avanzano giorno e notte,

senza dormire, senza mangiare,

attraverso i boschi, il cielo, i campi e i corsi d'acqua. Impossibile fermarli, sembrano macchine!

Gamelin non sa che i soldati tedeschi sono imbottiti di Pervitin, pasticche a base di amfetamine prodotte in quantità industriali da un laboratorio farmaceutico di Berlino che inibiscono qualsia forma di debolezza: la paura, la fame,

il bisogno di dormire e il senso di empatia.

È la droga perfetta per la guerra moderna.

Conclusione, stato maggiore ed esercito francesi sono colti di sorpresa e in pochi giorni

tutto crolla.

Lussemburgo, Belgio e Olanda vengono invasi.

Aeroporti distrutti, ponti, stazioni, porti e incroci ridotti in polvere.

E in pochi giorni viene invaso anche l'intero nord della Francia.

Molti morti tra i soldati.

Molti morti tra i civili.

Molti prigionieri, feriti, scomparsi.

Interi paesi ridotti in briciole.

Tutto ciò che si credeva, tutto ciò che si vedeva e tutto ciò che si aveva sparisce.

I belgi scappano dal Belgio.

Gli olandesi scappano dai Paesi Bassi,

poi gli abitanti di Lille, Maubeuge, Sedan, Abbeville, Laon, Calais e Dunkerque

si mettono in strada diretti a sud.

Per evitare il panico generale

giornali e radio vengono censurati.

Vietato dire dove sono i tedeschi.

Vietato riconoscere di aver perso la guerra così,

in un lampo, da idioti.

Le voci però corrono. Pare che lassù la situazione si sia fatta incandescente, pare che i crucchi siano in Francia. Pare, ma non si sa, perché non c'è posta, non c'è telefono, non ci sono notizie dal fronte e non c'è modo di esserne sicuri. Allora che si fa? Si resta? Si parte?

Le alte sfere sanno già che è finita. Il Belgio si è arreso, l'esercito francese è allo sbando.

A inizio giugno i ministri, i prefetti, i sottoprefetti, la nostra classe dirigente, i nostri politici

fanno le valigie e lasciano Parigi. Si sparpagliano verso Tour, nei castelli della Loira, poi a Bordeaux.

A quel punto diventa difficile continuare a mentire alla popolazione.

Parigi viene dichiarata città aperta. Ciò significa che i tedeschi possono entrare, che nessuno opporrà resistenza,

che nessuno difenderà la torre Eiffel,

Notre-Dame o Montmartre.

A quel punto c'è il panico, quello vero.

Quanti sono in quel giugno a fuggire dalla metà nord del paese mentre al sud altri scappano dai bombardamenti dell'esercito italiano agli ordini di Mussolini?

Otto, nove, dieci milioni?

Senza contare i belgi e gli olandesi.

Senza contare i soldati che, a seconda degli ordini e dei contrordini, cercano di raggiungere o abbandonare le zone di combattimento.

Non si è mai vista una confusione simile. Tra Parigi e la Loira si forma un ingorgo gigantesco.

I più fortunati avanzano di cinque chilometri al giorno.

Gli altri abbandonano i mezzi di locomozione e continuano a piedi. Presto non si trova più benzina. Tutti hanno sete, tutti hanno fame, i bambini piangono e si perdono, le famiglie si separano e in quel caos inverosimile succede il peggio, Stuka tedeschi scendono in picchiata per mitragliare le processioni di sfollati.

Quanti sono a morire così, falciati da una raffica piovuta dal cielo? Novemila, diecimila?

Quanti bambini? Quante donne? Quanti cavalli? Quanti cani?

Le strade sono costellate di cadaveri, e i sopravvissuti si battono per un tozzo di pane trovato in una macchina i cui occupanti sono morti. Non ci sono più regole, non c'è più morale, non ci sono più gendarmi, non c'è più legge, non c'è più niente a cui aggrapparsi.

È un finimondo.

… Due mesi dopo …

Agosto 1940

Capitolo 26
Charme

Oppresso dal caldo, con le case raccolte sotto l'ala protettrice della chiesa, il paese della sua infanzia resiste. Niente si muove, niente cigola, niente sgocciola, neanche l'acqua del lavatoio, solo i passi di Charme risuonano tra le facciate dalle finestre chiuse.

Sono ormai venti giorni che cammina. Da quando, insieme a qualcun altro, è riuscito a evadere da un campo di prigionia vicino al confine, ha attraversato un quarto del paese. Ovunque ha provato la sensazione sgradevole di una Francia ibernata in piena estate. Aveva sperato che quello stato di prostrazione non avesse investito il suo paese, ma non è così. Anche lì sembra tutto pietrificato, come in una fiaba.

Da quando a giugno il maresciallo Pétain ha firmato l'armistizio, vergogna e paura hanno bruscamente gelato il sangue nelle vene della Francia. Più niente funziona, né il telefono né la posta né i treni. La popolazione si è disseminata nel territorio come polline in primavera, non si sa più dove siano gli uni o gli altri né se si rivedranno vivi. Da tre mesi Charme non ha più notizie di nessuno.

Attraversa la piazza immobile, passa davanti al comune, costeggia la scuola, poi alza gli occhi verso l'appartamento dei Verchère. Da venti giorni sta camminando spinto dalla speranza folle di trovare Mona, perché in quella catastrofe che ha spazzato via tutto, a parte lo shock della sconfitta, a parte i ponti e le strade distrutti, a parte gli animali troppo magri e i bambini stravolti, a parte i soldati nemici che bevono il nostro vino e dormono nei nostri letti, la cosa più difficile è essere separati.

Miracolo, le persiane sono aperte! Dietro la finestra della cucina vede perfino una pentola fumante, e quel segno di presenza umana gli restituisce il sorriso. Mona è in casa! pensa andando verso il portoncino. Sta per aprirlo quando sul filo dei panni teso fra i platani del cortile nota mutande, calzini e camicie da uomo. Si blocca. Nonostante il caldo, di colpo ha la punta delle dita congelata. Nella sua ossessione amorosa non gli è mai venuto in mente che anche Le Goff potesse essere tornato a casa. Disorientato, fa un passo indietro, e solo allora si accorge dei veicoli militari parcheggiati sotto il portico, una Kübelwagen a quattro ruote motrici e una motocicletta BMW, tipiche della Wehrmacht.

La paura gli fa contrarre i muscoli. Indietreggia ancora esaminando i dintorni con aria diffidente, poi fa dietrofront come se avesse sbagliato indirizzo. Nella zona occupata i tedeschi sono come insetti, invadono ogni spazio, colonizzano i municipi, i castelli, le fattorie, le scuole. Si sentono a casa loro dappertutto, e a quanto pare sono a casa di Mona. Ma lei dov'è? E se i tedeschi sono ovunque… sono anche a Les Chaumes?

Charme abbandona il paese addormentato e, una volta sulla strada che porta alle frazioni, accelera il passo. Circolano quantità di storie atroci, fattorie saccheggiate, donne violentate, vecchi torturati, bambini rapiti… Nonostante il sole a picco e i piedi sanguinanti si mette a correre sui sentieri di terra.

Durante quella strana guerra, comprese le ultime settimane in cui finalmente si è combattuto, non ha ucciso nessuno, ma in quel momento potrebbe! Stringe il manico del coltello. Se un tedesco ha varcato la porta di casa sua, è un uomo morto!

Arriva a Les Chaumes nella luce abbagliante del primo pomeriggio. L'aria odora di paglia, tutto è denso e soffocante, sembra quasi che sotto le pietre covi un incendio. Accaldato, entra in cortile e caccia un grido che gli lacera la gola.

«Mamma!».

Sguardo inquieto, osserva le costruzioni agricole e, tutto intorno, le colline gialle. A prima vista non è cambiato niente. Riconosce il tiglio, il pozzo, i tetti d'ardesia e, all'angolo del fienile, il mucchio di letame e il carro adagiato sulle sue stanghe.

«Mamma!».

Mentre si sta avvicinando, la porta della fattoria si apre e un visino sporco appare nello spiraglio. A Charme balza il cuore in petto. Ha riconosciuto il bambino. Per non spaventarlo si ferma dando al piccolo il tempo di osservarlo e al suo cuore il tempo di calmarsi.

«Sto cercando mia madre» ripete sforzandosi di avere un tono rassicurante. «Si chiama Clairette, sai dov'è?».

In piedi sulla porta, il bambino esita a rispondere. Ha il pollice in bocca e le ginocchia in dentro, si dondola sulla soglia.

«E tua mamma... c'è?» dice ancora Charme, pieno di speranza.

Il bambino si toglie il pollice dalla bocca e, a mo' di risposta, dà un'occhiata furtiva verso l'interno della casa. Charme sorride e, reprimendo un tremito interiore, chiede:

«C'è anche il tuo papà?».

Stavolta il piccolo scuote la testa.

«È nei campi?».

Il piccolo scuote di nuovo la testa regalando a Charme un altro colpo al cuore. Sta per fargli un'altra domanda quando da dentro la casa risuona il pianto stridente di un poppante. Il bambino ne approfitta per scappare. Charme sospira.

In lontananza, il campanile della chiesa suona le quattro. Osserva di nuovo il luogo in cui si trova, il luogo in cui è nato e cresciuto e dal quale, oggi più che mai, attinge forza vitale. Guarda ogni cosa, gli attrezzi posati all'ombra, l'orto ben curato, le lenzuola che si asciugano nel frutteto e l'abbeveratoio pieno di acqua limpida. A parte l'assenza di animali non c'è traccia di catastrofe, pensa.

Quando si volta, Mona è sulla porta e sbatte le palpebre alla luce accecante. Ha i capelli sulle spalle, la neonata in braccio e il bambino attaccato alla sua gonna.

Charme è talmente felice che non riesce a muoversi né a parlare, riesce solo a sorridere e a lasciare che i suoi occhi anneghino nelle lacrime.

«Charme?» mormora Mona con lo stesso sguardo affogato.

Alleggerito di colpo da tutti i pensieri, si mette a ridere. Mona si stacca dalla penombra della casa per raggiungerlo in piena luce. Si ferma vicino a lui, incerta, e lui si avvicina ancora, fino a sentirne il respiro.

Febbrili, travolti, incapaci di parlare, si aggrappano l'uno all'altra con lo sguardo, come due bambini sperduti che si ritrovano. Più niente esiste intorno a loro, più niente e nessuno, neanche Clairette in bicicletta, che spunta in cortile e li sorprende nel momento in cui si abbracciano.

Capitolo 27

Scende la sera sulla fattoria. Intorno al tavolo ci sono tre adulti e tre bambini, e sotto il tavolo un cane dal buffo nome di Pardon.

«Da quando è morto tuo nonno mi segue dappertutto» dice Clairette, «e se vado in paese il poverino si mette all'incrocio tra il sentiero e l'albero Morin ad aspettarmi».

Tuffa il mestolo nella zuppiera e riempie le scodelle pensando ad altro mentre Charme, con gli occhi bassi, accarezza tristemente la pipa di radica del nonno. A parte Les Chaumes e qualche vestito, è tutto ciò che resta di Cytise Balaguère.

«Povero nonno» dice.

«Il piede gli era guarito» spiega Clairette, «avrebbe potuto camminare, ma non aveva più voglia di niente. Poco a poco ha smesso di mangiare e di bere, poi di parlare, tranne quando chiamava il cane. Una mattina l'abbiamo trovato nel suo letto, già freddo».

«Era fine giugno» specifica Mona, «subito dopo che sono arrivata qui con i bambini».

Le scodelle sono piene di un brodo chiaro in cui galleggiano pezzetti di porri e patate. Mona si attacca la neonata al seno, Clairette si lascia andare sulla sedia e guarda il tavolo con aria dispiaciuta.

«Neanche un po' di vino abbiamo! I crucchi ci hanno preso tutto, maledetti».

Quel pomeriggio stesso ha pedalato quindici chilometri all'andata e quindici al ritorno sulla bicicletta di Anzême nella speranza di trovare un po' di pane a Sainte-Saverne, ma è tornata a mani vuote. La farina è stata requisita, il pane razionato, i fornai sono sorvegliati, ecco cosa significa vivere in un paese occupato.

«Subito dopo l'armistizio» racconta Clairette, «quando ho saputo che i tedeschi si erano piazzati nella scuola non ci ho pensato due volte, sono scesa in paese e ho detto a Mona di fare i bagagli. Non potevo certo lasciarla con i bambini tra quegli scarafaggi!».

«Sono entrati a casa mia, avevano gli stivali sporchi» ricorda Mona con rabbia. «Hanno dormito nel letto di mio padre, hanno mangiato nei miei piatti, hanno...».

Non riesce a finire la frase, le tremano le labbra.

«Hanno cosa? Ti hanno toccato?» si allarma Charme.

Mona scuote la testa.

«No no, né me né i bambini».

Charme allunga la mano verso di lei, che la stringe. Clairette preferisce guardare verso il piccolo Aloe.

«Vieni qui, tesoro» dice mettendoselo sulle ginocchia. «Guarda cos'ha la nonna per te».

Dalla tasca del grembiule tira fuori un tozzo di pane un po' raffermo di cui il bambino si impadronisce con avidità. Poi mangiano in silenzio la magra cena e Charme osserva il figlio masticare quella che probabilmente considera una golosità. Aloe ha un anno, la stessa età della guerra. L'unica cosa che Charme riconosce in lui sono gli occhi di Gaby, ma più sul triste.

Gaby... Poco prima, quando ha chiesto di lei, Clairette ha scosso la testa: nessuna notizia, neanche un segno.

«Le ho scritto più volte all'indirizzo della madre e a quello delle sorelle, niente, nessuna risposta, c'è da credere che i parigini si siano volatilizzati».

Quanto al marito di Mona, come più di un milione e mezzo di soldati francesi, è prigioniero in uno Stalag da qualche parte in Germania.

«Adesso che succederà?» sospira Clairette.

«Ce la faremo» tenta di tranquillizzarla Charme. «Ho visto che segale e grano sono maturi, domattina presto mi metterò a falciare, e stavolta ti giuro che il raccolto non finirà ai crucchi».

Sulla sedia accanto a lui il piccolo Jean ripete con voce acuta:

«I crucchi! I crucchi!».

Gioca a fare "bruuum" e "tatatata" muovendo nell'aria la pipa del vecchio Cytise come fosse un aeroplano. Charme guarda Mona che sta continuando ad allattare la più piccola.

«Non mi hai neppure detto come si chiama».

«Non me l'hai chiesto».

«Come si chiama?».

«Suzon».

Charme avvicina la mano per accarezzare la testolina liscia della bambina e così facendo sfiora la pelle di Mona, che ha un fremito. Clairette se ne accorge. Da quando li ha sorpresi abbracciati non può fare a meno di rivivere ciò che è successo un tempo tra lei e Marty, quella miscela chimica di desiderio e morte che minaccia di esplodere in qualunque momento.

«I vicini cominceranno a sparlare se vi vedono così, voi due» li avverte. «Le chiacchiere circolano in fretta da queste parti, non come in città».

«Le chiacchiere? Quali chiacchiere?» si indispettisce Charme. «Mi pare che sei stata perfettamente in grado di mantenere i segreti quando ti conveniva, no?».

Clairette impallidisce, apre la bocca, poi ci ripensa. A che serve discutere? Stanca, si alza da tavola con Aloe in braccio. Il cane le va dietro. Prima di uscire dalla stanza si volta verso il figlio.

«Sono contenta che tu sia tornato» dice. «Vado a mettere a letto il piccolo, buonanotte».

Resta una sensazione di imbarazzo, come una nebbiolina che aleggia nell'aria.

«Mi sa che tua madre ha ragione» mormora Mona. «Non possiamo…».

Charme le afferra il braccio. Ora che è qui con lei non prova più la sgradevole sensazione di galleggiare, si sente come riunificato, al proprio posto.

«Andrà tutto bene» afferma convinto. «E se mia madre ti dice qualcosa ricordale il Buco della Volpe».

«Cos'è successo al Buco della Volpe?».

«Una vecchia storia» risponde Charme. «La garanzia del suo silenzio se ci vede a letto insieme».

Mona ha un brivido. A letto insieme… Quante volte l'ha sognato da quando hanno cominciato a scriversi? Da troppi mesi la vita è durissima e il futuro incerto, a parte l'amore. Smette di resistere. Sorride.

Fuori scende la notte con i suoi crepitii, il frullare di elitre e una dolcezza inquietante che fa battere il cuore un po' più velocemente.

Mentre il mondo fa finta di addormentarsi Charme e Mona restano fianco a fianco in silenzio, simili a due alberi seduti all'imbocco di una foresta.

Comincia allora un'epoca terribile e confusa.
La Francia non è più in guerra,
ma neppure in pace.

È sottomessa, saccheggiata, divisa in tre zone secondo una linea di demarcazione di cui nessuno capisce niente, che separa il Nord dal Sud e l'Est da tutto il resto.

I vincitori sfilano sugli Champs-Élysées, issano la bandiera nazista sull'Arc de Triomphe e sulle facciate dei municipi. Quella croce uncinata nera su fondo bianco e rosso che sventola un po' dappertutto dà una sensazione opprimente, come se non si respirasse più la stessa aria. E nell'ottobre del 1940, quando il maresciallo Pétain stringe la mano a Adolf Hitler e annuncia che il governo di Vichy collaborerà con il nemico, l'atmosfera si fa ancora più soffocante. Alcuni si chiedono se quell'uomo di ottantaquattro anni ci stia ancora con la testa. Non è un po' sbrigativo nel seppellire l'onore del paese? Non sta tradendo la parola data agli alleati inglesi?

Non è un po'… umiliante quando chiede ai francesi di fare sforzi sinceri per collaborare con l'occupante? Forse ha un piano! Forse, grazie a lui, ognuno ritroverà ciò che gli manca.

Be', che facciamo? Crediamo ai discorsi di Pétain?

O ascoltiamo alla radio i messaggi clandestini di un certo generale de Gaulle che, rifugiato a Londra, invita a resistere e a non mollare?

Annichilita dalla sconfitta, dal panico dell'esodo, dal razionamento e dal coprifuoco, schiacciata dalla paura del tedesco e dalle nuove leggi che vietano di spostarsi senza lasciapassare, la maggior parte della gente non riesce più a pensare.

In attesa di vederci più chiaro, maestri e maestre delle scuole elementari ubbidiscono agli ordini e fanno imparare ai bambini una canzone.

Maréchal nous voilà,
Devant toi, le sauveur de la France
Nous jurons, nous, tes gars
De servir e suivre tes pas[1].

Ogni mattina i bambini cantano quel ritornello che entra nelle loro teste come un chiodo.

Dicono che abbiamo perso la guerra per colpa degli ebrei, dei comunisti e degli stranieri. Dicono che non abbiamo dimostrato volontà e rigore morale. Dicono che è colpa di Blum, del Fronte popolare, della repubblica e di tutti quelli che governavano il paese prima della guerra. Dicono che dobbiamo pentirci di essere stati deboli, di aver voluto vivere giorni migliori, di aver voluto più libertà, uguaglianza e fraternità. Sarà vero? Sarà falso? Non si capisce bene, ma dovremo pur trovare una spiegazione ai mali del tempo, identificare un po' di colpevoli.

E poi bisogna riconoscerlo, l'esercito tedesco ha stile! Forza, disciplina, rigore: quello sì che è un modello! In confronto a loro i nostri poveri soldati fanno una figura pietosa, per non parlare delle truppe arrivate dalle nostre colonie, tutti quei neri e quegli arabi che muoiono di freddo. Alla fine non c'è da stupirsi che abbiamo perso la guerra.

[1] Dalla canzone *Maréchal nous voilà!* (testo di A. Montagnard, musica di A. Montagnard e C. Courtioux): "Maresciallo, eccoci davanti a te, salvatore della Francia. Noi, tuoi ragazzi, giuriamo di servirti e seguire i tuoi passi".

Allora si sventolano bandiere, si acclama il vecchio maresciallo, si appende la sua fotografia in salotto sopra il caminetto, tipo crocifisso.

Non si festeggia più il 14 luglio né la vittoria del 1918.

Nei comuni, il busto della Marianna viene sostituito da quello del maresciallo Pétain.

Addio libertà, uguaglianza e fraternità.

Il programma ormai è lavoro, patria e famiglia.

Così, mentre il regime nazista estende la sua cancrena sull'Europa e la guerra, come un'epidemia, dilaga in tutti i continenti, mentre gli ebrei vengono perseguitati, rastrellati, ammassati e sterminati, mentre zingari, slavi, comunisti, omosessuali e disabili subiscono la stessa sorte, mentre intere città vengono devastate dai bombardamenti, mentre negli Stati Uniti migliaia di ricercatori stanno lavorando alla fabbricazione della bomba atomica,

Aloe cresce come può,

senza conoscere la madre né il sapore dello zucchero.

Gli inverni sono freddi, le estati bollenti.

A Les Chaumes mancano semenza e pezzi di ricambio per gli attrezzi, mancano braccia, letame, benzina e tabacco, c'è rabbia contro le tasse imposte dall'occupante, la caccia è vietata, il bracconaggio è pericoloso, ma ci si arrangia.

I tedeschi se ne sono andati dal paese lasciando libero l'appartamento dei Verchère, ma Mona non ci ha rimesso piede. Ormai vive alla fattoria e, come previsto, la mattina Clairette non dice niente quando la vede uscire dal letto di Charme.

In fondo quell'amore di contrabbando si accorda con l'epoca, visto che più niente è "normale". Non si vedono forse parigini arrivare in bicicletta in quell'angolo sperduto del Morvan per comprare un'oca a ottocento franchi o un tacchino a milleduecento? Te l'immagini, un tacchino a milleduecento franchi?

Con il passare degli anni, tuttavia, il dubbio si fa strada nei cervelli della gente. A forza di avere freddo e fame, a forza di constatare che niente si sistema e che si sta in fila per ore davanti a negozi vuoti, a forza di vedere Vichy che lustra gli stivali dei nazisti, a forza di sentir parlare di deportazioni, bambini arrestati e sconfitte dell'esercito tedesco sul fronte russo, una parte dei francesi ritrova un po' di senso critico.

Nelle cucine e nei fienili si ascolta di nascosto sulla BBC *il canto dei partigiani.*

Ami, entends-tu le vol noir des corbeaux sur nos plaines?
Ami, entends-tu les cris sourds du pays qu'on enchaîne?
Ohé, partisans, ouvriers et paysans, c'est l'alarme
Ce soir l'ennemi connaîtra le prix du sang et des larmes[2].

È solo una canzone, certo, ma fa venire i brividi sapere che "se cadi,
un amico esce dall'ombra per prendere il tuo posto".

Nel febbraio del 1943, quando Vichy emana una legge che obbliga i giovani ad andare a lavorare in Germania per due anni, molti si rassegnano con la morte nel cuore, ma altri corrono il rischio di disubbidire. Questi ultimi scappano, si nascondono, diventano clandestini e alcuni si danno alla macchia per unirsi alle cellule della Resistenza che si sono formate qua e là in regioni isolate. Il massiccio del Morvan si rivela un rifugio ideale. Nei boschi, nelle valli e nelle vecchie capanne abbandonate dai carbonai piccoli gruppi di uomini che cercano di sottrarsi al controllo dell'occupante organizzano accampamenti rudimentali.

[2] Da *Le chant des partisans* (testo di J. Kessel e M. Druon, musica di A. Marly): "Amico, senti il volo nero dei corvi sulle nostre pianure? Amico, senti le grida sorde del paese incatenato? Ohé, partigiani, operai e contadini, è l'allarme. Stasera il nemico conoscerà il prezzo del sangue e delle lacrime".

Primavera 1943

Capitolo 28

È notte fonda e Charme dorme avvolto intorno al corpo di Mona come se temesse di perderla. Nel sogno che sta facendo la protegge contro un nugolo di insetti nocivi che si abbatte su di loro come una calamità. La stringe più forte, la trattiene, finché Mona ha un sussulto e gli sfugge.

«Senti?» mormora mettendosi di colpo a sedere tra le lenzuola.

Charme dischiude le palpebre. In camera c'è buio pesto e tutto intorno a loro ronza qualcosa. Allunga la mano per riportare Mona nella fortezza delle sue braccia.

«Sono gli insetti» dice, ancora catturato dal sogno. «Scarafaggi che brulicano!».

«No» risponde Mona. «Ascolta. Il rumore viene da ovest!».

Salta giù dal letto, e il freddo che si infila sotto le coperte sveglia definitivamente Charme, che spalanca gli occhi nel momento in cui Mona apre la finestra e si affaccia.

«Vieni a vedere!» lo chiama.

Il ronzio che sentiva in sogno aumenta nella realtà. Scende dal letto a malincuore e raggiunge Mona alla finestra. Fianco a fianco, tendono l'orecchio.

«È un aereo» sussurra lei.

«Sembrerebbero… due» dice Charme dopo un po'.

I motori sputacchiano nel cielo senza luna, il ronzio si avvicina, poi si allontana, poi si avvicina di nuovo.

«Girano in cerchio» osserva Mona.

«Stando cercando qualcosa».

«O qualcuno?».

Mona trema. Charme la abbraccia contro il davanzale e rimangono a lungo lì a cercare di avvistare gli apparecchi nell'oscurità.

«Ho sentito dire che qualcuno si è paracadutato nei boschi dalle parti di Château-Chinon» continua Mona. «Credi che siano gli inglesi?».

Charme non risponde. Con il cuore che gli batte forte, ascolta girare le eliche di quegli aerei invisibili come fossero il preludio di un cambiamento.

«Forse ci sono altri partigiani non lontano da qui» dice ancora Mona.

Nella sua voce, Charme percepisce una punta di esaltazione che gli dà fastidio.

«Forse» si limita a rispondere.

Eppure dovrebbe essere contento che finalmente succeda qualcosa. Il fatto è che in quei tre anni si è abituato a vivere così, con le restrizioni, i soprusi e le requisizioni. L'essere umano si abitua a tutto, anche al peggio. E diversamente da Mona, in maniera egoista e inconfessabile, Charme quasi teme che finisca la guerra, perché allora che ne sarà del loro amore?

«Torna a letto» le dice. «Sei congelata».

Chiude la finestra e trascina Mona sotto le coperte, che si acciambella contro di lui e gli posa la testa sul petto.

«Domani proverò a informarmi. Se fanno qualcosa bisognerà aiutarli».

«Aiutarli?» sobbalza Charme. «E come? È pericoloso, pensa se qualcuno ci denuncia!».

«È pericoloso eccome, ma non staremo ad aspettare altri mille anni con le braccia incrociate, o sì?».

Charme sospira.

«No no, certo che no» ammette.

L'indomani prendono le biciclette e scendono insieme in paese, dove regna un'agitazione inconsueta. Un assembramento si è formato davanti al caffè intorno al giovane Bouillot. Gesticolando, il ragazzo racconta quello che ha visto a Sainte-Saverne poco prima.

«Miliziani! Ce n'erano dappertutto, così me la sono filata prima che mi controllassero, ma ho capito perché erano lì. Sono apparse scritte sulle facciate dei negozi, la V della vittoria a vernice rossa, addirittura sul portico della chiesa! I crucchi stanno cercando i terroristi in tutte le case fin dall'alba, rastrellano il settore. Pare che abbiano dato fuoco a una fattoria dalle parti della Fontaine-aux-Loups!».

Sul sellino della bicicletta, Mona è in ebollizione. Per calmarla Charme obietta che forse sono solo voci, ma lei vuole vederci chiaro, così senza dargli il tempo di protestare si mette a pedalare verso la suddetta fattoria.

«Aspettami!» grida Charme. «Aspettami!».

Dopo un'ora di sforzi raggiungono la cima di una salita, Mona mette finalmente piede a terra e Charme, senza fiato, la imita. Davanti a loro vedono un denso fumo nero salire in volute nel cielo primaverile da dietro un boschetto. Dal punto in cui si trovano scorgono una colonna di camion telonati che se ne vanno risalendo la strada sul versante opposto.

«L'hanno fatto» mormora Mona tra i denti. «Scarafaggi schifosi!».

A Charme torna in mente il sogno e ha un brivido. Il nugolo di insetti nocivi che si abbatteva su di loro, una premonizione.

«Non restiamo qui» dice.

Affascinata dall'incendio, Mona non si muove. Propone di aspettare che i camion siano spariti dietro la collina e poi scendere con discrezione alla fattoria.

«Dobbiamo aiutare quella gente. Forse ci sono feriti».

«Non se ne parla!» taglia corto Charme. «Probabilmente i crucchi hanno lasciato lì qualcuno per finire il lavoro. Che fai se ti imbatti nei tedeschi, li affronti a mani nude?».

Con le lacrime agli occhi, Mona si ostina a restare lì finché

Charme si innervosisce. Ma santo Dio, non lo sa di cosa sono capaci quelli, soprattutto quando si scolano il vino che rubano nelle cantine? Cosa vuole, farsi violentare prima di essere ammazzata?

«Quello che voglio» risponde Mona con veemenza, «è che la smettiamo di dire "amen" e rialziamo la testa! Tuo padre e mio padre hanno combattuto nel '14, e ti ricordo che il tuo ci ha lasciato un braccio! Quanto al mio, se fosse ancora vivo avrebbe da un pezzo...».

«Non parlare di mio padre!» la interrompe Charme. «Non sai niente!».

Suo malgrado pensa ad Anzême. Lo sente ancora accusarlo di bellicismo la notte in cui è annegato a Charenton. Poi pensa a Marty e al suo scheletro scomposto al Buco della Volpe. Due fratelli, due padri, due cadaveri inutili. Guarda Mona.

«Se tuo padre fosse ancora vivo» esclama, «vorrebbe più di tutto che io ti conservassi in vita finché non finisce la guerra!».

Ognuno in sella alla propria bicicletta, Charme e Mona si sfidano con lo sguardo, uno più ostinato dell'altra. È la prima volta che si trovano su posizioni contrarie, la prima volta che litigano, e la cosa li sconvolge.

Per cercare di placarla, Charme le chiede:

«E i bambini? Non pensi ai bambini?».

Mona guarda fissa la nube nera che sale dalla fattoria incendiata.

«Non voglio che crescano in un paese sconfitto» dice. «Sopravvivere non basta più, voglio che combattiamo». Si avvicina a Charme e posa la mano sulla sua. «Promettimelo».

Mona è troppo bella! E la sua rabbia troppo giusta! Come potrebbe non darle ascolto, se non in aperta malafede?

«Faremo quel che dobbiamo fare» dice. «Te lo prometto».

Qualche settimana dopo

Capitolo 29

A Sainte-Saverne è giorno di requisizioni. Nello spiazzo di solito riservato alla fiera, in un'atmosfera tesa che si taglia col coltello, gli ispettori agli ordini di Vichy ricevono il contributo forzato dei contadini della zona: cavalli, vacche, maiali, cereali, uova, tutto quello che c'è. Charme si è appena rassegnato a dare via una cavalla e la metà della segale per un prezzo ridicolo. Nutrire il nemico è l'umiliazione definitiva, ma come sottrarsi alla regola? Da quando ci sono stati i lanci con il paracadute la tensione è alle stelle e le azioni di rappresaglia si moltiplicano, così per ora, nonostante i rimproveri silenziosi di Mona, Charme continua a ubbidire. Sta aspettando il momento giusto: ecco cosa pensa mentre risale la via principale a bordo del carro vuoto.

Passando davanti al Café de la Gare vede alcuni uomini in cappotto seduti all'interno dietro le vetrine. Una faccia cattura la sua attenzione e a un certo punto… per tutti i diavoli! Di colpo affluiscono i ricordi di prima della guerra: Alfortville, i locali in riva alla Marna, i glicini in fiore, le domeniche trascorse a remare, l'amicizia, la spensieratezza, Bébert, Pierrot… Stupefatto, blocca il carro e si volta nel momento in cui l'uomo alza gli occhi su di lui.

«Eugène?».

Anche il suo vecchio compagno l'ha riconosciuto, tanto che impallidisce, aggrotta le sopracciglia e gli fa segno di tenere la bocca chiusa. Poi gli indica con il dito la parte alta della strada, e Charme capisce.

Con il fiato corto, va ad aspettarlo all'angolo del vicolo che scende verso il fiume. Non deve aspettare molto. Poco dopo vede arrivare Eugène con la solita espressione grave e seria di una volta.

«Eugène!» esclama. «È incredibile trovarti qui, cosa...».

Con un altro cenno Eugène gli fa capire di essere più discreto, poi, con tutti i sensi all'erta, dice:

«Facciamo un giro sulla tua carriola?».

Charme lo fa salire e i due uomini si ritrovano fianco a fianco. Il rumore del carro traballante sulle buche della strada maschera le loro voci. Charme sente che Eugène lo sta osservando come se cercasse di decifrare un messaggio in codice.

«Requisizione?» domanda.

Charme sospira.

«La mia ultima cavalla, bastardi! Ti giuro che avrei preferito ucciderla con le mie mani, ma...».

«Capisco» dice Eugène. «Ammazzare un animale è difficile».

Charme annuisce, riflette e replica scegliendo bene le parole.

«Dipende dall'animale. Avrei meno pietà per... per gli scarafaggi, ad esempio».

«Ah sì?» fa Eugène. «Sai uccidere gli scarafaggi, tu?».

«Non l'ho mai fatto, ma potrei imparare. E tu?».

Eugène lascia planare un silenzio che dice tutto, poi risponde:

«Sai, sono qui per merito tuo. Mi sono ricordato quello che dicevi un tempo parlando del tuo paesino, "Le colline, fitti boschi... Una regione sperduta, lontana da tutto". Con i tempi che corrono mi è venuta voglia di vedere quest'angolo di paradiso un po' più da vicino. La divisa da postino l'hai restituita?».

«La divisa sì, ma ho ancora la bicicletta. Quindi se serve che porti una lettera...».

I due amici si sono capiti, si sorridono, e quel sorriso cancella gli attriti di prima della guerra. Tante cose sono andate sottosopra da allora! Si scambiano notizie. A quanto ne sa Eugène, Bébert è prigioniero in Germania come tanti altri.

«Pierrot, invece, l'hanno preso in una retata nel '42 e da allora nessuna notizia» sospira. «Tu lo sapevi che Pierrot era ebreo?».

«No» dice Charme.

«Neanch'io».

Rimangono in silenzio per un po', poi, per scacciare la tristezza, Eugène torna al presente.

«E così hai realizzato il tuo sogno, riprendere la fattoria di tuo nonno, no?».

Chiacchierano per un po', ognuno raccontando all'altro la propria vita da quando la Francia è crollata. Mentre Charme ha trascorso gli ultimi anni a coltivare verdure e combattere la dorifora, Eugène è rimasto fedele alla linea del partito comunista, il che vuol dire che a seconda degli eventi, dei patti e delle alleanze infrante ha cambiato punti di vista. Il suo pacifismo di ieri si è dissolto nell'odio per i nazisti.

«Come per molti di noi, no?» si giustifica.

«È umano» ammette Charme. «Quel che conta è ora, e l'unica cosa che vedo ora è che i crucchi sono nervosi».

«Molto nervosi» conferma Eugène.

I due vecchi amici si scambiano un altro sguardo d'intesa.

«Soprattutto da quando gli aerei inglesi sorvolano la zona e alcuni furbetti tracciano la V di vittoria a vernice un po' ovunque!» ride Charme.

Eugène gli mette una mano sulla spalla.

«Ah, anche a te piace la pittura?».

«Quel genere di pittura sì!».

«Allora... forse dovrei presentarti i miei amici pittori» fa Eugène prendendo coraggio.

Charme gongola. Ecco finalmente l'occasione che aspettava! Ecco finalmente il modo per stabilire un contatto con la Resistenza! Ecco finalmente come restituire il sorriso a Mona!

Tuttavia risponde con prudenza e sempre con parole velate.

«Sai, alla fattoria stiamo benissimo. È al riparo da tutto, il primo vicino è a cinquecento metri. A te e ai tuoi amici pittori la fattoria potrebbe offrire… panorami interessanti».

«Forse» concede Eugène, pensieroso. «E Gaby? È con te?».

Charme scuote la testa.

«E tuo figlio?».

«Sì, lui sì».

«Chi altro c'è?».

«Mia madre e… un'amica d'infanzia, Mona».

Ogni volta che ne pronuncia il nome è come se l'amore gli affluisse alle labbra, il cuore gli si palesa sul volto, ma Eugène se ne frega. Ai suoi occhi la fedeltà non vale niente, tranne quando si tratta di difendere i compagni e la libertà, per il resto la gente si ama come può. E poi lo sa, Charme è sempre stato un gran romantico.

«C'è da fidarsi di questa Mona?» domanda.

Charme sorride.

«Conosce la zona meglio di me, e ha un'autentica anima da artista. Allora, verrai a trovarci?».

«Verrò» risponde Eugène.

PRIMAVERA 1944

CAPITOLO 30
Aloe

Di notte Aloe ha sempre paura. In camera è talmente buio che anche portandosi le mani a due centimetri dal viso non le vede, e questo gli dà l'impressione di essere scomparso, come se il suo corpo si fosse dissolto nelle tenebre. Gli dà l'impressione di essere morto. Per fortuna divide il letto con Jean e Suzon, gli basta allungare il braccio per toccarne la pelle e sentirne la presenza calda, solida, rassicurante. Sennonché quella notte, per quanto cerchi a tentoni da una parte e dall'altra, le sue mani trovano solo il vuoto. Sente il cuore gonfiarsi, esplodere e frantumarsi, ha un nodo alla gola, le lacrime agli occhi. La sua vocina si fa strada nella strettoia della gola.

«Jean?».

Nessuna risposta.

«Suzon?».

Nessuna risposta.

Solo, al centro del letto, Aloe ha la sensazione di sprofondare nelle acque gelide di un fiume. Perde contatto con le cose, cade, ha freddo, annega! Alla fine si fa la pipì addosso dalla paura e, per la vergogna, non si muove dal materasso.

Un secondo dopo sente cigolare la porta della camera e i passi precipitosi di Jean e Suzon che tornano da lui.

«Aloe, non sai cos'abbiamo visto!» sussurra Jean con una voce da agente segreto.

Suzon, quattro anni, incapace di trattenere l'eccitazione, svela subito tutto.

«Dei grandi con il fucile!».

Benché Jean e Suzon rimangano invisibili, le loro voci e il peso dei loro corpi sul bordo del letto sono molto concreti. Sono vivo, pensa Aloe. Impietrito sulle lenzuola bagnate, ricomincia a respirare.

«Sì, fucili!» incalza Jean. «Ce n'erano un sacco! Tuo padre li ha nascosti sotto la paglia, nel fienile. Con lui c'erano almeno dieci uomini, avevano le torce».

«Eravamo ben nascosti» aggiunge Suzon, fierissima. «Nessuno ci ha visto!».

«Per fortuna» sbuffa Jean. «Altrimenti ce le avrebbero date di santa ragione, ci puoi giurare! Tu stavi dormendo della grossa, non hai neppure sentito il motore del camion in cortile!».

Concentrato sulla sua avventura, senza rendersi conto che Aloe non ha aperto bocca, Jean solleva le coperte e fa per rimettersi a letto.

«Ma… Oh cavolo, non è possibile!».

Jean tocca le lenzuola mentre Aloe, tipo mummia, è incapace di articolare parola.

«Non ci posso credere, se l'è di nuovo fatta sotto!» esclama Jean.

«Bleah, che schifo!» pigola Suzon. «Non voglio dormire nella pipì!».

Mentre Suzon chiama «Mamma! Mamma!» Jean strappa via tutto e con l'autorità che gli deriva dai suoi quasi otto anni ordina:

«Scendi da lì, maiale!».

Aloe si ritrova in piedi, al buio, percorso dai brividi, senza risorse. Potrebbe chiamare la nonna, potrebbe chiamare il padre, ma in quel momento, risucchiato da una solitudine abissale, gli manca la madre, anche se non ne ha alcun ricordo. La disperazione gli trapassa il cuore come una freccia e le guance si rigano di lacrime silenziose.

Allarmata dal trambusto, arriva Mona nell'alone giallastro di una candela che fuma e puzza di sego. Strano, benché sia notte fonda non è in camicia da notte, ma vestita come se fosse giorno. Emana un odore umido di sottobosco, paura e funghi.

«Aloe ha di nuovo fatto la pipì a letto!» piagnucola Suzon. «Che schifo! Non voglio dormire lì, voglio dormire con te!».

Mona posa la candela su una sedia, si inginocchia accanto ad Aloe e lo bacia sulle guance bagnate.

«Che c'è, cucciolo? Hai avuto paura di qualcosa?».

Aloe tira su col naso e annuisce.

«Ha fatto un brutto sogno» si affretta a intervenire Jean, che teme la sgridata.

«È vero?» domanda Mona con tenerezza.

Aloe incrocia lo sguardo imperioso di Jean.

«Sì» mente.

«Se l'è fatta sotto e ci ha svegliato» insiste Jean.

Mona aiuta Aloe a spogliarsi e mettersi roba asciutta, poi cambia le lenzuola. A operazione conclusa squadra i tre bambini.

«Siete sicuri che non mi state nascondendo qualcosa?».

Jean guarda Suzon, Suzon guarda Jean, Aloe abbassa gli occhi.

«Aloe, è stato davvero il brutto sogno a svegliarti?».

Aloe annuisce.

«Jean, tu sei il maggiore. Se hai visto o sentito qualcosa devi dirmi la verità».

«Non ho visto niente» risponde lui con la faccia di bronzo.

«Suzon?».

Stavolta la piccola riesce a trattenersi e scuote la testa come il fratello.

«Giurate» sospira Mona.

«Giuro!» dichiarano i tre all'unisono.

«Sulla testa di Pardon?» insiste Mona.

Sa quanto i bambini vogliano bene al cane, così quando li sente giurare uno dopo l'altro sulla testa dell'animale si rilassa.

«È tutto finito» dice dando un bacio ad Aloe. «Niente più brutti sogni, va bene? Ora a nanna».

Tranquillizzato, Aloe si rannicchia tra Suzon e Jean. Mona spegne la candela ed esce dalla stanza. Quando è di nuovo buio completo Jean mormora:

«Fiuuu, l'abbiamo scampata bella». Rimane in silenzio per un po', poi aggiunge: «Non sai cosa ti sei perso, Aloe. Domani è giovedì, non c'è scuola, ti porterò a vedere i fucili. Devi vederli! E io ho voglia di toccarli!».

«Ma… non credo che possiamo» si irrigidisce Aloe.

«Infatti non potremmo».

Il respiro di Aloe accelera.

«E se papà ci scopre?» chiede nel panico.

«Hai paura? Se non vieni sei un fifone e un cacasotto!».

«E io?» insorge Suzon.

«Tu sei una femmina» le ricorda Jean. «Farai la guardia».

Aloe stringe i denti e chiude gli occhi con tutte le sue forze. Fifone. Cacasotto. Jean lo prende in giro tutti i giorni o quasi perché piange, perché cade, perché sogna, perché non riesce ad arrampicarsi sull'albero, perché non prende mai niente quando vanno a pesca e neanche quando vanno a caccia di allodole. E perché fa la pipì a letto. E poi Jean non fa che parlare del proprio padre, che è prigioniero e che considera un eroe. «Non come il tuo, che è scappato» dice spesso. Ma quando Aloe si vede nello sguardo del padre è ancora peggio, ci legge solo disprezzo.

Aloe non ne può più. Ha cinque anni, ne ha abbastanza di essere piccolo e debole! Vorrebbe essere come Jean, intrepido, agile e determinato.

Così inghiotte le lacrime e dice:

«Non sono un fifone, verrò con te».

Capitolo 31
Charme

È presto, l'aria è ancora gravida di notte e odori animali. Seduto sul ceppo, Charme ascolta il ruscello scorrere sul letto di ciottoli.

Dopo la consegna notturna non è più riuscito a prendere sonno. Per quanto si stringesse a Mona e cercasse di accordare il respiro al ritmo del suo, l'abbandono non è arrivato, ha sentito suonare ogni quarto d'ora dal campanile del paese e al primo canto del gallo, febbrile, era già fuori, diretto al Buco della Volpe. È lì che va quando ha bisogno di riflettere.

Le armi sono accatastate nel fienile, fucili mitragliatori, pistole, Sten, esplosivi, bazooka e anche taniche di benzina salvate in extremis da un attacco della Wehrmacht contro una base partigiana più a nord. D'accordo con Mona e Clairette, Charme si è impegnato a portare il tutto, una delle prossime notti, nella nuova base segreta del partigiano Epicuro, nome da battaglia scelto da Eugène, che peraltro dovrebbe passare di lì a poco a dirgli dove e quando.

Stando alle informazioni che circolano, lo sbarco degli Alleati dovrebbe essere imminente, le cose si accelerano, presto si saranno sbarazzati dei crucchi. Dopo quattro anni di relativa rassegnazione, è strano immaginare un ribaltamento del genere.

Seduto sul ceppo, Charme pensa al giovane seppellito lì dal 1914. Secondo la madre, Marty era un vero duro, impulsivo e orgoglioso, un galletto.

«Quanti ne avresti ammazzati di crucchi, eh?» dice rivolto al morto.

Ripensa ad Anzême, invalido alcolizzato, incapace di avere figli, buono solo a picchiare la moglie. Sputa per terra. Non è quello il sangue che scorre nelle sue vene, ma quello di Marty, e lo dimostrerà!

Si alza di scatto dal ceppo. Nascondere armi e consegnare messaggi va bene, ma deve pensare più in grande! Allora decide: la sera in cui porterà il carico non tornerà a Les Chaumes, si darà alla macchia, si impegnerà interamente nella Resistenza. E, parola d'onore, si mostrerà degno di essere un uomo.

Capitolo 32
Aloe

È una bella giornata di giugno, Mona e Clairette hanno messo un tavolo all'ombra del tiglio per pulire lenticchie e fagioli e sgusciare i piselli. È un lavoro lungo e noioso che tocca ai bambini. «Bah, neanche a farlo apposta» ha mugugnato Jean, impaziente di portare Aloe nel fienile a guardare sotto la paglia.

Seduto davanti alle due grosse insalatiere che gli sono state affidate, una per le lenticchie piene di sassi e una per le lenticchie pulite, Aloe si applica senza protestare. A lui piacciono i piccoli gesti della vita quotidiana, i doveri domestici, è come disegnare o scrivere le lettere dell'alfabeto su carta di giornale, sono attività che gli danno sicurezza. In quei momenti la cosa che gli piace di più è sentir chiacchierare Mona e Clairette mentre cuciono o lavorano a maglia accanto a lui con Pardon allungato ai loro piedi. Le due donne si scambiano ricordi di Parigi e Alfortville prima della guerra, oppure fantasticano su tempi migliori, quando i tedeschi se ne saranno andati e non ci sarà più bisogno di tessere di razionamento, si troveranno pane bianco e cioccolato, e spesso Mona spiega a Clairette cosa farà allora.

«Ho individuato il posto ideale, al centro di rue Haute, a Sainte-Saverne. Per il momento c'è il negozio di vernici, ma a breve il proprietario sarà troppo vecchio per continuare. Dipingerò di blu la boiserie della facciata! Farò montare scaffali e ci saranno libri dappertutto, fino al soffitto!».

Ad Aloe piace un sacco immaginare Mona davanti alla sua

libreria blu in quel futuro improbabile in cui la gente avrà abbastanza soldi da comprare cose che non si mangiano, tipo i libri. Immagina anche il ritorno della madre, un'estranea di cui non si parla mai, e la gioia immensa che sarà vivere insieme, finalmente riuniti, anche se Jean gli ha detto più volte che Le Goff è un nome bretone e che lui andrà a vivere in Bretagna in riva al mare con Suzon e Mona, cosa che gli fa subito venire le lacrime agli occhi.

«Ho quasi finito!» esclama Jean davanti al suo mucchio di piselli. «Dopo possiamo andare a giocare?».

«Dopo sì» risponde Mona. «Ma mi pare che Suzon e Aloe ne abbiano ancora per un po'».

Jean fulmina Aloe con lo sguardo.

«Lo fai apposta ad andare piano» brontola.

«No» protesta Aloe, «è che le lenticchie sono più difficili».

«Fifone» dice Jean tra i denti.

«Non sono un f…».

Un cigolio lo interrompe. Mona e Clairette sollevano gli occhi dal lavoro a maglia.

«Eccolo» dice Mona posando subito i ferri. «Vado a chiamare Charme».

Nel cortile della fattoria è appena arrivato un uomo con la faccia seria e il cappotto sporco, curvo sul manubrio di una vecchia bicicletta poco lubrificata.

«Andate a giocare, bambini» ordina Clairette.

«Ma non ho finito!» protesta Aloe.

«Finirai dopo» taglia corto Clairette. «Jean, occupati dei piccoli. Su, fuori dai piedi!».

Jean allontana il mucchio di piselli e sorride in tralice.

«Li porto al fiume!» dichiara.

Ma Clairette non fa già più caso a loro, si è avvicinata all'uomo della bicicletta e lo sta portando dentro casa.

«È la nostra occasione» bisbiglia Jean all'orecchio di Aloe. «Corriamo!».

Prende la mano di Suzon, quella di Aloe e, appena Clairette lascia il cortile in compagnia dell'ospite, costringe il gruppetto a varcare le immense porte del fienile e andare verso la scala del soppalco in cui sono nascoste le armi.

Il cuore di Aloe si ferma, gli manca il respiro, sente cedergli le gambe. Prega con tutta l'anima che la vescica non lo tradisca.

«Voglio salire anch'io!» fa Suzon posando il piede sul primo piolo.

Il fratello la fa scendere subito.

«Neanche per idea! Ci serve una sentinella, tu resti giù e fai la guardia».

«Non è giusto!».

«Comando io» dice Jean. «E se strilli ti prendi uno schiaffo».

Suzon aggrotta le sopracciglia e gli fa la linguaccia, ma si rassegna a ubbidire.

«Dài, vai avanti tu, sbrigati!» dice Jean ad Aloe.

Aloe raccoglie le poche forze che gli restano e comincia a salire. Un piolo, due pioli, tre, quattro…

«Sei proprio una femminuccia!» sbuffa Jean. «Più svelto!».

Cinque pioli, sei, dieci, e finalmente la testa di Aloe emerge nella penombra al livello del vecchio soppalco. Ce l'ha fatta, e la vescica non l'ha tradito!

Saliti entrambi, i due bambini avanzano sul tavolato sconnesso fino al mucchio del fieno.

«Dobbiamo trovare le casse! Tu cerca di là, io guardo di qua».

Aloe comincia a spostare fieno a bracciate, mentre dall'altra parte Jean si eccita.

«Ce ne sono un sacco! Potremmo prenderne uno e tenercelo! Metteremo una scatola di munizioni sotto il letto e il fucile in cima all'armadio! Ci alleneremo a sparare nei boschi, così se viene un crucco, pam! E quando mio padre tornerà gli dirò che ho difeso…».

«Eccola!» grida Aloe raggiante. «Ne ho trovata una!».

Jean si precipita per aiutarlo a estrarre la cassa e in due, per vedere meglio, la trascinano verso le aperture rettangolari del muro, specie di feritoie che danno sul cortile.

«Ben fatto, Aloe» si congratula Jean. «Ora dobbiamo far saltare il coperchio».

Esaminano il fil di ferro che avvolge la cassa in maniera sommaria.

«Ho visto una tenaglia, di sotto» dice Aloe.

«Vai a prenderla».

Sentendosi spuntare le ali, Aloe si affretta a scendere la scala, ai piedi della quale trova Suzon col muso lungo.

«Posso salire adesso?» chiede la bambina.

«Lasciaci stare, lo vedi che abbiamo da fare!» risponde Aloe.

La sua paura è scomparsa a vantaggio di un piacevole ed esaltante senso di appartenenza alla cerchia dei coraggiosi. Armato di tenaglia, torna velocemente da Jean e quando poco dopo, grazie all'attrezzo, il coperchio si apre rivelando una serie di pistole Aloe si fa contagiare da quella febbre che dalla sera prima fa brillare gli occhi di Jean.

«Bellissime!» esclama. «Secondo te sono cariche?».

Jean sorride.

«C'è un solo modo per scoprirlo» risponde. «Prendine una!».

A quel punto Aloe non può più tirarsi indietro. Afferra il calcio dell'arma e solleva la canna dritta davanti a sé.

«Ehi, non me la puntare addosso!» grida Jean. «Sei matto?».

È la prima volta che Aloe fa paura a Jean. Una sensazione deliziosa e sconosciuta lo pervade. Impugna la pistola con più sicurezza accarezzando il grilletto con la punta delle dita.

«Ora tocca a me!» protesta Jean con il viso contratto. «Dammela!».

«Prendine un'altra» risponde Aloe, spavaldo.

E con movenze da cacciatore si dirige a passi felpati verso una delle aperture che danno sul cortile. Si mette a pancia sotto sul tavolato e prende di mira i rami del tiglio facendo «Pam! Pam!» con la bocca mentre Jean fruga nella cassa. Armato a sua volta, Jean va a stendersi accanto a lui.

«Ora vediamo chi spara meglio!».

Sono fianco a fianco, appostati, uniti per la vita e per la morte come due compagni di battaglia. «Pam! Pam!».

«Vedi l'uccello su quel ramo, là?».

Aloe non lo vede, ma dice di sì, sprona Jean.

«E la ciotola del cane vicino alla porta la vedi?».

Aloe non vede neanche la ciotola, ma il gioco lo diverte troppo! Ride. Vai, spariamo alla ciotola! E, felice di sentirsi finalmente alla pari con il suo persecutore, esclama:

«Sono sicuro che non sei capace di sparare per davvero!».

Capitolo 33
Charme

«È arrivato Eugène» annuncia Mona riprendendo fiato.

Charme posa gli attrezzi e si asciuga la fronte con la manica. Le riparazioni di fortuna che ha fatto ai mozzi del vecchio carro dovrebbero reggere, resta solo da aggiogare il bue.

Si avvicina a Mona. Dio quant'è bella, malgrado sia pallidissima! La afferra alla vita e la bacia con foga. Da quando lavora per la cellula di Eugène non ci sono più state discussioni né rimproveri. E quando Mona saprà che sta per unirsi sul serio alla Resistenza lo amerà per sempre, ne è sicuro! Preferisce rischiare la vita anziché rischiare di perdere Mona.

«Cos'hai?» chiede lei. «Sembra che tremi. Hai paura?».

«Paura, io?» si indigna Charme. «Figuriamoci! Andiamo».

Tornano verso la fattoria, attraversano il cortile, passano davanti al pozzo ed entrano nella stanza in cui Clairette ha già dato un bicchiere d'acqua a Eugène nonché un po' di quel liquido insipido a base di orzo tostato che funge da caffè da quando nessuno ha più caffè.

I due vecchi amici si salutano con una stretta di mano.

«Il messaggio di allerta è arrivato all'alba» spiega Eugène. «Alcune colonne mobili stanno venendo verso di noi, e ieri sera sono stati paracadutati sabotatori provenienti da Londra. Tutti i gruppi sono sul chi vive. Abbiamo bisogno del materiale al più presto».

«Quando?» domanda Charme.

«Domani notte».

Eugène prende dalla bisaccia una mappa dello stato maggiore e la apre sul tavolo. Un po' in disparte, Mona e Clairette allungano il collo per vedere, mentre Charme si china sulla carta insieme all'amico.

«Conosci l'incrocio Vermot, subito dopo gli stagni?».

«Sì».

«C'è un sentiero forestale che sale verso l'Huis Mathieu e tutto in fondo, dopo il guado, un campo che fa come una radura».

Charme segue con attenzione il dito di Eugène che si sposta sulla mappa.

«Il campo Voucoux?» interviene Mona.

«Esatto» risponde Eugène voltandosi verso di lei.

«Ci andavo a giocare da piccola. Sarà facile».

Eugène guarda Charme.

«Viene anche lei? Sei sicuro?».

«Stavolta sì, siamo d'accordo».

«E i bambini?» domanda Eugène.

«Staranno con me» dice Clairette.

«Vi aspettiamo fra le tre e le quattro del mattino, allora. Dovrete fare il tragitto interamente al buio. Se vi imbattete in una pattuglia…».

«Correremo il rischio» lo interrompe Mona, calmissima.

I due uomini e le due donne rimangono in silenzio nella penombra della stanza, consapevoli dei pericoli terribili a cui stanno andando incontro.

«Bene» dice Eugène, «devo tornare dai miei uomini».

«Ti accompagno» fa Charme precedendolo.

Lasciando Mona e Clairette dentro casa, i due vecchi compagni di Alfortville aprono la porta ed escono in cortile nel momento in cui da un'apertura del muro del fienile giunge uno sparo secco e netto come una frustata.

Colpito, Charme trasalisce. Il dolore è talmente acuto che gli mozza il respiro impedendogli di gridare. Con l'istinto del combattente agguerrito, Eugène ha già impugnato la pistola che porta alla cintura. Si butta a terra e striscia per ripararsi dietro il pozzo mente Clairette e Mona, spaventate, appaiono sulla soglia.

«Charme!» urla Mona vedendo il suo uomo, il suo amore, accasciarsi nella polvere.

«Al riparo!» ordina Eugène.

Pardon si mette ad abbaiare, Clairette lo trattiene con una mano mentre con l'altra afferra Mona per impedirle di uscire. Nello stesso momento sentono un grido lacerante provenire dal fienile.

«Papà!».

Capitolo 34
Aloe

«Non sono stato io!» dice Jean lasciando andare la pistola sul tavolato.

Impietrito davanti all'apertura, Aloe non riesce a staccare gli occhi dalla figura del padre a terra. Lascia anche lui la pistola e grida di nuovo:

«Papà!».

Accanto a lui, Jean batte i piedi come se avesse il ballo di san Vito.

«Non sono stato io! Non sono stato io!» ripete dando un calcio alla pistola ancora fumante e mandandola a sbattere contro i piedi di Aloe. «È stato Aloe» grida dall'apertura. «È stato Aloe a sparare!».

Ai piedi della scala, Suzon si è messa a piangere.

Da dietro il pozzo, Eugène tiene sotto tiro il piano alto del fienile.

«Chi c'è là sopra?» grida.

«Noi! Solo noi!» piagnucola Jean. «Non l'abbiamo fatto apposta! Volevamo vedere le armi! Non è colpa mia!».

«Bambini!» tuona la voce di Eugène. «Sentitemi bene! Scendete da lì con le mani sulla testa, capito?».

Mona, sulla porta della fattoria, trema in tutto il corpo. Aloe vede Clairette pallida come la luna, il muso del cane, poi il padre, sempre a terra, che geme raggomitolato su se stesso.

«Scendiamo!» grida Jean accanto a lui.

Aloe non riesce a muoversi. Sente le mani di Jean abbattersi sulle sue spalle, il peso della paura, e una forza bruta che lo obbliga a voltarsi.

«Guardami negli occhi!» fa Jean. «Sei stato tu a sparare, deficiente! Se dici il contrario ti ammazzo!».

Inebetito, Aloe non risponde. Gli ronzano le orecchie, gli scappa la pipì, non riesce a trattenerla e un liquido caldo gli cola lungo le gambe.

«Ci mancava!» esclama Jean con disprezzo. «Sei un cacasotto. Vai avanti tu o te la faccio leccare, quella pipì».

Frastornato, Aloe riesce a scendere con Jean alle costole che lo tiene d'occhio. Con le guance rigate dalle lacrime, Suzon si aggrappa al fratello.

«Ho paura» geme la piccola.

«Tenete le mani in alto, come me» ordina Jean.

Quando i bambini, mogi mogi, escono in fila indiana dal fienile Eugène abbassa l'arma. Clairette lascia Mona, che si precipita da Charme. Lo raddrizza, lo fa stendere, lo bacia.

«È andata bene!» dice. «È ferito al ginocchio, solo al ginocchio!».

Solo al ginocchio, è vero.

Ma rotula maciullata e tendine rotto.

Tanto che, come puoi immaginare, niente va come Charme aveva sperato.

Quella notte è Mona da sola a guidare il carro con le casse di armi e le taniche di benzina fino al campo Voucoux.

Ed è ancora lei che torna indietro con il dottor Evrard, il chirurgo dei partigiani, l'unico medico della zona di cui Eugène si fidi.

Il dottore ci mette tre ore a estrarre la pallottola, usando come anestetico un intero litro di alcol di contrabbando.

Malgrado la sua competenza, il medico è pessimista.

Curata nelle difficili condizioni di quell'epoca in cui manca tutto, la ferita di Charme rischia di lasciare strascichi. Bisogna evitare che si infetti, il paziente deve mangiare a sazietà e restare a letto, ma un tendine rotto non si ripara tanto facilmente…

Ha ragione. Più niente sarà come prima.

Anche se Charme ancora non lo sa, a partire da quel giorno resterà zoppo per tutta la vita.

Invalido, come Anzême.

Nelle settimane e nei mesi successivi tutto precipita. C'è lo sbarco degli Alleati in Normandia, poi battaglie sanguinose, bombardamenti, massacri di civili, la liberazione graduale del territorio, Bayeux, Guéret, Rennes, Nantes, Limoges, Chambéry e infine Parigi.

Il Morvan viene liberato a settembre.

Charme assiste senza gioia alla disfatta dell'esercito tedesco. Alla fine la guerra è passata senza che abbia potuto unirsi alla Resistenza, senza che abbia ammazzato un solo crucco, senza aver avuto la possibilità di brillare agli occhi di Mona.

E di chi è la colpa? Di suo figlio, di quel bambino deboluccio e goffo che se la fa addosso ogni notte chiamando la madre!

Il fatto è che lì per lì, sconvolto dall'aver provocato la tragedia e terrorizzato dalle minacce di Jean, Aloe non si è difeso.

È rimasto lì, piccolo e muto, davanti al dolore del padre a terra nel cortile.

Poi, a forza di sentir ripetere Jean che è stata tutta colpa sua, i ricordi di Aloe si sono imbrogliati.

Era stato davvero lui a sparare? O era stato Jean?

Non lo sapeva più.

Si rivedeva con la pistola in mano, pam! pam! Si rivedeva, imbranato com'era, con il dito sul grilletto!

Aveva ragione Jean, probabilmente l'aveva premuto per sbaglio.

Sì, certo, era colpa sua!

Nel 1945, dopo l'armistizio e la resa della Germania, vengono rilasciati i prigionieri, e fra loro René Le Goff che, dimagrito e pulcioso, un bel giorno arriva in paese sperando di ritrovare la moglie e i figli nella casa sopra la scuola.

I vicini gli indicano Les Chaumes e mormorano alle sue spalle mentre imbocca la stradina in direzione della fattoria: «Avrà una bella sorpresa quando scoprirà che la moglie si è trovata un altro!».

Solo che, da quando è stato ferito, Charme non è più lo stesso uomo.

Taciturno e amaro, si trascina la gamba come un forzato la palla al piede.

Di notte non prende più Mona tra le sue braccia.

Prende invece sbornie omeriche e ha attacchi di rabbia che gelano le ossa.

Così, malgrado ciò che le resta di amore,

malgrado il sogno della libreria con le finestre blu, malgrado l'affetto per Clairette e Aloe, Mona decide di ricominciare con Le Goff, che non le porta rancore e possiede una baracca da pescatore a Guilvinec.

All'inizio dell'autunno lascia Les Chaumes con Jean e Suzon.

La guerra è finita, l'onore del matrimonio è salvo, tutto ritorna all'ordine.

Aloe si ritrova alla fattoria da solo, incastrato tra la nonna,

il cane che invecchia

e il padre storpio che apre bocca solo per strillarlo.

Intorno a lui il mondo intero è allo stremo.

Milioni di ebrei sono stati uccisi nei campi di sterminio di cui la gente, esterrefatta, comincia a vedere le prime immagini filmate dai soldati americani.

Milioni di civili sono morti sotto i bombardamenti, città intere sono state rase al suolo, ponti, ferrovie e strade sono stati cancellati dalle mappe, milioni di famiglie sono state separate, esiliate e spossessate di tutto, due bombe atomiche hanno raso al suolo Nagasaki e Hiroshima, i confini si sono spostati, ci sono stati stupri, saccheggi, denunce, vendette, fame e così tanto odio, e poi così tanta gioia, che ormai i due sentimenti si mischiano e nessuno sa più distinguere il bene dal male.

Alle donne sospettate di essere andate a letto col nemico viene rasata la testa. Rapate a zero e mezze nude, vengono esibite sulla pubblica piazza per punirle di aver tradito i loro mariti e, ancora peggio, di aver tradito la nazione.

Ovunque viene staccato il ritratto di Pétain, nessuno più

canta Maréchal, nous voilà. *La vergogna di aver permesso a quel vecchio di vendere la Francia a Hitler dev'essere spazzata via, dimenticata e sostituita da un altro racconto, quello delle prodezze dei coraggiosi partigiani e dei soldati delle Forze francesi dell'interno che hanno combattuto con de Gaulle e Leclerc.*

È necessario restituire alla patria il suo orgoglio e la sua virilità, conquistarsi in extremis un posto tra i vincitori.

L'Europa si ritrova divisa in due blocchi.

A ovest i territori liberati dagli Alleati, a est i territori liberati dai sovietici.

Due ideologie, due visioni del mondo che, dopo aver sconfitto il nemico comune, si guardano subito in cagnesco: capitalismo contro comunismo.

La Germania è al centro di quel nuovo conflitto.

È divisa in due da un nuovo confine, e la mappa di Berlino sembra una torta divisa in quattro, con ogni settore occupato da uno dei vincitori, le truppe sovietiche nel settore Est, quelle americane, francesi e britanniche nel settore Ovest.

Alla scuola del paese Aloe vuole sedersi in prima fila, sennò vede male le scritte sulla lavagna. Ogni giorno ascolta con passione le lezioni di un giovanissimo insegnante venuto da Lione, il maestro Giraud, che si affanna a mettere ordine in quel mondo smembrato in categorie: le quattro stagioni, i vertebrati e gli invertebrati, gli alberi che perdono le foglie e i sempreverdi, il clima oceanico e quello continentale. Gli piace che, per il tempo di un dettato, accordare o non accordare un participio passato diventi la decisione più importante che ci sia. Gli piace imparare tutto, studiare sui libri le tabelline, l'elenco dei fiumi e dei dipartimenti della Francia, le poesie di Jean Richepin.

È uno di quei figli della guerra denutriti e malvestiti che rischiano di contrarre la tubercolosi, la scarlattina o la tosse canina, un bambino spaurito a cui il maestro Giraud consiglierà di mettere gli occhiali, dato che è parecchio miope, e che crescerà in un'epoca piena di regolamenti di conti, racconti eroici più o meno veri e desideri insaziabili, un'epoca proiettata verso la modernità, verso un futuro che sarà necessariamente migliore.

Quanto a Gaby, fa parte delle persone scomparse nella tormenta del conflitto. Forse è morta, forse è viva.

Non è neanche un ricordo nella memoria del figlio, solo un'assenza, una mancanza, un buco vuoto che Aloe porta dentro di sé come una donna porterebbe un figlio.

… Quattordici anni dopo …

Parte terza
Un grande dolore

Aprile 1959

Capitolo 35
Aloe

Un po' fuori dal paese, su una collinetta che domina i dintorni, sorge il cimitero, irto di croci di pietra. Probabilmente perché i morti possano godersi il panorama in eterno, pensa Aloe, anche se in quel momento nessuno si commuove per la bellezza delle colline e dei valloni boscosi, primo perché cade una pioggia fitta e ognuno incassa la testa nel colletto e, secondo, perché seppelliscono Henri Beugnot, un ragazzo del posto.

Partito l'anno prima per assolvere ai suoi obblighi militari, Henri avrebbe compiuto ventun anni di lì a poche settimane se non fosse caduto in un'imboscata dei *fellagha* da qualche parte in Algeria, tra Sétif e Tizi Ouzou. In paese tutti conoscevano la sua risata tonante, il suo desiderio di subentrare nella macelleria-salumeria di famiglia e sposare Gisèle Turpin. Avrebbe di sicuro avuto una bella vita, ma ora? Chi sposerà Gisèle? Chi venderà le costolette quando il vecchio macellaio andrà in pensione?

Aloe cammina in mezzo al corteo con le lenti degli occhiali punteggiate di gocce, sottobraccio a Clairette. Charme non c'è. Come ogni mattina sta smaltendo la sbornia della sera prima, ed è meglio così, perché rischierebbe di mettersi a cantare una canzone salace in mezzo alla predica del sacerdote.

Con la coda dell'occhio Aloe guarda la nonna, preoccupato nel sentirla tanto fragile, tremante ed esitante. Negli ultimi tempi mangia sempre meno, come si fosse dimenticata di avere fame e sete. E poi è agitata o persa nei suoi pensieri. Spesso di notte, al di là della parete di camera sua, Aloe la sente gemere come una bambina spaventata.

L'altro giorno gli ha chiesto dove fosse Pardon.

«Il cane?» si è stupito lui. «Ma nonna, lo sai... È morto quando avevo otto anni».

Clairette ha aggrottato le sopracciglia.

«E quanti ne hai adesso?» ha domandato.

«Ehm... diciannove» ha risposto Aloe, interdetto.

E la sera prima, durante la cena, ha detto di punto in bianco:

«È un bel po' che non vediamo Marty, chissà cosa sta combinando».

Per fortuna Charme non c'era, sennò si sarebbe innervosito.

Charme si innervosisce senza ragione, ce l'ha con tutto e con tutti, soprattutto con la vecchia madre e con quel "coglioncello" del figlio, come ripete spesso.

A forza di sentirsi dire che è un coglione Aloe potrebbe finire per crederci. A salvarlo è l'amore di Clairette e la preziosa amicizia del suo ex maestro Giraud, insieme al quale ha imparato non soltanto a leggere, ma anche a capire il mondo nel corso delle lunghe conversazioni che hanno ogni mercoledì pomeriggio di fronte a una teiera piena.

Quando Aloe ha preso la licenza media a pieni voti Giraud ha provato a convincere Charme a mandarlo in città a continuare gli studi. Fatica sprecata. Charme ha deciso che il figlio doveva restare alla fattoria, cioè al suo posto.

«Ma ci ha visto? Siamo uno zoppo e una vecchia, come pensa che potremmo fare a mandare avanti tutta questa roba?» ha reagito Charme allargando le mani per abbracciare la casa, la stalla, il fienile e i pochi campi intorno ricomprati dopo la guerra, come se si trattasse di un'azienda agricola moderna in grado di nutrire un intero paese di affamati. «Sto pensando di acquistare altri cinque ettari, aumentare il bestiame e investire in un trattore. Un Ferguson» ha aggiunto in tono secco, come se la marca americana rappresentasse l'autorità definitiva.

Da allora Giraud non ha più insistito, ma ha preso Aloe sotto la sua protezione. Gli presta libri, lo porta al cinema itinerante e certe volte addirittura a Nevers, al museo, perché continui a istruirsi.

In quel momento il maestro Giraud sta camminando in coda al corteo con la rabbia dipinta sul viso, una rabbia che Aloe conosce bene, suscitata dalla guerra in corso e dalla stupidità umana in generale.

In prima fila la famiglia Beugnot si stringe dietro la bara: la madre di Henri, il padre di Henri, le due sorelle di Henri e il cugino Léonard, che andava con Aloe alla scuola comunale.

Sono ormai tre anni che i giovani vanno a fare il servizio militare dall'altra parte del Mediterraneo, ufficialmente per mantenere l'ordine e pacificare l'Algeria, ma sono tutte balle. Grazie a Giraud, Aloe non ascolta più quello che dicono radio e cinegiornali, controllate, come tutti sanno, dallo Stato. Preferisce leggere giornali come *L'Humanité*, *France-Observateur*, *L'Express* o *La Croix*, dove voci coraggiose si elevano per dire le cose come stanno: quello che sta succedendo in Algeria non ha niente a che fare con un'operazione di polizia.

Nel corso della loro ultima chiacchierata Giraud ha detto ad Aloe:

«La Francia si sta comportando in Algeria come i nazisti qui da noi durante l'occupazione».

«E de Gaulle?» ha chiesto Aloe. «Ora che è tornato le cose cambieranno, no?».

«De Gaulle non è abbastanza rapido e non guarda abbastanza lontano. Bisogna farla finita con la colonizzazione, bisogna dare l'indipendenza al popolo algerino».

Anche Aloe è convinto che quella sia l'unica risposta degna di una nazione che si vanta di essere il paese dei Lumi e dei diritti dell'uomo. Che fare però se quella subdola guerra continua e deve andarci anche lui? Disertare? Ogni volta che accenna alla possibilità Giraud scuote la testa e sospira.

«Verresti arrestato dai gendarmi e mandato in prima linea nel gebel. Miope come sei, e con quelle braccia da cavalletta, non sopravvivresti a lungo, amico mio».

«E quindi?».

«Quindi non hai scampo».

Nel frattempo, curvi per il dolore e bagnati di pioggia, i Beugnot avanzano verso la collinetta. Le loro spalle piangono al posto dei loro occhi, pensa Aloe, a cui vengono sempre in mente cose così, un po' strane.

Pensa pure che un giorno scriverà una poesia o un libro per raccontare quelle cose, la pioggia, l'ipocrisia politica, religiosa e militare, i funerali. Troverà frasi che condenseranno in poche parole molte emozioni. Cercherà di riprodurre l'effetto di quella bara su Léonard, che come lui ha paura di compiere vent'anni e ricevere la cartolina di precetto come regalo di compleanno.

Sarà un libro che si troverà sugli scaffali di una libreria tutta blu in Bretagna o a Parigi, tale è il sogno segreto che cresce nella mente di Aloe fin da quando è piccolo. Il maestro Giraud, l'unico a esserne al corrente, lo incoraggia. Dice che la letteratura borghese ha bisogno di essere rianimata dalla voce di gente umile come lui.

«E Marty dov'è?» gli chiede a un certo punto Clairette.

Aloe sussulta. Ancora Marty?

Si accosta all'orecchio della nonna. Non se la sente di ricordarle che è morto nel 1914, così, come il giorno prima, inventa.

«Non è potuto venire. Lo sai che abita al mare, adesso. È lontano, il mare».

«Ah già, me l'ero scordato» si limita a mormorare Clairette. «Bene, bene. Forse ogni tanto vede Mona e i bambini».

«Forse» risponde Aloe con dolcezza.

Il corteo raggiunge il cancello e serpeggia tra le tombe fino alla fossa preparata per il nuovo defunto.

Stoico sotto il rovescio, il prete raccoglie la comunità intorno a sé come una chioccia i suoi pulcini. Dice parole della Bibbia destinate a consolare i parenti affranti. È graniticamente convinto che Henri Beugnot sia felice in paradiso, ma Aloe sa bene che non è così. Per quanto insopportabile sia l'idea, Henri Beugnot è ormai solo un ammasso di ossa e viscere che imputridiscono tra le quattro tavole della bara, punto e basta.

Mentre i becchini calano lentamente il defunto nella fossa Aloe, con gli occhi gonfi di lacrime, sente che Clairette si agita. Le stringe un po' di più il braccio, ma all'improvviso la donna si mette a gridare:

«Anzême! Ti chiedo perdono, Anzême!».

E prima che Aloe riesca a trattenerla si inginocchia nella terra fangosa, tende le mani verso la bara e grida ancora «Ho mentito! Ho mentito ai gendarmi!» con una disperazione da pazza che suscita un'ondata di indignazione tra i presenti e qualche risatina nervosa tra i bambini.

Il maestro Giraud si precipita in soccorso di Aloe. Insieme, i due uomini riescono a tirare indietro Clairette e rimetterla in piedi. Fanno segno al sacerdote di continuare senza di loro.

«Su, su, signora Balaguère» dice Giraud con delicatezza. «Venga da questa parte».

La fanno uscire a fatica dal cimitero.

«Ho mentito, ho mentito» ripete lei. «L'ho fatto per proteggere mio figlio, capite? Perdono, perdono!».

«È sfinita e ha le mani gelide» mormora Giraud ad Aloe. «Portiamola al caldo a casa mia».

Tenendo saldamente Clairette, che continua a borbottare nomi e rimorsi, si avviano verso il centro del paese. In virtù del suo incarico da maestro, Giraud ha avuto diritto all'appartamento di servizio occupato un tempo dai Verchère, sopra la scuola. È lì che lui e Aloe prendono il tè i mercoledì pomeriggio parlando di tutto.

«Si accomodi, signora. Metto dell'acqua a scaldare».

Una volta seduta e senza più la mantellina bagnata, che Aloe mette ad asciugare vicino alla stufa, l'anziana si rilassa. Giraud le offre dei biscotti.

«Qui si sta meglio, vero?» dice. «Aspetti, le porto un panchetto per stendere le gambe».

La aiuta a sistemarsi al meglio, poi prende Aloe da parte.

«Chi è Anzême?».

«Era suo marito, mio nonno. Pare che sia annegato nella Senna prima che io nascessi, un incidente. Il corpo non è mai stato ritrovato».

«Uno scomparso» fa Giraud, pensoso.

«Negli ultimi tempi confonde tutto» spiega Aloe. «Mi chiedo se non stia perdendo la memoria».

«E se invece la stesse ritrovando?» suggerisce Giraud.

«In che senso?».

Il maestro sospira.

«Le vecchie bugie ci tormentano la coscienza, Aloe. Più ci sforziamo di sfuggire la verità e più la verità viene a galla».

Aloe si pulisce le lenti degli occhiali, poi guarda Clairette, pallida, che si è addormentata in poltrona. Come sapere cosa nasconde la memoria di sua nonna? Chissà se suo padre lo sa.

Un giorno scriverà un libro, pensa, un grande libro pieno di verità sulla gente e sul mondo.

Luglio 1959

Capitolo 36
Charme

Rabbioso, Charme sbatte il giornale sul tavolo della fattoria facendo volare le mosche raggruppate sulla tovaglia cerata.

«Sei stato tu?» chiede tra i denti.

Aloe alza il naso dalla ciotola di cicoria, unico alimento che riesca a mandare giù da tre giorni a quella parte.

«Sì» risponde.

«Chi ti credi di essere?».

È stato su consiglio di Giraud che Aloe ha spedito il suo testo a *La République du Centre*. È una poesia intitolata *A mia nonna* che comincia parafrasando l'incipit di un romanzo di Albert Camus che gli ha fatto conoscere il suo ex maestro, *Lo straniero*: "Oggi Clairette è morta". Seguono una decina di righe piene di amore e tristezza, talmente appropriate da convincere la redazione del giornale a pubblicarla, poi una fotografia scattata un tempo da Niault, il fotografo di Sainte-Saverne, e infine il necrologio: Clairette Balaguère nata Paquaud sarà inumata oggi. Avrebbe compiuto sessantacinque anni il prossimo autunno.

«Chi ti credi di essere, eh, merdosetto?» ripete Charme alzando la voce. «Non riesci proprio a stare al tuo posto, devi sempre farti notare, eh?».

Il fiato di Charme è carico d'alcol come ogni mattina, ma quel giorno è peggio. Aloe si tira indietro per proteggersi dallo schiaffo che è nell'aria. Da un pezzo ha imparato a reagire con astuzia alla violenza del padre.

Per tutta l'infanzia l'ha subita. Mentre studiava, per esempio, il padre gli spuntava in camera cantando cose idiote, poi spegneva la lampada sotto cui erano aperti i libri di matematica o di grammatica. Aloe la riaccendeva. Il padre la spegneva di nuovo sghignazzando. «Ti credi più intelligente degli altri con i tuoi libri, eh? Ma non sei un uomo, sei una sciacquatura di piatti!» e clic, spegneva di nuovo la luce. Allora Aloe restava al buio fino a che, stanco di non incontrare resistenza, Charme se ne andava. Poi si rimetteva a studiare come se niente fosse.

«Tieni» dice Aloe posando sul tavolo una bottiglia di acquavite. «Te la manda Beugnot».

Sospettoso, Charme osserva il regalo e borbotta:

«Beugnot, eh?... Cosa vuole, quello?».

«Niente, papà. Ha perso il figlio ad aprile, tu hai appena perso tua madre, vuole solo essere gentile».

«Gentile, già, già... E la figlia?».

«Che figlia?».

«Christiane. Credi che non mi sia accorto che le ronzi intorno? Che complottate alle mie spalle?».

Aloe, dietro gli occhiali, aggrotta le sopracciglia. Ronzare intorno a Christiane Beugnot? Lui? Ma quando mai! Del resto non ronza intorno a nessuna. L'unica cosa che vuole è scrivere ed essere lasciato in pace, quindi una ragazza...

«Bada» continua Charme, di colpo addolcito, «se tu volessi sposarla, sono sicuro che potremmo metterci d'accordo. Durante l'occupazione i Beugnot devono aver messo via un bel gruzzolo, con la macelleria...». Sognante, ride e stappa la bottiglia d'acquavite. Ne beve un sorso, poi un altro, infine conclude: «Dovrò parlarci, con Beugnot».

«Di cosa?» chiede Aloe, diffidente.

«Ti sei guardato?» risponde Charme. «Con quei fondi di bottiglia e quelle braccia da ranocchia non puoi fare tanto il difficile! Quante ragazze pensi che ti vorranno?».

Tagliando corto a quella conversazione assurda, Aloe prende la ciotola di cicoria e va a buttare quel che resta in cortile.

«Dobbiamo essere in chiesa fra due ore» dice. «Vado a farmi la barba».

Solo, in mezzo alle mosche, Charme rimane immobile nella penombra della stanza.

Da quando Clairette non si è più svegliata, tre giorni prima, ha smesso di bere solo per andare a pisciare. Con mano tremante riprende il giornale gettato sulla tovaglia e lo apre alla pagina della poesia con la foto di Clairette del 1940, ancora abbastanza giovane e decisamente carina nel vestito a fiori.

Oggi Clairette è morta.
Era la madre di mio padre
e in qualche modo anche la mia,
presenza quando tutto era assenza,
luce quando tutto era buio.
Le devo un'infanzia,
le devo di essere vivo…

Con gli occhi gonfi, incapace di leggere oltre, di colpo tramortito da ciò che sperava di diluire con l'alcol, Charme si accascia sulla sedia, si prende la testa fra le mani e finalmente scoppia a piangere.

Capitolo 37
Aloe

Ecco di nuovo il cimitero, ecco di nuovo la collinetta irta di croci e il percorso interminabile dalla chiesa, stavolta con il sole a picco. Aloe pensa che un giorno scriverà qualcosa per descrivere la pesantezza dei passi di quelli che seguono una bara, l'impressione che hanno di avere i piedi ferrati come gli zoccoli di un cavallo.

Probabilmente è strano pensare frasi in un momento in cui dovrebbe semmai piangere, ma le frasi lo proteggono e gli danno coraggio. "Le frasi sono la mia consolazione".

Aloe cammina davanti insieme al padre inebetito che zoppica e barcolla e agli ultimi membri della famiglia Paquaud, una cugina di Clairette e un nipote con la moglie. Nessun altro. Dietro di loro il maestro Giraud, poi la lunga fila della gente del luogo che si trascina, nera e curva, simile a una colonna di formiche che segua il prete.

Il corteo arriva davanti al cancello.

Il corteo cammina fra le tombe fino alla fossa preparata per la nuova defunta, poi il sacerdote recita la sua dannata Bibbia e traccia segni della croce nell'aria con l'aspersorio. Nel momento in cui lo porge a Charme, quest'ultimo arretra e s'inarca come un animale sorpreso da un serpente.

«Prendilo, papà. È per benedire la bara» gli sussurra Aloe.

Oppresso dal caldo, l'ubriaco guarda il figlio con occhio vitreo. Si toglie il cappello, prende dalla tasca un fazzoletto per tamponarsi la fronte sudata e di colpo il suo sguardo si fissa su un punto in fondo al cimitero.

«Porca vacca!» esclama.

Come tutti, Aloe si volta e vede una persona, una donna minuta, con i capelli raccolti in uno chignon su una faccia troppo truccata, che si tiene in disparte all'ombra di un tasso.

«Oh, porca vacca!» ripete Charme ignorando il prete e l'aspersorio.

Un mormorio di rimprovero corre tra i presenti.

Aloe si piega verso il padre.

«Chi è? La conosci?».

«Se la conosco?» grida lui scoppiando in una risata forzata. «Certo che la conosco, è tua madre!».

Poi, continuando a ridere, si rimette il cappello, afferra finalmente l'aspersorio, esegue il segno della croce come fosse una farsa e getta l'oggetto a terra ai piedi di Aloe.

«Tieni, pensaci tu! E arrangiati con tua madre! Io ho sete. Se il buon Dio ha qualcosa da rimproverarmi, digli che può trovarmi al bar!».

E dopo una riverenza grottesca sotto gli occhi sbalorditi dei convenuti Charme si allontana dal cimitero trascinandosi la gamba matta sulla ghiaia.

Nel frattempo il maestro Giraud si è avvicinato ad Aloe e gli ha posato una mano salda e rassicurante sulla spalla.

«Lascialo stare» mormora, «è meglio così».

Poi raccoglie l'aspersorio, lo porge ad Aloe e lo aiuta a benedire la bara di Clairette mentre alle loro spalle, come alunni indisciplinati, i paesani si sussurrano commenti: «Sono quasi vent'anni che non si fa viva!», «Io l'ho conosciuta all'epoca, nel '39. Ci guardava tutti dall'alto in basso con le sue arie da parigina!», «Che svergognata! Abbandonare marito e figlio per tutto questo tempo e poi rispuntare dal nulla, così!», «Hai visto com'è vestita?», «Di sicuro durante l'occupazione ha intrallazzato con i crucchi!».

Trasognato, Aloe guarda sfilare uno a uno i partecipanti alla cerimonia che, senza smettere di lanciare occhiate verso la donna immobile in fondo al cimitero, assolvono al loro dovere venendo a fargli le condoglianze. Ma è come se fossero già passati ad altro, come si si affrettassero a sbrigare le formalità della morte per potersi occupare della vita e del ritorno inaspettato di Gaby, tanto che alla fine, dopo l'ultima stretta di mano dell'ultimo parrocchiano, nessuno accenna ad andarsene, restano tutti lì a vedere cosa succede, perfino il becchino si dimentica di riempire la fossa.

«Su, su» si indispettisce il sacerdote indicandogli la pala.

L'uomo di Chiesa si schiarisce la gola e comincia a spingere di forza gli uni e gli altri verso l'uscita, finché la gente finalmente si disperde e nel cimitero rimangono solo Aloe, Giraud e la donna con lo chignon.

«Andiamo» dice il maestro, e sottobraccio si avvicinano al punto in cui Gaby è rimasta ferma.

Più Aloe si avvicina e meno riesce a far coincidere la realtà con il panorama sconfinato delle sue fantasie infantili. Quante volte ha immaginato la scena di quell'incontro? Gli abbracci, le lacrime, le risate, le spiegazioni più rocambolesche con cui Gaby avrebbe giustificato la propria scomparsa e la gioia immensa che gli sarebbe esplosa nel petto? E cosa vede all'ombra del tasso?

Una sconosciuta, pensa, soltanto una sconosciuta.

«Tutto bene?» gli chiede Giraud.

Aloe annuisce, e un secondo dopo è a un metro da quella donna che per tutta la vita ha sognato di chiamare mamma e che in quel momento gli viene da chiamare signora. Indossa un tailleur, scarpe da città con i tacchi, anelli, sembra uscita da un catalogo di moda. Gaby si sforza di sorridere. L'imbarazzo erge fra loro un muro invisibile e compatto.

«Qualche giorno fa ho preso una camera a Sainte-Saverne» spiega. «Ero venuta a trovarti. Volevo… cioè, avevo voglia di… ma non sapevo come… Poi ieri, leggendo il giornale, ho pensato che era l'occasione per…».

Aloe ascolta la voce di Gaby, il suo accento strascicato, diverso, parigino, di cui non riconosce né il timbro né il ritmo. Gli sembra di sentire Arletty in *Albergo Nord*, che ha visto un giorno al cinema itinerante.

«Mi dispiace per Clairette» continua Gaby. «Una persona buona, tua nonna. Mi è piaciuta la tua poesia, mi sono commossa, mi... mi dispiace di averti...».

Non riesce a dire "abbandonato", allora dice "lasciato".

Poi attacca a parlare a tutta velocità di quell'epoca, di Parigi, dello sbando del '40, della confusione, della necessità di sopravvivere con ogni mezzo, dell'occasione che le si è presentata, non dice quale, solo che «era un'occasione imperdibile», poi della partenza per l'estero, «in America» dice con malcelata fierezza, e della vita incredibile che ha fatto lì per tutti quegli anni, «ah, se sapessi».

«Avevo sempre avuto il sogno di vivere qualcos'altro, di vedere un po' di mondo, capisci? Le donne come me non sono fatte per occuparsi di una famiglia, non funziona, avevo bisogno di... E poi sapevo che eri in buone mani, giusto?». Guarda Giraud con aria interrogativa. «Lei è della famiglia?».

«No, solo un amico» risponde lui.

Aloe stringe forte il braccio del maestro. "La famiglia" pensa. "Non significa niente. Voglio più bene a quest'uomo che a mio padre e mia madre. Ho solo lui".

Gaby tace per un po', osserva il cimitero, il morbido panorama collinare tutto intorno, le siepi, i campi, le mucche.

«Qui era troppo piccolo» dice. «Non sono fatta per i posti piccoli. Del resto sto tornando a Parigi. Ti farò avere il mio indirizzo, se mai capiti da quelle parti».

Aloe accenna un sorriso. "Non la rivedrò mai più" pensa. E constata: "Non provo niente".

Una settimana dopo, Aloe riceve la cartolina di precetto per la leva obbligatoria in un battaglione di fanteria. Il documento militare specifica che per prima cosa deve recarsi in una caserma per ricevere un addestramento, cioè imparare a maneggiare le armi, strisciare nel fango e guidare veicoli, ma non cosa succederà dopo. È inutile, dirai tu, tutti sanno che dopo tre mesi i soldati di leva vengono imbarcati per l'Algeria.

Il giorno in cui Aloe lascia la fattoria Charme è ubriaco fradicio.

Guarda il figlio preparare il bagaglio ridendo e ripetendo: «Ah be', proprio bello l'esercito francese! Ma tu guarda! Con reclute simili l'unica cosa sicura è che perderemo l'Algeria!».

Si batte la mano aperta sulla coscia ridendo a crepapelle.

«Gli farai saltare le ginocchia a quegli arabi! Quella è una cosa che sai fare bene, eh?».

Aloe non risponde. Da quindici anni è sempre la stessa solfa.

È tutta colpa del figlio se Charme non ha potuto combattere e dimostrare il suo eroismo, se la sua vita è naufragata, se Mona se n'è andata.

Da quel punto di vista Aloe prova un certo sollievo a partire, ad allontanarsi dal padre per i due anni del servizio militare.

Ciò che lo aspetta dall'altra parte del Mediterraneo rischia di essere terribile, ma senza più la protezione di Clairette sopportare l'odio del padre è diventata la peggiore delle torture.

Cioè, no.

La tortura peggiore, forse, è doversi separare da Giraud.

Aloe trascorre l'ultima sera a casa del suo ex maestro, che una volta tanto non ha tirato fuori la teiera, ma una bottiglia di gevrey-chambertin del 1935 che teneva da parte per una grande occasione. E la partenza di Aloe è una grande occasione.

«Promettimi di scrivermi spesso».

«Glielo prometto, maestro» risponde Aloe con le lacrime agli occhi.

«Se la smettessi di darmi del lei?» dice Giraud. «Chiamami Daniel e basta!».

Aloe annuisce.

In fondo tra i due uomini ci sono poco più di una quindicina d'anni di differenza, Daniel non ne ha ancora quaranta, e si conoscono da una vita!

Terminata la bottiglia di gevrey-chambertin Daniel abbraccia Aloe e lo stringe talmente forte che i battiti dei loro cuori sembrano confondersi.

«Ti aspetterò qui con la seconda bottiglia, per festeggiare il tuo ritorno» dice Giraud. «Vedi quindi di tornare indietro tutto intero!».

L'indomani Aloe prende il treno alla stazione di Sainte-Saverne.

Nel suo scompartimento ci sono altri giovani di leva come lui che si recano alle rispettive caserme e, sulla banchina, padri che piangono scuotendo la testa.

Per la loro generazione combattere Hitler nel '39 appariva un dovere indiscutibile, una risposta necessaria all'aggressione del tiranno, mentre quella nuova guerra che nessuno chiama guerra e in cui la Francia è impantanata da anni sembra inutile.

E, per molti di loro, ingiusta.

Certo, in quell'estate del 1959 l'opinione pubblica francese è mutevole e divisa nei confronti di quella che viene definita "la questione algerina".

La gente si pone parecchie domande.

Si chiede se non siano i comunisti a manipolare dall'estero la popolazione musulmana e a soffiare sulla brace della rivolta, ma si chiede anche se la rivolta non abbia qualcosa, o molto, di legittimo.

La Francia ha davvero svolto quel ruolo di forza civilizzatrice che sostiene di aver avuto con gli indigeni? Ha davvero portato loro il progresso, l'istruzione e la medicina moderna? Pare di no, pare che laggiù le disuguaglianze, il razzismo e gli abusi di potere abbiano da tempo alimentato l'odio e il risentimento nei confronti dei coloni, della Francia e dei bianchi.

Com'è noto, a forza di essere calpestato un popolo finisce sempre per ribellarsi e volersi vendicare.

Donde gli attentati, le bombe che esplodono sugli autobus, nei ristoranti, negli stadi, ad Algeri, a Orano, i rapimenti, le imboscate, i massacri di europei nei villaggi, le mutilazioni e il ciclo infernale che segue: rappresaglie cieche, terrore, omicidi mirati, impiccagioni, torture, incendi e saccheggi.

L'esercito francese combatte contro i fellagha, il Fronte di Liberazione Nazionale contro la Francia, ma ci sono anche algerini che se la prendono con altri algerini considerandoli traditori e attentati di francesi contro concittadini francesi, perché ognuno difende la propria visione delle cose, le proprie convinzioni, i propri diritti, la propria terra, il proprio futuro, con il risultato che tutti ammazzano tutti.

Allora che si fa?

Cosa si decide a Parigi?

Da cinque anni i governi che si susseguono non sanno che pesci pigliare, vanno a tentoni.

È meglio integrare maggiormente l'Algeria alla Francia dando più diritti alle popolazioni indigene o concedere loro l'indipendenza e rinunciare all'Algeria? Andarsene dopo più di cent'anni di presenza, a costo di perdere dodici dipartimenti e tutto il petrolio del Sahara? Oppure esiste una soluzione miracolosa che vada bene a entrambe le parti? E poi, che fare degli europei che vivono e lavorano lì da generazioni, i cosiddetti pieds-noirs*? Niente è facile, come puoi immaginare, e niente è senza conseguenze gravi, in quella faccenda.*

Comunque sia, una maggioranza di francesi della madrepatria si è da un pezzo rassegnata a veder perdere all'Algeria il suo status di colonia, come già è avvenuto per il Marocco e la Tunisia.

Dopo la guerra d'Indocina e la sconfitta di Dien Bien Phu molti francesi di Francia hanno capito che la Storia è in cammino, che l'impero francese è moribondo e che la decolonizzazione è inevitabile.

Ma sai, i cambiamenti sono sempre difficili da accettare, tanto più per i militari di carriera fedeli all'idea di difendere i territori che appartengono alla nazione. Molti di quegli ufficiali sono tornati dall'Indocina con un odio viscerale per la repubblica e i politici, e vedono in quella nuova guerra una possibilità di rivincita e di risveglio del patriottismo.

In Indocina si sono scontrati con la resistenza dei "viet", ora vogliono schiacciare quella dei "fell".

Così per il momento tutti combattono, anche chi, come Aloe, non ne ha nessuna voglia.

Dicembre 1959

Capitolo 38
Aloe

Solitario in mezzo ai soldati che affollano il ponte della nave, Aloe guarda le facciate bianche disposte a ventaglio intorno al porto. Il mal di mare lo perseguita fin da Marsiglia. Ha passato la notte a vomitare, rannicchiato contro il parapetto tra un attacco e l'altro, pregando di morire pur di non subire più quella tortura.

Altri soldati altrettanto malmessi gli hanno in qualche modo tenuto compagnia, piccole sagome piegate in due sul parapetto che riprendevano fiato accanto a lui, neanche una parola scambiata, solo sguardi persi. La mattina il beccheggio si è placato, nessuno è morto (o comunque non ancora), Algeri esibisce i suoi edifici e l'odore nauseante della nafta si mischia a quello pungente delle vomitate, esacerbato dal sole ancora caldo.

Da quando ha lasciato il suo angolo di campagna, Aloe passa da una sorpresa all'altra. Lui che non aveva mai preso il treno e tantomeno la nave, lui che non aveva mai messo piede in una vera grande città, lui che non aveva mai marciato per sei ore di fila con trenta chili sulla schiena, lui che non aveva mai sparato un colpo (a parte, crede, quello che ha sfracellato il ginocchio di Charme), lui che aveva diviso la camera solo con Jean e Suzon tanto tempo prima, si ritrova a vivere in promiscuità permanente con altri corpi, decine di imbecilli in divisa totalmente analfabeti, alcuni con l'accento alsaziano, còrso o piccardo, pronti a sparare con il fucile mitragliatore a tutto ciò che si muove. Per la maggior parte del tempo Aloe è terrorizzato o tristissimo, glielo si legge in faccia.

Ogni giorno, varie volte al giorno, pensa a Daniel Giraud. La sua unica consolazione sono le lettere che gli scrive e quelle che riceve da lui, ma, ora che ha lasciato la caserma e la Francia, ha paura che la posta viaggi con più difficoltà. Sente che senza quel legame sarà ancora più vulnerabile e smarrito, potrebbe quasi morirne, così conserva in una tasca della divisa l'ultima lettera del suo ex maestro come un talismano.

Ne conosce alcuni brani a memoria.

Caro Aloe,

oggi ci sono rimasto malissimo venendo a sapere che è morto Gérard Philipe. Aveva neanche trentasette anni, ti rendi conto? Sono poco più grande di lui, e sento pienamente quanto ingiusta sia quella morte. Era di una bellezza mozzafiato e il suo talento di attore mi ha trafitto il cuore quando l'ho viso interpretare Il Cid *al festival di Avignone. Piango la scomparsa di quell'uomo, ma la cosa che mi addolora di più è sapere che non potrai mai vederlo recitare come ho fatto io. Mi sarebbe piaciuto farti conoscere una gioia del genere, portarti con la mia vecchia 4CV al Palazzo dei Papi! Avremmo cenato in città, ascoltato le cicale fino al calar della sera e, con l'arrivo della notte, avremmo visto spuntare la sua faccia da burlone…*

Cena in città. Avignone. Cicale. Arrivo della notte.

Nella mente di Aloe ogni parola scritta da Daniel fa l'effetto di una porta aperta su qualcos'altro, qualcosa di lontano da quella realtà dura e volgare in cui si consuma da quando è cominciato l'addestramento: il turno dei cessi, le battute spinte dei compagni, gli ordini abbaiati dai sottufficiali, gli insulti, le umiliazioni, i peti sganciati sotto le lenzuola… E ora cosa lo aspetta? La guerra? Ma davvero?

Un colpo al fianco lo strappa ai suoi pensieri.

«Ehi, stai dormendo?» grugnisce un tipo dai capelli rossi. «Cammina!».

La nave è ormeggiata, la passerella posteriore è stata abbassata, la fila spinge, mentre a terra uno stuolo di infermiere sorridenti distribuisce ai nuovi venuti caramelle e pacchetti di sigarette. Sembra di essere alla fiera.

Poi la colonna dei coscritti si stiracchia fino al punto in cui sono radunati i camion, e lì devono di nuovo salire, stringersi e lasciarsi portare verso chissà quale destinazione. I più fortunati resteranno ad Algeri, i più iellati verranno assegnati a qualche postazione isolata in pieno gebel.

Aloe si ritrova sul retro di un semicingolato, seduto tra un piccoletto sdentato e un ragazzone un po' strabico.

«Mi chiamo Norbert» dice quest'ultimo tendendogli una mano grossa come un cuscino. «Norbert Le Moulec. Vengo da Guilvinec, in Bretagna».

«Guilvinec?» ripete Aloe.

«Ci sei stato?».

«No, ma ho un po' di famiglia, lassù… cioè, amici… Jean e Suzon Le Goff, li conosci?».

Il viso del ragazzone si apre in un gran sorriso.

«I figli di Mona e René, la libraia e il meccanico!».

Aloe rimane senza fiato. Questa poi! Tra le migliaia di reclute sbarcate dalla nave doveva capitare proprio su uno che li conosce!

«Quindi Mona ce l'ha fatta ad aprire la sua libreria!» esclama contento. «Come stanno?».

Il sorriso di Le Moulec si contrae.

«Ah, non sai niente di Jean?».

Aloe aggrotta le sopracciglia e scuote la testa.

«È morto due anni fa saltando da una scogliera. Un incidente stupido. Voleva fare colpo sulle ragazze, aveva bevuto troppo».

«Oh» mormora Aloe.

«Era tanto che non lo vedevi?».

«Dalla guerra. Eravamo piccoli».

«Capisco. L'altra guerra» osserva Norbert, «dato che a quanto pare ce n'è sempre una in corso».

Mentre il convoglio si mette in moto i due giovani continuano a chiacchierare sballottati dalle buche di quella strada sconosciuta e pericolosa che si apre davanti a loro, ma confortati da quell'incontro casuale che li lega immediatamente l'uno all'altro.

"Quando lo racconterò a Daniel..." pensa Aloe.

Da quando è cominciata la corrispondenza con Giraud constata che non ha più bisogno di immaginare di scrivere un libro. Un solo lettore può bastare, pensa, se gli si vuole davvero bene.

Gennaio 1960

Capitolo 39
Daniel

Caro Aloe,
la tua lettera di ieri è stata come un pugno nello stomaco. Non mi va giù che il tuo battaglione si sia spostato, e immaginarti ora nelle casematte di montagna agli avamposti delle zone vietate mi fa stare male. La descrizione che mi fai delle tue notti di guardia nella morsa del freddo, esposto agli attacchi a sorpresa dei fellagha, ha tolto il sonno anche a me. Spero che la tua miopia finirà per convincere gli ufficiali che non puoi fare la sentinella come gli altri, è pericoloso. Spero che se ne rendano conto e ti assegnino un altro incarico. Dici che certe reclute vengono mandate nelle scuole dei villaggi a fare lezione ai bambini del posto. Tu purtroppo non hai diplomi, ma se serve posso certificare con una lettera al comando che ne hai le capacità. Sarebbe un compito molto più adatto a te!

Nel frattempo stringo i denti e ti supplico, se ti attaccano difenditi e spara. Capisco il dilemma morale di sparare su persone di cui capisci la rivolta, è uno strazio insostenibile! Purtroppo è l'aspetto crudele di ogni guerra: la tua pelle o la loro. E qualunque sia la mia opinione in merito ti confesso umilmente che tra la tua vita e quella di uno sconosciuto, sia pure vittima dell'oppressione coloniale, scelgo la tua senza pensarci due volte.

Ecco a cosa ci costringe l'esistenza, Aloe, a rivalutare continuamente le nostre priorità. Riconosco senza vergogna che nel nostro caso, prima che un piccolo pensatore politicizzato di provincia, sono un tuo amico.

A proposito di provincia, proverò a distrarti un po'. Sai qual è l'evento di cui da tre giorni tutti parlano a Sainte-Saverne? Il televisore che il proprietario del Café de la Gare ha fatto mettere in sala! Se pensi che era stato il primo in paese ad avere anche il telefono e l'acqua corrente, c'è da credere che quell'uomo arriverà sulla luna prima degli americani e dei russi! Dovevi vedere la folla che c'era la prima sera! Credo che il premio per il miglior commento vada alla vecchia signora Jouillat, che peraltro è mezza cieca. Devi immaginarla con la sua parlata di qui e le erre arrotolate: «Non vedo proprio a cosa possa servire un aggeggio simile. Farebbero meglio a inventare una macchina che renda meno cretini!». Ah, quanto ho riso! Eppure lo sai, sono un progressista, e appena ne avrò la possibilità cambierò volentieri la mia vecchia 4CV... per esempio con una Dauphine ultimo modello! Insomma, i miei alunni ormai parlano solo della televisione, sento che questa modernità farà concorrenza ai compiti che assegno loro e un po' sono preoccupato. Le cose hanno sempre tante sfaccettature, no?

Caro Aloe, spero con tutto il cuore che avrai presto una licenza (per venire a vedere la televisione), ma presumo che sia ancora troppo presto, quindi nel frattempo stai attento a te.

A quanto ho capito hai fatto amicizia con quel Norbert Le Moulec che ti ha informato sulla sorte di Mona, Suzon e del povero Jean. Me lo descrivi come un pezzo d'uomo. Allora ti do un ultimo consiglio: se sparano, restagli vicino.

Un abbraccio da buon amico,
Daniel

P.S.: mentre sto chiudendo la busta sento alla radio un'altra triste notizia. Ti prego di scusarmi se concludo così la lettera, ma voglio condividere tutto con te. Ieri, in un incidente automobilistico, è morto Albert Camus. Aveva quarantasei anni. Si è schiantato contro un platano, lasciando orfane la letteratura e la filosofia. Nato ad Algeri, e grande sostenitore della riconciliazione tra i due popoli, non saprà mai come andrà a finire questa guerra...

Alla fine penso che mi terrò la 4CV. Va talmente piano che non mi ammazzerò mai, inoltre ci tengo a onorare la promessa che ti ho fatto, bere la seconda bottiglia di gevrey-chambertin insieme a te.

Speriamo presto.

Marzo 1960

Capitolo 40

Nella luce cruda di mezzogiorno Aloe si sdoppia, da una parte la mente, dall'altra il corpo. Mentre la prima urla d'orrore, il secondo si limita a ubbidire.

«Scendete!» grida il sergente. «Forza! Forza!».

Con Norbert e la dozzina di altri compagni della sua pattuglia il corpo di Aloe balza giù dal camion in scarponi, elmetto e fucile, con quattordici chili sulla schiena. Ormai è un corpo agile, reso efficiente dall'addestramento, capace di sopportare ciò che non sopportava un tempo, con muscoli più asciutti e più guizzanti, un corpo da uomo, insomma.

«Forza, forza!» ripete il sergente. «Senza pensare! Facciamo il nostro dovere in nome di questi poveri ragazzi!».

E Aloe fa quello che gli chiedono, smette di pensare.

Succede da qualche parte tra due pendii rocciosi, su una misera pista che serpeggia verso uno uadi. La memoria di Aloe registra particolari senza importanza: un pacchetto di sigarette caduto nei cespugli, l'aria polverosa, satura di particelle sabbiose, il brivido del palmeto più in basso, il silenzio, le mosche.

«Figli di puttana» dice qualcuno.

Il corpo di Aloe continua a ubbidire. Si unisce agli altri, si china sui cadaveri, reprime un conato di vomito.

«Che ne facciamo della mano, sergente?».

La mente di Aloe ha smesso di urlare. Si rifiuta di vedere ciò che vedono gli occhi, ovvero gole tagliate con il rasoio, sangue ovunque, già nero e secco, e quella mano strappata che giace a due metri dal braccio a cui apparteneva, per non parlare del resto. Tutto ciò non esiste, no no no.

«Pezzi di merda, maledetti, bastardi!».

Le mani di Aloe afferrano i piedi di un primo cadavere mentre Norbert prende la parte alta.

«Vai» dice Norbert, «ce l'ho».

Insieme sollevano e depongono il morto sul camion mentre i commilitoni fanno lo stesso con gli altri otto cadaveri, che finiscono accatastati sul cassone del veicolo militare. Il sergente e quattro soldati tengono sotto mira i dintorni, pronti a sparare sulle creste, perché un'imboscata può nasconderne un'altra, è una trappola ben nota.

«Razza di merda» si indigna un'altra voce. «Vendicheremo i nostri compagni, non sanno cosa li aspetta...».

Ecco fatto, la mente di Aloe ha totalmente abbandonato il corpo. È altrove, in un luogo bianco in cui tutto è sereno, inodore e indolore.

Eppure il suo corpo risale sul camion insieme ai morti ormai diventati oggetti che vanno riportati alla base perché possano essere identificati e restituiti alle loro madri, ai loro padri, alle loro fidanzate. Solo che non potranno più essere baciati, cullati, nutriti e toccati.

Il camion risale la pista tra i sobbalzi nella magnifica luce del gebel. Di quando in quando tra gli arbusti e le rocce spuntano i ciuffi carnosi e pungenti di quella pianta del deserto che si trova anche in Marocco e che a suo tempo aveva ispirato a Charme il nome del figlio, l'aloe.

«Ehi, tutto bene?» chiede Norbert.

«Sì» risponde Aloe.

«Sei strano. Perché sorridi?».

«Non sto sorridendo».

«Veramente sì».

«Pensavo ad altro» spiega Aloe.

Quando la pattuglia arriva al campo base sulle alture, con la bandiera tricolore che sventola in cima all'asta, bisogna di nuovo ubbidire agli ordini, scaricare uno a uno i corpi mutilati, restituire i pezzi giusti a ognuno, avvolgerli in sudari di fortuna e stoccarli come si stoccherebbe della carne, all'ombra e al riparo dagli animali selvatici.

Il sangue dei morti ha macchiato le divise dei vivi, le mani e gli avambracci. Aloe si lava con l'acqua di un secchio, ma non se ne va, o non del tutto.

«Smettila di sorridere» dice Norbert. «Mi fa girare i coglioni».

Aloe passa il resto della giornata a tenere sotto controllo la faccia. Appena sente contrarsi i muscoli zigomatici si affretta a rilassarli.

I compagni hanno tirato fuori le bottiglie di cognac. Pessima qualità, ma alta gradazione. Mischiandolo alla gazzosa ti spedisce in cielo.

Di solito Aloe non beve con gli altri. Ha una tale paura di diventare come il padre che preferisce tenersi lontano dalle bevute, leggere un libro, e pazienza se gli altri gli danno dell'intellettuale e del finocchio, comunque Norbert lo difende sempre. Quel giorno però è diverso, mente e corpo sono scissi. Il corpo decide di bere e al diavolo il resto. Sì, al diavolo! Diciamo la verità, visto che c'è la guerra, visto che ci sono esseri umani che tagliano mani, teste o coglioni di altri esseri umani, a che serve leggere libri?

«Toh, anche il quattrocchi vuole la sua parte!» scoppia a ridere Rampin, un rosso alto e robusto venuto dal Giura che provoca Aloe ogni volta che ne ha l'occasione.

«Chiudi il becco e passagli la bottiglia, Rampin» ringhia Norbert. «Oggi stiamo tutti di merda».

La bottiglia piena di miscela esplosiva passa di bocca in bocca in una comunione religiosa, e a ogni sorso Aloe si sente diventare più leggero. L'alcol gli dilaga nelle vene e tutto diventa facile, parlare come gli altri, dire sciocchezze, ridere con gli altri, farsi beffe della morte.

Con il calar della sera arrivano anche gli ordini. Il giorno seguente il battaglione effettuerà un'operazione di controllo, il che significa che rastrelleranno i villaggi lungo lo uadi e troveranno a tutti i costi i "fell" nascosti dai loro complici, quei furfanti di contadini che ci prendono per idioti! Sì, spiega Rampin, scoveremo i delinquenti che hanno massacrato i nostri poveri compagni. Un simile delitto non può restare impunito, ne va dell'onore della Francia, e se qualcuno ci prende in giro gli faremo capire chi siamo.

«E chi siamo?» domanda Aloe, ubriaco fradicio.

«Dei duri!» risponde Rampin. «Anche tu sei un duro, mammoletta!».

Nei fumi dell'alcol, Aloe sorride. Anche Norbert gli sorride, ed è come se gli dicesse: vedi, ce l'hai fatta, ora fai parte della squadra. È strano, ma gli si scalda il cuore, e quella sera Aloe non pensa mai a Daniel.

Il maestro appartiene ormai a un altrove lontano, come separato dalla realtà. Abita in quel luogo bianco inodore e indolore, quel recesso in cui si sono rifugiate la coscienza e l'umanità di Aloe.

Capitolo 41
Daniel

Caro Aloe,

devono esserci problemi con la posta, perché non ricevo tue lettere da una decina di giorni... Cioè, oso pensare che sia solo un problema logistico, ma ti prego di tranquillizzarmi appena puoi.

Qua sono cominciate le vacanze di primavera, ritroverò le mie testoline bionde solo ai primi di maggio, e questo periodo senza di loro mi sembrerà lungo. Non quanto tutti questi mesi senza vederti, ma sai, i bambini richiedono una tale attenzione che le giornate passano più veloci e, ora che conosco la data della tua prossima licenza, è un dolce supplizio sfogliare il calendario fino a giugno!

Ieri ho visto tuo padre. Al bar, ovviamente. Stava giocando a carte con i suoi soliti compari, Simonot, Gobley e Challard. Ci siamo salutati da lontano. Non gli sono mai piaciuto, e la cosa è reciproca. Ti dico solo che non sembrava diverso dal solito, e comunque è sempre di questo mondo.

Una che mi ha chiesto tue notizie è Christiane Beugnot. Mi è sembrata una ragazza carina, più sensibile della media. Le ho detto che stavi benone e le ho comunicato la data della tua licenza. Quando ha saputo che saresti tornato per due settimane nel periodo della festa di san Giovanni è diventata rossa. Non voglio ficcare il naso in cose che non mi riguardano, ma sappi che hai una spasimante! Be', che c'è? Prima o poi dovrai pur pensare a sposarti, no?

Da parte mia ho perso varie occasioni di farlo, come avrai capito nel corso delle nostre chiacchierate. Ormai, a quasi quarant'anni, mi dico che è troppo tardi per mettere su famiglia. Probabilmente il mio destino è vivere solo. E poi, da quindici anni a questa parte ho classi intere di bambini, c'è da credere che mi bastino! Morirò quindi come un vecchio monaco, ma circondato da amici preziosi come te.

Aspetto con impazienza una tua lettera e ti bacio come un fratello,

Daniel

GIUGNO 1960

CAPITOLO 42
Aloe

Più il treno si avvicina alla stazione di Sainte-Saverne e più Aloe si domanda se quella licenza sia una buona cosa. Da quando è arrivato nella madrepatria – prima a Marsiglia, poi a Bourges, dove ha preso la coincidenza per Nevers – tutto ciò che vede lo annoia o gli fa rabbia: le automobili rutilanti, i tram, gli autobus pieni di uomini e donne indaffarati, sorridenti, tranquilli, i negozi dalle vetrine sgargianti che annunciano nuovi arrivi di aspirapolveri, frigoriferi o ferri da stiro elettrici, la gente seduta ai tavolini esterni dei ristoranti in abito leggero o camicia a maniche corte, le file davanti ai cinema per vedere *La dolce vita*, le uscite da scuola dove si accalcano mamme e carrozzine, perfino gli alberi fioriti dei viali gli danno la nausea.

Cosa fanno tutte quelle persone? A cosa pensano? A cosa servono, mentre dall'altra parte del mare ragazzi di vent'anni vengono obbligati, in nome della Francia, a puntare il fucile alla tempia di innocenti e poi a bruciare le loro case? Su che razza di pianeta è atterrato, dove l'unica preoccupazione di tutti sembra fare acquisti?

Certo, l'indifferenza non è totale. Nelle edicole ha visto i giornali che pubblicano stralci del discorso pronunciato il giorno prima dal generale de Gaulle alla televisione, un discorso che comincia come una favola, *C'era una volta un vecchio paese carico di cautele e abitudini* […], *dopo grandi disgrazie si era come ripiegato su se stesso, non c'era più carbone, non c'era più petrolio* […], un discorso in cui il generale ha ripetuto che è necessario porre un termine alla colonizzazione, accettare *il grande movimento di affrancamento dei popoli di tutta la terra*, ivi compresa l'Algeria, dove *tutto sarà fatto affinché il popolo algerino abbia la parola nella serenità*, pur conservandosi il diritto di essere nostalgici dell'impero, *come non rimpiangere la dolcezza delle lampade a olio?...* Sciocchezze, ha pensato Aloe. Allora è così? La Francia manda i suoi giovani a farsi ammazzare in attesa che i vecchi smettano di aggrapparsi a un passato ormai trascorso?

Nello scompartimento del treno in cui, stanco morto, sta cercando di dormire un po', da qualche minuto due vecchie in grembiule a fiori lanciano occhiate ostili verso una giovane la cui gonna troppo corta lascia scoperte le ginocchia. Indifferente alla loro palese disapprovazione, la giovane accavalla e scavalla le gambe. Sta leggendo un libro intitolato *Le piace Brahms?*, di Françoise Sagan. Quando Aloe la guarda, lei sostiene il suo sguardo, e alla fine è lui ad abbassare gli occhi, ma non perché provi per quella donna un qualche desiderio, tutto il contrario! Ce l'ha con lei perché è lì sana e spensierata nella sua pelle liscia, potrebbe quasi prenderla a schiaffi.

Per trattenere la violenza che sente salirgli dentro si mette a fare l'inventario del paesaggio che vede sfilare dal finestrino, gli alberi che perdono le foglie e i sempreverdi, i pascoli in cui brucano ovini e bovini, i cumuli e gli stratocumuli. Classifica, mette in ordine quel mondo complesso e incomprensibile secondo il metodo imparato a scuola da Daniel tanto tempo prima.

Nelle ultime lettere non gli ha raccontato niente della guerra. Non ce l'ha fatta. Non gli sono venute le parole per descrivere l'ebbrezza di sangue, terrore e odio di cui sono preda i compagni, né la scappata in quel bordello di Tizi Ouzou dove la frustrazione sessuale dell'intero battaglione si è trasformata in orgia disgustosa, né quelli che di notte si prendono la faccia tra le mani per soffocare i singhiozzi, e tantomeno la morte di tre di loro in un'imboscata, tantomeno tutte le voci che circolano sulle torture a quelli sospettati di appartenere al Fronte di Liberazione Nazionale, scariche elettriche sui coglioni, cose così.

Per mascherare quel silenzio Aloe si messo a inventare, ha cominciato a raccontare a Daniel una marea di frottole, banchetti fantasiosi e pantagruelici, scherzi di camerata, camminate in montagna simili a escursioni turistiche, abbellendo il tutto con ritratti divertenti di alcuni suoi compagni. Ci casca, Daniel? Fatto sta che nelle ultime lettere sembrava soddisfatto di quelle bugie. Mentre attraversa la Francia con l'impressione di essere arrivato sul palcoscenico di un teatro Aloe pensa che sì, ognuno lì ha deciso di ignorare la verità. Dopo sei anni, tutti ne hanno le scatole piene dei "fatti d'Algeria", preferiscono pensare alle prossime vacanze estive e alla tenda che pianteranno a La Tranche-sur-Mer. Solo che di lì a due settimane Aloe non andrà in campeggio, dovrà fare il tragitto inverso e passare di nuovo dalla pace all'orrore. Come ha detto Norbert al ritorno dalla propria licenza, «Non mi è piaciuto andare a casa e non mi è piaciuto tornare qui, credo che non potrò mai più stare bene da nessuna parte».

A Guilvinec, Norbert ha visto Mona e Suzon, ha raccontato loro come lui e Aloe abbiano fatto amicizia, le ha informate della morte di Clairette e dell'apparizione di Gaby al cimitero. In cambio Suzon gli ha dato una lettera per l'amico, il cui contenuto ha profondamente turbato Aloe. Forse ne parlerà con Daniel. E deciderà se farla vedere a Charme.

Finalmente arriva alla stazione di Sainte-Saverne.

Con il cuore che gli batte forte e un'espressione chiusa, Aloe scende dal treno. All'estremità del marciapiede, in pantaloni con le pinces e la giacca chiara che gli sta tanto bene, vede Daniel che gli fa segno con la mano, e l'emozione è tale che tutta la rabbia accumulata fino a quel momento svanisce di colpo lasciando il posto alla precipitazione, agli abbracci, a quel corpo a corpo che meglio di ogni parola esprime lo sgomento insondabile e la gioia smisurata del ritrovarsi.

«Mi sei mancato» mormora Daniel.

E lo stringe così forte da far affluire agli occhi di Aloe le lacrime che reprime da mesi.

«Anche tu mi sei mancato. Terribilmente».

Non c'è bisogno che te lo spieghi, Saule.

Te lo immagini da solo, a quell'epoca l'omosessualità è un tabù assoluto. Considerata una malattia mentale, deve a tutti i costi rimanere segreta. Non se ne parla, meno che mai nelle campagne.

E ciò di cui non si parla non esiste.

Durante quella famosa licenza, quando capisce che il forte legame d'amicizia che lo lega a Daniel è in realtà amore, un amore fatto sia di desiderio fisico che di complicità intellettuale, Aloe si spaventa.

Che fare?

Cedere all'attrazione con il rischio di essere denunciato?

E in caso contrario, come sopportare di rinunciarvi?

Più vecchio, lucido ed esperto, Daniel trova le parole per rincuorarlo e proteggerlo.

Quante ore passano insieme nel piccolo appartamento sopra la scuola a piangere, consolarsi e piangere di nuovo prima di elaborare una specie di piano B *che permetterà loro di vivere quella passione senza attirarsi addosso le folgori della società?*

Senza saperlo, la timida e sensibile Christiane Beugnot contribuisce al piano. Anziché un ostacolo, diventa la soluzione.

La sera di san Giovanni, alla festa del paese, Aloe la invita a ballare. Una, due, tre volte.

Sotto le ghirlande e i lampioncini, e sotto gli occhi di tutto il paese, il corpo snello e scolpito di Aloe Balaguère fa volteggiare quello un po' goffo della brunetta di diciott'anni che diventerà mia madre.

Subito complice, la gente trova che quei due siano fatti l'uno per l'altra, l'approvazione è generale.

In quella società del dopoguerra avida di figli e spensieratezza cosa c'è di più normale di un fidanzamento?

Così, prima ancora che Aloe la chieda in moglie, una mattina Beugnot va a trovare Charme a Les Chaumes.

I due uomini bevono acquavite.

Parlano poco, ma parlano bene.

Da una parte la macelleria-salumeria, che all'epoca rende bene, dall'altra i grandi progetti di Charme per modernizzare la fattoria, gli ettari in più, l'accorpamento di fondi agricoli che permetterà di coltivare di più e più velocemente, gli aiuti dello Stato e dell'Europa, il trattore Ferguson, il nuovo bestiame che verrà allevato in un grande capannone pulito di lamiera. L'alleanza tra le due famiglie si preannuncia prospera. Dato che a Les Chaumes non ci sono più donne, Christiane andrà a vivere alla fattoria, dove si farà carico dei lavori domestici. E, avendo perso il figlio maschio, Beugnot avrà un genero con cui sostituirlo.

L'accordo è concluso.

Pochi giorni dopo, mio padre e mia madre sono ufficialmente fidanzati.

La sera stessa,

nell'appartamento sopra la scuola, Aloe prende una sbornia fenomenale. Suppongo che non ti sciocckerà sapere che quella notte, prima di Christiane, Aloe vive la sua prima volta tra le braccia di Daniel.

A fine giugno Aloe riprende il treno a Sainte-Saverne per

tornare in Algeria. Nel momento degli addii, a salutarlo sulla banchina ci sono la futura moglie, il futuro suocero e l'uomo della sua vita.

Naturalmente Charme non si fa vedere. Per quanto il figlio stia facendo la guerra e sia in procinto di sposarsi, ai suoi occhi rimane sempre il bambino goffo e pisciasotto di un tempo, causa di tutte le sue disgrazie.

In tasca Aloe conserva, ben ripiegata, la lettera con la confessione di Suzon. In mezzo a tante emozioni non ha trovato il momento giusto per mostrarla al padre. Si ripromette di farlo quando sarà tutto finito.

… Un anno dopo …

1961

Capitolo 43
Aloe

Appoggiato al parapetto, ipnotizzato dal movimento ampio delle onde sollevate dallo scafo del *Kairouan*, a un certo punto Aloe si rende conto di non avere più il mal di mare. Una debolezza che sembra essere sparita insieme alle altre – la paura, le lacrime e tutto ciò che il sergente chiamava "cedimenti da femminuccia" – triturate da due anni di quel servizio militare giunto al termine. Altro che "servizio"! L'ipocrisia continua, pensa Aloe mentre le facciate del porto di Algeri scompaiono all'orizzonte. Anche la guerra scompare, mentre da qualche parte sul Mediterraneo, in un'altra nave, un carico di nuove reclute si sta dirigendo verso le montagne della Cabilia per prendere il posto degli ex combattenti che come lui stanno tornando a casa.

Poveri ragazzi, pensa.

Poco a poco sul ponte si spengono le canzoni della partenza, anche se certi soldati si accaniscono ancora a gridare «Il congedo! Il congedo!» scolando birre fino a star male. Aloe non ce l'ha con loro, li capisce. Capisce il loro sollievo nel non avere più a che fare con l'orrore, la fatica, la sporcizia e l'ingiustizia, e capisce anche quella paura inconfessabile che hanno tutti di non essere più capaci di tornare alla vita normale, alle abitudini civili. Dopo aver visto "di tutto", come dicono pudicamente, dopo aver sguazzato nel fango immondo dell'animo umano, come riuscire a sedersi a tavola e parlare del tempo che fa? Come ricominciare a lavorare in fabbrica, a bottega o nei campi? Come accarezzare il cane o cantare una ninnananna al figlio avendo in testa il ricordo di donne violentate e cadaveri castrati? Come andare senza pensieri al ballo del 14 luglio? Come amare qualcuno quando si passa la notte in preda agli incubi?

«Tutto bene?» gli chiede Norbert.

«Sì» risponde Aloe.

«Sei strano. Perché fai quella faccia?».

«Non faccio nessuna faccia».

«Altroché» dice Norbert.

E si mettono a ridere senza rumore, fianco a fianco nella luce della sera. Quello scambio di battute è diventato il loro ritornello, il loro codice d'amicizia, un modo di dirsi ciò che non possono dirsi altrimenti.

«Allora verrai, eh?» dice ancora Norbert.

«A Guilvinec? Certo che verrò. Promesso».

«Con tua moglie, mi raccomando. Ho proprio voglia di vedere com'è la tua Christiane!».

Aloe annuisce. In un certo senso anche lui si chiede come sia Christiane, dato che l'ha rivista una sola volta, velocemente, in occasione della licenza natalizia, e non hanno saputo bene cosa dirsi. Il matrimonio è previsto di lì a poco, e l'idea gli fa più paura che andare a scarpinare nella pietraia del gebel.

«E tu? Pensi di sposarti?» chiede Aloe.

«Oh, sai, io sono un vecchio lupo solitario. L'unica cosa che mi interessa è la rete da pesca».

Aloe guarda l'amico. Da vari mesi si domanda se, malgrado la corporatura da energumeno e le mani come palanche, non sia un po' anche lui dell'altra sponda. Gli è capitato di intercettare sguardi o gesti equivoci, ma non ne è sicuro.

«Non so se verrò con Christiane» dice pensoso. «Mi sembra timida, non sono sicuro che un viaggio del genere le piacerebbe, ma c'è il mio amico, sai, Daniel?».

«Certo, il tuo ex maestro. Me ne hai parlato un milione di volte».

«Be', sono sicuro che a lui piacerebbe venire in Bretagna. E poi ha la macchina, una 4CV».

«Affare fatto, amico. Vieni con chi vuoi, ma vieni. Mona e Suzon saranno felici di rivederti».

E su quella promessa in cui passato e futuro si intrecciano, la mattina dopo i due amici si salutano a Marsiglia, ognuno diretto verso il proprio destino, lasciandosi alle spalle la divisa come una muta di serpente, uno straccio che tenteranno invano di dimenticare fino alla fine dei loro giorni.

Capitolo 44

Alla stazione di Sainte-Saverne, Daniel è in fondo alla banchina, fedele all'appuntamento, emozionato. Da quando si sono rivelati l'uno all'altro, tuttavia, i due uomini danno prova di prudenza e ritegno. Niente effusioni in pubblico, è meglio. Una stretta di mano, un abbraccio virile, e Daniel prende il sacco di Aloe.

«Vieni, ho una sorpresa per te» dice.

Trascina Aloe verso la piazzetta dietro la casa del casellante. Parcheggiata sotto un platano, un'automobile rossa dalle eleganti linee curve sta aspettando i suoi passeggeri: la sospirata Dauphine.

«Il concessionario mi ha proposto una rateizzazione vantaggiosa, così ho ceduto alla tentazione» arrossisce Daniel. «È il modello Gordini, con i cerchioni traforati. Trentasei cavalli. Arriva a centoventi all'ora». Ciò detto, porge le chiavi ad Aloe. «A te l'onore!».

Turbato, Aloe si toglie gli occhiali, pulisce le lenti e si tampona la fronte umida con la manica della camicia. Durante l'addestramento ha imparato a guidare jeep e camion militari, e si sente un po' a disagio all'idea di mettersi al volante di quel fragile gioiellino.

«Su, avanti» lo sprona Daniel. «Farai un'entrata trionfale in paese!».

Aloe sospira. Non ha il coraggio di dirgli che non sa più vivere con gli oggetti, le cose, la gente normale.

«Grazie» risponde, «ma… sono troppo… ho paura di…».

Vedendolo di colpo pallido, Daniel capisce di essere stato goffo. Subito se ne pente e si scusa.

«Stupido che sono!» esclama. «Ero talmente contento di venire a prenderti con il mio giocattolo che ho dimenticato da dove stai tornando. Devi essere sfinito, poverino. Scusa. Sali, guiderai un'altra volta».

Sollevato, Aloe prende posto dal lato del passeggero.

Una volta dentro la macchina, con gli occhi che gli si riempiono di lacrime, prende la mano di Daniel e la stringe.

«Non so se ce la farò» confessa.

Daniel lo guarda con tenerezza infinita.

«A fare cosa?» domanda.

«Tutto» risponde Aloe.

«Ci sono io. Ti aiuterò più che posso. Affronteremo quel che c'è da affrontare».

Daniel mette in moto e parte. Dal finestrino Aloe vede sfilare le case di Sainte-Saverne, le vetrine dei negozi della via principale, i bistrot, le botteghe degli artigiani lungo il fiume e la chiesa che, seduta sulla cima, cova la sua parrocchia come una madre gelosa.

«Sai che in Algeria i fellagha bruciano le chiese?».

«Sì, l'ho letto» risponde Daniel con voce cupa.

«Be', io l'ho visto» replica Aloe. «E vuoi sapere una cosa? Penso che le chiese non c'entrino niente laggiù, che facciano bene a incendiarle, che abbiano ragione a voler sbattezzare quelle città concepite per imitare le nostre in mezzo al deserto. Ti rendi conto che in Algeria c'è un'altra Strasburgo? Villaggi che si chiamano Saint-Louis, Saint-Joseph, Lafayette o Bellevue? C'è perfino un paese che si chiama Armée Française, esercito francese! Non ti pare insultante? Non ti pare pura provocazione, per un berbero o un cabilo che non sa come sfamare i figli, vedere i coloni stravaccati in place du Maréchal-Joffre?».

Sommerso da quel fiume di parole ribelli, Daniel si limita a guidare e ascoltare. Lascia i sobborghi di Sainte-Saverne percorrendo le strade del Morvan che serpeggiano tra le siepi e i campi.

«Villaggi chiamati Diderot o Descartes!» sbotta ancora Aloe. «Come ha potuto concepire un sistema tanto indecente, la Francia? Com'è possibile che da centotrent'anni a questa parte diano a quei luoghi nomi di filosofi e allo stesso tempo requisiscano le terre ai contadini lasciando i loro figli vestiti di stracci, senza istruzione e senza cure mediche? Come hanno potuto pensare che fosse "per il loro bene"?». E sbatte il pugno sul cruscotto facendo sobbalzare Daniel, che per poco non sbanda. «Sai qual è la cosa più divertente?».

«No» risponde Daniel con l'umiltà di chi non c'era.

«Sì che lo sai! La cosa più divertente è che ho appena perso due anni di vita per difendere quest'assurdità! E se de Gaulle continua a tentennare di fronte alle minacce dei sostenitori dell'Algeria francese e di tutti quei fasci, presto saremo più di un milione di poveri soldatini nelle stesse condizioni. Che spreco!».

L'arrivo di Daniel con la Dauphine Gordini sulla piazza del villaggio non ha niente di trionfale, l'auto procede a passo d'uomo come se la vergogna avesse incrostato il motore. Davanti alla macelleria-salumeria Beugnot, in cui è stato allestito un banchetto di benvenuto, Aloe è atteso dalla futura famiglia d'acquisto tutta sorridente a cui si aggiungono il sindaco, Charme Balaguère in persona e tutti quelli che amano i grandi eventi ben innaffiati, e non sono pochi. Meno male che a nessuno è venuto in mente di chiamare la banda, pensa Daniel.

All'ultimo momento posa furtivamente la mano sulla gamba di Aloe.

«Ho sentito tutto quello che hai detto e ti capisco, ma qui nessuno…».

«Lo so» lo interrompe Aloe. «Motivo per cui a partire da ora non ne parlerò più. Mai più».

E così dicendo scende dalla Dauphine con quel sorriso bizzarro e un po' fisso sulla faccia che in Algeria faceva girare i coglioni al suo amico Le Moulec.

Come ti ho già detto, Saule, nella nostra storia non ci sono eroi, solo uomini che la violenza del mondo lascia senza parole.

È in quel silenzio opprimente che si svolge il matrimonio dei miei genitori.

La scena si svolge a metà agosto del 1961.

In quel periodo la guerra fredda è al culmine. L'Ovest e l'Est del mondo si sfidano a suon di missili atomici puntati l'uno contro l'altro, e nel momento in cui Christiane indossa l'abito bianco, nel momento in cui Aloe si annoda la cravatta, Berlino si sveglia divisa in due da una barriera di filo spinato che nel corso delle settimane diventerà un muro, un vero grosso muro in cemento armato sormontato da torrette, che dovrebbe separare il bene dal male e soprattutto impedire ai berlinesi di scappare a Ovest. Quel giorno, lasciando Les Chaumes a bordo della Dauphine di Daniel Giraud,

mio padre si sente come Berlino, condannato a vivere a metà, amputato per sempre di una parte di se stesso.

AGOSTO 1961

CAPITOLO 45
Christiane

Da quando è nata, Christiane non fa rumore. Riflessiva, servizievole, senza sbalzi d'umore, non fa domande e non pone problemi.

Le si conosce una sola amica, Francine dell'Huis Challard, una brava ragazza un po' ottusa con cui a volte esce a passeggio la domenica.

Da quando il fratello maggiore è morto in Algeria, Christiane veglia sulla madre inconsolabile e sulla sorella minore Simone, il cui comportamento impulsivo dà del filo da torcere al padre. Per il resto del tempo sta alla cassa della macelleria-salumeria, incarta gli acquisti e taglia il prosciutto, oppure ricama. Ricamare le piace da morire! Tovaglie, tovaglioli, fazzoletti o altro, l'importante è che abbia qualcosa da fare.

Ciò che Christiane non dice a nessuno, nemmeno a se stessa, è che si sente soffocare in quella famiglia in lutto. E, per l'appunto, chi soffoca non fa rumore.

Di due anni più giovane di Aloe, l'ha sempre guardato da lontano senza farsi notare. Alla scuola comunale, nella classe unica del maestro Giraud, faceva sempre in modo di mettersi in prima fila, non lontano da quel ragazzo studioso che, massimo dell'eleganza, era l'unico del villaggio ad avere gli occhiali.

Gli altri ragazzi, quelli senza occhiali, le facevano paura. Parlavano troppo forte, si picchiavano, tiravano sassi, dicevano parolacce, strappavano le ali alle mosche e torturavano i gatti. Aloe invece parlava piano, leggeva libri e si teneva lontano dalle zuffe, la sua sensibilità le piaceva.

E poi era infelice, si vedeva. Non amato dal padre, che si rivolgeva a lui come se fosse un cane, senza madre, senza fratelli e sorelle, sempre tra le sottane della nonna, le faceva pena e accendeva in lei un oscuro senso materno. Certe volte, nelle sue fantasticherie, vedeva se stessa raccoglierlo come si raccoglie un animale smarrito: lo trovava sulla porta un mattino d'inverno, raggomitolato, con le dita blu dal freddo, allora lo avvolgeva in una coperta, lo faceva sedere vicino al fuoco e gli preparava una deliziosa cioccolata calda, "un buon Banania", come nella pubblicità alla radio. Riconoscente, Aloe le sorrideva, finalmente felice. Christiane trovava in quella fantasia un conforto quasi erotico.

In seguito, in occasione di feste di paese, comunioni, matrimoni, riunioni di agricoltori o fiere, si era messa ad aspettare che la invitasse a ballare, ma ahimè, o Aloe non veniva alle feste o, se veniva, rimaneva seduto nel suo angolo con un occhio sul padre, che beveva senza vergogna, e l'altro sulla nonna, che cominciava a perdere un po' la tramontana. Timida e imbarazzata, anche lei finiva per restare seduta sulla sedia.

«Quella resterà zitella» mormoravano le malelingue. E, in bocca alle comari, restare zitella era la peggiore delle condanne.

A Christiane non importava. Meglio non sposarsi che sposare uno di quei ragazzi rozzi che alla prima obiezione le avrebbe rifilato un ceffone. Di ceffoni, il padre ne distribuiva generosamente a casa, le bastavano quelli, grazie.

Poi era morto Henri, il figlio maggiore, l'erede della macelleria-salumeria fondata dal nonno nel 1906, e tutto era precipitato. Dal dolore, Beugnot non aveva più minacciato di prendere a schiaffi nessuno, era diventato pensieroso e preoccupato, in poche parole (ed è triste da dire) più umano.

Poco tempo dopo il funerale, un giorno che in negozio non c'era nessuno, il padre ne aveva approfittato per parlare con Christiane a quattr'occhi.

«Ci ho pensato bene. Sei una ragazza seria» le aveva detto con voce lugubre (era la prima volta che faceva un complimento a Christiane), «e poiché tuo fratello non c'è più sto pensando, quando sarà il momento, di lasciare a te il negozio».

Christiane non aveva fiatato, era rimasta con lo sguardo fisso sulle rughe che solcavano la fronte paterna.

«Potrai così continuare a tenere i conti, fare le ordinazioni, al limite fare le salsicce, ma chi penserà al resto?» aveva domandato Beugnot indicando con gesto maestoso da proprietario i coltelli per disossare, le mannaie dalle lame affilate come rasoi e i quarti di carne da cinquanta chili appesi ai ganci nella camera fredda. Poi aveva esclamato: «Ci serve un uomo! E di conseguenza ti serve un marito!».

Christiane non aveva difficoltà a seguire il ragionamento del genitore. C'erano cose riservate alle donne e cose riservate agli uomini, e quello non era argomento di discussione.

«Ho pensato al figlio di Mouchin» aveva detto il padre. «È robusto, gran lavoratore...».

A quel nome Christiane aveva sobbalzato. Il giovane Mouchin? Quel bruto? Quel deficiente con le orecchie a cavolfiore? Piuttosto avrebbe fatto harakiri con un coltello per disossare! Inaspettatamente, la sua voce calma e dolce aveva acquistato sicurezza e si era aperta un varco fino alle labbra.

«Sposerò Aloe Balaguère» aveva risposto. «Sennò preferisco rinunciare al negozio».

Esterrefatto, Beugnot aveva protestato e per settimane aveva tentato di rimuovere quel capriccio dalla testa della figlia. Aloe Balaguère non era né robusto né gran lavoratore! Era un gentile sognatore, un miope buono solo a fare scuola ai bambini (come il suo amico, il lionese!), no no no, era come dare le perle ai porci!

Una volta tanto Christiane aveva tenuto duro. Il padre non la impressionava più, lei si rifiutava di svendere la propria mano e la propria vita, era prendere o lasciare. Alla fine, facendo di necessità virtù, Beugnot si era rassegnato ad assecondare la figlia e aveva cominciato ad avvicinarsi a Charme Balaguère.

Tempo dopo, vedendo Aloe venire verso di lei al ballo della festa di san Giovanni, Christiane aveva capito che l'accordo tra i due capifamiglia stava giungendo a buon fine. La resistenza passiva aveva dato i suoi frutti. Di colpo si era sentita potente, potente e… terrorizzata.

Ci siamo, pensa la sera del matrimonio sentendo arrivare con angoscia la fine dei festeggiamenti e di conseguenza il momento cruciale in cui si sarebbe ritrovata sola con Aloe.

«Sai come fare?» le chiede Francine, che dalla chiesa non l'ha lasciata un istante.

Occhi sgomenti, Christiane scuote la testa. Tutto ciò che sa della notte fatidica si riduce ad astrazioni, consumare il matrimonio, compiere il dovere coniugale, cose così. Sa anche che dovrà trovarsi nuda in un letto con il suo uomo, ma poi? Dovrà subire assalti disgustosi, come le vacche o le giumente nei prati? Dovrà aiutare il marito durante quelle acrobazie o solo aspettare che abbia finito? Per lei è già impensabile il fatto di mettersi nuda, per giunta di fronte a qualcuno!

«Pare che faccia male» dice Francine, che decisamente non ha il dono del tatto.

È la cosa che tormenta Christiane da settimane. Per quanto si raffiguri vagamente l'anatomia di Aloe e la sua, non vede come né perché si debba assolutamente incastrare il coso nella cosa. È ridicolo, no?

«Bah, così è la vita, bisogna farlo!» ragiona Francine.

Il dialogo si svolge a mezzanotte passata nel cortile di Les Chaumes reso irriconoscibile dalle ghirlande di carta crespa, dai lampioncini, dalle sedie rovesciate e dall'infilata di tavoli ricoperti dai resti del banchetto che verranno sparecchiati il giorno dopo. I vecchi sono andati a dormire, qualche bambino si è addormentato sotto i tavoli e gli ultimi festaioli barcollano sotto il tiglio al suono di una fisarmonica morente. Aloe è fra loro con due o tre ragazzi della sua età e l'ex maestro Daniel, che non è da meno. Loro due da soli cantano a squarciagola facendo più baccano dell'intera festa.

«Dovresti andare a chiamare tuo marito» le consiglia Francine. «Prima lo fai e prima ti togli il pensiero».

Christiane osserva la fede che ha all'anulare. Nello spazio di una giornata è passata dalla condizione di figlia a quella di moglie, ha cambiato cognome e ha avuto chiaro il suo futuro (abitare a Les Chaumes, tenere in ordine la fattoria, occuparsi dell'aia e fare figli), eppure niente è cambiato.

«Su!» la incita Francine. «Dobbiamo passarci tutte, non sarà la fine del mondo».

Capitolo 46
Aloe

Solo con il suo pesante segreto, Aloe precede Christiane in camera da letto.

Teme quel momento da settimane, e ancora di più da quando gli invitati se ne sono andati. Come ha ripetuto più volte a Daniel, è sicuro che non ce la farà, e, ora che è al dunque, si sente male quasi come sul ponte della nave che lo portava ad Algeri due anni prima.

Apre la porta, aiuta Christiane a entrare tirandola un po' per la mano e accende la luce. Visto che Charme ha fatto mettere l'elettricità in tutta la casa, tanto vale approfittarne.

«Preferirei che restassimo al buio» dice Christiane facendosi piccola piccola.

Stordito dall'alcol e dalle emozioni contrastanti, Aloe guarda la giovane. Con quegli occhioni spaventati sembra una bambina che si sia smarrita nel bosco, gli si stringe il cuore. Si rende conto che, a parte i voti nuziali pronunciati poco prima davanti al sacerdote e poi davanti al sindaco, in tutto il giorno non si sono scambiati più di dieci parole.

«E se parlassimo un po'?» propone Aloe, senza sapere bene di cosa.

Qualunque cosa pur di guadagnare tempo. E quando vede il sollievo rianimare la faccia di Christiane capisce che è così anche per lei.

«Siediti» la invita.

Subito Christiane si rannicchia ai piedi del letto, tutto in fondo, nella rientranza del soffitto spiovente, stringe le gambe una contro l'altra e comincia a rosicchiarsi l'unghia dell'anulare su cui brilla la fede nuova di zecca.

«Hai freddo?» chiede Aloe.

È agosto, nella piccola camera fa un caldo cane, ma Christiane dice sì, un po'. Allora Aloe le dà una coperta in cui lei si avvolge.

«Va meglio?».

«Sì» risponde Christiane, il cui corpo somiglia ormai a quello di un bruco nella crisalide.

Capendo che anche lei non ha nessuna fretta, Aloe intravede la possibilità di sottrarsi all'incubo che lo perseguita. Dopotutto, niente li obbliga a passare all'atto, no? Chi saprà cosa succede o non succede in quella stanza? Nessuno!

«Sembri molto… gentile» dice.

Christiane annuisce, si aggrappa a quella parola come un naufrago a un relitto galleggiante. Dice ad Aloe che anche lui sembra gentile, poi le sfugge:

«Non come tuo padre…».

E subito si morde il labbro, imbarazzata.

«Ti fa paura?» la aiuta Aloe.

«Un po'» confessa Christiane, che ormai deve vivere sotto lo stesso tetto di Charme. «È troppo imprevedibile. E poi ti tratta così male!».

Aloe pensa alla lettera di Suzon, il suo altro segreto, e di colpo gli viene voglia di parlarne con Christiane. Per guadagnare tempo, certo, ma anche perché intuisce che lei capirà.

Le racconta allora la storia delle armi nascoste durante l'occupazione, la notte in cui Jean e Suzon avevano spiato i partigiani, fino allo sparo che aveva azzoppato il padre. E, siccome Christiane lo ascolta con interesse, continua, le spiega come abbia conosciuto Norbert in Algeria, la coincidenza, Guilvinec, poi si alza e va a prendere la lettera che tiene infilata tra i libri su uno scaffale.

«A differenza di quanto ho sempre creduto, non sono stato io a sparare a mio padre. Guarda, è scritto qui».

Commossa dalla fiducia che le dimostra il marito, Christiane legge il brano che le indica Aloe.

Ora che Jean è morto, ha scritto Suzon, *niente mi impedisce di dirti la verità. Mio fratello si è sempre comportato da tiranno con me e ancora di più con te, ma sotto le arie che si dava era un vigliacco. Un giorno mi ha confessato ridendo che era stato lui ad aver sparato. Ovviamente non ha fatto apposta a colpire Charme, all'epoca aveva appena otto anni, ma ti ha consapevolmente fatto portare il peso della colpa al posto suo, e la cosa mi ha disgustato. So che da allora tuo padre ti detesta, e sento il bisogno di ristabilire la verità. Non cambierà niente a ciò che è successo, ma forse cambierà il suo...*

«E allora? Gliel'hai detto?» domanda Christiane.

«No».

«Perché?».

Aloe sospira e fa un'alzata di spalle.

«Perché è troppo tardi. Non sarò mai il figlio che mio padre avrebbe voluto».

Va alla finestra. Già la linea dell'orizzonte si fa pallida in fondo al campo di segale e si sentono cantare i merli. L'alcol continua a fargli girare la testa, ma ormai c'è abituato. Pensa a Daniel e gli viene un groppo in gola, pensa che non sarà mai felice, e quell'idea lo distrugge. Poi si volta verso Christiane. Neppure lei sarà mai felice, realizza. Perché devono recitare quella commedia? È dunque quella la vita, interpretare un ruolo?

«Vorrei che sapessi che...» aggiunge, «non so se sarò in grado...».

Christiane, che si era rilassata, si contrae di nuovo.

«...di farmi carico della macelleria» conclude.

«Ah be'!» esclama lei, sollevata. «Non è grave, troveremo un modo...».

«Sì, è quello che ho pensato anch'io, troveremo un modo. Perché sai, io, la carne... Mi piacciono altre cose, capisci?».

«Lo so» sorride Christiane. «Tu non sei come gli altri, l'ho capito da un pezzo. Tu sei dolce».

Se sapessi! pensa Aloe ricordando le cose atroci che ha fatto in Algeria, per non parlare degli amori clandestini in camera di Daniel, i gesti a volte brutali per esprimere il loro desiderio, il loro ardore, la loro passione proibita.

«Dolce?».

«Sì» afferma Christiane, convinta. «Per esempio possiedi libri. E sono sicura che conosci belle poesie!».

Aloe annuisce, sa a memoria poesie di Apollinaire, Verlaine, Rimbaud e Jean Richepin. Le chiede se vuole sentirne una, e Christiane giunge le mani, felice della piega inoffensiva che sta prendendo quella notte di nozze.

È un cortile quadrato che non ha niente di strano
Sui lati, la scuderia e la stalla dal tetto basso
Qui vicino, la casa; laggiù in fondo, il fienile
Con il cappello di stoppie e la gonna di mattoni…

Quella notte Aloe recita varie poesie con una voce sempre più lenta e stanca nel buio della camera coniugale. All'alba i due sposini dormono testa contro piedi, ognuno ancora ben abbottonato nel vestito da matrimonio.

Lei non sentì correrle sotto la piuma
Quei grandi respiri folli che si fanno nel sonno
Per andare a vedere di notte come il cielo si accende
E morire al mattino sul cuore del sole.

A Francine, che il giorno dopo le domanda come sia andata, Christiane risponde «benissimo, benissimo» e basta. Come Aloe si è ripromesso di non parlare più a nessuno della sua guerra, neanche Christiane parlerà della propria. Questione di sopravvivenza.

A partire da quel giorno i miei genitori sono legati da un accordo tacito.

Condividono la vita, il cibo, gli spazi, i guadagni della fattoria e della macelleria. Dormono nello stesso letto, ma non si toccano.

Quell'autunno la guerra continua a mietere vittime, sia in Algeria che in madrepatria.

Si moltiplicano gli attentati contro le forze dell'ordine. Dal 1958 quarantasette poliziotti sono stati uccisi dai terroristi, in servizio o a casa loro, e un centinaio gravemente feriti.

Le trattative per l'indipendenza sono state sospese e un coprifuoco vieta agli algerini residenti nella regione di Parigi di uscire di casa dopo le otto e mezzo di sera. In gran segreto, la federazione francese del Fronte di Liberazione Nazionale organizza una manifestazione per protestare contro una misura che ritiene ingiusta.

La sera del 17 ottobre migliaia di uomini, donne e bambini si riversano nelle strade di Parigi. Sono disarmati, al contrario dei poliziotti agli ordini del prefetto Maurice Papon, che hanno l'ordine di impedire la manifestazione. La tensione è alle stelle.

Partono colpi d'arma da fuoco, piovono manganellate. Vengono requisiti autobus per rastrellare il massimo numero di persone e in piena notte alcuni manifestanti vengono buttati giù dai ponti. Non si sa con precisione quanti anneghino nella Senna.

I testimoni dicono molti.

Il prefetto e lo Stato mettono tutto a tacere.

Nel 1962, dopo sette anni di guerra, viene finalmente trovato un accordo per il cessate il fuoco. Qualche settimana più tardi l'Algeria proclama l'indipendenza. Le truppe risalgono subito sulle navi, le bandiere tricolori vengono ripiegate e ad Algeri, nella letizia popolare che segue, cominciano i regolamenti di conti.

Gli algerini musulmani che si erano arruolati nell'esercito francese sono considerati traditori e condannati a morte, alcuni riescono a fuggire, altri vengono giustiziati.

I pieds-noirs, *cioè i civili europei che vivevano in Algeria, alcuni da parecchie generazioni, vengono rimpatriati, e nel corso dei mesi successivi sono più di un milione quelli che sbarcano nei porti di Marsiglia, Nizza o Port-Vendres, spesso con una sola valigia e nessun luogo in cui andare.*

In paese, protetto dai pettegolezzi in quanto uomo sposato, Aloe continua a vedere Daniel il più spesso possibile. E quando gli capita di fare un po' tardi, o addirittura di passare la notte dall'amico con il pretesto che ha bevuto troppo per tornare a Les Chaumes, Christiane non gli dice niente. Si adattano l'uno all'altra, l'unica cosa che conta è che li lascino in pace, e per un po' la cosa funziona. Poi però passa un anno, ne passano due, tre, e gli sguardi si posano con insistenza sulla pancia sempre piatta di Christiane.

«Be', quando ce lo fate un marmocchio?» domandano le anime pie.

È l'epoca in cui le campagne si spopolano, in cui i giovani sono attratti dalle città come falene da una lampada, c'è bisogno di figli.

Al bar, battute volgari colpiscono le orecchie di Charme.

«Ehi, Balaguère, si è perso le istruzioni per l'uso, tuo figlio?».

In macelleria i clienti si lasciano andare ad allusioni sgradevoli davanti a Beugnot.

«Che fa di bello tuo genero? Forse dovrebbe passare meno tempo a casa del suo amico maestro e un po' di più nel letto della moglie!».

Immagino che a lungo andare la situazione si sia fatta insostenibile.

Così, per far tacere le chiacchiere, Aloe e Christiane si rassegnano a consumare il matrimonio.

1965

Capitolo 47
Christiane

Da quando ha il pancione, Christiane troneggia sovrana dietro la cassa della macelleria. In paese le malelingue, che la volevano prima zitella e poi sterile, hanno smesso di ridacchiare. Rientrata nei ranghi, Christiane riscuote ormai l'approvazione generale. I clienti si congratulano e le augurano il meglio, un maschio robusto.

«Un colosso come tuo fratello Henri!».

«Non servirà a riportarlo tra noi, certo, ma…».

«Un nipotino sarebbe una bella consolazione per la tua povera mamma!».

È un'epoca e un luogo in cui è impossibile aspirare a una qualunque intimità, tutti ficcano il naso ovunque, ma Christiane ci sa fare. Sicura di aspettare una femmina, si limita a sorridere, incartare bistecche e riempire il cassetto della cassa.

In macelleria è ancora Beugnot a esercitare da padrone, Aloe si limita a dare una mano il sabato e nei giorni di fiera. Nonostante la scarsa passione per la professione ha imparato a distinguere una spuntatura da una lombata, a maneggiare i coltelli e pulire il fegato di vitello, ma, se proprio deve fare cose che non gli piacciono, preferisce i lavori di fattoria, e per il momento l'arrangiamento regge. Nella testa di Christiane tutto è già pianificato. Quando nascerà la bambina sarà Simone, la sorella diciottenne, a prendere il suo posto alla cassa, e se gli affari continuano ad andare come stanno andando, forse il padre si deciderà ad assumere un apprendista. Quanto ad Aloe, ha promesso di starle maggiormente al fianco e, memore del disprezzo di Charme, di diventare un buon padre.

Ogni volta che Francine va a trovare Christiane parlano del parto e Francine storce il naso.

«Sai come fare? No, perché pare che sia dolorosissimo».

Christiane fa spallucce. È sposata, è incinta, non ha più paura di niente, tutto le scivola addosso, anche le idiozie di Francine, anche i sospiri della madre, anche le volgarità di Charme quando ha bevuto troppo.

Ogni sera, quando si mette a letto, si posa le mani sulla pancia, ripensa alla bambina timida e impacciata che era e sospira dalla contentezza nel vedere il bel futuro che le si prospetta. I tempi sono prosperi, le guerre sono lontane, la Francia si sta ricostruendo a tutta velocità e il progresso arriva ovunque, anche lì da loro. Il mese prima Aloe ha deciso di comprare un'automobile, non una rossa come quella del suo amico Daniel, ma un'Ami 6 Break color panna, più discreta e più pratica. E per l'arrivo del bebè, a inizio giugno, ha previsto di regalare a Christiane una lavatrice e tappezzare i muri di camera loro con la carta da parati che preferisce lei, a fiorellini di tutti i colori. «Carta da parati?» ha borbottato Charme. «E cos'altro? Sono stronzate da parigini, queste. In campagna i fiori stanno fuori, non dentro!».

Sennonché è proprio quello che piace a Christiane! Avere le cose di città! Sarò invidiata da tutti, pensa con una punta di soddisfazione.

Il 6 maggio verso le sette di sera, poco prima di chiudere, mentre sta servendo un'ultima cliente, Christiane sente una fitta di dolore attraversarle le reni e stringerle la pancia come una morsa. Con il respiro mozzo, scivola dal suo trono e si ritrova seduta per terra in mezzo alla segatura del pavimento mentre un liquido caldo le cola sulle cosce.

«Sta partorendo!» grida la cliente. «Presto! Aiuto!».

CAPITOLO 48
Aloe

Qualcuno bussa alla porta dell'appartamentino sopra la scuola. Aloe sobbalza. Di scatto, Daniel scende dal letto e si infila pantaloni e maglione. Prima di andare a vedere chi sia si volta verso Aloe posandosi un dito sulle labbra.

«Signor Giraud! Signor Giraud!» chiama una voce femminile dal pianerottolo.

Daniel apre. È Simone, la sorella minore di Christiane. È stata sua alunna, un tempo, bambina sveglia ma impossibile da gestire. Del resto ne ha la conferma in quel momento: è senza fiato, con le guance rosse e scalpita sullo zerbino come una diavolessa.

«Sto cercando Aloe! È qui da lei?».

Daniel scuote la testa, risponde di no, domanda perché.

«Si tratta di Christiane!» strilla Simone. «Il bambino! È fatta!».

«Eh? Cosa significa "è fatta"?».

«Be', è arrivato! In un colpo solo! Pam!».

«Pam?» ripete Daniel, incredulo.

«Per fortuna c'era papà. E anche una cliente! Hanno fatto venire il dottore».

Dall'altra parte dell'appartamento Aloe è già in piedi e vestito, con il cuore a mille. Ha sentito le frasi sconnesse di Simone, è sbalordito.

«Come sta Christiane?» si informa Daniel.

«Bene, bene» risponde Simone. «Devo trovare Aloe!».

«Sarà nei campi…» azzarda Daniel.

«Non credo proprio, la sua macchina è parcheggiata davanti al comune! È sicuro che non sia qui?».

Simone si issa sulla punta dei piedi per cercare di vedere al di là delle spalle di Daniel, che le sbarra la strada con determinazione.

«Forse è andato in città con la corriera» suggerisce il maestro, anche se sarebbe un po' stupido prendere la corriera avendo una macchina.

Simone alza gli occhi al cielo ed emette un rumoroso sospiro.

«Boh, vabbè… Se lo vede gli dica di venire immediatamente a casa dei miei».

Mentre la ragazza fa dietrofront Daniel ha la presenza di spirito di domandarle:

«E il bambino?».

Già per le scale, Simone grida:

«È una bambina! Piccola, ma viva!».

Nascosto in camera da letto Aloe capta al volo quelle tre parole – figlia, piccola, viva – che si incidono a lettere di fuoco nella sua mente. Aspetta che Daniel abbia richiuso la porta per venire fuori spettinato e con la camicia sbottonata.

«Sono papà, ho capito bene?» chiede. «Papà di una bambina?».

E di fronte all'espressione sbalordita di Daniel ripete in forma esclamativa: «Sono papà! Sono papà!». Salta, gira su se stesso come una trottola, non sa più quello che fa né dov'è e Daniel lo guarda smarrito, un po' geloso di non poter condividere con lui quella specifica felicità.

«Devo andare» decide infilandosi le scarpe. «Devo…».

«Aspetta» lo ferma Daniel. «Ho appena mentito a Simone e ho la sensazione che non mi abbia creduto. Nessuno deve vederti uscire da qui per ora, altrimenti…».

Aloe si blocca. Apre la bocca e si precipita ad abbracciare Daniel. Quel segreto, quell'amore vergognoso che seppellisce in fondo all'anima da anni, gli impedisce di respirare. Afferra la mano di Daniel, lo tira verso la porta, grida:

«Vieni con me! Vieni! Non ne posso più di fare finta! Voglio che tu veda mia figlia! Voglio che tu sia accanto a me quando la prenderò in braccio per la prima volta! Voglio che tu...».

«Chiudi la bocca!» lo interrompe seccamente Daniel. «Ti sentirà tutto il paese!».

Poi va a prendere un bicchiere d'acqua in cucina e lo porge ad Aloe.

«Siediti. Aspetterai con calma che faccia buio prima di andartene. Hai giusto il tempo di trovare una scusa per giustificare la tua assenza».

«Ma...».

«Torna sulla terra, Aloe, per l'amor del cielo! Non avremo mai il diritto di amarci alla luce del sole e lo sai!».

«Ma...».

«Devo ricordarti l'emendamento Mirguet approvato dal parlamento?» si innervosisce Daniel. «Per la società siamo un flagello, una cancrena che va eliminata! Ne abbiamo parlato mille volte, io rischio il posto e tu rischi di perdere tutto ciò che hai. Credi che i Beugnot ti permetterebbero di vedere la bambina se scoprissero la tua vera natura?».

La durezza dello sguardo di Daniel inchioda Aloe sulla sedia. Reso euforico dalla nascita della figlia si era creduto più forte di quello che è, più forte del resto del mondo. Che follia! Daniel ha ragione, certo. Il fatto che sia diventato padre non cambia la stupida verità per cui non sarà mai libero, mai felice, mai se stesso.

Un'ora dopo, quando finalmente lascia l'appartamento di soppiatto e si presenta dai suoceri balbettando scuse confuse, un guasto alla macchina, la necessità di andare in città, un contrattempo che l'ha ritardato, prova solo un misto nauseante di tristezza e senso di colpa.

I familiari, sconvolti, si danno il cambio intorno a Christiane, pallidissima, addormentata con la figlia stretta al cuore.

«Il dottore ha detto che la bambina pesa solo due chili» gli sussurra la signora Beugnot con le lacrime agli occhi. «È piccola, ma grazie a Dio respira bene e poppa».

«Per il momento sta bene» spiega a sua volta il suocero, «ma...».

«Ma cosa?» si preoccupa Aloe.

«Il dottore pensa che resterà fragile, che dovremo occuparcene bene, farla curare in ospedale se necessario, darle qualcosa che la rinforzi, non lo so. Nessuno ci garantisce che...».

Non riesce a terminare la frase. Sull'orlo del crollo nervoso, la signora Beugnot scoppia a piangere. Simone lancia uno sguardo in tralice ad Aloe e sgancia:

«Ecco cosa succede quando nelle vene circola sangue di rapa».

Nonostante il sangue di rapa del padre e la nascita prematura, la piccola si aggrappa alla vita.

Circondata di attenzioni, coccolata come mai nessun bambino di quella famiglia lo è stato, la miracolata acquista peso e dopo un po' le preoccupazioni sul suo stato di salute svaniscono.

Tutti sono estasiati dal suo solido appetito, dai suoi pianti vigorosi, dalle guance che si fanno paffute: di sicuro vivrà!

In quelle circostanze avrebbe potuto chiamarsi Vittoria, ma, in accordo con la tradizione della famiglia Balaguère, Christiane e Aloe le scelgono un nome da fiore, un fiore dai petali azzurri come i suoi occhi, Veronica.

Più Veronica cresce e più Christiane è raggiante di felicità. Ovunque vada, la piccola attira complimenti. Trovano che assomigli alla madre, che abbia lo sguardo sognatore del padre, che sia vivace e divertente, la intuiscono intelligente e, con il suo faccino da bimba della pubblicità, prevedono che farà strage di cuori.

Nel frattempo, inaspettatamente, il più innamorato di lei è Charme.

A contatto con la nipotina lo scorbutico zoppo, a cinquant'anni passati, si è istantaneamente addolcito fino a dimenticare la violenza e l'amarezza e scoprire in sé tesori di pazienza e affetto ricambiati dalla bambina.

Da quando sa camminare, Veronica segue il nonno

ovunque vada, nell'orto, sull'aia e perfino nella stalla nuova in cui risiedono ormai più di venti vacche charolaise, da cui provengono le succulente bistecche della macelleria Beugnot.

Christiane non è tanto contenta che Charme porti sua figlia di qua e di là, soprattutto quando ha bevuto, ma d'altra parte non sarà certo lei a lamentarsi se il suocero sta finalmente diventando una persona gradevole. E mentre Aloe, sulla scala, comincia a incollare la famosa carta da parati sui muri della camera, Charme si dedica anima e corpo alla bambina.

A volte, dalla finestra aperta, Aloe sente il padre cantare una filastrocca a Veronica, «corre forte il topolino, quando casca fa un puzzino», e scoppiare a ridere insieme a lei con una risata che non gli aveva mai sentito.

*A metà degli anni Sessanta, in un mondo in cui John Fitzgerald Kennedy è stato assassinato, gli Stati Uniti bombardano il Vietnam, gli scienziati valutano gli effetti benefici dell'*LSD *sulle turbe mentali e si diffonde la cultura hippy, partita da San Francisco, che propone di fare l'amore invece della guerra, i francesi sono combattuti tra la voglia di cambiare tutto e quella, opposta, di non cambiare niente.*

Alle elezioni di dicembre l'incertezza è tanta. La Francia passerà a sinistra? Alla fine il popolo opta per la stabilità e alla testa del paese viene rimesso il generale de Gaulle, ciò nonostante le mentalità evolvono gradualmente.

Benché ancora non si pensi a legalizzare la pillola, e meno che mai l'aborto, le donne sposate hanno ormai il diritto di aprire un conto personale in banca ed esercitare una professione senza il consenso del marito.

Viene votata una legge che permette ai giovani ventenni di svolgere un servizio civile all'estero o nei territori d'oltremare in alternativa al servizio militare.

*Di quando in quando ci sono ancora attentati dell'*OAS*, l'organizzazione paramilitare di estrema destra che conduce* *una guerra nascosta contro lo Stato per opporsi al distacco dell'Algeria dalla Francia, ma nell'insieme delle case francesi nessuno ha più molta voglia di avvelenarsi l'esistenza con questioni del genere.*

Si preferisce comprare un giradischi per sentire Bob Dylan che canta Like a Rolling Stone *o Hervé Vilard che si lamenta perché* Capri, c'est fini. *Nessuno parla più dell'Algeria. Quello che conta è progredire, produrre ricchezza, andare più lontano, più in fretta, non importa se più in alto o più in basso, l'importante è che si tratti di qualcosa di nuovo, strabiliante e moderno.*

Per mandare avanti le macchine, i missili e i treni, per far funzionare le fabbriche e le lavatrici, c'è bisogno di energia.

Un programma di costruzione di centrali nucleari, avviato già all'inizio degli anni Cinquanta, produce ormai una piccola parte di elettricità, ma non basta, bisogna estrarre più carbone.

Solo che mancano le braccia.

Allora vengono assunti giovani contadini marocchini che, con la prospettiva di una buona paga, si presentano a centinaia nelle miniere del Nord e della Lorena, sbalorditi per la neve. Ricevono una tuta da lavoro, una lampada e un martello pneumatico, e così attrezzati scendono a mille metri sottoterra. Con l'elmetto, ma spesso senza contratto di lavoro.

A Les Chaumes, Christiane è felice che Aloe abbia finito di tappezzare la camera. Basta con i tristi muri a calce, quel che ci vuole sono colori a profusione! Così, dato che è avanzato qualche rotolo, prima di mettere via spazzole e scala Aloe propone a Christiane di mettere la carta da parati anche nella cameretta di Veronica. Oh sì! Fiori, fiori dappertutto! Fino al soffitto! Ormai basterà andare a dormire per avere la conferma che una pagina è stata definitivamente voltata e che la guerra e la miseria, che sono di colore nero, non possono più raggiungerci. Perfino i tanto odiati tedeschi diventano nostri partner.

Qualche anno prima sarebbe stato impensabile, eppure ecco nascere l'amicizia franco-tedesca. I due paesi firmano trattati di collaborazione economica, scientifica e culturale. Ormai le città francesi saranno gemellate con città tedesche e gli studenti impareranno a conoscersi e parlare le rispettive lingue attraverso i viaggi scolastici.

Quanti milioni di morti ci sono voluti per arrivare a quel punto? Faremo lo stesso con l'Algeria, un giorno?

In paese la vita ha ritrovato il suo ritmo eterno e ordinario, le stagioni, il fieno, i raccolti, le comunioni e i matrimoni, e quando c'è un funerale si tratta in genere di una persona anziana che è morta nel suo letto.

Fino alla tragedia del luglio 1967.

13 LUGLIO 1967

CAPITOLO 49
Aloe

Nel caldo di luglio Aloe attraversa a grandi passi il cortile della fattoria. È solo, sono le tre del pomeriggio, su Les Chaumes non spira un alito di vento. Sente il ronzio delle mosche, il tintinnio dei campanacci delle mucche un po' più lontano, il cigolio di una carrucola da qualche parte e l'allegro chiacchiericcio di Veronica dalle parti della conigliera. Dopo la siesta Charme ha proposto alla piccola di andare a scegliere il coniglio che cucineranno l'indomani per la festa nazionale. «Io lo ammazzerò e tu gli toglierai il pigiama». La bambina ha subito detto sì e si sono allontanati mano nella mano.

Christiane è in negozio. Aloe sa che non è contenta che Veronica resti sola con Charme, ma il vecchio ha giurato su tutti gli dèi che non avrebbe bevuto neanche un goccio, così, pur con la coscienza sporca, Aloe gli affida la piccola. Il fatto è che il giorno dopo Daniel parte, va in vacanza, va a trovare la famiglia dalle parti di Lione dove il fratello più giovane si sposa, quindi non si rivedranno prima di un mese. Un intero mese, come dire un'eternità! «Inventati qualcosa per raggiungermi» l'ha supplicato Daniel. Aloe ha dunque trovato una scusa per eclissarsi, un finto appuntamento con una cooperativa agricola altrettanto finta a trenta chilometri da lì, e con il cuore che gli batte forte infila la chiave nel cruscotto e mette in moto l'Ami 6.

Da quando è mancato poco che Simone scoprisse il loro segreto i due amanti hanno raddoppiato la prudenza e messo a punto vari stratagemmi per vedersi senza attirare l'attenzione, sempre più lontano dal paese. Nella bella stagione Daniel parcheggia la Dauphine al coperto in un fitto sottobosco, Aloe passa a prenderlo con la sua macchina e si addentrano insieme verso quegli angoli di Morvan deserto che ospita i loro amori meglio di qualunque albergo, meglio di quei bar loschi che si trovano nelle grandi città intorno alle stazioni.

Per il tempo di un pomeriggio, su un letto di morbide felci, si amano, parlano, evadono e, dato che Daniel si organizza sempre per riempire un cestino da picnic, mangiano, bevono e reinventano il mondo.

Talvolta, nudi come vermi, trovano un ruscello in cui fare il bagno.

Spesso Aloe recita una poesia, e Daniel gli chiede perché non scriva più.

«Tra la macelleria, Christiane e Veronica non ho più tempo» si giustifica lui.

«È un peccato» lo rimprovera Daniel. «Sono sicuro che potresti scrivere grandi cose!».

Finiscono per litigare, e nel momento di salutarsi sono talmente disperati che minacciano di lasciarsi, ma il giorno dopo fanno pace.

Quel giorno Aloe torna dalla sua scappatella verso le sette di sera. Su entrambi i lati della strada i campi di segale e grano maturo brillano di sfumature dorate alla luce radente. Avvicinandosi alla fattoria, però, vede luminosità azzurrognole e intermittenti che non hanno niente di naturale. Preoccupato, spinge sull'acceleratore, l'Ami 6 arriva a tutta velocità nel cortile della fattoria e Aloe deve inchiodare per non andare a sbattere contro i due furgoni della gendarmeria che stanno lì a motore spento e lampeggianti accesi.

Scende dalla macchina, corre in casa, non trova nessuno, riattraversa il cortile come un fulmine, dà un'occhiata nel fienile, alla conigliera, niente, finché più lontano, vicino alle grandi porte scorrevoli della stalla nuova, vede l'assembramento: una dozzina di gendarmi, Beugnot seduto per terra e, in mezzo a loro, il trattore Ferguson rovesciato.

Aloe si blocca, intuisce la catastrofe, non riesce più a fare un passo. Vede i pascoli, le colline inaridite tutto intorno, le siepi di biancospino, fusaggine, ligustro, vede il tetto di lamiera ondulata, sente muggire le vacche all'interno perché è l'ora della mungitura, ma il suo corpo rifiuta di muoversi. E di colpo succede esattamente come in Algeria quando è balzato giù dal camion sulla pista che scendeva verso lo uadi, si sdoppia. Da una parte la mente urla già di dolore, dall'altra le gambe finiscono per rimettersi in moto da sole.

Sentendolo arrivare, i gendarmi si voltano verso di lui.

Beugnot solleva la testa. Ha un volto irriconoscibile su cui Aloe legge disperazione e rabbia. Dov'è Christiane? Dov'è Charme? Dov'è Veronica?

«Signor Balaguère...» dice un gendarme prendendogli il braccio.

Aloe guarda l'uomo. Lo conosce, è di Sainte-Saverne. Lì per lì non ricorda come si chiama, ma gli sorride, e di fronte a quello strano sorriso l'altro, a disagio, si toglie il kepì e dice:

«Signor Balaguère, c'è stato un incidente...».

Aloe ha visto il trattore ribaltato con le ruote tristemente puntate verso il cielo.

«Sono macchine molto pesanti» continua il gendarme, dispiaciuto. «Se una ruota del rimorchio finisce in una buca si trascina dietro il timone e tutto l'insieme si ribalta. Questa era la situazione quando è tornata sua moglie... ed era troppo tardi».

«Mio padre è morto?» domanda Aloe con voce piatta.

Il gendarme ha la fronte imperlata di sudore.

«No» risponde. «Suo padre è stato solo... sbalzato fuori».

Aloe sente su di sé gli sguardi di tutti gli uomini lì riuniti.

Ha già capito che è successo il peggio, ma la sua mente è altrove, galleggia, abita in quello spazio-tempo senza nome in cui sono rinchiusi i suoi segreti, in cui i corpi torturati o mutilati che ha visto in Algeria si mischiano alla dolcezza del corpo di Daniel.

«Ho il triste compito di...» comincia il gendarme. «Si tratta di sua figlia, signor Balaguère».

«Veronica?».

«Sì. Probabilmente suo padre voleva farla divertire, pensiamo che ce l'avesse sulle ginocchia mentre guidava».

«Era ubriaco?».

«Chi lo sa? Forse aveva bevuto qualche bicchiere...».

Aloe chiude gli occhi. Certo. Certo che Charme aveva bevuto. Come ha potuto fidarsi del giuramento di un alcolizzato?

«Quando il trattore si è rovesciato sua figlia è rimasta sotto» conclude con difficoltà il gendarme. «L'ambulanza se n'è andata un'ora fa con sua moglie sotto shock, suo padre leggermente ferito e sua figlia, ma per la bambina non c'era più niente da fare, purtroppo».

Se un giorno verrai in paese, Saule, ti porterò al cimitero. In fondo, vicino al vecchio tasso, troverai il lotto riservato ai bambini. Tra le piccole tombe c'è quella di Veronica, con una lapide che riassume sobriamente l'indicibile: 1965-1967.

Eppure un anno e mezzo dopo, mentre un vasto movimento di rivolta percorre il mondo come un brivido, Christiane è di nuovo incinta.

Mentre dal Giappone alla Germania passando per il Messico, Roma o Parigi una parte dei giovani cerca di emanciparsi e manifesta anche violentemente contro ogni genere di abusi e oppressioni a volte contraddittorie, mia madre non si muove, aspetta me.

Sogna che io venga a sostituire la piccola defunta. O meglio, sogna che io sia la copia esatta di Veronica.

Vorrebbe che la guarissi dall'immenso dolore che l'ha travolta e nel quale ha creduto di annegare finché mio padre non le ha proposto di consumare il matrimonio una seconda volta.

All'inizio dell'autunno del 1969,

le manifestazioni contro la guerra in Vietnam mobilitano sempre più giovani negli Stati Uniti e altrove, mentre l'ombra minacciosa della guerra fredda si estende fino alla luna, dove un astronauta americano ha mosso i primi passi strappando il primato ai sovietici.

Emblema di tutte le contestazioni, in un campo fangoso vicino a Woodstock si svolge un concerto che dura tre giorni e tre notti a cui partecipano Joan Baez, i Jefferson Airplane, i Canned Heat, molte droghe e la chitarra di Jimi Hendrix. L'anno prima, per ordine di Mosca, più di seimila carri armati, ottocento aerei e quattrocentomila soldati hanno invaso la Cecoslovacchia, in cui alcune riforme puntavano ad ammorbidire il regime totalitario e abolire la censura per dare vita a un "socialismo dal volto umano" decisamente troppo rischioso per il potere sovietico. Praga non è stata in grado di resistere a un'offensiva del genere. Il desiderio di libertà è stato soffocato sul nascere. Per esprimere la loro rabbia e disperazione di fronte alla repressione, alcuni studenti si immolano dandosi fuoco.

"Non è possibile far tacere tutti" ha scritto uno di loro prima di uccidersi.

Nello stesso anno, pochi mesi prima, negli Stati Uniti è stato assassinato Martin Luther King.

Poi Bob Kennedy, il fratello di John.

Eletto da poco sulla promessa di un ritorno all'ordine morale, il presidente Nixon ha promulgato una legge che proibisce ogni sperimentazione scientifica con l'LSD, individuando in quella sostanza la causa dei comportamenti di una generazione divenuta incontrollabile.

Anche in Francia il potere teme l'anarchia, se non addirittura la guerra civile. Gli scioperi e i tumulti del maggio '68 hanno suscitato una tale paura del caos che alle elezioni legislative di giugno vince la destra. È necessario riprendersi, rientrare nei ranghi, far calmare le acque.

I miei genitori hanno per tutto ciò un interesse piuttosto distante.

A Les Chaumes non c'è ancora la televisione, e la radio, sintonizzata sul canale nazionale, trasmette Riquita, jolie fleur de Java *di Georgette Plana o* Alouette, Alouette *di Gilles Dreu.*

In quell'angolo di campagna lontano dalle autostrade che vengono costruite un po' ovunque tranne che nel Morvan, la vita è piena e al tempo stesso vuota, lenta e, nonostante tutto, irrimediabilmente trascinata dal vento del cambiamento.

Le nuove regole della Comunità economica europea, la lotta contro l'alcolismo che si porta dietro il divieto di distillare in proprio, la volontà di rendere più redditizi i terreni accorpandoli e servendosi di nuovi concimi chimici e macchine moderne mette in difficoltà numerose piccole fattorie.

Del resto non si dice più "fattorie", ma "aziende agricole".

Non si dice più "contadini", ma "agricoltori", e tutti sono dilaniati tra la voglia di avere un po' di comodità – i gabinetti in casa, l'acqua corrente dal rubinetto, un po' di vacanze (vacanze!), la lavastoviglie – e il desiderio che tutto resti come prima.

Ma lo sai bene, niente resta mai come prima.

Per esempio la storia d'amore tra Aloe e Daniel.

Per quanto forte, non è sopravvissuta al dolore e al senso di colpa. È finita com'era nata, nel silenzio e nella vergogna. Daniel ha chiesto il trasferimento ed è tornato definitivamente a Lione.

Tanto più che, a causa dell'esodo dalle campagne, non ci sono abbastanza alunni per tenere in piedi la classe unica della scuola comunale. Ormai, per studiare, i bambini del paese dovranno andare a Sainte-Saverne.

Da quando è morta la nipote, Charme è diventato un'ombra. Non parla più, non si occupa più delle vacche e dei conigli, si alza raramente dal letto. Dicono che quando sente un trattore nei paraggi si metta a tremare.

Quanto al Ferguson, credo che sia stato demolito.

Nonostante tutto la macelleria Beugnot continua a fare affari. Ci lavora anche mio padre, murato nella sua rassegnazione. Ammorbidisce le bistecche, disossa prosciutti, non sogna più di scrivere frasi e non recita più poesie.

Mia madre ricama.

Tutti trattengono il fiato.

Il 19 ottobre 1969, in una clinica pulita e moderna di Nevers, Christiane Balaguère dà alla luce un bebè in buona salute di tre chili e ottocentocinquanta grammi.

Delusione generale: sono un maschio.

… Quattro anni dopo …

Parte quarta
Una grande assenza

1973

Capitolo 50
Olivier

È estate, sto giocando nel cortile della fattoria, ai piedi del tiglio.

Indosso calzoncini di spugna, cappellino di stoffa e sandali.

Dalla finestra aperta sopra il lavatoio sento ronzare la radio. È l'ora in cui non devo per nessun motivo disturbare mia madre che ascolta la sua trasmissione preferita.

Alle quindici, su RTL, *Ménie Grégoire risponde alle vostre lettere…*

Sono abituato a tenermi occupato da solo, non mi annoio. Qualche giorno fa mio padre mi ha portato un regalo da Parigi, un garage in miniatura di plastica colorata e una collezione di macchinine che faccio passare da un piano all'altro imitando rumori di motore.

Cara Ménie, da un mese sto vivendo un vero e proprio incubo.

Vruum vruum vruum.

Eppure mi succede una cosa molto normale nella vita di una coppia, aspetto un secondo figlio. Solo che non lo desidero, non lo voglio.

Vruum vruum vruum.

Vorrei farle una domanda. Ho ancora alcune medicine che risalgono al parto precedente. Prese in dosi massicce provocano il parto. Posso prenderle adesso?

Vruum vruum.

Pronto, signora Ménie? La chiamo per raccontarle una cosa.

Mio marito ha sempre fatto ricorso al procedimento più semplice per i nostri rapporti, ossia viene da me quando gli va, senza pensare ad altro. Somiglia molto a quel che succede nel pollaio. Per me sono dolori atroci e lo spettro di rimanere di nuovo incinta.

Con abili mosse faccio salire e scendere le macchinine lungo la rampa. Il cane dei vicini abbaia in lontananza. Metto qualche sassolino sul percorso dei miei bolidi in modo da provocare incidenti.

Vruum.

Cara Ménie, la ascolto ogni giorno con attenzione. Quando sento tutte quelle ragazze che vogliono fare l'amore e avere esperienze sessuali mi domando cos'abbiano in testa. Ho ventiquattro anni, sono sposata da uno, ho avuto qualche storiella, ma non sono mai stata tentata di fare l'amore così, per il gusto di farlo. Non c'è nessun bisogno di pillola o cose del genere, quel che serve è che il marito si controlli.

Vruum vr… Crash!

Rumore di vetri rotti in cucina. Mi raddrizzo, tendo l'orecchio. Sento mia madre gridare:

«Mio Dio! No! No!».

Mi si blocca il cuore.

«Per pietà! No!».

Ricomincio a respirare. A passi felpati mi avvicino alla finestra della cucina. Il davanzale è basso, ma devo comunque issarmi sulla punta dei piedi per vedere cosa succede dentro. Do tempo ai miei occhi di abituarsi alla penombra della stanza.

Mia madre mi dà le spalle, ma capisco che sta guardando nonno Charme in piedi nel vano della porta. Irsuto, con le bretelle dei pantaloni che gli penzolano sui fianchi e gli occhi da pazzo, tiene in mano un fucile da caccia con la canna puntata verso la propria gola.

«L'ho ammazzata!» urla. «Avevo bevuto! Come mio padre

quando è caduto dal ponte! Sono un assassino, un maledetto assassino!».

Aggrappato al davanzale, sono affascinato da quella gola non rasata in cui affonda l'acciaio del fucile.

«Mi ammazzo anch'io!» grida il vecchio.

«Non farlo!» supplica mia madre. «Pensa al bambino!».

«Non mi piace quel bambino! Voglio Veronica! La mia piccola! La mia piccola!».

È la prima volta che sento il nome Veronica. Nessuno mi ha mai parlato di lei. La scena mi si imprime nella memoria come un'illustrazione.

Dopodiché non ricordo più bene. Forse mamma riesce a far ragionare il nonno o forse lui ha paura di premere il grilletto, fatto sta che quel giorno non si fa saltare le cervella nella cucina di Les Chaumes, ma c'è mancato poco. Fanno venire un dottore, ci sono conciliaboli, riunioni di adulti con le facce serie: mio padre, ovviamente, ma anche i nonni Beugnot e zia Simone, che discutono a bassa voce sotto la lampada fino a tarda sera.

Unico bambino in mezzo a tutti adulti, cerco di origliare. Sento nonna parlare con mamma.

«Come se non avessimo già abbastanza disgrazie… quella di Simone, soprattutto!».

«Per quella ho trovato un indirizzo» mormora mia madre.

«Una persona fidata?».

«Sì, c'è andata la Francine. Ne ha fatti due».

Che indirizzo? Due cosa? Non capisco niente, ma sono curiosissimo di quelle misteriose storie da grandi.

Poco tempo dopo nonno Charme smette di abitare con noi alla fattoria. Lo mettono nell'ospizio dei vecchi, a Sainte-Saverne, e il fucile da caccia torna al suo posto, appeso al muro sopra la porta.

Si libera una camera, e Simone viene a stare da noi. Quando domando perché, mi dicono «Perché sta male».

Mi piace molto mia zia. Anche malata, la trovo buffa e bella. Sono felice che prenda il posto di quel vecchio zoppo sbracato che mi faceva paura e non mi voleva bene.

Ogni sera chiedo a mamma se posso portare io a zia Simone il brodo di pollo e la medicina.

«Sì sì, vai tu» sospira lei.

Salgo le scale con la scodella che mi brucia le dita. Trovo Simone a letto, pallida e stanca, che però mi regala un sorriso e tamburella sul copriletto.

«Vieni a farmi compagnia, Olivier, sono così triste!».

Le domando se sente dolore.

«Sì, al cuore» risponde lei.

«Prendi» le dico porgendole la scodella. «Questo ti guarisce».

Non so ancora che il brodo di pollo, anche se accompagnato da un sonnifero, ha poco effetto sui dolori delle donne incinte abbandonate dall'amante, non so ancora che nonostante "l'indirizzo" raccomandato da Francine il bambino si è ostinato a vivere e che nella Francia degli anni Settanta, in cui l'aborto diventerà legale solo nel 1975, essere "ragazza-madre" è sempre una vergogna, un disonore, la peggiore delle umiliazioni.

Non so neppure che ogni sera zia Simone mette via la pasticca che le porto aspettando di averne da parte un numero sufficiente ad ammazzare un cavallo.

Una sera la trovo a letto più pallida che mai. Ha gli occhi chiusi e non risponde quando la chiamo. Capisco che sta succedendo qualcosa e grido:

«Mamma! Mamma!».

Mia madre arriva di corsa e prende a schiaffi Simone, che alla fine apre gli occhi. Il suo corpo è moscio come un lenzuolo.

«Corri a chiamare papà!» mi ordina mamma. «È nella stalla! Digli di precipitarsi in paese e chiamare il dottore!».

Mentre scendo le scale più veloce che posso sento mia madre chiamare «Simone! Simone!» e lamentarsi che ancora non abbiano fatto mettere il telefono.

È il tentativo di suicidio di Charme seguito da quello di Simone ad accelerare la decisione di mio padre? Vede in quei gesti disperati un avvertimento per se stesso, se continua a fare una vita che non gli corrisponde?

Sta di fatto che dopo la lavanda gastrica di mia zia (e, con l'occasione, fulminea scomparsa della gravidanza) Aloe non torna più a lavorare in macelleria. Basta fegati di vitello, basta ipocrisie.

Per settimane, la sera, lo sento litigare a bassa voce con mia madre.

Incollo l'orecchio alla porta.

Parla di libertà, ossigeno, felicità, verità.

Mia madre implora e piange.

Evoca la vergona, i che dirà la gente, i problemi di soldi, la sua paura della solitudine.

Se pure viene pronunciata la parola "divorzio", mi affretto a dimenticarla.

Un giorno del 1974 vedo mio padre caricare parecchie valigie nel bagagliaio dell'Ami 6.

Non è la prima volta che parte per stare qualche giorno a Parigi, ma fino a quel momento gli era bastata una sola valigia.

Mi scompiglia i capelli e dice: «Stavolta vado via per più tempo del solito, Olivier».

Ha le lacrime agli occhi. Capisco che ci sta lasciando sul serio.

Gli chiedo se va di nuovo a Parigi.

Risponde di sì. Parla della madre, l'anziana Gaby, da cui vorrebbe andare ad abitare in un primo momento, parla di un legame che vorrebbe riallacciare.

Guarda ovunque intorno a sé, il fienile, la stalla, il tiglio, il vecchio pozzo che è stato chiuso da quando c'è l'acqua corrente.

«Ora che a casa abbiamo il telefono sarà più facile» dice. «Ti chiamerò, mi racconterai quel che fai a scuola e io...».

Non finisce la frase.

Gli chiedo quando mi telefonerà.

«Spesso» risponde mettendo in moto l'Ami 6.

Resto piantato in mezzo al cortile, più immobile del tronco del tiglio, mentre pensieri confusi si accavallano nella mia testa di bambino.

Tante cose sono state dette senza essere spiegate, come faccio a capirci qualcosa?

Poi per mesi, tornato da scuola, aspetto ogni sera la telefonata di mio padre.

Dopo un po' smetto di aspettare.

… Un anno dopo …

1975

CAPITOLO 51
Christiane

Cara Ménie,

da quando sono nata non faccio rumore. Spesso hanno detto di me che ero riflessiva, servizievole, immune agli sbalzi d'umore. Una ragazza modello, insomma, ed era vero, mi comportavo bene, non facevo domande, non ponevo problemi.

Nel '59 mio fratello maggiore Henri è morto in Algeria. Avevo diciott'anni. La tragedia ha distrutto la nostra famiglia, mia madre era inconsolabile, mio padre era inebetito, perso. Così mi sono sentita in dovere di occuparmi di mia sorella Simone. All'epoca tredicenne, aveva un carattere più vivace del mio, era molto impulsiva. Quando non ero con lei o con mia madre, che cadeva continuamente in depressione, aiutavo mio padre stando alla cassa nella macelleria-salumeria di famiglia, sulla piazza principale del paese. Il mio unico svago era ricamare. Tovaglie, tovaglioli, fazzoletti, l'importante era che avessi qualcosa da fare. Ma la verità, cara Ménie, e me ne rendo conto solo adesso, è che in quella famiglia in lutto soffocavo a fuoco lento. E sa com'è, una che soffoca non fa rumore.

Per sfuggire a quella situazione ho fatto quello che fanno tante donne da generazioni, mi sono sposata. È un classico: per sottrarsi a una trappola si finisce in un'altra. Contro il parere di mio padre ho scelto un uomo del paese che conoscevo fin dai tempi della scuola. Perché lui? Perché era dolce, sognatore, più colto degli altri ragazzi, e sentivo d'istinto che non mi avrebbe fatto male. Quale male? chiederà lei. All'epoca non ero in grado di esprimerlo chiaramente. Ora ho il coraggio di scriverlo perché lei conosce le nostre disgrazie: sapevo che, diversamente da molti uomini del mio ambiente, non avrebbe cercato di prendermi con la forza. E per una ragione molto semplice! Come intuivo, era attratto più dagli uomini che dalle donne.

Mio marito aveva un amico intimo (molto intimo), lo sapevano tutti, ma sa com'è nelle nostre campagne, finché certe cose non vengono rivendicate, finché non diventano di dominio pubblico, si fa finta di niente.

Ho quindi fatto finta di niente per dodici anni. Mio marito è stato abbastanza gentile da mettermi incinta due volte, ma purtroppo la prima figlia, una bambina amatissima, è morta in un incidente quando aveva due anni. Poi, nel '69, ho avuto un maschio. È un bambino adorabile, non c'è dubbio, ma in questi otto anni non c'è stato giorno in cui non abbia pensato al mio fiorellino, alla mia Veronica. Mi manca ancora terribilmente, ma è una ferita che tengo per me, non voglio opprimere il piccolo con i miei ricordi.

E veniamo a quel che succede nella mia vita attuale.

Quasi un anno fa mio marito se n'è andato. Mi ha lasciato qui, nella fattoria che appartiene alla sua famiglia da sempre, ed è andato a Parigi per vivere come gli piace, cioè con altri uomini come lui. Stando alle ultime notizie aveva trovato lavoro, mi pare in una tipografia, ma non abbiamo più nessun contatto.

Le confesso che in un primo momento la sua decisione mi ha disgustato e sconvolto. Ho avuto la sensazione che, nonostante il bambino (che ormai ha quasi sei anni), sarei morta di tristezza e di solitudine. Oggi le scrivo, Ménie, per dare testimonianza della mia esperienza e perché altre donne abbandonate come me riprendano speranza. No, non sono morta! No, non mi sento annientata! Direi anzi il contrario! Quanta strada ho fatto da un anno a questa parte… Pensi che, dopo lo shock e la disperazione, ho finalmente l'impressione di vivere e respirare pienamente per la prima volta da quando sono nata. E lei non è estranea a questa trasformazione, cara Ménie. Grazie alle sue trasmissioni le idee moderne arrivano anche nei paesini sperduti, gli psicanalisti che fa venire al microfono sono molto interessanti e le donne di campagna come me stanno cominciando a cambiare. Per esempio, solo due anni fa mia sorella ha rischiato di morire per aver voluto abortire clandestinamente e oggi, grande vittoria, la legge autorizza le donne a farlo in condizioni mediche degne di questo nome. Le cose progrediscono, le nostre battaglie non sono vane!

Quanto a me, senza un uomo in casa, a trentacinque anni ho cominciato un'esistenza più interessante. Ecco cosa ho fatto: per prima cosa ho preso la patente e comprato una Peugeot 304 usata. Con mia sorella, che è venuta a vivere da me, formiamo una specie di allegro focolare domestico, più libero che se fossimo tenute d'occhio da quei signori. Ci dividiamo le faccende, ci occupiamo insieme di mio figlio, lavoriamo a turno nella macelleria di nostro padre e abbiamo completamente riorganizzato la fattoria. Non facciamo più allevamento, abbiamo solo qualche capra per il formaggio e le galline per le uova. Vendiamo marmellate e conserve fatte da noi, e stiamo addirittura pensando di aprire in negozio un reparto rosticceria. Le giornate sono piene, è vero, ma quando arriva la sera abbiamo entrambe un lettone tutto per noi. Non ho mai dormito tanto bene in vita mia!

L'altro giorno, ridendo, Simone ha dichiarato che non si sarebbe sposata mai, mai, mai. Anche lei è cambiata molto, e su tutti i fronti. Dopo aver avuto vari amanti che l'hanno trattata malissimo, ormai giura di preferire le donne! «È un'epidemia» ho commentato io, e abbiamo riso come matte. Poi ho pensato alla piccola Veronica, e dentro di me le ho promesso che in suo onore avrei avuto una vita bella, libera dai pesi che hanno oppresso le nostre madri e le nostre nonne. Del resto ho tutte le intenzioni di crescere mio figlio nel rispetto delle idee nuove, cara Ménie. È molto maturo per la sua età (pensi che ha imparato a leggere da solo) e spesso gli permetto di ascoltare il suo programma accanto a me.

A proposito di programmi, qualche sera fa ho visto il dibattito sugli omosessuali che hanno trasmesso su Antenne 2 e che ha suscitato tante reazioni. Mio figlio non era ancora andato a dormire, giocava accanto a me. Non so cos'abbia capito, ma sono sicura che non si è perso una virgola.

Penso che la società stia cambiando, che ci siano più diritti, che il conformismo arretri, ed è un bene. Io sono più libera di mia madre! E con un po' di fortuna, qualunque siano le sue tendenze, spero che il mio piccolo sarà più felice del padre nella sua vita di uomo!

1976

Capitolo 52
Olivier

È autunno, è domenica, piove sulla fattoria e ho compiuto da poco sette anni. Mao è morto, Brežnev tiene saldamente in pugno l'Unione Sovietica, la guerra del Vietnam è finita con la caduta di Saigon e la vittoria dei Vietcong. Io sto leggendo *I tre moschettieri* steso sul letto in una camera rivestita fino al soffitto da una carta da parati a fiori che non era destinata a me.

Ho scelto il libro tra quelli che mio padre ha lasciato sugli scaffali della camera accanto, quella dove ormai mamma dorme da sola. I libri, unici oggetti personali appartenuti ad Aloe Balaguère, esercitano su di me un fascino assoluto. Senza rendermene conto cerco nelle loro pagine la presenza che mi manca o, ancora meglio, una spiegazione, una soluzione all'enigma che mi addolora: perché mio padre mi ha abbandonato? Non ama più mia madre perché gli piacciono gli uomini, come quelli che ho visto una sera alla televisione? Me lo chiedo perché mia madre sembrava attentissima alle loro domande. Ma anche così il mistero rimane tutto, nel senso che, se mio padre ama gli uomini, perché non ama me?

Allora indago per conto mio, cerco nelle storie degli altri per capire quello che non capisco. Ho già letto le poesie di Jean Richepin e di Paul Verlaine, e anche *Lo straniero* di Albert Camus, ma è tutta roba che mi lascia indifferente. Preferisco molto di più le avventure di D'Artagnan, che cominciano nel momento in cui il padre dà al figlio quindici scudi, un cavallo e una spada affinché vada per la sua strada e diventi un uomo.

Ecco come dovrebbero andare le cose, penso: sono i figli a lasciare il padre quando diventano abbastanza grandi e robusti, non il contrario.

«Olivier!» chiama mamma dalla cucina.

Non rispondo. Quando leggo sono cieco e sordo al resto del mondo. Quando leggo si dispiega l'universo, sento passare attraverso me secoli di storia, geografie lontane, la lama gelida del dolore e quella incandescente dell'amore. Tutto è più intenso, più interessante, e tornare alle cose normali diventa difficile.

«Olivier! Sei di sopra?».

Alla scuola di Sainte-Saverne passo già per un animale strano. Figlio unico, cresciuto da due donne, lettore accanito, prendo i voti migliori in tutte le materie tranne che in condotta, a causa delle zuffe. Il primo che mi provoca si becca un pugno in faccia. Il fatto è che ho due nemici giurati: uno è Antoine Pleutin, il figlio del farmacista, e l'altro Vincent Grimont, figlio del notaio nonché immobiliarista di Sainte-Saverne. Sono due imbecilli che si danno un sacco di arie, invidiosi come pochi. Abitano in case di tre piani in centro, non sopportano che sia il primo della classe e mi guardano dall'alto in basso perché vivo in una fattoria. «Puah, che puzzo di letame!» dicono quando mi passano accanto. E si tappano il naso, sghignazzano, fanno "muuu muuu" o "coccodè".

«Olivier, è la terza volta che ti chiamo!».

Ma D'Artagnan non era di tal carattere da lasciare in tal modo un uomo che aveva avuto l'insolenza di burlarsi di lui. Cavò interamente la spada dal fodero e si mise a inseguirlo. Bellissimo. Ho letto solo poche pagine e già quel focoso guascone mi sta simpatico come un fratello.

«Olivier!».

La porta si spalanca di colpo e appare mia madre, seccata, in pantaloni di velluto rosso che non le avevo mai visto.

«Potresti anche rispondere quando ti chiamo!».

«Stavo leggendo».

«È arrivata Francine, vieni almeno a salutarla».

Sospirando, chiudo il libro a malincuore e la seguo per le scale fino in cucina, dove aleggia un odore di cane bagnato anche se noi non abbiamo cani. È il cappotto di Francine a puzzare così?

«Ooooh, ma chi c'è?» fa lei vedendomi arrivare. «Ma chi è questo bell'ometto?».

Mia madre mi spinge verso l'amica. Francine piega verso di me il faccione rugoso.

«Allora? Non mi dai un bacino?».

Svogliato, le sfioro la guancia trattenendo il respiro. E pensare che sarà lei a badare a me per quattro giorni, che palle!

Arriva anche zia Simone con la chioma bruna raccolta in un foulard, borsetta e sigaretta in bocca. Ancora non ho capito cosa vadano a fare lei e mamma per quattro giorni, capisco solo che sembrano contentissime di mollarmi.

«Olivier è di malumore» si sente in dovere di specificare mia zia a Francine, come se non si vedesse.

«Oh, e perché? È geloso? Non vuole staccarsi dalla mamma?» scherza Francine. «Ma vedrai, tesoro, ci divertiremo un mondo. Ti piace giocare a cavallini?».

Faccio un'alzata di spalle.

«Ha ricevuto Forza 4 per il suo compleanno» interviene mia madre. «È bravissimo!».

«Vada per Forza 4» dice Francine. «E poi adesso avete la tivù a colori, no?».

«Può guardarla un po', ma non quando il giorno dopo c'è scuola» avverte mamma.

«Bene, capo» sorride Francine. «Quanto alla scuola, ti aiuterò a fare i compiti».

Alzo gli occhi al cielo. Non c'è bisogno, me la cavo da solo, grazie.

«Abbiamo finito? Posso tornare a leggere?» domando.

«Dài, Olivier, quattro giorni non sono la fine del mondo!» sorride zia Simone. «Stiamo partendo, vieni a darmi un bacio».

A differenza di quella di Francine, la pelle di Simone è morbidissima, con un buon odore di tabacco nero e sapone di Marsiglia, ma sono talmente infuriato con lei e mamma che sento il bisogno di punirle. Con le lacrime agli occhi giro i tacchi e dico:

«Buone vacanze».

Non faccio in tempo a salire il primo scalino che mamma mi riacchiappa per la manica del golf, poi mi tira a sé e si accovaccia.

«Cos'hai, Olivier? Di quali vacanze parli? Te l'ho spiegato dieci volte, io e Simone abbiamo del lavoro da fare, una causa da difendere e persone importanti da vedere!».

Vorrei gridare "E io? Non sono importante, io?", solo che mi guarda con occhi di fuoco, allora non dico niente. Quello che mamma mi ha spiegato dieci volte è che lei e Simone vanno in città a una specie di raduno organizzato da un "collettivo" di donne per parlare di questioni politiche di cui io non capisco niente.

«Ti rendi conto di quanto ancora ci resta da realizzare?» dice mamma. «Non vuoi che le donne diventino davvero pari agli uomini?».

Mantengo un silenzio prudente. Se dico di no, è un ceffone assicurato. La cosa di cui ho più paura è che facciano come mio padre, che se ne vadano abbandonandomi qui con Francine, Antoine Pleutin e Vincent Grimont per sempre.

«Non sei il centro del mondo, Olivier» insiste mia madre. «Non sono al tuo servizio esclusivo, ho il diritto di avere una vita fuori di qui. Quattro giorni di lontananza non ti ammazzeranno di certo».

Penso ai tre moschettieri, alla spada di D'Artagnan, al rifugio che troverò nella lettura, ciò nonostante mi trema il mento.

In piedi alle spalle di mia madre, Francine sgrana gli occhi.

«Be' be', non ti hanno mai detto che un vero uomo non piange mai?».

Parigi, 1976

Capitolo 53
Aloe

In piedi davanti allo specchio dell'armadio, Aloe si annoda il foulard intorno al collo con la massima cura. Da due anni che vive in quell'appartamento ammobiliato di rue Rodier ha adottato un look stile Bee Gees – capelli lunghi, barba e basettoni – che secondo lui lo ringiovanisce. Appena stacca dalla tipografia si toglie l'informe grembiule regolamentare grigio e indossa una camicia attillata con il collettone a punta, pantaloni aderenti a zampa d'elefante e stivaletti da discoteca, anche loro a punta. Come tutti ha voglia di piacere, di amare ed essere amato, in parole povere di esistere.

In tipografia è impossibile rimorchiare. C'è sì un operaio che Aloe trova carino e con il quale scambia due parole di quando in quando, ma finisce lì. Così, per ingannare la solitudine, si aggira nella zona di Pigalle o intorno ai cinema di boulevard Magenta, oppure si siede al tavolino esterno di un bar pronto a cogliere un segnale, uno sguardo, un gesto. Quanto agli incontri furtivi nei cessi pubblici, ci ha rinunciato, troppo degradante.

Il giorno prima sul giornale, alle pagine della cronaca, ha letto un articolo che raccontava la disavventura di due uomini colti sul fatto mentre tentavano di scavalcare l'inferriata del giardino delle Tuileries. *È noto a tutti che le Tuileries, dopo l'ora di chiusura, servono da luogo d'incontro degli omosessuali della capitale*, scriveva il giornalista, per poi concludere con ironia: *I due avrebbero dovuto farsi pizzicare per oltraggio al pudore. In quanto acrobati, invece, se la sono cavata con una multa meno imbarazzante per la loro reputazione!* Abituato al tono sprezzante del giornalista, Aloe ha chiuso il giornale senza commuoversi per la sorte di quei due, ma con il cuore in tumulto. Ha deciso: pazienza per il rischio, quella sera andrà dalle parti delle Tuileries.

Quando fa buio scende verso la Senna. I tacchi degli stivaletti risuonano sull'asfalto. Rue de Rivoli, il Louvre. La camicia semiaperta gli sventola sul torace. Respira veloce, costeggia l'inferriata alla ricerca di un punto poco visibile in cui scavalcare. Dalla parte della Senna vede alcune figure a passeggio, nottambuli spinti come lui dalla necessità e dal desiderio. A un certo punto dal giardino giungono voci concitate.

Aloe si blocca sul marciapiede con i sensi all'erta. Sente prima una corsa, poi rumore di rami spezzati nelle siepi, e di colpo alcune ombre spuntano dall'oscurità saltando giù dall'inferriata come topi che scappino dalla stiva di una nave.

«Presto, di qua!».

«No, di là!».

Quanti sono, cinque, sei? Scappano da qualcosa o qualcuno che Aloe non vede, si sparpagliano in direzione dei lungosenna, spariscono nel groviglio e nel traffico delle strade lungo il fiume. Presto ne resta solo uno immobile sul marciapiede, un fuggiasco che nel salto si è palesemente storto la caviglia e che sta riprendendo fiato raggomitolato su se stesso.

Aloe si avvicina.

«Serve aiuto?».

L'uomo trasalisce, lo guarda con occhi da cerbiatta braccata e in un attimo lo inquadra.

«Non restare qui» dice. «Scappa, stanno arrivando!».

«Chi, i poliziotti?».

«No, peggio, i fasci! Scappa, ti dico!».

L'uomo ha parlato con un leggero accento. È bruno, abbastanza alto, più giovane di Aloe, indossa una giacca con le frange e si regge la caviglia con una smorfia di dolore. Quando cerca di mettersi in piedi emette un gemito.

Quasi a fargli eco, dalla parte del giardino si sente un grido soffocato seguito da un rumore di corsa, poi un «frocio di merda» ringhiato da una voce inferocita fa precipitare la situazione: Aloe tende una mano all'uomo, l'altro accetta di farsi aiutare e, appoggiandosi sulla sua spalla, comincia a zoppicare sul marciapiede.

«Non verso i lungosenna, troppo pericoloso» dice. «Andiamo verso place de la Concorde».

La loro fuga lungo l'inferriata, con le macchine che sfrecciano in direzione opposta, sembra una difficile carrellata al rallentatore. Dato che il giovane zoppica, Aloe non può fare a meno di pensare al padre.

«Come ti chiami?» chiede per scacciare quel pensiero.

«Karl».

«Hai un accento… Sei alsaziano?».

«No, tedesco. Di Colonia, ma sono in Francia da quasi quatt…».

Non finisce la frase. Cinquanta metri più avanti, un uomo scavalca l'inferriata e salta sul marciapiede dove, visibilmente malmesso, crolla.

«Cazzo!» fa Karl trattenendo Aloe per la manica. «Di qua».

Lo trascina appena in tempo verso un angolo in cui la luce dei lampioni non arriva. Un minuto dopo, tre energumeni scavalcano a loro volta e, scarponi ai piedi, atterrano senza danno accanto al tipo che striscia per terra. Subito lo circondano, lo pigliano a calci, gli sputano addosso.

«Frocio di merda! Te li facciamo mangiare, i tuoi coglioni!».

Acquattato nell'ombra, Aloe sgrana gli occhi e un ricordo dimenticato si sovrappone di colpo alla scena, la faccia inferocita di Jean nel '44, il giorno dello sparo che ha fracassato il ginocchio di Charme nel cortile di Les Chaumes, "Sei stato tu a sparare, deficiente! Se dici il contrario ti ammazzo!". Come un boomerang, gli torna indietro il terrore infantile, le orecchie tappate, la vescica dolente, l'umiliazione di farsela addosso. "Sei un cacasotto. Vai avanti tu o te la faccio leccare, quella pipì".

Lascia il braccio di Karl. Un senso di rivolta vecchio di trent'anni gli strizza le budella.

«Non possiamo lasciarli fare!».

«Sei pazzo, quelli ti massacrano!».

Aloe se ne frega. Esce dall'ombra e si precipita verso il gruppetto dei picchiatori ritrovando la gestualità dei commandos, le posture, l'adrenalina degli scontri nel gebel algerino, con la differenza che le uniche sue armi sono i muscoli tesi dalla rabbia.

«Ohè, fasci!».

Si scaglia sul primo che si presenta e gli tira un diretto sul naso, poi si rompe una falange sulla faccia del secondo, ancora stupefatto da quella reazione venuta dal nulla. Nel momento in cui il terzo lo afferra e gli torce il braccio dietro la schiena si sentono le sirene della polizia. C'è una pattuglia in zona. I tre bestioni si guardano, hanno un attimo di incertezza. Aloe ne approfitta per liberare il braccio e assestare una gomitata sul fegato del tipo, che si piega in due.

Le sirene si avvicinano, si vede il buio illuminato a tratti dalla luce blu dei lampeggianti e, in una visione lampo, Aloe rivede il trattore rovesciato, gli occhi sgomenti del gendarme che cerca di annunciargli la morte di Veronica, e tutte le pene, tutti gli orrori che ha subìto fino a quel momento senza dire niente sembrano condensarsi in quella notte su quel pezzo di marciapiede parigino. Sente che potrebbe uccidere uno di quei tizi a mani nude.

«Filiamocela!» dice quello che perde sangue dal naso.

«Ti ritroveremo, checca di merda!».

«Sì, farai bene a nasconderti, perché non ci scorderemo la tua faccia!».

E se ne vanno lasciandosi dietro la loro vittima raggomitolata a terra. Aloe torna da Karl e insieme aiutano il poveretto a mettersi seduto e riprendere fiato.

«Ammaccato ma cosciente» giudica Karl. «Povero ragazzo. La cosa migliore è che si faccia raccattare dalla polizia, almeno passerà la notte al caldo». Poi il giovane tedesco guarda Aloe. «Gli eroi sono rari, sarei onorato di poterti offrire qualcosa da bere. Abito dall'altra parte del ponte, in rue de Verneuil».

Aloe dà un'occhiata alla riva sinistra della Senna, poi al giovane. Di colpo è tramortito dalla sua bellezza e il desiderio dirompente che prova cancella tutta la rabbia, tutta la solitudine, tutta la violenza.

Sorride e dice:

«Andiamo».

Ecco come quella notte Aloe conosce Karl Baumann e se ne innamora follemente.

Di famiglia colta e benestante, il giovane tedesco ha ereditato non soltanto un comodo appartamento, ma anche la galleria d'arte fondata da uno zio. Conosce gente, partecipa a cocktail, frequenta i locali di rue Sainte-Anne, i primi bar gay del Marais, i luoghi underground, i militanti del Gruppo di liberazione omosessuale. A contatto con Karl, mio padre si libera degli ultimi strascichi di provincialismo. Aloe lo sa, per conquistarsi la libertà deve dimenticare da dove viene, dimenticare i campi e l'odore delle vacche, dimenticare gli insulti del padre, la macelleria del suocero, la guerra d'Algeria, il gravame del paesino e del matrimonio, cancellare tutto, rinnegare tutto, anche Daniel.

Sulla scia di Karl si mette a leggere giornali alternativi, libertari e militanti, prova varie droghe, cambia look a seconda delle mode, ascolta David Bowie, Elton John o Iggy Pop.

Conosce persone strane, ragazze strane, artisti, esteti, ribelli, furbi, visionari.

Tra questi ultimi c'è un gruppetto di appassionati di radio clandestine.

All'epoca fare radio al difuori del monopolio di Stato è un esercizio pericoloso, primo perché bisogna arrampicarsi sui tetti degli edifici più alti per metterci i trasmettitori pirata e, secondo, perché temendo la diffusione di idee anarchiche il potere cerca di mantenere un rigido controllo sull'informazione. Spesso arrivano le guardie a sequestrare il materiale, inseguire i fomentatori di disordini e arrestare quelli che non corrono abbastanza veloci. Capita che mio padre e i suoi amici passino una notte in guardina, ma appena fuori fanno una colletta per ricomprare il materiale, trovano un nuovo nascondiglio, un nuovo tetto su cui montare il trasmettitore e il gioco del gatto e del topo ricomincia. È rivoluzionario, moderno, eccitante, e a mio padre piace tutto ciò che è eccitante.

Il più delle volte va a letto con Karl, ma Karl va a letto anche con altri uomini, allora anche mio padre va a letto con altri uomini, e quella libertà tanto nuova e improbabile fino a quel momento gli provoca una vertigine, un bisogno frenetico di esprimere ciò che ha sempre soffocato.

Si rimette a scrivere.

Comincia un romanzo, piazza un articolo in una rivista di nicchia, propone testi di canzoni a qualcuno che conosce qualcun altro, rinuncia al primo romanzo, ne comincia un secondo, lo trova subito pessimo e decide di dedicarsi a una forma più breve, la poesia.

Non arriva da nessuna parte, non pubblica niente, ma ogni sera, tornando dalla tipografia, riallaccia i contatti con una parte dimenticata di se stesso.

Si forgia una filosofia radicale e liberatrice che consiste nel vivere tutti i piaceri a cento all'ora senza preoccuparsi del domani.

E ti chiedo, Saule: che posto poteva occupare un bambino di neanche dieci anni in mezzo a tali sconvolgimenti?

1979

Capitolo 54
Olivier

Sono a Sainte-Saverne, nel cortile della scuola. È il giorno prima delle vacanze di Pasqua, i compiti sono stati consegnati e le pagelle del secondo trimestre già compilate, tanto che il maestro Besson ha prolungato la ricreazione. Le femmine saltano con la corda sotto il portico, chiacchierano a gruppetti o giocano all'elastico, mentre i maschi approfittano di quel tempo in più per organizzare l'ennesima partita di calcio.

Nell'ultima partita ho segnato tre gol, di cui uno di testa. Alla fine Antoine Pleutin e Vincent Grimont, facce di culo, sono venuti a stringermi la mano con aria seria. Siamo sempre nemici giurati, ma stanno cominciando a capire che è meglio avermi con loro che contro di loro. Comunque a me non importa, grazie ai miei eccellenti risultati salterò l'ultimo anno di elementari per andare direttamente alla scuola media più rinomata di Nevers. L'anno prossimo ciao a tutti, abbandono quei due imbecilli al loro triste destino. E chissà che un giorno non vada a Parigi come mio padre! Almeno è quanto ci ha fatto capire il maestro Besson l'altro giorno, quando sono andato al colloquio con mamma: «Se Olivier continua così avrà tutte le possibilità di entrare in un grande liceo parigino!».

Mi piacerebbe un sacco.

L'unica cosa che mi disturba all'idea di lasciare questa scuola è Ariane.

Do un'occhiata verso il portico. È lì, appoggiata al muro, con la salopette rossa che le dà un'aria un po' da cowboy che mi piace da morire. Ci guarda da lontano. Voglio credere che stia guardando me.

Colto da ispirazione improvvisa, propongo:

«E se dicessimo alle femmine di giocare con noi, per una volta?».

Coro di proteste da parte di quei cretini dei miei compagni.

«No, le femmine non sanno giocare!».

«Sei impazzito?».

«Che palle, le femmine!».

«Non capiscono niente delle regole!».

«Se le fai cadere vanno a dirlo al maestro!».

«Comunque non vorranno, si sciuperebbero i vestitini!».

Se mamma e zia Simone li sentissero li tratterebbero da fallocrati decerebrati. Io tengo duro.

«Cos'è, avete paura di loro? Chiediamoglielo e basta. Se accettano, quanto scommettete che vi battono?».

«Piantala, Balaguère!» dice Vincent Grimont. «Il calcio non è uno sport da signorine!».

Morto dal ridere, Antoine Pleutin comincia a dondolarsi e fare gesti come se avesse in mano un ventaglio. Poi fa una voce acuta e imita Michel Serrault nel *Vizietto*.

«Oh, cari! Sì, sono una checca! Sì, mi metto il fondotinta!».

La battuta scatena subito le risate. Hanno dato il film in televisione qualche giorno fa, l'hanno visto tutti tranne me perché mamma e zia Simone hanno preferito guardare *Apostrophes*, il programma letterario su Antenne 2.

«Be', non ridi, Balaguère?» continua Antoine. «Non ti fa ridere perché tuo padre è un finocchio, vero?».

Il sangue mi defluisce dal viso. Stringo i pugni come Sylvester Stallone in *Rocky* (che ho visto con Francine l'ultima volta che sono stato affidato a lei).

«Non ti permetto di parlare di mio padre, Pleutin».

«Oh, a quanto pare ho fatto centro!» mi prende in giro lui.

«Chiudi il becco!».

«Be', che c'è?» interviene Vincent arricciando le labbra a culo di gallina. «Lo sanno tutti che tuo padre è un finocchio! Anzi, pare che ti abbia abbandonato per questo!».

Nel momento in cui sto per lanciarmi su di lui e cavargli gli occhi mi sento chiamare dall'altra parte del cortile. È Ariane. Corre verso di me con la sua salopette rossa.

«Olivier! Olivier!».

Mi immobilizzo, il cuore mi batte come un tamburo. Pronunciate da Ariane, le tre sillabe del mio nome mi fanno squagliare.

«Olivier!».

Arriva da me senza fiato, con le guance rosse e uno sguardo troppo intenso.

«Ti vuole il maestro. C'è qualcuno che ti cerca, vieni!».

Su quelle parole mi prende per mano, e la mia mano, che un attimo prima stava per spaccare il naso a Vincent e fracassare la mascella di Antoine, in quella di Ariane diventa docile e inoffensiva.

Corriamo insieme verso il portico, poi imbocchiamo il corridoio, ed è il più bel giorno della mia vita.

Nell'aula deserta trovo il maestro Besson che mi accoglie con un sorriso mesto. Sollevo le sopracciglia vedendo mia madre in piedi davanti alla lavagna. Che ci fa lì?

«Prendi le tue cose, Olivier. Torni a casa» dice il maestro.

«Come? Adesso?» mi stupisco.

«Sì, adesso» conferma lui.

«Si tratta di nonno» spiega mia madre.

«Charme?».

Annuisce. Ha gli occhi pieni di lacrime, e mi pare strano perché so che non le è mai stato simpatico. Del resto, da quando è all'ospizio siamo andati a trovarlo pochissimo. Stringo più forte la mano che Ariane ha lasciato nella mia e chiedo:

«È morto?».

«Stamattina» risponde mamma.

La mano di Ariane reagisce nella mia. Ho letto da qualche parte che la morte, per una strana alchimia, conferisce uno status a parte a chi ne è avvicinato, una specie di maestosità di cui penso subito di approfittare… Chissà che ad Ariane non venga voglia di darmi un bacio per consolarmi!

«L'ospizio ha avvertito tuo padre» aggiunge mamma. «Mi ha telefonato, arriverà dopodomani con il treno della sera».

A quel punto accuso il colpo. Mentre la morte di nonno mi lascia indifferente, il ritorno inaspettato di mio padre mi getta nel panico. Non lo vedo da cinque anni. Da cinque anni lo cerco attraverso i libri che mi ha lasciato, da André Gide a Louis Aragon, da Oscar Wilde a Georges Perec, libri tra i quali ho pure scoperto per caso la lettera di una certa Suzon in cui si parla di armi nascoste durante la Seconda guerra mondiale e della ferita che ha azzoppato nonno, della quale a quanto ho capito era stato accusato papà ingiustamente. Tutti quegli enigmi che ruotano intorno a lui me lo fanno sembrare finto come il personaggio di un romanzo.

Mi vengono in mente Antoine e Vincent che cinque minuti prima lo prendevano in giro. Hanno ragione? Mio padre si presenterà avvolto in una vestaglia rosa e truccato come una diva? Mi ronzano le orecchie, mi si annebbia la vista e una nausea acida mi sale dallo stomaco.

«Olivier?».

La voce di Ariane è l'ultima cosa che sento prima di vomitare nel cestino della carta straccia del maestro Besson.

Dopo una scena così non avrà mai più voglia di baciarmi! penso disperato.

Capitolo 55

La sera stessa mi viene la febbre a quaranta. Mamma e zia Simone si danno il cambio in camera mia. Innalzano intorno a me un muro di borse di ghiaccio che si sciolgono all'istante a contatto con il mio corpo bollente. Per tutta la notte mi ascoltano delirare, cantare, ridere e gridare. Allucinato, vedo muoversi le pareti e il soffitto della stanza. Allungo le mani come se volessi cogliere i fiori della carta da parati.

«Ce ne sono dappertutto, bisogna coglierli! Sentite quest'odore?».

E vomito.

La mattina, sfinite, mamma e zia fanno venire il dottore, che mi diagnostica una forte influenza e mi prescrive aspirina, cataplasmi e vari giorni di riposo. Così la sera successiva, quando mio padre arriva alla stazione di Sainte-Saverne e zia Simone va a prenderlo con la 304 per portarlo a Les Chaumes, io non lo vedo.

Imbottito di aspirina e canfora, sto dormendo.

Due giorni dopo, quando seppelliscono Charme Balaguère, sono ancora fuori combattimento, imbalsamato come un faraone nel sarcofago del mio letto.

Tocca a Francine rimanere con me mentre c'è il funerale. Mi perdo la predica ipocrita del parroco, in quella chiesa dove mio nonno non ha mai messo piede. Mi perdo la processione fino al cimitero. Mi perdo la bara nella fossa e i pettegolezzi dei parrocchiani che hanno molto da dire sulla nostra famiglia, perché corre voce che il defunto non sia morto di morte naturale. Dicono che il vecchio zoppo si sia impiccato nelle docce dell'ospizio.

«Impiccato! Santo cielo! Vi rendete conto?».

Dopo la sepoltura pare che mio padre sia venuto a sedersi sul bordo del letto, che mi abbia parlato, si sia preoccupato, mi abbia posato la mano sulla fronte, si sia dispiaciuto di non poter fare quattro chiacchiere con me. Io non mi ricordo niente. Dormo, dormo e dormo fino al momento in cui deve riprendere il treno per Parigi, dove il suo datore di lavoro lo aspetta in tipografia.

La mattina del quinto giorno, quando emergo dal limbo, pallido e debole come un neonato, trovo Francine addormentata in poltrona accanto al mio letto. Russa con la testa all'indietro, vinta dalla stanchezza. Tossicchio per svegliarla, e dopo un po' sbatte le palpebre dei suoi occhi bovini.

«Ah, Olivier, finalmente!» sorride.

Mi tasta la fronte, mi sente il polso, sospira: a quanto pare sono guarito.

«Mamma è in macelleria, Simone alla banda» mi spiega.

La banda è il nuovo capriccio di zia Simone, che si è messa in testa di imparare a suonare il basso tuba, anche se sospetto che frequenti la banda soprattutto per andare a letto con un paio di tizi degli ottoni.

«Ti sei perso tutto» racconta Francine, eccitata. «Se avessi visto tuo padre! Irriconoscibile! Vestito di nero, con un giubbotto di pelle, abbronzato, ti giuro, sembrava Belmondo, hai presente *Il poliziotto della brigata criminale*?».

Mi tornano subito in mente le immagini del film visto in televisione, Belmondo poliziotto virile e disinvolto che si cala da un elicottero con la pistola nella fondina, ovvero l'esatto contrario dei personaggi del *Vizietto*. Spero proprio che Antoine Pleutin e Vincent Grimond l'abbiano visto! Spero proprio che la sua classe li abbia fatti ammutolire!

«Ah, ti ha lasciato questo» aggiunge Francine dandomi un pacchetto.

Lo scarto. Sulla copertina bianca rigida leggo il nome di mio padre a piccoli caratteri di stampa e un titolo: *Il rovescio della medaglia, poesie.*

Sulla prima pagina, con una grafia stretta, c'è la dedica: "Olivier, probabilmente sei un po' giovane per scoprire il rovescio della medaglia. Quindi cresci in fretta, sii felice e perdonami di essere me. Aloe".

Oltre alla dedica ha lasciato tra le pagine una mappa della metropolitana di Parigi su cui ha cerchiato la stazione più vicina a casa sua, Anvers.

Combattuto tra l'orgoglio (mio padre ha scritto un libro!) e la rabbia (me ne frego del suo libro, l'unica cosa che sento è che mi manca!), chiudo la raccolta di poesie e la infilo sotto il cuscino.

«Be', non me lo fai vedere?» protesta Francine sbirciando verso il cuscino. «Cos'è?».

«No, niente, un libro».

Poi, stanco morto, mi riaddormento fino alla mattina dopo, quando finalmente trovo la forza di uscire da camera mia e scendere le scale su due gambe dimagrite.

In cucina, immerse nel fumo delle sigarette, mamma e zia Simone stanno sfogliando un enorme librone.

Mia madre mi accoglie con un gran sorriso.

«Ah, eccoti! Vieni a vedere! Mi sono fatta prestare questo catalogo di campioni al negozio di stoffe e colori di Sainte-Saverne» dice mentre Simone indica il grosso volume aperto davanti a loro. «Siediti qui, aiutaci a scegliere».

«Scegliere cosa?» domando, ancora insonnolito.

«La nuova carta da parati per camera tua. Non sai quanto hai delirato su quei fiori! È stato quello che ci ha fatto decidere».

«Sembrava che avessi fatto un *bad trip* con l'acido!» ride mia zia.

«Dopo quello che è successo» sospira mamma, «fare questi lavori ci servirà da distrazione. Francine ci aiuterà, ma dato che è periodo di vacanze darai una mano anche tu».

Intontito, vado a sedermi sulle ginocchia di zia Simone.

«Guarda questo a strisce arancioni» dice. «Carino, vero?».

«Io preferisco questo» dice mamma indicando onde verdi e blu. «Sembra il mare».

«Tu che ne dici, Olivier?».

Sotto i miei occhi i grandi motivi colorati ballano e si confondono. Impallidisco, e di colpo salto giù dalle ginocchia di Simone per correre in bagno.

Alle mie spalle sento mia madre chiedersi:

«Uhm, forse ci vuole qualcosa di più sobrio».

Così trascorriamo i giorni seguenti a tagliare e incollare alla parete strisce di carta liscia e marrone per ricoprire gradualmente quella messa da mio padre quattordici anni prima. L'unica fantasia grafica è un fregio un po' sopra il battiscopa in cui sono stampate piccole sagome di Zorro con la spada in pugno.

Lavoriamo sodo tutti e quattro. Alla fine, con le mani piene di colla, Francine fa qualche passo indietro per ammirare il risultato.

«Ecco fatto! Addio fiori!» esclama allegra. «Ora hai una vera camera da maschio!».

A quelle parole mia madre diventa pallidissima. Non fa in tempo a scendere dalla scaletta che scoppia a piangere. Simone si precipita da lei, non senza prima aver fulminato l'amica con lo sguardo.

«Complimenti, Francine!».

«Be', cos'ho detto?» fa lei.

Mia madre piange come una fontana e ancora una volta mi sento tenuto all'oscuro delle cose, sto lì mogio con il taglierino e il rotolo da incollare. Gli adulti sono così misteriosi… Dovrei avere altri strumenti per capirli. Capisco però che mamma non sta piangendo per la carta da parati, ma per ciò che quella carta rappresenta. Ha qualcosa a che fare con quella Veronica di cui nessuno parla mai?

Ripenso alla dedica di papà: "Cresci in fretta, Olivier"...

Ha ragione, è quello che farò, crescerò in fretta per poter lasciare la casa della mia infanzia come D'Artagnan, diventare un uomo e capire cosa c'è dietro i silenzi delle persone che mi circondano. Scoprire il rovescio della medaglia.

In autunno entro in collegio a Nevers.
Ormai cinque giorni su sette vivo chiuso lì dentro come un pesce in una vaschetta.

Ogni notte, in camerata, stringo i denti per sopportare altri venti bambini che tirano su col naso chiamando la mamma.

A quasi dieci anni sono terrorizzato quanto loro, certo, altrettanto perso, ma non lo faccio vedere, reprimo le lacrime. Mi sono dato un obiettivo per raggiungere il quale non devo avere cedimenti o debolezze: nel segreto del mio immaginario, Jean-Paul Belmondo mi aspetta a Parigi, alla stazione della metro Anvers, con un libro di poesie infilato nella fondina.

Per raggiungerlo ho solo una strategia da seguire: eccellere.

… Passano quattro anni …

Quattro anni
durante i quali certe cose rimangono:
a Berlino, il muro
in Vaticano, il papa
in Libano, la guerra
in Inghilterra, la regina
nei territori israelo-palestinesi, il conflitto
in Sudafrica, l'apartheid
al telefono, il silenzio di mio padre
e nel mio cuore un fremito ogni volta che incontro Ariane a Sainte-Saverne.

Viceversa altre cose cambiano.

Nel 1981, con l'elezione di François Mitterrand, la Francia entra in una nuova era. Viene abolita la pena di morte. L'omosessualità smette di essere un reato.

Le radio libere sono autorizzate a trasmettere legalmente in modulazione di frequenza.

Mentre fino a pochi anni prima l'aborto era vietato (come sai, zia Simone ha rischiato di lasciarci la pelle), ormai la sanità pubblica garantisce l'interruzione volontaria di gravidanza.

Le ore di lavoro passano da quaranta a trentanove, i lavoratori hanno diritto a una quinta settimana di ferie pagate e alla pensione a sessant'anni.

Rivedo ancora mamma e zia Simone, nel maggio del 1981,

abbracciarsi davanti alla televisione quando annunciano che il loro candidato è stato eletto, tanto più orgogliose in quanto Mitterrand è un deputato di qui, del Morvan.

Sono felici.

«Nel 2000» dice mia madre, che quella sera è un po' brilla, «non ci sarà più la fame, non ci saranno più malattie, avremo automobili volanti e la pace regnerà sulla terra».

Crede al progresso, e io ci credo con lei.

Al telegiornale guardo affascinato il primo treno ad alta velocità, il TGV arancione, che sfreccia tra Parigi e Lione con punte di trecento chilometri all'ora.

Il futuro è lì, nella fluidità, nella velocità. E nella cancellazione delle campagne, che diventano paesaggi sfocati e anonimi tra una grande città e l'altra.

Nello stesso periodo ci sono manifestazioni, sommosse, scioperi.

A Varsavia contro il regime comunista, in Gran Bretagna contro il regime ultraliberale di Margaret Thatcher.

Di quando in quando ci sono attentati con le bombe: alla stazione di Bologna, a Beirut, all'aeroporto di Orly o in Corsica, il che non impedisce che la gente vada al cinema a vedere *E.T.* o *L'Impero colpisce ancora*.

Nello stesso periodo Bob Marley muore di cancro a trentasei anni e Romy Schneider di tristezza a quarantatré.

Nello stesso periodo il divorzio diventa legale nella cattolicissima Spagna.

Nello stesso periodo ci sono maree nere in Bretagna. La televisione mostra uccelli ricoperti di catrame e coste inquinate da grumi di idrocarburi, e tutti si dispiacciono pur continuando a buttare le cartacce per terra, perché la realtà continua a fare un passo avanti e tre indietro.

Nei bar i giovani si sfidano ai videogiochi a gettoni su apparecchi grossi come flipper, ascoltano Michael Jackson e i Police e masticano gomme americane Hollywood.

Tutti hanno in camera il poster di Fuga di mezzanotte, *compresa Ariane, a casa della quale trascorrerò interi sabati senza mai avere il coraggio di toccarle la mano.*

In quei quattro anni, lontano dalle agitazioni, leggo centonovantatré libri (ho la lista a tua disposizione, Saule), imparo il tedesco, il latino e rudimenti di greco antico, continuo a giocare a pallone e cresco di trentacinque centimetri.

Giugno 1983

Capitolo 56
Olivier

Seduto in fondo allo scuolabus che mi riporta in paese guardo sfilare le colline rotonde, i campi quadrati, i campanili triangolari e il mosaico di pascoli con le mucche, immobili come se fossero un modellino realizzato dalla mano di un bambino. Ecco a cosa somiglia la mia campagna, penso, a un'eternità fissa, a un disegno, al concetto di se stessa. Presto compirò quattordici anni e sono impaziente di vivere. Qui non si vive, si aspetta, ci si annoia! Oppure si spera in qualcosa, che piova, che non piova, che non faccia né troppo freddo né troppo caldo, che la terra produca. E poi? È questa, la vita? Non credo proprio. Ho altre idee in testa, grandi idee! E da un'ora, ripiegato nel libretto scuola-famiglia, ho il passaporto per la mia nuova vita.

L'autobus fa la fermata a Sainte-Saverne e mi balza il cuore in petto quando vedo l'amata silhouette di Ariane seduta a un tavolino esterno del Café de la Gare. Da un pezzo ha abbandonato la salopette rossa per passare a jeans e maglietta, come tutti, ma la riconosco sempre tra mille. Prendo lo zaino e scendo di corsa. Se c'è una persona a cui ho voglia di annunciare la notizia, è lei.

«Olivier!» sorride Ariane vedendomi arrivare.

Mi è sempre piaciuto il modo in cui pronuncia il mio nome, nella sua bocca perde la banalità e riacquista la sua maestosità arborea[1].

[1] Olivier in francese significa "ulivo" .

È insieme alla madre e a Sido, la sorella piccola, davanti a un bicchiere di granatina. Dal tempo delle elementari anche Ariane è cresciuta, e non solo in altezza. È più grande dappertutto, sui fianchi, sulle gambe, sul petto, un'esplosione che mi rende pazzo di desiderio e preoccupazione.

«Siediti con noi» dice.

«Oggi fa un caldo... Vuoi una granatina?» mi propone la madre, persona che adoro.

Dico di sì.

«Bene, così brindiamo!» dichiara Ariane. «Abbiamo un sacco di cose da dirti!».

«Non sai io» rispondo.

Mi guarda con un'intensità che mi intimidisce. Da quando ci frequentiamo, un po' ogni weekend e un po' durante le vacanze, non ho mai osato baciarla, ma ci ho parlato molto, in particolare del mio progetto di eccellere, che mi ha subito spronato a perseguire.

«Aspetta» dice strizzando gli occhi. «Vuoi dire che hai avuto la risposta? Quella risposta?».

Annuisco e indico lo zaino. Ariane si porta le mani alla bocca.

«Ti hanno ammesso, Olivier? Ti hanno ammesso a Parigi?».

Di colpo frastornato, non riesco ad articolare parola. Da quattro anni lavoro per raggiungere quell'obiettivo, da quattro anni punto a una media superiore all'otto, da quattro anni tampino i professori perché mi aiutino a riuscirci, e sono mesi che con la complicità della prof coordinatrice di classe scrivo lettere al rettorato e a tutti i dipartimenti o sotto-dipartimenti del ministero dell'Istruzione per ricevere finalmente la lettera del grande liceo parigino che mi apre le sue porte a partire dal prossimo anno scolastico.

«Fantastico!» esclama Ariane saltandomi al collo.

Cerco di calmare le palpitazioni che mi fanno tremare dall'interno. Fatica sprecata, è come se i miei organi assumessero la consistenza di una *jelly* inglese. Prego perché tutto ciò non degeneri dato che, da quando ho vomitato nel cestino del maestro Besson, ogni volta che provo un'emozione è la stessa storia, mi si rivolta lo stomaco e non controllo più niente.

Ariane, maliziosa, si gira verso la madre.

«Glielo diciamo?».

«Uff» sospira la sorellina, che non sembra affatto contenta della novità.

«Vai!» la incoraggia la madre.

«Andiamo anche noi a Parigi!» annuncia Ariane raggiante. «Papà è stato trasferito! Traslochiamo, avremo un appartamento di rappresentanza grandissimo e bellissimo!».

Resto a bocca aperta davanti alla granatina appena arrivata, mentre Sidonie protesta che dovrà lasciare le sue amiche e non è giusto.

«La notizia è arrivata ieri, mio marito è stato promosso» mi spiega la madre di Ariane. «È un'opportunità straordinaria! Abiteremo a boulevard Saint-Germain, verrai a trovarci?».

«Ehm...».

«Certo che verrai!» decreta Ariane.

E in quel momento, sotto il tavolino del Café de la Gare, sento le sue dita prendere la mia mano e stringerla nella sua. È come nel *Rosso e il nero* che ho letto quest'inverno, quando Julien Sorel osa prendere la mano di Madame de Rênal nell'ombra del giardino. Un momento rubato, una delizia dei sensi che mi sconvolge e mi inchioda alla sedia.

«Tu dove abiterai?» mi domanda la madre.

Non so neanche più dove abito adesso, ma scambiando i miei desideri per realtà, e benché non abbia notizie di Aloe da mille anni, rispondo:

«A casa di mio padre, vicino alla stazione della metro Anvers».

Poi, non essendo purtroppo un personaggio di Stendhal, devo precipitarmi nella toilette del caffè a vomitare la granatina.

Parigi, primo settembre 1983

Capitolo 57
Aloe

«Avresti potuto dirmelo prima!» grugnisce Karl davanti al caffè e al bicchiere di whisky che costituiscono la sua colazione. «Quanto resta?».

Imbarazzato, Aloe fa un'alzata di spalle. Ostenta distacco, ma in realtà non ci dorme da quando ha parlato al telefono con Christiane due settimane prima.

«Non saprei» risponde. «Un paio di mesi, forse. Il tempo di trovare un'altra sistemazione».

«Mmm» si acciglia Karl. «Davvero non ha dove altro appoggiarsi, a Parigi? Voglio dire, un posto più adatto a un ragazzo… Hai visto il casino che c'è qui? Dove lo ficchiamo?».

«Pensavo che potremmo mettergli un materasso nel tuo studio… Temporaneamente, s'intende».

Karl sospira. Poi gli viene uno dei suoi impressionanti attacchi di tosse che preoccupano Aloe e di cui Karl se ne infischia. Dopo aver ripreso fiato domanda:

«Lo sa che siamo froci, il tuo figlioccio? No, perché immagino che un ragazzino di provincia ammesso all'Henri-IV sia perbene come un santino, povero cocco. Non andrà a lamentarsi dai genitori se ci vede nudi? Per non parlare del resto…».

«No no, non ci saranno problemi» lo rassicura Aloe. «La madre è di mente molto aperta».

«E il padre?».

Vergognandosi come un ladro dentro di sé, Aloe risponde:

«Il padre è morto».

«Ah vabbè, faccenda sistemata» dice Karl.

«Vuoi dire che va bene? Lo ospitiamo?».

«Visto che ci tieni così tanto a fare il bravo padrino…».

Karl sorride, svuota d'un fiato il bicchiere di whisky e si accende una sigaretta, discorso chiuso. Aloe respira. Sciacqua la sua ciotola, bacia Karl sulla fronte e dice che va alla radio.

«Buona trasmissione, amore. Ricordati che stasera c'è il vernissage di Jérôme. Ci vediamo in galleria?».

«Certo».

«Allora mi rimetto un po' a letto per essere in forma stasera».

«È vero che hai un faccino…» sorride Aloe.

«È questa maledetta influenza che mi stronca» dice Karl. «Passerà, prima o poi».

«Senz'altro, ma forse…».

«Forse cosa?».

«No, niente. Riposati».

Karl ha dieci anni meno di Aloe, il che non impedisce che anche lui invecchi. Certe volte Aloe si preoccupa per la sua salute e, en passant, per la propria. Da un po' di tempo girano voci su una malattia sconosciuta che colpisce soprattutto gli omosessuali maschi, una specie di "cancro gay" che sta guadagnando terreno. Riviste mediche hanno segnalato casi negli Stati Uniti, in Europa, a Haiti e in Africa, ma non si sa esattamente di cosa si tratti. Quando Aloe ha provato a parlargliene, Karl si è arrabbiato: «Ma ti pare? Dopo anni di lotta gli omosessuali ottengono finalmente qualche diritto, la società comincia finalmente a cambiare e badabang! Cos'è, un castigo divino che cade dal cielo? Ferma la biga, Ben Hur, io non ci sto!».

Fine del discorso.

Aloe attraversa l'ampio salotto pieno di posaceneri traboccanti, vestiti sporchi o puliti e bottiglie vuote pensando che sarebbe il caso di assumere una nuova donna di servizio prima dell'arrivo di Olivier. Karl ha licenziato la precedente dopo la scomparsa di un'opera d'arte che teneva nello studio. Opere, ne aveva abbastanza da mettere insieme un patrimonio, così ha preferito accusare la donna delle pulizie anziché uno degli amici di amici che nelle serate di festa vanno a fare baldoria da lui. Da allora l'appartamento di rue Verneuil sembra un porcile.

Chiude rumorosamente la porta, scende le scale e come ogni giorno percorre la via al contrario, passa davanti alla casa di Serge Gainsbourg e continua verso la stazione della metro Saint-Germain-des-Prés. Ormai gli pare quasi lontana l'epoca in cui lavorava in tipografia e trascinava la propria disperazione dalle parti di Pigalle. La sua vita è cambiata completamente da quando ha conosciuto Karl! Non c'è da stupirsi che Christiane abbia sputato sangue per rintracciarlo, ma di telefonata ostinata in telefonata ostinata ha finito per risalire la pista fino a Fréquence Pink.

«Lavori per questa radio, allora?».

«Come tecnico, sì. Per il momento da volontario, ma sto imparando il mestiere. Spero presto di condurre una notturna».

«Bene» ha commentato Christiane. «A parte questo ti ricordi che hai un figlio?».

«Christiane...».

«Non ti rimprovero niente, Aloe, ognuno fa quello che può, ma Olivier è cresciuto e adesso ha bisogno di te. Io ho fatto la mia parte, è arrivato il momento che tu mi dia il cambio e ti assuma le tue responsabilità di padre».

L'ha informato della tenacia dimostrata dal figlio alle medie, della risposta del liceo parigino, della necessità che abbia un alloggio nella capitale.

«Sai, io vivo a casa del mio amico Karl» le ha spiegato Aloe. «Non sono sicuro che lui...».

«Com'è casa sua? Piccola?».

«No... cioè...».

«Questo Karl ti ama?» ha voluto sapere Christiane.

La domanda, tanto diretta, ha colto Aloe alla sprovvista. Ama talmente tanta gente, Karl! Insomma, è l'incarnazione dell'amore!

«Allora capirà che stai ospitando tuo figlio» ha tagliato corto Christiane. «Olivier comincia il liceo il 5 settembre, lo metterò sul treno il 4. Se non puoi andare ad aspettarlo alla gare d'Austerlitz dammi l'indirizzo e si arrangerà per venire da te».

Aloe è tentato di sottrarsi, di dire che la faccenda è più complicata di così, ma ciò avrebbe comportato rivelare a Christiane i particolari della sua vita dissoluta. D'altro canto, come annunciare a Karl che ha un figlio quasi quattordicenne di cui non gli ha mai parlato?

Da quando si conoscono Aloe non gli ha detto quasi niente della sua vita di prima e, se solleva il velo, teme le peggiori conseguenze: Karl si offenderà terribilmente, non si fiderà più di lui, lo lascerà, lo metterà alla porta, gli taglierà i viveri! Non ci può pensare.

Seduto nel vagone della metro che lo porta sulla riva destra, Aloe osserva il proprio riflesso nel finestrino. Presto sarà un quarantacinquenne e, logorato dagli eccessi degli ultimi anni, si sente stanco, molto stanco.

Parigi, 4 settembre 1983

Capitolo 58
Olivier

C'è sempre una discrepanza tra quello che abbiamo immaginato e quello che succede. Quel giorno, quindi, non trovo Jean-Paul Belmondo ad aspettarmi alla stazione della metro Anvers con un libro di poesie nella fondina, bensì mio padre, uno sconosciuto in maglione screziato e jeans scoloriti, alla gare d'Austerlitz.

«Ciao» dice.

«Ciao» dico.

Ci guardiamo, ognuno cercando nell'altro una rassomiglianza, un punto in comune. Ha perso un bel po' di capelli. Lo trovo invecchiato, ma mi piacciono i suoi occhi.

«È la tua valigia?» chiede indicando la mia valigia.

Rispondo di sì. Guardiamo l'oggetto in similpelle pieno zeppo di vestiti ben stirati (di cui presto mi vergognerò) e libri già letti che mi porto dietro. Non so chi di noi si senta più idiota.

«Prendiamo un caffè?» propone per rompere il ghiaccio.

Non bevo mai caffè, ma dico di sì per fargli piacere.

Prende la valigia e andiamo a sederci al bar di fronte alla stazione.

«Mamma sta bene?».

Annuisco. Non oso raccontargli che stamattina, al momento degli addii sulla banchina della stazione di Nevers, a piangere non era soltanto Christiane, ma anche Simone e Francine. Tre madri al prezzo di una e un padre in omaggio, tanta roba per una sola giornata, senza contare il treno che ho preso da solo per la prima volta in vita mia e quella città immensa con il suo traffico rumoroso, il suo cielo grigio e il suo strano odore. Per quanto abbia letto nei romanzi di Flaubert e Balzac dell'arrivo a Parigi di Frédéric Moreau o Lucien de Rubempré, piccoli provinciali come me, mi sento come loro, come un topolino uscito dal proprio buco.

«Bene, ascolta» dice mio padre. «Dobbiamo metterci d'accordo su una cosa importante, io e te». Giocherella nervoso con la bustina dello zucchero rimasta attaccata alla tazza, poi del tutto a sorpresa domanda: «Hai letto le mie poesie?».

Il rovescio della medaglia, Dio mio. Da anni non so cosa fare di quel libro. Alla fine l'ho abbandonato su uno scaffale alto.

«Sì, un po'... Non tutte, qualcuna» rispondo un po' imbarazzato.

«Tranquillo, non ti sto chiedendo un giudizio letterario» sorride. «So che le mie poesie sono piuttosto mediocri. Era solo per sapere... se hai capito chi sono».

In quel momento, è più forte di me, mi tornano in mente Antoine Pleutin e Vincent Grimond, i due imbecilli, che mi pigliavano in giro nel cortile delle elementari, e la mia voglia di prenderli a pugni.

«So che vivi con un altro uomo, mamma me l'ha spiegato» dico. «Va bene, non mi disturba».

Mi guarda con sollievo.

«Ottimo, ottimo».

Poi mi scodella la storiellina che si è preparato, mi giura che è felice di potermi essere utile, non c'è problema, ma devo sapere che il suo amico Karl non è al corrente che... Cioè, è difficile, il fatto è... Ascolto con attenzione aggrottando le sopracciglia. Si impappina. Si riprende. Dice che ha mollato il lavoro in tipografia per fare il giornalista alla radio, ma che per il momento sta solo collaborando volontariamente, non viene pagato. Insomma, capisco che senza quel Karl (che dal canto suo è pieno di soldi) sarebbe in mezzo a una strada. Così, per evitare di smuovere le acque, mi chiede un piacere.

«Non dire a nessuno che sei mio figlio, Olivier. Qui sarai il mio figlioccio, solo il mio figlioccio che ospito per un po', d'accordo?».

Sbalordito, in un primo momento non reagisco. Mio padre guarda il fondo della tazza, poi alza gli occhi, allarmato dal mio silenzio.

«Hai capito, Olivier? Non è per te, è che non ho mai detto a Karl e a nessun altro che sei…».

«Ho capito» rispondo.

«Inoltre per te sarà più comodo, perché sai, il mio modo di essere, la gente che frequento, non sono proprio… Insomma, per il liceo e i compagni è meglio che sia il tuo padrino».

«Okay».

«Non sei arrabbiato, vero?».

«No no».

«Ottimo» sospira di nuovo. «Avevo paura che la prendessi male». Poi guarda l'orologio. «Uh, il tempo vola. Andiamo? Io devo lavorare, stasera!».

E così vado ad abitare a casa di Karl Baumann, in rue de Verneuil, reggendo il gioco della pietosa bugia di mio padre. Cioè scusa, del mio padrino.

Fierissimo, mi fa vedere che ha passato l'aspirapolvere nella stanza molto ingombra che funge da magazzino per la galleria d'arte di Karl e in cui ha ricavato un angolo per me consistente in un materasso posato a terra e una pila di scatole di cartone come scrivania.

«Va bene?» mi domanda.

«Sì sì, tranquillo».

«Ottimo, ottimo».

Di sera Karl e Aloe non ci sono quasi mai, o lavorano o escono con gli amici, quindi devo farmi da mangiare da solo, scatolette di conserva, pasta in bianco, mi arrangio. Se per caso sono a casa, è perché hanno improvvisato una festicciola, il che significa musica fino alle cinque del mattino. Se mi dà noia, non devo fare altro che mettere la testa sotto il cuscino.

Va bene?

Sì sì, tranquillo.

Ottimo, ottimo.

Il giorno dopo non devo stupirmi di veder transitare in cucina uomini e donne completamente nudi, anche quando certe donne hanno attributi maschili e viceversa. Neanche devo stupirmi di trovare sui tavolini tracce di polvere bianca e sacchetti d'erba, così come non devo fare domande sugli attrezzi che vedo in bagno.

Né devo storcere il naso quando Karl si versa un whisky alle otto del mattino.

Lo stesso quando tossisce o si contorce dal dolore sul cesso.

Mio padre (scusa, il mio padrino) mi ha spiegato che, se non volevo passare per un ingenuo provinciale, dovevo mantenere un'aria distaccata e vissuta in ogni circostanza. È il prezzo da pagare per mimetizzarmi nell'ambiente e sperare di prolungare la mia permanenza lì.

Va bene?

Sì sì, tranquillo.

Ottimo, ottimo.

Venti minuti di autobus separano rue de Verneuil dal liceo.

Ogni mattina in venti minuti cambio pianeta.

Va bene?

Sì sì. Mi adatto.

Sono un camaleonte.

Arrivo sempre puntuale, entro a scuola e, tipo monaco, faccio voto di ubbidienza alle regole della comunità.

Studio parecchio, sono riservato e educato, consegno i compiti in tempo, sfoggio la mia cultura generale, mi interesso di attualità culturale, di politica e di come va il mondo.

In quei primi anni Ottanta c'è la crisi.

Già prima la Francia non aveva petrolio, ormai pare che abbia finito i soldi e le rimanga poco carbone. Fine delle prospettive di progresso, il momento chiama all'austerità, bisogna tirare la cinghia. L'inflazione arriva al quattordici percento, le miniere licenziano, la disoccupazione dilaga. Nel Nord, in Lorena, i lavoratori marocchini assunti negli anni del benessere vengono incitati a tornare a casa loro, solo che nel frattempo quasi tutti sono riusciti a far venire moglie e figli, e altri figli sono nati qui, vanno a scuola e parlano francese come me e te. Quindi dov'è casa loro?

La guerra fredda continua a dividere il pianeta in due schieramenti. I rapporti tra i paesi della NATO *e il blocco sovietico, che si erano un po' distesi, si deteriorano di nuovo, e la corsa agli armamenti nucleari ricomincia. Da una parte i missili sovietici SS-20 puntati verso l'Europa occidentale, dall'altra il presidente Ronald Reagan che definisce l'*URSS *"l'impero del male" e, per rappresaglia, intende disseminare l'Europa occidentale di missili Pershing di nuova generazione.*

Si svolgono manifestazioni per la pace. Più di un milione di persone sfilano in Germania, centinaia di migliaia in Olanda, in Belgio e in Gran Bretagna.

In Francia, Mitterrand dichiara che "a Ovest ci sono i pacifisti, ma a Est ci sono i missili" e che "solo l'equilibrio delle forze può garantire buoni rapporti".

Finisce che i manifestanti non vengono ascoltati e gli americani posizionano i loro missili, di conseguenza i sovietici aumentano il numero degli SS-20 e noi ci ritroviamo sull'orlo della guerra atomica.

Mentre Boy George e i Culture Club cantano War, war is stupid and people are stupid*, una guerra civile dilania lo Sri Lanka, novecento chili di esplosivo spazzano via l'ambasciata americana a Beirut e, dopo aver invaso l'Afghanistan, le truppe sovietiche si perdono nelle montagne dell'Hindu Kush come gli americani nella giungla del Vietnam.*

*Nel frattempo un team di ricercatori dell'istituto Pasteur individua il retrovirus all'origine della sindrome da immunodeficienza acquisita (*AIDS*), e tutti vanno al cinema a vedere* Il ritorno dello Jedi *e* Gremlins.

Al liceo mi sento un estraneo.

Non mi vesto come gli altri, non parlo con la stessa disinvoltura, non vado in vacanza in Costa Azzurra e la mia famiglia è diversa da tutte le altre.

A casa di Karl mi sento solo.

A Parigi, nella metropolitana, nella mia testa, mi sento solo.

Eppure neanche per un attimo ho la tentazione di tornare in campagna.

Faccio l'esperienza terrificante di non sentirmi a casa mia da nessuna parte.

Quando mamma telefona mi chiede se sto bene.

Rispondo di sì, che sto bene.

Ottimo, ottimo, sospira lei.

Quell'anno l'unica cosa che mi salva sono i momenti che trascorro a casa di Ariane a boulevard Saint-Germain.

1984

Capitolo 59
Olivier

Ariane non aveva esagerato, l'appartamento di rappresentanza assegnato alla sua famiglia da quando il padre è stato nominato al Consiglio di Stato è decisamente immenso, pieno di corridoi, angoli nascosti, porte che si aprono su altri corridoi e misteriose scale di servizio.

«Si rischia di perdersi» dice sempre la madre quando arrivo. «Ariane è in camera sua, ci sai arrivare?».

«Sì, signora Fournier, grazie».

«Per piacere, Olivier, chiamami Madeleine, ti conosco da una vita! Vai, su. E stasera resti a cena, eh? Ho fatto lasagne per un reggimento!» (o, a seconda delle volte, cavolfiore al gratin, lenticchie e pancetta…).

«Be', se è così… va bene, volentieri».

«Te l'ho già detto, Olivier, qui sei a casa tua».

«Grazie, signo… Madeleine».

Nel tempo che raggiungo camera di Ariane spunta Sidonie e mi si attacca alle costole come limatura di ferro su una calamita.

«Ah no!» ringhia Ariane vedendo la sorellina dietro di me. «Tu hai camera tua e io camera mia! Fuori!».

«Ma mi annoio» protesta Sido. «Posso restare un po' con voi? Solo un po', per piacere!».

Intercedo in suo favore mentre Ariane si accinge a tirarle una pedata che la spedirebbe alle isole Figi.

«Dài, se non scoccia può restare un po'».

Ariane strabuzza gli occhi come in un cartone animato di

Tex Avery, mugugna, sospira e alla fine cede. So che preferirebbe l'intimità, avermi solo per sé, e io ovviamente non ho niente in contrario… ma in realtà mi piace trovare lì quello che non ho mai avuto altrove.

Faccio l'occhiolino a Sido, che subito domanda:

«A che giochiamo?».

«Cluedo?» propongo consultando Ariane con lo sguardo.

«Okay, ma solo una partita. E dopo sgomma».

Alla fine ne facciamo due, seduti in cerchio sul parquet a spina di pesce mentre Stevie Wonder canta *I Just Called to Say I Love You*, sempre che non siano i Soft Cell con il loro martellante *Tainted Love* di cui Ariane conosce le parole a memoria, e per qualche minuto, lontano dalle eccentricità di rue de Verneuil, provo la sensazione deliziosa di avere una vita normale. Soprattutto nel momento culminante, sempre poco prima delle otto, quando Madeleine Fournier lancia il suo grido di guerra.

«Ragazzi, a tavola!».

La cucina mi fa l'effetto di un'oasi di pace con il pavimento a scacchi bianchi e neri, il tavolo apparecchiato per cinque, la presenza a capotavola del signor Fournier tornato dal lavoro, la condensa sulle finestre, la pentola fumante sul fornello e quello stile di vita che sembra la pubblicità del purè Mousline.

«Come va al liceo?» mi chiede spesso il padre di Ariane. «Te la cavi in matematica?».

Il signor Fournier sa che è il mio punto debole, a differenza di francese e storia e geografia. Ha un modo di interessarsi a me che mi fa venire voglia di essere all'altezza, ma purtroppo la media degli ultimi voti non è tanto brillante. Lui mi incoraggia ugualmente.

«Sai, Olivier, un sei all'Henri-IV equivale a un otto in un'altra scuola!».

Mi chiede anche cosa penso di fare dopo, una volta presa la maturità, cosa che né Aloe né Karl mi chiedono mai. Del resto non mi fanno nessuna domanda. E neppure mia madre, per la quale i miei studi e la mia vita a Parigi sono un enigma.

«Potresti prendere giurisprudenza» mi consiglia il signor Fournier.

«Olivier non vuole fare legge, papà» sospira Ariane.

«Ah no? E cosa vuole fare secondo te?».

Ariane fa spallucce e mi sorride.

«Non lo so, una cosa più… divertente!».

Sarei pronto a tutto per piacere ad Ariane, e lei lo sa.

«Chitarrista in un gruppo rock!» propone.

Il padre si appoggia allo schienale e si allenta la cravatta.

«Suoni la chitarra, Olivier?».

«Non proprio, signore».

Sorride.

«Ti prego, chiamami Pierre. Non proprio vuol dire per niente?».

«Esatto».

E Pierre scoppia in un'allegra risata.

Un sabato pomeriggio di primavera sono seduto come al solito sul parquet a spina ungherese di camera di Ariane mentre lei cerca un disco da mettere sul piatto. Nessuna traccia di Sido nei paraggi. La piccola si è fatta nuove amiche ed è stata invitata a un compleanno.

«Ho comprato l'ultimo dei Téléphone, ti va?».

Posa la puntina sul disco, viene a sedersi accanto a me, prende una sigaretta e me ne offre una. Ascoltiamo *Un autre monde* a occhi chiusi. La sua gamba è talmente vicina alla mia che ho l'impressione di sentire la grana della sua pelle attraverso la stoffa dei miei jeans. Mentre il cantante sogna un'altra terra Ariane batte il tempo, la imito, le nostre mani si sfiorano, il mio cuore impazzisce. Quante volte ho fantasticato del momento in cui le nostre labbra si sarebbero finalmente toccate! È arrivato? È adesso?

«Aspetta, ho una cosa migliore!» dice alzandosi di scatto con aria decisa.

Come se mi avesse letto nel pensiero, toglie i Téléphone per mettere l'irresistibile lento degli Scorpions che veleggia in cima alla hit parade e, con un sorriso altrettanto irresistibile, mi invita a ballare.

Spengo la sigaretta. La chitarra elettrica attacca gli accordi dell'intro. Le gambe mi sorreggono a stento.

Eppure un secondo dopo sono in piedi davanti a lei. Sono più alto di trenta centimetri, ma quanto ad audacia è lei a dominare, come sempre. Solleva il braccio, mi prende la nuca e accosta il seno rotondo al mio torace, tanto che quando il cantante attacca *Time, it needs time* ho già le mani sui suoi fianchi, volteggiamo in calzini stretti l'uno all'altra e più niente esiste.

La chitarra si distorce nell'assolo. Vado al ritmo di un respiro al minuto, seguendo la canzone come uno che stia camminando sott'acqua. *I'm still loving you, I'm still loving you*, e Ariane alza il viso verso il mio mentre io lo abbasso, ed è molto più pazzesco che nei miei sogni, molto più pazzesco del bacio tra Solal e un'altra Ariane (quella di *Bella del Signore*, che ho letto il mese scorso), perché questo è reale, è la mia realtà, sto finalmente baciando Ariane Fournier.

Nel silenzio che segue la fine della canzone né io né lei sappiamo bene cosa fare, così restiamo abbracciati, immobili al centro della stanza, con il timore di distruggere qualcosa con un gesto o una parola fuori posto.

Il disco gira a vuoto sul piatto, sentiamo le macchine passare sul boulevard. Riapro gli occhi. Ariane mi sorride, io le sorrido. Ci baciamo di nuovo, ancora di più, ancora e ancora, meravigliati.

Durante le settimane e i mesi che seguono non faccio altro che abbracciare e baciare Ariane ascoltando dischi e fumando sigarette, almeno così mi pare.

In realtà devo avere anche studiato un po', perché a fine anno vengo promosso (per un pelo) e prendo l'indirizzo letterario, il meno scelto, mentre Ariane viene accettata in un altro liceo.

Pur non avendo mai raccontato in dettaglio la mia vita a casa di Karl, i genitori di Ariane hanno capito che mi trovavo meglio da loro. Fra noi si stabilisce un patto tacito: loro si fanno carico della mia salute affettiva, del mio equilibrio mentale e mi seguono negli studi, in cambio io divento in qualche modo un figlio, il maschio che non hanno avuto.

Tre notti alla settimana dormo in una camera per gli ospiti del vasto appartamento, o meglio, faccio finta di mettermi a dormire, ma in realtà aspetto che la casa sia immersa nel silenzio per andare a passi felpati in camera di Ariane.

E tre notti alla settimana, come nella canzone degli Indochine che in questo periodo trasmettono sempre, sto con lei.

La mattina, a colazione, ognuno fa finta di niente. Finché i miei voti migliorano (e migliorano), finché quelli di Ariane restano buoni (sono eccellenti), finché faccio i complimenti a Madeleine per le polpette o gli involtini (li divoro) e finché la domenica sera mi siedo buono buono accanto a Pierre per guardare in televisione il programma di attualità 7 sur 7, *nessuno fa commenti su quel che succede di notte tra me e Ariane.*

Solo Sidonie ci segnala che ha capito tutto quando, con aria innocente, ci domanda se abbiamo dormito bene, cosa che immancabilmente mi fa diventare rosso come un peperone e fa scoppiare lei a ridere nella tazza di cioccolata.

Le sere in cui torno a rue de Verneuil mi capita di incontrare Aloe tra una festa e l'altra, tra una sbronza e l'altra o tra una notte passata alla radio e l'altra. Scambiamo qualche parola, ma i suoi sforzi per interessarsi a me, più che farmi piacere, mi imbarazzano. Ogni tanto mi dice che ha telefonato Christiane e che aspetta che la richiami.

La voce di mia madre nella cornetta sembra provenire da un'epoca remota. Mi parla della fattoria che sta andando in rovina, del tal vecchio che è defunto nel tal villaggio, della drogheria del paese che sta chiudendo, di Simone che ha finalmente conosciuto un tizio con cui conta di andare a vivere (e magari sposarsi) e dei nonni Beugnot che avrebbero piacere di ricevere una mia lettera.

Prometto di scrivere ai nonni.

Non lo faccio.

«Ah, sei ancora qui, tu?» mi dice Karl quando per caso mi imbatto in lui uscendo dalla cucina o dal bagno.

Non è un rimprovero, solo un genuino stupore.

Mi rendo conto che quell'uomo non abita più totalmente sulla terra.

Così procede la nostra strana convivenza, fino a quel giorno di marzo del 1985 in cui le cose prendono improvvisamente un'altra piega.

Marzo 1985

Capitolo 60
Olivier

Sono appena tornato da scuola, oppresso in anticipo dalla quantità di compiti che ci hanno dato.

Quel giorno Biguet, il professore di storia e geografia, appassionato degli sviluppi della guerra fredda, ha improvvisato una lezione su Michail Gorbačëv. Ancora giovane, e con una curiosa voglia di vino sulla fronte, l'uomo ha sostituito l'arcigno Černenko alla guida del Partito comunista sovietico. Secondo il prof si tratta di un cambiamento radicale che ne innescherà altri, il mondo sta per entrare in una nuova era, e per farci capire bene la posta in gioco ha programmato un compito in classe per l'indomani, senza tenere conto dei compiti di francese che dobbiamo consegnare lo stesso giorno. La classe ha protestato, ma lui non ha voluto sentire ragioni, perciò prevedo di ingurgitare un litro di caffè e un intero barattolo di crema spalmabile per affrontare una notte di studio. Cambio idea vedendo Karl raggomitolato sul divano in mezzo a una palude di cicche, kleenex e bottiglie mezze vuote. Una persona sta piangendo davanti a me, e mi sembra più urgente delle relazioni internazionali e dell'opera di Maupassant.

Faccio un passo in salotto e stupidamente chiedo:

«C'è qualcosa che non va?».

Karl sobbalza e mi guarda spaventato, poi apre la bocca, contrae le labbra ed esclama:

«Sto per morire!».

Il suo grido mi colpisce. Lascio cadere lo zaino ai piedi del divano. I vapori di whisky rovesciato mi fanno girare la testa.

«Sto per morire!» ripete Karl. «Ho trentasei anni e sto per morire! *Scheisse!*[1]».

Non serve aver scelto tedesco come prima lingua straniera per capire cosa voglia dire.

Mentre il suo corpo magro è scosso dai singhiozzi resto immobile, spiazzato dalla violenza dell'emozione. In diciotto mesi che sto lì ho visto Karl solo nei panni del suo eccentrico e sfavillante personaggio. Anche quando va in giro nudo davanti a tutti sembra un attore sul palcoscenico, interpreta sempre un ruolo. In quel momento però, decentemente vestito in pantaloni e golf di cachemire, mi appare nella sua autentica nudità.

Senza starci a pensare mi siedo accanto a lui e lo abbraccio.

«*Ich will nicht sterben... Ich will nicht...*»[2].

A neppure sedici anni, cerco di consolare quella pena inconsolabile. Balbetto qualche parola, non so più quali, mentre Karl piange sulla mia spalla e mi sbava sulla camicia ripetendo che sta per morire fino a che, sfinito, si addormenta.

In quell'inconsueta posizione mi trova mio padre (scusa, il mio padrino), di ritorno da chissà dove, un quarto d'ora dopo.

Mi guarda con aria interrogativa. Io non oso muovermi per paura di risvegliare il diluvio di lacrime che si è finalmente placato.

«Che succede?» chiede sottovoce.

Nel frattempo ho adocchiato la busta aperta da Karl e caduta a terra con il suo contenuto, i risultati di esami clinici con il timbro dell'ospedale Saint-Louis. Gliela indico.

Aloe si china per raccoglierla. Lo guardo mentre legge le colonne da sinistra a destra. Lo vedo impallidire, lasciare il foglio, poi accasciarsi come un cencio accanto a noi su quel divano chic intriso di alcol e tabacco.

«Karl...» geme mio padre. «Caro, perché non mi hai detto niente?».

[1] In tedesco, "Merda!".

[2] In tedesco, "Non voglio morire... non voglio...".

Karl riemerge dal torpore e gli afferra la mano.

«Ero andato a farmi visitare per la macchia, capito quale?».

«Quella sulla gamba?».

«Sì. Solo per quella, capisci? Ma il dermatologo ha voluto fare una biopsia. Poi mi ha prescritto le analisi».

Mio padre si scurisce in volto, ho l'impressione di assistere all'estinzione di un sole. Allora è questo! Tutto ciò di cui ho sentito parlare, le voci sul cancro dei gay, poi le rivelazioni scientifiche più serie di cui si sussurra l'orrore tra una risata e l'altra come per scongiurare la sorte, non sono invenzioni!

«Sarcoma di Kaposi?» domanda.

Karl annuisce. Entrambi sanno che quelle macchie sulla pelle sono uno dei primi sintomi dell'AIDS, in parole povere una condanna a morte, e io non posso fare a meno di pensare alla voglia viola sulla fronte di Michail Gorbačëv che sembra disegnare i contorni di un'isola, come fosse l'annuncio di altre catastrofi.

«Non volevo crederci…» balbetta Karl. «Io… mi dispiace, Aloe. Dovrai farti le analisi anche tu». Poi si raddrizza e guarda me. Il suo viso è la brutta copia di se stesso. «Se per disgrazia ho contagiato tuo padre, Olivier, ti… ti faccio tutte le mie scuse» dice con compassione disarmante.

Sento una deflagrazione nel petto che si trasforma in qualcosa di bruciante. Mio padre china la testa.

«Avevi capito, allora?» mormora.

«Che Olivier è tuo figlio?» sorride tristemente Karl. «Certo, scemone. Sono malato, mica cieco. Vi somigliate come due gocce d'acqua».

Allora mio padre fa un gesto che mi sconvolge definitivamente, passa il braccio intorno a Karl e mi posa delicatamente la mano sulla guancia.

Restiamo lì tutti e tre stretti l'uno all'altro, con l'impressione che il tempo non esista più.

Qualche settimana dopo

Capitolo 61

«È un periodo che ti si vede poco» mi fa notare Madeleine mentre prepara il pinzimonio. «Sono dieci giorni che non ti fai vivo! A proposito, ti piacciono gli asparagi?».

«Moltissimo, grazie».

«Problemi a casa tua?».

«No no» rispondo.

Madeleine Fournier emette un piccolo sospiro.

«Ariane mi ha detto che i tuoi voti del secondo trimestre sono meno buoni, è vero?».

Mi dondolo da un piede all'altro sul pavimento a scacchi della cucina. Un fiotto di sole serale entra dalla finestra aperta sul cortile interno. Si sente qualcuno suonare il pianoforte in un altro appartamento, e in lontananza il campanile della chiesa di Saint-Thomas-d'Aquin che suona le sette. Spero che Ariane si sbrighi ad arrivare, almeno mi eclisso con lei e taglio corto all'interrogatorio.

«Ho avuto un momento di flessione per colpa del raffreddore, prima delle vacanze di Pasqua» mi giustifico, «ma ora va meglio, rialzerò la media».

«Ne sei senz'altro capace, Olivier. Venendo dalle nostre campagne hai molti più ostacoli da superare della maggior parte dei tuoi compagni parigini, ma tieni duro, abbi fiducia in te stesso». Madeleine si interrompe per aprire il forno e infilarci lo sformato che ha preparato. «Ciò detto, mi chiedevo se a tuo padre andrebbe di venire a cena da noi una di queste sere…».

Ahi. Tegola. Non faccio altro che ergere muri tra i miei spazi, isolarli l'uno dall'altro. Immaginare mio padre lì, in quella luce, mi sembra indecente.

«Ehm... sì, penso di sì. Il fatto è che lavora molto, soprattutto di sera».

«In una radio libera, giusto?».

«Sì, fa il tecnico del suono, ma presto avrà una sua trasmissione. Ha orari molto variabili».

«Una domenica a pranzo, allora!» propone Madeleine con entusiasmo. «Diglielo. Ci farebbe davvero piacere incontrarlo, dopo tutto questo tempo».

«Glielo dirò senz'altro».

Aggiunge un po' di senape al pinzimonio, poi mi guarda.

«Sai, Olivier, Ariane ci tiene molto a te, e ultimamente l'ho vista infelice. Non è che hai... un'altra ragazza?».

Sconcertato, scuoto la testa senza riuscire a trattenere una risatina nervosa. Se Madeleine Fournier sapesse cos'è la mia vita capirebbe che rimorchiare è l'ultimo dei miei pensieri. Da quando Karl sa il nome della sua malattia io e papà ci alterniamo per non lasciarlo mai solo. Già magro, il suo corpo si indebolisce di giorno in giorno, cade a pezzi, e non ci sono cure, non ci sono speranze. Certe volte, di notte, lo sento andare a vomitare in bagno. Nel disastro, l'unica buona notizia è che le analisi del sangue di mio padre non mostrano segni di infezione.

«Di questo non deve preoccuparsi» rispondo. «Per me c'è solo...».

«Ah, eccola qua!» esclama Madeleine vedendo spuntare in cucina Ariane con le guance rosse.

Mi volto verso di lei più emozionato di quel che vorrei. Mi piacerebbe dirle che anch'io tengo follemente a lei, ma non oso precipitarmi tra le sue braccia davanti alla madre.

«Resti a dormire qui?» mi domanda senza preamboli.

«Se ti va, sì».

«Mi va» sorride lei. I suoi occhi brillano con quell'intensità che mi ha sempre trapassato il cuore a cento metri di distanza. «Andiamo di là?» dice prendendomi la mano.

«La cena sarà pronta fra mezz'ora!» grida Madeleine mentre ce la filiamo verso camera di Ariane.

Alla fine del lungo corridoio che protegge la nostra intimità Ariane si chiude la porta alle spalle e mi bacia con un'urgenza febbrile che mi fa dimenticare tutti i miei pensieri. Ci rotoliamo sul letto bocca contro bocca, cuore in tumulto contro cuore in tumulto, travolti dall'amore e dal sollievo.

«Ho avuto paura che volessi lasciarmi» mi mormora Ariane nel collo. «Perché non vieni più a trovarmi?».

Alla scuola di Sainte-Saverne non ha mai approvato le battute di Antoine Pleutin e Vincent Grimont su mio padre, ma non abbiamo mai parlato apertamente del suo stile di vita. Come faccio a spiegarle quel che succede a rue de Verneuil? La stringo forte con la sensazione di posare di nuovo il piede sulla terraferma. Nonostante il nodo che ho in gola riesco a rispondere:

«Non ho nessuna intenzione di lasciarti. Se non ci fossi tu colerei a picco».

Ariane si raddrizza appoggiandosi sul gomito. Il suo sguardo serio mi fa venire voglia di raccontarle tutto nonostante il terrore che ho di perderla se le confesso l'irruzione di quella malattia vergognosa, incurabile e spietata nel mio universo. Il suo mi sembra talmente protetto, equilibrato, pulito… Non so neanche se Ariane abbia mai sentito pronunciare la parola AIDS. Quanto a Madeleine e Pierre, con il loro abbonamento alla Comédie-Française, i loro nuovi amici della parrocchia e le loro serene serate in famiglia, mi accoglierebbero ancora sotto il loro tetto se sapessero?

«Perché stai piangendo? Che ti succede, Olivier?».

Mi sentivo terribilmente in colpa, Saule.

In colpa di tutto e di niente. In colpa di essere solo me stesso, cioè un ragazzo deludente fin dalla nascita, fin da quando – pur senza averne la prova – non ero stato all'altezza delle aspettative dei miei genitori nel sostituire mia sorella morta sotto il trattore Ferguson.

Quel senso di colpa mi si incollava alla pelle. Per quanto mi sforzassi di essere uno studente modello, un figlio riservato, un ragazzo educato, un innamorato attento, e ormai un esperto infermiere, non c'era niente da fare, mi sentivo sempre un gradino sotto.

Così quel giorno, invece di confessare il mio sconforto e il mio bisogno di sostegno, invece di avere fiducia nell'intelligenza e nell'amore di Ariane, ricaccio indietro le lacrime e sto zitto.

È la peggiore scelta che possa fare, quella che, di bugia in bugia, mi porterà a diventare il nemico di me stesso.

Fedele agli uomini della mia famiglia, quel giorno ubbidisco al disastroso codice d'onore che, fin dalla notte dei tempi, esige da noi di avere l'aria forte anche se non lo siamo.

Era quasi la fine dell'anno scolastico.

A costo di uno sforzo sovrumano sono riuscito a impedire che la mia media crollasse, ma il mio passaggio all'ultimo anno è compromesso.

È in quel momento di estrema fragilità che Terence Szovat appare improvvisamente nel mio universo.

Giugno 1985

Capitolo 62

Per la seconda volta nella settimana ho passato parte della notte a vegliare Karl insieme a mio padre.

Ormai serve la collaborazione di entrambi per affrontare il terremoto della malattia. Quando uno crolla, l'altro prende la mano scheletrica del malato nella sua, e così via finché l'angoscia si placa e Karl riesce ad addormentarsi. Dopo quelle faticate, andare al liceo per assistere a una lezione sul romanticismo nell'Ottocento mi appare sia inutile che stupido.

«Ti proibisco di saltare la scuola» dice mio padre quella mattina vedendomi demotivato.

Lui, che non si fa la barba da una settimana e ha lo sguardo allucinato, e io, con due occhiaie viola che mi arrivano fino alle guance, ci ritroviamo all'alba in cucina con il sollievo di aver superato, fianco a fianco, la difficile notte.

«Mi sai dire a cosa serve la letteratura di fronte a tanta sofferenza ingiusta?» lo provoco.

Pensoso, guarda colare il caffè. Ne beve due tazze prima di rispondermi.

«La letteratura è una consolazione, Olivier. Sbrigati a vestirti e vai a cercare la bellezza fuori da qui, prima che ti faccia uscire a calci nel sedere».

Quell'espressione mi fa sorridere.

«È la prima volta che mostri un po' di autorità» osservo.

Sorride anche lui, ma stanchissimo.

«E tu? La poesia e tutto il resto?» domando.

Fa un'alzata di spalle.

«Per me è troppo tardi. Ho rinunciato alla bellezza da qualche parte in Algeria, molto tempo fa».

È la prima volta che pronuncia davanti a me quella parola, Algeria. Vedo le sue spalle curvarsi sotto il peso di un fardello invisibile e nel silenzio che segue aspetto che mi parli della guerra, ma non lo fa. In compenso fa un nome che non ho mai sentito, quello di Daniel Giraud, il suo ex maestro, il suo padre spirituale, il suo primo amore. Commosso fino alle lacrime, mi racconta del loro rapporto segreto, dell'avallo silenzioso di mia madre, della Dauphine Gordini, degli appuntamenti furtivi nei boschi. Potrei restare per ore a sentirlo parlare della sua vita prima che io nascessi, e mi piacerebbe anche fargli qualche domanda su Veronica, ma la radio accesa in sordina in un angolo annuncia il notiziario flash delle otto e Aloe mi mette in mano lo zaino di scuola.

«Vai, su» ordina. «Mi dispiace che tu stia assistendo all'agonia di Karl. Occupati del tuo futuro, adesso».

Faccio una corsa per prendere l'autobus, ma appesantito da tutte quelle emozioni lo perdo. Ansimante, mi siedo sotto la pensilina della fermata, e mentre aspetto l'autobus successivo non posso fare a meno di rilevare un terribile paradosso: l'AIDS che sta uccidendo Karl sta facendo nascere allo stesso tempo un insperato rapporto con mio padre. Mi metterei a piangere se ne avessi ancora la forza.

Quando finalmente arrivo al liceo trovo le porte chiuse. Incerto, rimango lì sul marciapiede, schiacciato dalla maestosità di quell'edificio in cui sono passati Clodoveo re dei franchi, Luigi XIII e la Rivoluzione francese, spaventato all'idea dei rimproveri del portiere. In quel momento una voce alle mie spalle fa:

«Anche tu in ritardo, Balaguère?».

Mi volto. È Terence Szovat, un mio compagno di classe dal cognome impronunciabile, con i capelli arruffati e un look impossibile: blazer, cravatta e scarpe di coccodrillo.

«Mia madre si è scordata di svegliarmi» dice. «Abbiamo già perso i primi dieci minuti della lezione di francese, tanto vale perdere tutta l'ora. Vieni, ti offro un succo di frutta».

Non l'ha chiesto, l'ha ordinato. Comunque sono troppo stanco per resistere al carisma del tipo più popolare della classe.

Ci sediamo in un caffè di rue Descartes.

«Vedi lì, Balaguère?» dice indicando il marciapiede di fronte. «È il Politecnico. Un po' dietro c'è la Sorbona. Là il liceo Louis-le-Grand, laggiù il Collège de France, la Normale superiore, Arti decorative, un po' più lontano Scienze Politiche e, scendendo verso la Senna, Belle Arti e la facoltà di medicina. Tutto ciò, amico mio, in un perimetro minuscolo. Un concentrato di sapere. Sai cosa significa?».

Frastornato, mormoro di no.

«Significa, caro mio, che siamo al cuore del reattore, al cuore del potere. *The place to be*».

«Eh?».

Terence si appoggia allo schienale, stende le lunghe gambe come se fosse su una sdraio, si stiracchia, sbadiglia.

«E tu stai mandando all'aria l'occasione della tua vita!» continua. «Proprio così! Hai le capacità per diventare un grand'uomo, ma stai facendo di tutto per non essere ammesso all'ultimo anno. Perché?».

Preso in contropiede, cerco qualcosa da rispondere. I miei occhi vanno e vengono dalla tazza di caffè alla sala interna, nel panico. Allora Terence si protende verso di me obbligandomi a guardarlo.

«Te lo dico io perché, Balaguère. Perché sei un campagnolo, e il problema dei campagnoli è che hanno il complesso d'inferiorità, pensano che per gli altri sia più facile, allora brandiscono la scusa dell'ingiustizia sociale e rinunciano. Ah, bella scusa davvero!».

Continuo a non sapere cosa rispondere, sono sbalordito dall'audacia di quel tipo. E quello che fa dopo mi sbalordisce ancora di più. Mi afferra la spalla e dice:

«Ti spiego cosa faremo, Balaguère. Faremo squadra. Tu lo zotico e io il figlio di buona famiglia. Fra tre settimane c'è il consiglio di classe. In quanto rappresentante di classe ho abbastanza potere da perorare la tua causa. In futuro voglio fare l'avvocato o il procuratore, ancora non ho deciso, ho bisogno di allenarmi, e tu sarai il mio primo cliente. Sei fortunato, dato che non ho ancora la laurea lo faccio gratis. Allora, mi batto davanti al consiglio per farti ammettere all'ultimo anno nonostante i tuoi voti mediocri, prometto loro di seguirti da vicino l'anno prossimo, e tu in cambio la pianti di fare il coglione, ti metti sotto e diventi qualcuno. Affare fatto?». Apre la mano aspettando che batta il cinque, mi sprona con un occhiolino. «Su, vendimi l'anima, Balaguère, non vedi che sono il diavolo?».

A tedesco, abbiamo studiato la storia di Faust e l'omonima tragedia di Goethe. Scoppia in una risata tonante, paga le consumazioni, e quando ci alziamo è già troppo tardi per fare marcia indietro. Terence mi ha scelto, ormai sono il suo protetto, la sua causa da difendere.

Tre settimane dopo

Capitolo 63

Io e Ariane seduti per terra in camera sua sul parquet a spina ungherese. La sua spalla contro la mia. L'odore del suo shampoo che si mischia a quello delle sigarette. Il telefono grigio dell'ingresso che abbiamo attaccato alla presa del corridoio e poi tirato fin qui per essere sicuri di essere i primi a rispondere.

Ariane ha messo sul piatto l'album dei Dire Straits appena uscito, *Brothers in Arms*.

«Parla di un soldato che sta morendo su un campo di battaglia lontano da casa sua. Mi piace un sacco» dice. «A te no?».

«Sì, bellissimo».

«E la chitarra! Adoro quella chitarra… racconta qualcosa, sembra che canti».

Io, quello che adoro è stare lì con lei al sicuro. Sarà perché ci conosciamo fin da bambini, perché siamo cresciuti nella stessa campagna, ma senza saperlo Ariane mi dà la forza di superare tutto lo schifo del mondo, l'AIDS, lo strato di ozono bucato dall'inquinamento, armi ovunque, atomiche o non atomiche, la fame in Etiopia che fa gonfiare la pancia dei bambini e per la quale la canzone *We Are the World* è in cima alla hit parade. Finché sto con lei niente può farmi male, neanche il verdetto del consiglio di classe che arriverà da un momento all'altro.

«Gli hai dato il numero giusto, a quel Savate?» mi chiede per l'ennesima volta. «Sei sicuro che chiamerà?».

«Non conosci Terence!» rido. «Se promette una cosa la fa. Cento percento!».

Le ho raccontato come quel buffo tipo sia spuntato nella mia vita con la volontà di salvarmi. Le ho descritto il suo aspetto singolare, i suoi gusti da aristocratico, il suo modo di parlare con l'enfasi di un politico su un palco, probabilmente per mostrarsi all'altezza di un padre che vede solo di sfuggita tra un viaggio d'affari e l'altro. Tra noi l'abbiamo soprannominato Savate per semplificarci la vita.

«Szovat è un cognome ungherese» dico. «Come il tuo parquet. Del resto la sua testa è proprio così».

«Cioè?» ride Ariane.

Passo il dito sulla geometria perfetta dei listelli disposti a spina.

«Guarda, tutto è disposto al millimetro, armonioso. Ordinato, insomma».

«Non come nella tua testa!» ride ancora Ariane.

Sospiro, e in mezzo a quel sospiro e a un riff di chitarra di Mark Knopfler il suono stridulo del telefono ci fa trasalire.

«Rispondi, dài!».

«E se non è Terence?» obietto. «No, rispondi tu!».

Solleva la cornetta, dice «Pronto?» e aggrotta le sopracciglia, poi risponde:

«Sì, è qui, glielo passo».

Mi guarda stupita. «È tuo padre» mormora.

Impallidisco. Da un pezzo ho dato ad Aloe il numero dei Fournier, ma in quasi due anni non ha mai chiamato.

Prendo la cornetta con la mano di colpo sudata.

«Devi venire subito, Olivier» dice mio padre con voce tremante. «Karl sta… Ho chiamato un'ambulanza, ma temo che sia troppo tardi. Cerca di arrivare prima di loro!».

Sento un vuoto improvviso allo stomaco.

«Arrivo!».

Mollo il telefono e balzo in piedi.

«Che succede?» si allarma Ariane.

«Niente, niente. Devo tornare a rue Verneuil!».

Vedendomi alterato, anche lei si alza.

«Vengo con te! Non so cosa stia succedendo a casa tua, ma ne ho abbastanza dei tuoi misteri! Piantala di far finta di stare bene, Olivier!».

La guardo nel panico. Mi infilo le scarpe. Giungo le mani.

«Ti prego, fammi risolvere i miei problemi da solo» la imploro. «Non puoi venire. Non là. Impossibile».

E senza un bacio, senza riuscire ad aggiungere altro, la mollo lì e faccio di corsa il corridoio che conduce alla porta d'ingresso del grande appartamento.

Quando, sudato fradicio, arrivo a rue de Verneuil mio padre non è solo. Nel suo dolore terrorizzato ha chiamato a raccolta gli amici più intimi di Karl, i festaioli, le checche esuberanti, i travestiti, i tossici, i suoi ex amanti e gli artisti della galleria, una trentina di persone che vanno e vengono da una stanza all'altra, alcuni con la sigaretta e il bicchiere in mano, tutti con la faccia seria e le lacrime agli occhi.

Sbalordito, sgomito fino alla camera in fondo. Karl è a letto quasi incosciente, minuscolo in quella stanza che puzza di chiuso e di medicine. Mio padre è inginocchiato accanto a lui, con la testa sul suo petto.

«Papà» dico.

È talmente abituato a sentirsi chiamare Aloe che, a quelle due sillabe, sobbalza.

«Karl, c'è Olivier» mormora. «Guarda, è arrivato…».

Mi avvicino. Gli occhi di Karl sembrano sprofondati nel cranio come nella sabbia. Dischiude le palpebre e le sue labbra riarse accennano un esile sorriso.

«Me ne sto andando» dice. «Prenditi cura di tuo padre. Sotto quell'aria da duro è una vera femminuccia».

Annuisco. Non riesco a trattenermi dal ridere. Non riesco a trattenere le lacrime.

«E non ti preoccupare, ho dato le disposizioni necessarie… Potrete restare qui anche senza di me» aggiunge.

«Non è la cosa più importante» protesta mio padre.

«Sì, invece» ribatte Karl. «Olivier deve continuare i suoi studi. Tuo figlio avrà successo, farà grandi cose, ne sono sicuro. Quanto a te...». Gli cede la voce, il suo respiro è un soffio. «Tu, Aloe, devi lanciare la tua trasmissione. E poi... scrivere finalmente il tuo romanzo, me lo prometti?».

Mio padre, gli occhi pieni di lacrime, esita. Fare una tale promessa? A un moribondo? Alla fine annuisce, poi c'è uno scompiglio generale perché è arrivata l'ambulanza a sirene spiegate.

Gli infermieri irrompono in mezzo a quella folla variegata di facce troppo truccate, corpi troppo abbronzati e anime martoriate. Barella. Ossigeno. Defibrillatore.

«Dov'è il malato? Spostatevi, abbiamo bisogno di spazio! Fuori di qui, su!».

E gli uccelli della notte lasciano l'appartamento per ritrovarsi sul marciapiede in pieno giorno mentre mio padre si aggrappa alla barella.

«Lei non può venire, signore» dice un infermiere. «Ragazzo, fallo staccare».

Afferro mio padre, lo tiro delicatamente indietro.

«Dove lo portate?» grida Aloe. «In quale ospedale?».

«Alla Pitié» risponde l'altro infermiere.

In piedi in mezzo alla strada, mio padre piange e ripete quel nome come una supplica mentre la barella viene caricata sull'ambulanza. Restiamo aggrappati l'uno all'altro senza capire bene chi dei due impedisca all'altro di cadere.

Intorno a noi la strana fauna degli amici di Karl si compatta, benevola e triste, mentre si forma un secondo cerchio composto da vicini e curiosi che si accalcano per osservare la scena. Tra gli edifici, i lampeggianti dell'ambulanza sembrano imitare in maniera ridicola l'atmosfera di una discoteca.

«Non è giusto, non è giusto...» singhiozza mio padre.

E di colpo da quella folla di sconosciuti si staccano due

facce familiari, quelle di Ariane e Terence che, fianco a fianco, mi guardano con occhi sgranati.

Non mi capacito di vederli lì. La loro presenza mi sconvolge.

Partita l'ambulanza, si fanno coraggio e spezzano il cerchio per avvicinarsi a me. Mio padre, volto deformato dalla tristezza, è sempre avvinghiato al mio braccio.

Ariane è la prima a parlare.

«Possiamo fare qualcosa per aiutarti?» domanda.

Non so cosa rispondere.

«Dopo il consiglio di classe ti ho telefonato da Ariane, come mi avevi detto» spiega Terence, «ma tu te n'eri appena andato. L'ho sentita angosciatissima, così lo ho proposto di vederci davanti a casa tua. Non sapevamo… Volevamo solo…».

Allarga le braccia in segno di impotenza, e quel gesto poco opportuno fa uscire mio padre dal torpore. Guarda Ariane, guarda Terence e dice:

«Potere restare con mio figlio? Io devo andare assolutamente alla Pitié-Salpêtrière».

Gli afferro il braccio.

«Vengo con te, papà».

«No, Olivier. E comunque non ti farebbero entrare. Meglio che rimani qui con i tuoi amici».

Si stacca da me e si avvicina a un pelato vestito da motociclista che lo abbraccia, lo consola e, dopo un breve conciliabolo, gli indica la Yamaha rossa parcheggiata sul marciapiede di fronte.

«Mi accompagna Cyril» dice con un sorriso pieno di riconoscenza. Poi si rivolge di nuovo ad Ariane e Terence. «Posso contare su di voi perché Olivier non rimanga solo stasera?».

«Può contare su di noi, signor Balaguère» risponde Terence, convinto.

Ariane mi prende la mano e con la stessa fermezza aggiunge:

«Stasera e tutte le altre sere».

Mio padre li ringrazia con un cenno del capo, poi si infila il casco e sale dietro Cyril sulla Yamaha.

«Cerca di fare un po' d'ordine e dare aria alle stanze!» mi grida prima di partire. «Farà piacere a Karl quando tornerà!».

Con un nodo alla gola gli prometto di farlo, poi sollevo la mano per salutarlo mentre si allontana sulla moto.

Per strada l'assembramento si scioglie poco a poco. Gli amici di Karl vengono a salutarmi, coraggio, se hai bisogno di qualcosa ci siamo, ci rivediamo presto, e dopo poco ci ritroviamo io, Ariane e Terence stupiti da quel silenzio particolare che segue le catastrofi.

«Andiamo?» propone Ariane. «Adoro fare le pulizie, io!».

«Io non ci ho mai provato» ride Terence, «ma mi è sempre piaciuto spiare la donna di servizio. Vi farò vedere quanto sono bravo a passare l'aspirapolvere!».

«La mia specialità sono i piatti molto sporchi» esagera Ariane.

«E il piumino per spolverare!» esclama Terence. «Non vedo l'ora!».

I loro sforzi per strapparmi un sorriso mi fanno venire voglia di piangere. Deglutisco per respingere le lacrime. So che Karl non tornerà, lo sanno tutti, ma certe volte fa bene fingere di crederci.

«A proposito» dice Terence seguendomi verso il portone, «il consiglio di classe ha deciso. Sei stato ammesso all'ultimo anno, testa di rapa».

Qualche giorno dopo Karl muore senza fare rumore in una camera sterile della Pitié-Salpêtrière.

Al cimitero Père-Lachaise, il giorno della cremazione, con me ci sono Ariane e Terence.

Sono venuti senza dire niente ai loro genitori, che di sicuro li avrebbero dissuasi per paura di vederli contagiati per il solo fatto di respirare la stessa aria di certi soggetti.

Mentre prendono posto nel corteo dei tanti amici riuniti per l'ultimo addio a Karl mi dico che tutti e tre siamo entrati per davvero nella parte seria dell'esistenza, forse nell'età adulta.

*Il 25 luglio di quello stesso anno 1985 Rock Hudson, un divo di Hollywood, viene ricoverato d'urgenza all'ospedale americano di Parigi dopo un malore e ordina al suo addetto stampa di fare un comunicato in cui rivela di avere l'*AIDS*. Quando si sparge la notizia si diffonde il panico nel reparto maternità di quell'ospedale, le cui camere si svuotano nel giro di poche ore.*

*La paura e l'ignoranza che circondano l'*AIDS* provocano assurde reazioni a catena. Quando Rock Hudson vuole tornare negli Stati Uniti nessuna compagnia lo accetta su un volo di linea, tanto che deve noleggiare un jet privato.*

In America, ciò che turba o disturba non è tanto l'annuncio della malattia, quanto la confessione della sua omosessualità.

Com'è possibile che un uomo così virile, uno che sullo

schermo incarna il seduttore o il genero ideale, in realtà preferisca gli uomini?

In ottobre i giornali di tutto il mondo annunciano la sua morte a titoloni.

Mio padre attacca con le puntine ogni articolo al muro della cucina. Ci vorrà ancora tempo perché cadano i pregiudizi, dice, ma in questa marea di dolore qualcosa, nonostante tutto, sta cambiando.

Sempre quell'estate del 1985 torno a Les Chaumes a trovare mia madre.

Anche lì qualcosa è cambiato. Lei? Io? Quell'angolo di campagna? Fatto sta che appena poso la valigia nella camera in cui ho trascorso tante ore a leggere I tre moschettieri *e sognare un'altra vita mi sento di colpo estraneo a tutto, preda di una tristezza che non riesco a spiegarmi.*

«Tutto bene, Olivier?» si informa mia madre quando scendo in cucina.

Tutto bene, tutto bene.

Ottimo, ottimo.

Le mosche ronzano contro i vetri.

In mezzo al cortile il vecchio tiglio proietta la sua ombra sul terreno polveroso. Mi rivedo giocare lì con il garage e le macchinine mentre mia madre ascolta la trasmissione di Ménie Grégoire alla radio.

Rivedo mio nonno con le bretelle che gli sbattono sulle gambe e la canna del fucile puntata contro se stesso. Il ricordo mi scoppia in faccia, e senza preavviso lacero il silenzio, chiedo a mamma chi era Veronica.

Lei si ferma, come se avessi premuto pausa su un registratore.

Mi rivolge uno sguardo gelido.

Poi si rimette a trafficare, ma al rallentatore.

Quel giorno mi racconta finalmente quello che in fondo sapevo già, cioè che prima di me ha avuto una figlia.

Mi racconta la nascita prematura, le preoccupazioni, il sollievo, la gioia di vivere della bambina, la sua complicità con Charme, poi il trattore che si rovescia e il suo corpicino che ci rimane incastrato sotto.

Quel giorno mi porta al cimitero e ci tratteniamo entrambi, senza dire niente, davanti alla piccola tomba.

Tornati a casa, va in camera sua, sale su uno sgabello e tira giù una scatola dalla cima dell'armadio.

La apre davanti a me e ne sparge il contenuto sul tavolo della cucina, una mezza dozzina di foto sfocate e mal inquadrate, un sonaglino, due scarpine da bebè, un vestitino e un pigiamino.

«Quest'anno avrebbe compiuto vent'anni» dice.

Poi rimette tutto nella scatola e sale a dormire.

Il resto delle vacanze è piuttosto triste.

Zia Simone se n'è andata con un tizio conosciuto tramite un annuncio sul giornale. L'ha raggiunto a Nizza, dove il tipo possiede un ristorante e ha giurato di farle fare un figlio prima che compia quarant'anni.

I nonni Beugnot hanno venduto la macelleria.

Parte dei soldi sono andati a Christiane, ma non basteranno.

È per questo che mamma mi annuncia che anche lei "frequenta qualcuno"?

L'uomo si chiama Yvon, ha una piccola impresa edile e pare che non gli vada neanche male. È un po' stile vecchia Francia, non gli piacciono i cani, ma a parte questo si trova bene con lui.

Yvon viene a trovarci una domenica pomeriggio.

Il tempo di parcheggiare in cortile la sua Citroën BX blu metallizzata e mi fa già l'effetto di un coglione.

L'impressione si conferma quando, prendendomi per la

spalla come se ci conoscessimo, chiede a mamma se non abbia fatto bruciare il pranzo come l'ultima volta.

«Perché tua madre non è certo un cordon bleu, ahah!» dice dandomi una manata gioviale.

Vorrei invocare il nome di Ménie Grégoire, ma Christiane ha quarantaquattro anni, si sente invecchiare, teme la solitudine e, lo ammetto, non ho nessuna intenzione di tornare a farle compagnia alla fattoria, riparare i tubi e sostituire le ardesie del tetto, così sto zitto.

Qualche giorno dopo, quando riprendo il treno per Parigi, provo un sollievo immenso all'idea di ritrovare la frenesia, il rumore e l'anonimato della capitale.

La prossima volta che farò il viaggio verso Les Chaumes so già che non mi sentirò più un ragazzo del luogo.

Tipo ospite affrettato, ridurrò la durata delle vacanze.

Fino a che, probabilmente, smetterò di venire del tutto.

… Otto mesi dopo …

APRILE 1986

CAPITOLO 64

È una domenica pomeriggio fresca e grigia, con rovesci ventosi che lavano i marciapiedi, spingono i passanti verso le stazioni della metropolitana e colorano le guance di Ariane come mele renette.

Nelle ultime settimane l'ho vista poco, sono stato troppo occupato prima a studiare per la simulazione dell'esame di maturità, poi dalla tonsillite che ha inchiodato mio padre a letto, così mentre aspettiamo Terence la abbraccio contro l'edicola dei giornali accanto alla stazione Ménilmontant. Lei sorride, per un po' mi lascia fare, poi cerca di divincolarsi.

«Oh, mi stai soffocando, Olivier…».

«Cosa? Io ti soff…».

«Eccolo!» esclama lei liberandosi del tutto.

Mi volto nel momento in cui il nostro amico, impermeabile beige e cappello di feltro sui capelli arruffati, esce dalla stazione della metro e accende un fiammifero proteggendo la fiamma con le mani. Da quando ha deciso di somigliare a Georges Simenon, il suo scrittore preferito, fuma la pipa come un vecchio.

«Salve, campagnoli!» esclama venendo verso di noi.

Ariane si issa sulla punta dei piedi per baciarlo sulle guance, io gli stringo la mano.

«Scusate il ritardo» dice con la pipa tra le labbra. «Mia madre voleva a tutti i costi trattenermi a casa per il suo bridge, ho dovuto agire d'astuzia».

«Io ho dovuto agire d'astuzia con i compiti di geometria»

sospira Ariane. «Pitagora e Talete aspetteranno, è il nostro ultimo giorno insieme. Odio le separazioni».

«Anch'io» dico. «Tre settimane sono tante».

«Soprattutto sotto l'occhio del professor Biguet» fa Terence storcendo il naso. «Madonna mia, non so se sarò in grado di sopportare la sua faccia dalla colazione al tramonto…».

Gli do una gomitata.

«E piantala, ti piace un sacco! L'hai perfino scritto sul giornale del liceo: "Il miglior professore di storia e geografia di Parigi"!».

«Voi almeno starete insieme» mugugna Ariane.

Si infila tra noi, ci prende sottobraccio, e tutti e tre ci dirigiamo verso il locale.

Programmato da mesi, il viaggio scolastico in Germania non poteva capitare in un momento peggiore. Non solo mi toglierà Ariane per tutte le vacanze primaverili, ma mi obbliga ad abbandonare mio padre, e in questo momento non mi va, perché la famiglia Baumann ha impugnato le ultime volontà di Karl e vuole farci lasciare l'appartamento. Aloe si rifiuta di cedere, ma ormai accanto agli articoli su Rock Hudson attacca in cucina gli avvisi di sfratto. Ho l'impressione di essere seduto su un seggiolino eiettabile.

«Bah, non pensiamo a domani» dice Terence. «*Today is today. Heute ist heute*».

«E stiamo per assistere a un concerto privato degli Hot Banana!» scalpita Ariane. «Sei stato un grande a farci entrare a questo live, Olivier».

«Bah, in realtà il grande è stato mio padre».

«Ah, questo sì» ammette Terence con rispetto.

Ora che il mio segreto non è più un segreto, Terence e Ariane hanno eletto rue de Verneuil miglior quartier generale del nostro terzetto e mio padre miglior genitore del mondo. Il che, vista la mia storia con lui, mi ha un po' sorpreso.

«Forse non è stato all'altezza quand'eri piccolo, Olivier, ma non credere che mio padre sia meglio» dice spesso Terence. «Tu almeno non hai una madre che ti coccola fino alla nausea».

«E poi casa tua è rock!» si entusiasma Ariane, che adora cenare mangiando patatine e stappando una birra sul divano, cosa ovviamente impensabile nel regno di Madeleine Fournier.

Dico la verità, mi fa piacere che le due persone a cui voglio più bene si trovino a loro agio a rue de Verneuil, ma non posso fare a meno di vedere che Ariane e Terence idealizzano la mia realtà. Non ce l'ho con loro, ma dai rispettivi bozzoli protetti mi invidiano una libertà molto relativa e che pago a duro prezzo.

L'ennesimo nuovo locale di Fréquence Pink è situato sul retro di un cortile umido e misero che Ariane trova subito pieno di fascino. Noto in un angolo la Yamaha rossa di Cyril.

«Olivier!» chiama una voce roca.

Sbucata dal seminterrato, riconosco Lydie, una giornalista della radio incontrata spesso a rue de Verneuil quando ancora si chiamava Marc.

Viene a darmi un bacio. Dopo una notte in bianco le sue guance pizzicano un po' e il rimmel non illude più, ma a lei non importa e a me nemmeno.

«Come stai, tesoro? Come va la scuola?».

«Bene, bene. Fra due mesi ho la maturità».

«E prenderà "ottimo"» prevede Terence.

Arrossisco mio malgrado.

«Bah, "buono" sarebbe già...».

«Ma se hai quasi la media del nove, Olivier! E grazie a chi?».

«Grazie a te, Terence» dico riconoscente.

«E dopo che farai?» vuole sapere Lydie. «Giornalista ti piacerebbe? Sai che puoi sempre contare su di me per una raccomandazione, eh, pulcino? Ho le mie entrature in tutte le redazioni di Parigi!».

Fa una bella risata, dà un bacio a ciascuno e attraversa il cortile torcendosi le caviglie sulle zeppe.

«Adorabile» commenta Terence tirando dalla pipa.

«Sono tutti adorabili qui. Mio padre dice che alle brutte potrà sempre dormire sotto la console di registrazione. Venite. Dobbiamo scendere nel seminterrato».

Li precedo lungo le scale, poi nel labirinto di scantinati attrezzati a studi radiofonici. Sebbene la radio guadagni ogni giorno nuovi ascoltatori deve sempre arrangiarsi per sopravvivere. Quando si è trattato di svuotare il locale precedente sono andato a dare una mano, abbiamo passato due giorni a caricare casse di materiale e poi a scaricarle, ogni angolo è ancora pieno di archivi, cassette, dischi e rotoli di cavi in cui si inciampa.

«Ciao, Olivier!».

«Oh, ciao».

«Ehi, Olivier, sei qui per il live degli Hot Banana? Tutto in fondo. Troverai tuo padre».

Ariane e Terence mi seguono in silenzio. Impressionati, credo. Quando varchiamo l'ultima porta sento Ariane sospirare contenta. Al centro di una stanza poco più grande di camera sua i quattro membri del gruppo stanno attaccando gli strumenti, montando la batteria e preparando il set, il tutto fumando sigarette e scolandosi lattine. Non sono stupiti di vederci.

«Ciao».

«Ciao».

Da dietro il vetro, con le cuffie sulle orecchie, mio padre ci fa segno di sederci in fondo. Andiamo a metterci su un divano sfondato. Ariane, fra me e Terence, è raggiante.

«Ancora non ci credo, ancora non ci credo...» continua a ripetere mangiandosi con gli occhi i musicisti che hanno cominciato a provare.

In mezzo all'arpeggio del chitarrista la vedo accostarsi all'orecchio di Terence per mormorargli qualcosa e non posso fare a meno di intromettermi.

«Vi bisbigliate segreti?».

«Uff, scemo. Stavo solo dicendo a Terence che ce ne vuole prima che raggiunga questo livello!».

«In che senso?».

«Be', alla chitarra! Non te l'ha detto? La madre gli ha regalato una Fender per il suo compleanno. Ma ancora la vedo difficile!».

Ride. Sento una punta acuminata squarciarmi il petto. Terence ha una chitarra elettrica? Che significa? Non ho il tempo di chiederle quando e dove l'abbia sentito suonare. Mio padre esce dalla cabina vetrata e si affaccia nella stanza.

«Siamo in diretta fra tre minuti, ragazzi! Tutto okay?».

I musicisti annuiscono e mio padre si volta verso di noi, felice. È la prima trasmissione che conduce personalmente, e sarà di sicuro un successo.

«In bocca al lupo!» gli dico.

«Crepi!».

Torna nello studio per far partire la sigla e subito dopo sento la sua voce da un piccolo altoparlante in un angolo: «Sono le diciassette in punto, tesori, benvenuti al vostro nuovo appuntamento con l'*instant punk* su Fréquence Pink! Siete pronti a farvi accarezzare le orecchie? Perché abbiamo con noi… gli Hoooot Bananaaa!».

Ariane mi prende la mano e intreccia le sue dita con le mie.

«È bravo» sussurra.

Sto per confermare quando si sente di nuovo la voce di mio padre.

«Questa prima la dedico a te, Karl Baumann. Forza, caro! Balla con noi dal paradiso dei froci! Musicaaaa!».

La band attacca. Batteria, basso, chitarra e voce. Durante il pezzo tutti e tre piangiamo sul divano sfondato.

26 APRILE 1986

CAPITOLO 65

Seduti in fondo al pullman scolastico, ognuno con il proprio walkman ma con la stessa cassetta dentro, io e Terence guardiamo sfilare il paesaggio da entrambi i lati dell'autostrada tedesca che collega Amburgo a Berlino. È stata Ariane a darci le cassette subito dopo la trasmissione perché pensassimo a lei durante il viaggio.

Cassetta o non cassetta, non faccio che pensare a lei. E ogni volta che vedo Terence mimare gli accordi di Robert Smith in *Push* mi chiedo quando si deciderà a dirmi della chitarra Fender che gli hanno regalato per il compleanno…

Siamo ad Amburgo da diciannove giorni. Ogni mattina andiamo a lezione in un Gymnasium gemellato con il nostro liceo, mentre nel pomeriggio il professor Biguet e quello di tedesco ci portano in visita turistica.

L'ostello della gioventù in cui siamo alloggiati, nel quartiere di Altona, mi ricorda il collegio di Nevers. Camerate da dieci persone, luci spente alle nove e mezzo di sera e bagni in comune, con la differenza che nessuno chiama la mamma prima di dormire. Più che altro, si elaborano piani per incontrare le ragazze e andare a fumare di nascosto sul retro della mensa.

Non è male, ma ho voglia di tornare a casa. L'unica volta in cui ho parlato con mio padre al telefono aveva la voce stanca, ansimava. «Mica sei malato, vero?» «No no, sto bene». Mi era rimasta solo una moneta da dieci Pfennig da infilare nella fessura, e la linea è caduta.

Seduta due file davanti a noi, una delle mie compagne di classe non fa che girarsi a guardarmi. Alla fine aggrotto le sopracciglia e lei mi fa segno di togliermi le cuffie. Mezzo insonnolito, ubbidisco fiaccamente.

«Cosa stai sentendo?» mi chiede.

«The Cure» rispondo. «*The Head on the Door*».

«E il tuo amico Terence?».

«Lo stesso».

Lei alza gli occhi al cielo.

«E… non gli andrebbe di staccarsi da te, una volta tanto, e venire accanto a me ad ascoltare qualcos'altro?».

La trovo sfacciata. Mi piace. Sorrido.

«Vuoi che glielo chieda?».

«Be'… sì, dài».

Scuoto Terence che sta dormendo appoggiato al finestrino con il cappello sugli occhi.

«Ehi, c'è Hélène che vuole parlare con te. Mi sa che le piaci».

Anche lui si toglie le cuffie.

«Eh?».

«Hélène Jeanson, amico. Ti sta aspettando. Vuole te».

Terence mi guarda con espressione navigata, si cala di nuovo il cappello sugli occhi e sospira:

«Mi vogliono tutte».

Quanto a sfacciataggine, Terence non lo batte nessuno. Insisto.

«Il viaggio è quasi finito e non hai avuto nessuna storia. Perché non ti fai Hélène? Non ti piace pomiciare?».

«Basta, Olivier, lasciami in pace».

«Sei frocio?».

«No».

«Allora che aspetti? È forte, Hélène! Vi vedo bene insieme».

Sotto il cappello, Terence borbotta qualcosa. Forse gli sto

dando sui nervi, ma anche lui mi sta dando sui nervi! Alla fine cosa nasconde dietro il suo look improbabile, il suo perenne distacco, la sua sicurezza tranquilla e le sue ambizioni divoranti? Cosa c'è dietro la scenografia che si è meticolosamente costruito?

Mi alzo e percorro il corridoio fino alla fila di Hélène.

«Be', che ha detto?».

«Che ci sta» rispondo. «Stasera alla festa».

«Davvero?».

«Sì, ma sai com'è Terence, è un timido che non sa di esserlo, devi essere tu a prendere l'iniziativa. Secondo me, se lo inviti a ballare è fatta».

Le due ragazze sui sedili vicini hanno sentito tutto. Si sporgono verso Hélène, la spronano a gesti. Mettersi con Terence Szovat: quella sì che è classe!

Contento della mia trovata, torno a sedermi mentre il professore di tedesco prende il microfono per dirci qualcosa nella lingua di Goethe a proposito dei luoghi che stiamo attraversando. Ha la voce arrochita per aver parlato tutto il giorno. La gita a Berlino, con i complicati passaggi di frontiera tra Ovest ed Est, la visita velocissima al Reichstag e poi alla Porta di Brandeburgo fino al Checkpoint Charlie, l'ha stremato. Il muro ha fatto a tutti una grande impressione. Era quasi interamente coperto di graffiti dalla parte ovest, mentre da quella est si vedevano le torrette, il filo spinato e la terra di nessuno.

Taglia corto e passa il microfono al professor Biguet.

«Stasera, ragazzi, è vero, c'è la festa di fine viaggio e avete il diritto di divertirvi, ma vi prego, siate buoni con i vostri anziani professori, rispettate le regole: niente alcolici, niente fughe e niente... incontri troppo ravvicinati».

Risate e fischi all'interno del pullman.

Hélène si volta di nuovo verso di me e mi fa l'occhiolino.

La sera spostiamo i tavoli per trasformare la mensa dell'ostello in pista da ballo. Nelle camerate e nei bagni è tutto un brulichio di ragazzi e ragazze sovreccitate che si truccano, non sanno come vestirsi e si cospargono di deodorante o profumi di bassa lega.

Quando arrivano i nostri omologhi tedeschi l'impianto stereo sta mandando un successo di Michael Jackson e i prof stanno riempiendo di patatine alcune insalatiere sotto uno striscione con la scritta *Auf Wiedersehen* ritagliata nella carta crespa.

Noto che i prof del Gymnasium hanno facce serie, l'aria preoccupata. Li vedo riunirsi con i nostri in una stanza accanto, al riparo dai decibel, ma sono al di là del vetro e posso solo chiedermi cosa stia succedendo.

Raggiungo Terence sul retro dell'edificio per fumare una sigaretta mentre lui tira dalla pipa con la sua imperscrutabile aria da vecchio lupo di mare.

«Tutto bene?».

«Sì».

«Hai da accendere?».

Imbronciato, mi passa l'accendino. Dall'inizio della giornata non ha detto una sola parola gentile. Mi chiedo cos'abbia, anche lui. Fumo guardando il cielo. Ha fatto caldo tutta la settimana, sembrava estate. In quel momento, invece, minaccia pioggia.

«Be', ci hai pensato?».

«A che?».

«A Hélène. Ti ci metti?».

Terence non risponde, si guarda la punta delle scarpe di coccodrillo.

«Tempo pesante, eh?» sospiro, tanto per cambiare discorso.

«Tu sei pesante, Olivier».

Sobbalzo e mi inalbero.

«Io pesante? Ma stiamo scherzando? Hai il muso lungo da stamattina e sarei io pesante? Si può sapere cos'hai?».

Mi guarda come uno che stia per buttarsi da un ponte.

«Devo dirti una cosa, Oli…».

Viene interrotto dall'arrivo improvviso di due nostri compagni.

«Oh, non avete sentito? I prof stanno chiamando da dieci minuti! Devono annunciarci qualcosa, pare che ci sia stato un incidente!».

«Che incidente?».

«Boh. Sembra una cosa seria. Se vi vedono fumare vi strillano. Dài, venite!».

Schiaccio a terra la sigaretta, Terence spegne la pipa e raggiungiamo il gruppo di francesi e tedeschi riuniti nella mensa divenuta silenziosa.

Al microfono c'è il professor Biguet. Sotto lo striscione *Auf Wiedersehen* gli altri adulti hanno musi lunghi fino a terra.

«Ragazzi, abbiamo appena saputo una notizia che dobbiamo comunicarvi. Vedete me e i miei colleghi un po' preoccupati, ma vi invito a non allarmarvi troppo, quello che stiamo per dirvi non significa che siamo in pericolo, per il momento».

Biguet fa una pausa, si aggiusta gli occhiali sul naso. Aspetto con gli altri nel silenzio generale, mentre si cominciano a sentire i tuoni in lontananza.

«Stamattina presto» continua il prof di storia e geografia, «c'è stata un'esplosione in una centrale nucleare situata in Ucraina, una delle repubbliche sovietiche che sapete tutti dove si trova, giusto? Ciò significa che ci sono circa millecinquecento chilometri fra noi e l'incidente».

Nonostante tutto, un brivido percorre la sala.

«A quanto dicono c'è stato un guasto grave in un reattore della centrale di Černobyl', in conseguenza del quale ci sarebbero fughe radioattive…».

Mi guardo intorno. Molti si sono portati le mani alla bocca.

Tutti gli occhi sono puntati verso Biguet tranne quelli di Terence, che guarda me.

«Come vi ho detto» ripete Biguet, «non c'è motivo di avere paura. Tuttavia, conformemente alle prime disposizioni diramate dalle autorità tedesche, vi invitiamo a prendere alcune precauzioni».

Come in risposta alle sue parole, un fulmine solca il cielo dietro le vetrate della mensa. Tutti sobbalzano. Qualcuno grida.

«Bene, come avete visto sta arrivando un temporale. La prescrizione è semplice: nessuno deve uscire se piove. Chiaro?».

Brusio in sala. Alzando la voce per farsi sentire, qualcuno domanda:

«Significa che la pioggia è radioattiva?».

«Significa che non ne sappiamo niente» risponde Biguet. «Ve l'ho detto, si tratta di una semplice misura cautelativa».

«Se è radioattiva significa che possiamo morire!» grida qualcun altro.

La frase scatena un concerto di urla misto a risate più o meno nervose e parole di incredulità. Al tuono successivo cala di colpo il silenzio.

Ormai nessuno guarda più il professor Biguet, siamo tutti voltati verso la vetrata che dà sull'esterno, sul praticello impeccabile, la via tranquilla, le belle case del quartiere di Altona, i maestosi alberi lungo i marciapiedi e, sullo sfondo, il cielo fatto di nuvole scure.

«Guardate i fulmini!» grida una ragazza.

«Cosa?» chiede un'altra.

«Sono verdi!».

Sento la mano di Terence sulla mia spalla.

«Se è la fine del mondo, tanto vale ubriacarci, no?» dice prendendo dalla tasca della giacca una fiaschetta d'argento. «Vodka. Ne ho una bottiglia intera sotto il materasso».

Sorrido. E finalmente sorride anche lui.

*

Mentre scoppia il temporale riversando su Amburgo una pioggia torrenziale proveniente da est e probabilmente tossica, io e Terence ci prendiamo una sbronza metodica stesi sui letti a castello nel buio della camerata deserta.

L'alcol brucia lo stomaco e scioglie le lingue.

«Perché non mi hai detto che ti hanno regalato una chitarra per il tuo compleanno?».

«Come lo sai?».

«Ariane».

«Ah».

La fiaschetta è già finita. Mi passa la bottiglia. Bevo direttamente dal collo.

«Allora? Perché non mi hai detto niente?».

«Avevo paura che ti arrabbiassi».

«Per cosa?» chiedo ripassandogli la vodka.

«Per… ecco… per volerle piacere».

«A chi, ad Ariane? Che succede, ti sei innamorato di lei?».

Silenzio. Terence beve due sorsi. Continuo io.

«Era questo che volevi dirmi prima, quando fumavamo fuori?».

«Mmm».

«Sii più preciso, amico».

«Sì, sono innamorato di lei».

«Cazzo, Terence. Lei lo sa?».

Altro silenzio. I letti a castello beccheggiano come pescherecci nella notte stroboscopica.

«Sì, lo sa» confessa Terence.

Il cuore mi batte all'impazzata. Ormai ho una certa abitudine nell'affrontare le avversità, ma in quel momento devo mettere mano a tutto il mio coraggio per chiedere:

«E lei?».

Terence mi ripassa la vodka.

«Sì».

«Sì cosa?».

Ho quasi urlato. Mi aggrappo alla bottiglia come se ne andasse della mia vita.

«Anche lei è innamorata di me, Olivier».

«Ma no!» esclamo. «Ma quando? Vi siete visti senza di me, vero? E tu le hai suonato la chitarra, sei un poveraccio! Cazzo, Terence! L'hai baciata? Avete...».

Continua a piovere, il rombo dei tuoni sovrasta la musica.

«Ho promesso ad Ariane che te l'avrei detto durante il viaggio, ma più passavano i giorni e meno ci riuscivo».

«È per questo che hai il muso da stamattina?».

«Mmm».

«E io?» dico, di colpo perso.

«Tu? Ma lei ama anche te, Olivier, ci ama tutti e due. Come in *Jules e Jim*, hai presente?».

Bevo vari sorsi di vodka. Sento bruciarmi il petto. *Jules e Jim*? Stronzate! Scuoto la testa. No, non è così, Ariane me l'ha detto chiaro e tondo: la soffoco.

Un pensiero odioso mi attraversa la mente.

«Allora me ne frego che sia la fine del mondo! Possiamo pure crepare tutti con questa merda di radioattività! E tu per primo, Terence Szovat!».

Mi alzo dal letto, faccio tre passi nel buio e vomito la vodka come un tempo la granatina che mi aveva offerto Madeleine Fournier al Café de la Gare, a Sainte-Saverne. Mille anni fa, quando ero ancora un bambino.

… Tre anni dopo …

PARTE QUINTA
Una grande rabbia

1989

Capitolo 66

Fra qualche settimana compirà vent'anni» mi fa notare la tipa da dietro la scrivania. Come se non lo sapessi. «Non crede che sia ora di fare qualcosa della sua vita, Balaguère? Di trovare un inquadramento? Di costruire qualcosa di solido, dare un senso al suo futuro?».

Me l'aspettavo, sta cercando di rifilarmi la sua paccottiglia, ovvio. A mo' di risposta caccio un sospiro mentre lei allinea davanti a sé i vari elementi del mio fascicolo.

«Riassumendo» continua, «non ha preso la maturità, pur essendo stato ammesso a sostenere l'esame».

Incrocio le braccia sul petto, mi appoggio allo schienale, resto cocciutamente in attesa.

«Se capisco bene, ha smesso di andare a scuola poche settimane prima che finisse il liceo, non si è presentato agli esami anche se era un ottimo studente di uno dei migliori licei di Francia. Come mai?».

«Mio padre stava male, mi sono occupato di lui».

La tipa mi guarda con occhi da faina. Sono tentato di sbatterle in faccia la parola AIDS.

«Quindi niente maturità o altri diplomi. Non ha neppure la patente. E non ha esperienze professionali, o almeno qui non ce n'è traccia. Allora cos'ha?».

«Amici» rispondo.

«Sono contenta per lei, giovanotto, ma gli amici non possono certo vivere al posto suo!».

Alzo gli occhi al cielo.

«Famiglia ne ha ancora?».

Sono tentato di dirle "E tua sorella? Ce l'ha ancora, un po' di famiglia?". L'idea mi fa sorridere. La tipa scambia il mio sorriso per indifferenza.

«Bene, guardi, se non le va di collaborare non la obbligo. Ho altri appuntamenti».

«Ho mia madre» rispondo svogliatamente. «Solo che non la vedo più».

«Perché?».

«Perché vive in un posto sperduto con uno stronzo».

La tipa arriccia il naso.

«Il suo patrigno, suppongo» dice.

Faccio un'alzata di spalle. La parola "patrigno" mi sembra decisamente poco appropriata se penso a Yvon con la sua BX pacchiana, il suo pancione e le sue battute volgari.

«Comunque mia madre non mi ha mai voluto bene davvero. Desiderava una figlia. Dal funerale di mio padre non l'ho più vista».

La tipa consulta di nuovo il mio fascicolo.

«È stato nel… 1987, giusto?».

«Il 5 gennaio. È morto il primo e l'abbiamo seppellito il 5».

Parlo in maniera secca, con l'espressione dura. Ho voglia di farle male. Cioè, non a lei personalmente, non la conosco, ma a ciò che rappresenta, le istituzioni, la società, l'ordine, tutte cose che detesto. Sono tentato di sbatterle in faccia le brutture di quel periodo, il ritorno dalla Germania con il cuore spezzato, la decisione di troncare ogni rapporto con Ariane e Terence, la scoperta terrificante che mio padre ha sviluppato un'infezione polmonare, le nuove analisi del sangue che rivelano la presenza dell'HIV, la sua discesa rapida e inesorabile nella malattia. Vorrei chiederle se le è mai capitato di perdere tutto in così poco tempo, ma mi trattengo, non voglio la sua compassione. Preferisco che mi lasci in pace e che andiamo dritti al punto.

«Allora, me la fa questa lettera o no?».

Stizzita, lei scuote la testa.

«Non ho ancora finito, giovanotto. La smetta di essere aggressivo».

Do un'occhiata all'orologio sopra la porta. È quasi mezz'ora che sto lì, ho bisogno di una sigaretta.

«Posso fumare?».

«No. Dove vive da quando è stato sfrattato dall'appartamento che occupava con suo padre?».

«Qua e là. Ho amici, gliel'ho detto».

«E questi amici che la ospitano le danno anche da mangiare?».

Altra alzata di spalle. Ho assolutamente bisogno della lettera della psicologa, ma sto in guardia. Se le racconto la mia vita in dettaglio, c'è il rischio che trasmetta le informazioni alla polizia o al fisco.

«Lavora in nero, quindi. D'accordo. Fa uso di droghe?».

«...».

«Alcol?».

«Secondo lei?».

Mette crocette sulle caselle di un modulo. Non capisco se sto esagerando o se mi trattengo troppo. Mi rosicchio un'unghia. Penso a Franck, Karine e Ben che mi aspettano per le prove. Penso a Cyril, a Lydie e ai consigli che mi hanno dato per ottenere il prezioso documento, «Dille che sei gay!», «Dille che hai pensieri suicidi!».

Stringo le mascelle e mormoro:

«Comunque, se mi manda là farò una sciocchezza».

«Che intende dire?».

Lo ripeto più forte, stavolta articolando le parole.

«Farò una sciocchezza».

«Cioè?».

Mi viene un'idea luminosa.

«È scritto nel mio DNA. In famiglia mia ci sono solo morti

violente. Malattie, incidenti inspiegabili, suicidi. Mio nonno paterno, per esempio, si è impiccato nelle docce dell'ospizio in cui l'avevano messo. A Sainte-Saverne, nel '79, può controllare».

Capisco dall'espressione del suo viso di aver fatto centro con la parola "impiccato". Le forze armate hanno bisogno di reclute, ma temono più di ogni altra cosa le persone fragili. Un soldato che si impicca in caserma sono grane assicurate con i giornalisti e le famiglie, meglio non correre rischi.

Osservo la tipa che esita, poi finalmente si decide. Mette una crocetta su un'altra casella e senza dire una parola strappa un foglio dal suo taccuino. Ci siamo, sta scrivendo la relazione.

Dentro di me gongolo, fuori rimango duro e freddo. Determinato.

La psicologa firma il documento, ci mette un timbro, infila il foglio nel mio fascicolo e mi restituisce il tutto.

«Buona fortuna per il colloquio con l'ufficiale medico».

Mi alzo e mi infilo il giubbotto di pelle, un vecchio bomber che mi ha dato Cyril al quale ho aggiunto tutto un assortimento di anelli, chiodi e spille da balia. Nel momento in cui apro la porta del suo ufficio la donna aggiunge:

«Pensi seriamente a fare qualcosa del suo futuro, giovanotto. Mi creda, il tempo passa più veloce di quanto lei pensi».

Tiro fuori una sigaretta dal pacchetto, me la infilo tra le labbra ed esco.

Il futuro non esiste. *No future.* C'è solo il presente. E, nel presente, l'unica cosa importante è che non mi mandino a fare l'idiota in una caserma in mezzo ad altri idioti per un anno. Imparare a maneggiare un fucile? Non ci penso per niente, non sono scemo. Tanto più che in caso di guerra, dal momento che sarà nucleare, mi sai dire a cosa serva saper fare il cubo o marciare al passo?

Qualche settimana dopo, passata anche la visita con l'ufficiale medico, vengo riformato definitivamente. Categoria P4, il che significa che le "turbe mentali" segnalate dalla psicologa sono incompatibili con il servizio militare. Sono il primo uomo della mia famiglia a sottrarmi a quel circo.

Non ti sto a raccontare la baldoria di quella stessa sera, Saule.

Ubriachi fradici, Franck e Ben mi danno pacche sulle spalle ripetendo «Benvenuto nel club, amico!».

Un po' più grandi di me, anche loro sono riusciti a farsi riformare per gli stessi motivi tempo prima. Uno buttandosi con la testa contro un armadio metallico della mensa il giorno del suo arrivo (sei punti di sutura, però), l'altro simulando una crisi di nervi nell'ufficio di reclutamento (una settimana di ospedale psichiatrico). Ormai, dato che Karine non corre il rischio di essere chiamata alle armi, «I K-Aos sono salvi!» grida Franck saltando dappertutto.

K-Aos è il nome del nostro gruppo, con la A di "anarchia" e la K di "punk" o di "rock". O di Karine, vedi tu, visto che è lei la leader. Proviamo due volte alla settimana nel garage dei suoi genitori, nell'immediata banlieue. Karine chitarra, Ben basso, Franck batteria, io voce.

Il primo che ho conosciuto è stato Ben, perché abita in rue de Belleville nello stesso palazzo di Cyril, al piano di sopra. Da quando è morto Aloe, tra tutte le persone deliziose che lavorano a Fréquence Pink è lui, l'uomo della Yamaha, quello che mi ospita più spesso. Avrei potuto accamparmi sotto una console della radio, come un tempo aveva pensato di fare mio padre, ma non è stato necessario, tutti si fanno in quattro per aiutarmi.

A forza di incontrare Ben per le scale del palazzo con il basso in spalla abbiamo finito per fare due chiacchiere. Ci siamo scambiati CD, *abbiamo fumato sigarette, ci siamo raccontati le nostre vite a grandi linee e ci siamo resi conto che avevamo la stessa visione dell'esistenza, ossia che è tutta una buffonata, che è meglio riderci che piangerci sopra, e soprattutto che bisogna fare in modo di non annoiarsi.*

Su queste solide basi è nata la nostra amicizia.

In seguito Ben mi ha presentato i suoi amici e sua cugina Karine, che mi hanno subito adottato. Anch'io li ho adottati. Sono diventati la mia tribù di elezione.

Da cosa nasce cosa e, dato che non sapevo suonare niente ma avevo un buon orecchio, mi hanno messo al microfono.

È ormai un anno che facciamo una musica nervosa, rumorosa, redentrice e vagamente intellettuale, visto che sono io a scrivere i testi.

Okay, nessuno ascolta davvero le parole delle canzoni.

Quello che conta è l'energia.

E l'energia che meglio ci definisce in quel momento, Saule, è la rabbia.

Dopo aver rotto con Ariane e Terence ho rifiutato in blocco tutto ciò che rappresentavano per me, il loro comfort borghese tranquillo e protetto, le loro ambizioni da bravi studenti, i loro codici di abbigliamento, la loro volontà servile di entrare nella casta dei potenti, e non ho più rimesso piede sulla riva sinistra della Senna. Ormai lontano dall'elitarismo del mio ex liceo, mi sento molto più a mio agio tra gli emarginati di Fréquence Pink e nel villino operaio dei genitori di Karine.

A parte quelle due bolle, la società mi pare più che mai ostile nei confronti della gente come me. Né contadino né cittadino, né ignorante né erudito, né forte né debole, sono un po' di tutte queste cose insieme e mi sento simile a un organo trapiantato che il corpo cerca continuamente di rigettare.

In quella fine di anni Ottanta in cui trionfa l'ultraliberismo all'americana, in cui tutti pensano a fare soldi, ad avere un corpo muscoloso, una macchina di lusso e un po' di azioni in Borsa, il trapianto su di me non attecchisce. Non ho un conto in banca, non ho nemmeno la patente.

Tutto ciò che faccio ha un solo obiettivo, mettere a tacere il dolore. Bevo, sniffo, fumo, prendo più o meno tutto quello che mi passa davanti eccetto la roba troppo forte, quella non la tocco. Per il resto del tempo l'amicizia, il sesso e la musica mi ricordano che sono vivo, e che forse in questo mediocre mondo materialista esiste un ideale di bellezza degno di essere perseguito. Karine, che oscilla tra periodi di grande gioia e periodi di tetraggine, mi offre senza ritegno il suo corpo e la sua anima. Non sono innamorato pazzo di lei né lei di me, ma ce ne freghiamo, ci divertiamo e passiamo il tempo.

E poi, tu capisci, stare con una chitarrista dai capelli arancioni che si fa le canne e si buca i lobi delle orecchie con le graffette è una specie di rivincita. Sono sicuro che, se la vedesse, Ariane le invidierebbe quel modo di fare sfrontato e quella libertà, e per estensione rimpiangerebbe amaramente di aver preferito Terence a me.

Certe volte penso "Volevi la vita rock, Ariane? Be', guarda la mia", ed evito di immaginare troppo la sua.

Casa dei Gomez non è né rue de Verneuil né boulevard Saint-Germain, è un altro tipo di pianeta.

Ci sono due cani, due gatti, panni stesi ad asciugare sui termosifoni, bambini che corrono dappertutto perché Silvia, la madre di Karine, fa la baby-sitter, e la televisione perennemente accesa in salotto.

Che oltre a questo si faccia rock scatenato in garage non disturba nessuno, anzi.

Dopo le prove, quando Fernando, il padre di Karine, torna sfinito dalla sua giornata di gruista, ci sediamo con lui davanti alla televisione. Ci offre da bere, parliamo, ci chiede come va, se facciamo progressi, se faremo presto un concerto. Si interessa a noi, ci vuole bene.

Per lui che è scappato dalla Spagna per sottrarsi al soffocante regime di Franco, per lui che detesta visceralmente sia la religione che i militari, vedere la figlia che passa il tempo con aspiranti rockettari un po' sfaccendati come noi è segno di buona salute mentale.

Dice «godetevi la giovinezza, non fatevi mai mettere sotto». E quando ho bisogno di soldi mi fa salire sul furgone, mi presta guanti e caschetto e mi fa lavorare in nero nei cantieri. A modo suo è un punk.

È così che una sera, tornando con lui da una giornata stremante passata a spalare cemento, mentre ci accingiamo a bere una birra davanti al telegiornale assisto sbigottito a un'altra fine del mondo.

9 NOVEMBRE 1989

CAPITOLO 67

Sono quasi le otto di sera in quella periferia nord di Parigi. La notte avvolge la zona dei villini e gli isolati di case popolari tutto intorno. Da fuori giungono scoppiettii di motorini truccati e voci. Da dentro, miagolii di gatti in attesa davanti alle ciotole, una pubblicità che vanta i poteri di seduzione di un deodorante per uomini e il sospiro vaporoso del ferro da stiro che la madre di Karine sta usando in attesa che bolla l'acqua per gli spaghetti.

Seduta per terra a gambe incrociate, Karine fa asciugare le unghie delle mani che ha appena smaltato di nero. Io guardo mogio i miei palmi coperti di vesciche. Anche stappare una birra mi strappa una smorfia di dolore.

«È il mestiere che si fa strada» ride Fernando. «Guarda le mie mani».

Non riesce neanche più a stendere completamente le dita gonfie e callose. Venticinque anni di lavoro duro lasciano il segno.

«Fortuna che non siete chitarristi» commenta Karine soffiandosi sulle unghie.

«E tu, fortuna che non devi guadagnarti il pane» ribatte la madre. «No, ma guardate la principessina! Alza le chiappe e dài da mangiare ai gatti invece di dire sciocchezze».

«Lo smalto non è ancora asciutto» obietta Karine nel momento in cui parte la sigla del telegiornale.

Fernando si toglie le scarpe, stende le gambe e posa i piedi sul tavolino. Io mi sto portando la bottiglia alla bocca quando sullo schermo appare Christine Ockrent. In basso, su fondo nero, scorre il primo titolo a lettere rosse: *Germania Est: fine del muro.*

Per poco non mi cade la birra.

«Non c'è più cortina di ferro tra le due Germanie» annuncia la giornalista. «Berlino Est decide di apire la frontiera sia agli emigranti che ai viaggiatori».

«Oh cavolo!» fa Fernando. «Sapevo che qualcosa si stava muovendo da quelle parti, ma non immaginavo fino a questo punto».

Christine Ockrent elenca gli altri titoli principali – in Cina, Deng Xiaoping passa la mano al suo delfino; ritrovati i quadri di Picasso rubati; il gruppo Bérurier Noir si scioglie (anche questo mi interessa) – prima di tornare all'evento numero uno.

«Signore e signori, buonasera. 9 novembre 1989, ricordate bene questa data. Il muro di Berlino è ancora lì, ma in un certo senso non esiste più. La cortina di ferro che da ventotto anni divide le due Germanie e, come una lunga ferita, le due Europe, è stata spazzata via dalla pressione di un popolo su un regime allo stremo delle forze».

Poso la bottiglia sul tavolo e mi protendo verso lo schermo con la sensazione di essere stato strappato a un lungo sonno. Da tre anni che ho mollato il liceo e tutte le mie abitudini mi interesso ben poco a quel che succede fuori dal mio perimetro. Non apro più un libro, forse perché l'ho fatto fino alla nausea, e tantomeno un giornale. Ascolto solo radio che mandano musica e, benché tramite Cyril e Lydie mi senta sempre impegnato nella lotta all'AIDS, il resto mi è indifferente. Solo che in quel momento è tutta la storia del secolo a fare irruzione nel salotto dei Gomez, e mi rivedo accanto a Terence davanti alla porta di Brandeburgo il giorno in cui è esplosa la centrale di Černobyl'.

«Io ci sono stato» dico indicando lo schermo.

«Ah sì? Sei stato a Berlino?» domanda Fernando.

Annuisco, specificando che è successo prima, nella mia “altra” vita.

«Olivier ha fatto tedesco come prima lingua straniera alla scuola dei borghesi» osserva Karine con un tono sia ironico che navigato.

Per lei, che ha fatto scuole caotiche ad Aubervilliers, il mio passato nel liceo d’eccellenza Henri-IV sembra sempre rappresentare una vaga minaccia, anche se ho mandato tutto all’aria. Non le piace che parli di quel periodo, così non lo faccio, ma non posso fare a meno di ripensare al professore di storia. Biguet ce l’aveva detto che l’arrivo di Gorbačëv a capo dell’URSS avrebbe portato a cambiamenti radicali, e non si sbagliava visto che sta succedendo qualcosa di impensabile.

«È come quando è morto Franco» dice Fernando. «Nessuno ci credeva, ma regimi e dittatori sono mortali quanto voi e me. I muri si possono costruire, ragazzi, ma anche demolire, non ve lo scordate».

Palesemente infastidita, Karine guarda il padre, guarda me, si soffia sulle unghie e senza dire niente sparisce in cucina, dove la sento versare i croccantini nelle ciotole dei gatti.

«Cala la pasta, visto che sei lì! L’acqua bolle!» le grida Silvia.

«Sì, sì…».

Sullo schermo per il momento non ci sono immagini di Berlino. Tutto è successo da troppo poco, le telecamere non hanno avuto il tempo di arrivare. C’è solo un corrispondente che racconta al telefono come centinaia di persone incredule si stiano ammassando ai varchi per passare il confine a piedi sotto gli occhi dei Vopo che, invece di dare l’allarme e sparare, rimangono impassibili. «*Es ist unglaublich*!» commenta il corrispondente.

«Che vuol dire?» chiede Fernando.

«Che è incredibile».

«*Sí, es increíble*» conferma nella sua lingua.

Il pensiero che forse in quello stesso momento Ariane stia assistendo allo storico evento davanti a un altro televisore mi fa rabbrividire. È nel salotto della casa di boulevard Saint-Germain? Magari in compagnia di Pierre, Madeleine e Sidonie (che nel frattempo dev'essere cresciuta un bel po')? In questo caso dov'è quel traditore di Terence, seduto nel posto che occupavo io la domenica sera quando guardavamo *7 sur 7*? L'idea mi fa talmente schifo che afferro la bottiglia e la svuoto d'un fiato.

Dietro di noi Silvia posa il ferro da stiro e annuncia che gli spaghetti sono pronti. Aggiunge che ognuno può andare a riempirsi il piatto in cucina, perché lei è stanca morta e se ne va a dormire, tanti saluti a tutti.

«Ci sono ketchup e formaggio grattugiato per chi vuole» dice lasciando la stanza senza degnare di uno sguardo il marito.

Fernando caccia un sospiro, si alza dal divano e va a prendersi da mangiare. Karine si accende una sigaretta e mi rivolge uno sguardo cupo, non so se per via della tensione che da un po' di tempo c'è fra i genitori o per un altro motivo.

«A cosa pensi?» mi chiede.

«A niente» rispondo.

«Bugiardo».

«Penso ai tedeschi dell'Est e dell'Ovest che sono rimasti separati per trent'anni e forse stasera si ritroveranno».

«Bugiardo».

Dà un tiro alla sigaretta e, imbronciata, mi dà un calcetto sulla gamba.

«Stai pensando al tuo viaggio in Germania e alla gente del tuo ex liceo».

«E allora?».

«E allora pensi a lei, Oli. Tu pensi sempre a lei».

Scuoto la testa.

«Me ne frego di lei».

«Come no. E nella tua ultima canzone? Chi è il fantasma che ti perseguita?».

Cocciuto, mi ostino a negare.
«La canzone parla di mio padre».
«Certo… Perché io sono una cogliona, vero?».

La brutta china
Canzone dei K-Aos
Testo: Olivier Balaguère

Animale dal sangue ghiacciato
Dietro il mio vetro murato
Ti vedo sotto casa mia
È un delirio, una follia
Per strada l'altro giorno
Quando mi guardo intorno
Vedo te, non ci credo
Ma è il tuo fantasma che vedo

E scivolo su una brutta china
E di notte lo spettro si avvicina
E non canto, grido forte
E la mia vita è una lenta morte

Animale di mare
Nell'acquario non sai stare
Ti vedo nella via
È un delirio, una follia
Presenza spettrale
Al centro commerciale
Ti vedo vera
Anche nella notte nera

E scivolo su una brutta china
E di notte lo spettro si avvicina
E non canto, grido forte
E la mia vita è una lenta morte.

Dicembre 1989

Capitolo 68

A Châtelet è l'ora dell'uscita dagli uffici, i corridoi della metropolitana sono affollati di gente seria, grigia e stanca. Hanno la valigetta, l'ombrello e le braccia cariche di pacchetti, perché fra poco è Natale. Mi viene da ridere a fare lo slalom in mezzo a loro libero e povero, con il giubbotto di pelle pieno di spille dei Sex Pistols, i capelli ossigenati, le Creepers ai piedi e gli occhi rossi. Vorrei chiedere a queste persone se sono contente, strette come sardine sulle scale mobili. Sembrano tanti automi, davvero. Vorrei chiedere loro se sono felici di fare questa vita. Non farebbero meglio a fermarsi? Fumare una canna, rilassarsi e sorvolare le cose come uccelli? Guardate me! Non vedete che ho le ali?

All'angolo di un corridoio, senza farlo apposta, vado a sbattere in pieno contro un tipo. Gli casca la spesa, s'incazza. «E stai attento, stronzo!». Invece di aiutarlo a raccogliere le sue cose sghignazzo e me la filo. Okay, riconosco che forse ho un po' esagerato. Meglio che torni all'aria aperta, ho comunque bisogno di camminare.

È sceso il buio, piove un po', la Senna riflette gli aloni confusi dei lampioni di place de la Concorde. Osservo l'altra sponda, quella su cui non ho più messo piede da quando la famiglia Baumann è rientrata in possesso dell'appartamento di Karl, cioè dopo il funerale di mio padre. Che ci faccio lì?

Mi tocco la tasca posteriore dei jeans per controllare che la busta sia sempre al suo posto. Sì, c'è. Trenta grammi di carta che mi sono costati notti insonni.

Ho detto a Karine che avevo da fare alla radio, che Lydie aveva bisogno di me e che stasera non sarei andato da lei. Non mi ha creduto. Abbiamo litigato. Karine ha sempre paura che la pianti da un momento all'altro. Dài e dài, è quello che succederà.

Costeggio il fiume con il vento di dicembre che mi congela le mani. Mi batte forte il cuore, troppo forte, mi toglie il respiro, ma pazienza, vado avanti.

Dal 9 novembre è come se nella mia testa, insieme al muro di Berlino, fosse crollata una barriera invisibile. Tutto ciò su cui avevo creduto di far scendere il sipario dilaga dentro di me: Ariane, Terence, mio padre, mia madre, Les Chaumes, la famiglia Fournier, il professor Biguet, gli anni di impegno alle medie e poi al liceo per tirarmi fuori dal mio maledetto zoticume… Sì, proprio per tutto ciò, come dire per niente. Allora stasera, dopo essermi fatto due bei cannoni e aver riletto dieci volte i miei foglietti da insonne, ho deciso di andarci. Dato che la mia vecchia vita mi ossessiona, vado a mia volta a infestare boulevard Saint-Germain. È il principio dell'antidoto.

Passo davanti al palazzo dell'Assemblea nazionale e alle facciate dei ministeri. Terence aveva ragione, tanto potere concentrato in pochissimo spazio! Lui ne era affascinato. A me fa venire voglia di appiccare il fuoco o prendere la Bastiglia un'altra volta.

Avanzo malgrado tutto su quel marciapiede che conosco bene con il desiderio folle di rivedere Ariane, sia pure per pochi minuti. Le sue guance come mele, il suo sguardo serio, il suo modo unico di pronunciare il mio nome, la sua audacia, i suoi sogni di chitarra, tutto è inciso nella mia memoria con lo scalpello del dolore.

Quando vedo il portone di casa sua faccio una rapida deviazione, attraverso il viale, aggiro i giardinetti e mi fermo contro il cancello per darmi il tempo di riprendermi. Aprirò il portone, prenderò l'ascensore e andrò a suonare alla porta dei

Fournier come al tempo in cui Madeleine mi assicurava che quella era casa mia? Era un modo di dire, ovviamente, ma era bello fingere di crederci.

L'altra opzione è infilare la busta nella cassetta delle lettere, solo che…

Sono lì incerto sul da farsi quando una voce mi strappa ai miei pensieri.

«Scusa, hai da accendere?».

Mi volto e vedo una ragazza di diciassette o diciott'anni con un look borghese tipico del quartiere e una sigaretta piantata come un coltello tra i denti. Prendo l'accendino, e per un attimo la luce della fiamma ci avvolge.

«Olivier?» esclama lei.

Stupefatto, faccio un passo indietro. Lei mi guarda perplessa alla luce diffusa dei lampioni. Aggrotto a mia volta le sopracciglia.

«Sidonie?».

Il viso le si illumina in un sorriso che diventa subito una risata.

«Pazzesco, quasi non ti avevo riconosciuto!» dice. «Cos'hai fatto ai capelli?».

Mi passo la mano sulla cresta ossigenata, imbarazzato come un bambino colto in fallo.

«Ah, ehm… sì, ho cambiato qualcosa…».

«Fichissimo, sembri Sid Vicious!».

«Com'è che conosci Sid Vicious, tu?».

Sidonie fa spallucce sotto la lana pettinata del montgomery e dà un tiro alla sigaretta.

«Non ho più dieci anni, Olivier».

«No, certo».

Fa un gran sorriso.

«È incredibile rivederti! Ti penso spesso, sai. Voglio dire… certe volte parliamo di te a casa, ci chiediamo che fine hai fatto, cose così. Come mai da queste parti?».

Sono talmente emozionato che non mi viene in mente una bugia plausibile.

«Non lo so bene, Sido» dico. «Ho… ho avuto una botta di nostalgia, avevo voglia di tornare da queste parti e…». Inghiotto il groppo che ho in gola e per cambiare discorso indico la sigaretta. «Di' un po', ma Madeleine e Pierre lo sanno che fumi?».

«No, motivo per cui esco pure quando piove» confessa Sidonie ridendo. «Non sopportano di vedermi crescere. È una scocciatura essere la piccola di casa».

«In effetti sei cambiata molto».

«Quest'anno prendo la maturità» dice.

Per darmi un contegno e farmi coraggio mi accendo anch'io una sigaretta.

«Sei sparito dall'oggi al domani» continua lei. «Cos'è successo, Olivier? Ariane è stata molto…».

«Molto che? Sollevata?».

Mi è uscito da sé, come uno sputo.

Sidonie scuote la testa con l'aria di colpo seria. Guarda intorno a noi il boulevard bagnato, le finestre illuminate degli edifici, i pochi passanti che portano a passeggio il cane e dice:

«Io ho freddo, tu no? So che non ero io quella che volevi incontrare stasera, ma Ariane è fuori città. Ti va di andare a prenderci un caffè?».

Ci infiliamo nel primo bar che troviamo all'ora in cui i clienti abituali sono già al terzo pastis. Nessuno fa caso al mio aspetto da *bad boy* quando andiamo a sederci a un tavolino in fondo. Gli specchi presenti da ogni lato mi rimandano l'immagine del nostro improbabile duo: Sidonie con i lunghi capelli setosi che le ricadono sui bottoni di madreperla del cardigan, io con una sfilza di orecchini, la faccia cadaverica, i capelli punk e i jeans strappati.

«Bene, tanto vale dirtelo subito» comincia Sidonie. «Ariane e Terence si sono fidanzati quest'estate».

Incasso la notizia come uno schiaffo, ma non lo faccio vedere. Mi limito a ridacchiare.

«Fidanzati? Commovente. Come nelle favo...».

Spietata, Sidonie interrompe i miei sarcasmi.

«Si sposeranno l'anno prossimo, quando Terence tornerà dall'erasmus» dice mettendo una zolletta di zucchero nel caffè. «Si è diplomato a Scienze Politiche, lo sapevi? Poi per questioni di carriera è obbligatorio fare un lungo soggiorno all'estero, così ai primi di settembre è andato a Berlino. Ariane l'ha raggiunto qualche settimana fa, quando è caduto il muro. Fa la scuola di giornalismo, quindi non poteva certo perdere l'occasione di trovarsi al cuore dell'evento. Torneranno presto. Sai com'è mamma, non concepisce che per Natale non siamo tutti riuniti. Poi Terence tornerà a Berlino a finire l'erasmus».

Non batto ciglio. Registro freddamente le informazioni che mi sgancia senza il minimo tatto, ma dietro la sua brutalità individuo una forma di premura: andando dritta al punto mi evita di dover fare le domande più umilianti.

«Se vuoi vedere Ariane, da gennaio a giugno sarà a casa senza Terence» conclude.

Faccio un'alzata di spalle.

«Credo che sarebbe felice di parlare con te, Olivier».

«Ah sì? E di cosa? Dei suoi brillanti studi e del futuro marito?».

Sidonie si appoggia allo schienale e mi guarda. I suoi occhi sono molto più chiari di quelli di Ariane, ma hanno la stessa intensità.

«Non mi piace Terence» dice.

«Siamo in due».

«Ho sempre preferito te, Olivier. Tu non dici bugie».

«Sì che le dico. Tutti le dicono».

«Forse, ma tu non lo fai per far soffrire gli altri. Se lo fai, è solo per proteggerti».

Quell'osservazione inaspettata mi turba. Guardo Sidonie con interesse nuovo.

«Trovi che Terence faccia soffrire Ariane?».

Sospira.

«Trovo che Ariane fosse più felice quando stava con te. Quando c'eri tu era tutto più allegro».

Ricordo il mio penultimo anno di liceo, poi l'ultimo, e non ci vedo la minima gioia.

«Eri una bambina, Sidonie, non ti rendevi conto…».

«Forse» dice di nuovo. Poi indica le spille attaccate al bavero del mio giubbotto. «Sex Pistols, The Clash, The Damned… Hai chiuso con i Dire Straits e i Téléphone?».

«Allargo il repertorio» rispondo. «Faccio parte di un gruppo».

«Fichissimo!» si illumina Sidonie.

«Fichissimo non lo so. Suoniamo come possiamo, ma ci divertiamo».

«Come si chiama?».

«Il gruppo? Bah, è di nicchia, non lo conosci».

«Dimmelo lo stesso».

«È inutile, non lo conosci. Abbiamo fatto un solo concerto… in realtà soltanto per gli amici. Ma ne faremo altri».

«Mi piacerebbe venire a sentirvi» sorride lei.

Intenerito, le restituisco il sorriso. Non riesco proprio a immaginare Sidonie nel garage dei genitori di Karine!

«Devo per l'appunto andare lì… Mi stanno aspettando».

«Dove abiti adesso?».

Come tutte le bestie ferite, ho voglia di mordere.

«Dalla mia ragazza» rispondo secco.

«Ah» fa lei.

«È la chitarrista dei K-Aos».

«Caos?» ripete lei divertita.

«Sì, ma con la A di anarchia e la K di punk».

«Capito. Carino. Allora stai bene, sei felice?».

La sua domanda mi pare di un candore disarmante. La eludo lasciando sul tavolo qualche moneta per i caffè.

«Preferirei che nessuno sappia che ci siamo visti, Sido. Promettimi di non dire niente ad Ariane».

Annuisce, fa finta di sputare per terra a mo' di giuramento e mi guarda come un dottore che ausculti un malato in fase terminale.

«Non hai risposto alla domanda, Olivier».

«Quale, quella sulla felicità?».

«L'unica che conti, no?».

Infastidito, percorro la sala con lo sguardo. Devo andarmene da quel quartiere che non è più il mio posto, e in fretta.

«Per la gente come te probabilmente sì» rispondo. «Parlane con il tuo professore di filosofia, perché io non ho più tempo per queste stronzate».

La vedo arrossire, poi impallidire. Pazienza.

Mi alzo e scappo.

Mentre attraverso la Senna diretto alla riva destra sento la busta nella tasca posteriore dei jeans. All'andata pesava trenta grammi, ora ho l'impressione che pesi trenta tonnellate.

Quella sera mi rifugio da Chez Said, un baretto di Belleville in cui vado quando sto male.

Poso davanti a me i quattro o cinque fogli della lettera che ho scritto per Ariane. La leggo e rileggo fino alla nausea.

Come ho potuto illudermi che la mia prosa avrebbe fatto rinascere qualcosa di positivo nel suo cuore?

Esprimere la disperazione attrae solo quelli che hanno il gusto della disperazione. O almeno che ci sono abituati, e Ariane non fa parte della categoria. Ariane è adatta alla felicità, si sposerà, diventerà giornalista, probabilmente avrà dei figli e una vita normale in un mondo di cui conosce e accetta le regole.

Lei e Terence hanno in comune quello che per l'appunto non ho io, una famiglia, una cornice, ambizioni e mezzi per realizzarle. Sono fatti per il successo e sono fatti l'uno per l'altra, ecco la crudele verità che Sidonie mi ha sbattuto in faccia.

Quanto a me, basta guardarmi: sono buono solo per stare ai margini della società.

Quella sera, birra dopo birra, sotterro le ultime illusioni e dico addio ad Ariane una volta per tutte.

E quell'addio, Saule, è un addio a tutto ciò che da vicino o da lontano potrebbe somigliare a una vita regolare e perbene. In un mondo in cui regnano la competizione, la fame di guadagno e il desiderio di dominare o distruggere, in un mondo che si definisce civilizzato ma che lascia volentieri crepare i più deboli, non vedo proprio come potrei proteggere qualcuno.

Non giocherò a quel gioco.

Rimarrò libero e senza legami.

Non mi sposerò mai e non sarò mai padre.

Me lo prometto.

Poi strappo la lettera, rimetto i pezzi nella busta e, non sapendo cosa farne, infilo il tutto tra l'imbottitura e lo schienale del sedile fissato al muro.

Saldato al pavimento da cent'anni, quel sedile è la tomba ideale per la mia letteratura da innamorato, tutti ci si siederanno sopra.

All'alba, ubriaco e triste, decido di tornare da Karine con il primo treno per la banlieue. Arrivato al villino, entro dal garage, salgo in punta di piedi fino in camera sua e crollo contro di lei.

Svegliata di soprassalto, Karine mi rovescia addosso una valanga di improperi. Facciamo a botte sotto le lenzuola, ci prendiamo a pugni e morsi, poi facciamo l'amore con rabbia, come due bambini che suggellino un patto di sangue.

… Due anni dopo …

1991

CAPITOLO 69

Covava come un fuoco all'interno di una guaina elettrica. Dopo anni di stanchezza, litigate e riconciliazioni sbilenche i genitori di Karine si sono separati. Hanno restituito le chiave del villino, Silvia è tornata a vivere dalla madre, Fernando ha trovato un bilocale e i K-Aos hanno perso il garage in cui andavano a provare.

Ma poiché la vita non può essere sempre brutta, nello stesso periodo Franck è stato assunto in comune come amministrativo e, grazie ai suoi nuovi contatti, ci ha rimediato un locale nel seminterrato della MJC, la Casa della gioventù e della cultura.

In quei trenta metri quadrati illuminati dai neon, tra muri di cemento sui quali corrono i tubi dell'edificio, da vari mesi stiamo mettendo a punto una scaletta di dieci titoli. Ed è lì che stasera abbiamo appuntamento con un potenziale manager, un giovane che di recente ci ha visto in concerto in una MJC del dipartimento vicino e a cui, a quanto pare, siamo piaciuti.

«Dimmi di nuovo come si chiama» chiede Franck a Ben.

«Marceau» risponde Ben.

«Strano nome».

«Sì. Strano tipo, anche» conferma Ben. «Credo che sia mezzo nobile. Se ho capito bene, ha messo su la sua agenzia in società con uno zio che è direttore di una casa discografica».

«Nientemeno!» fa Franck. «Quale casa discografica?».

«Non me lo ricordo. Ero troppo ubriaco quando ci ho parlato l'altra sera, dopo il concerto. Ma mi pare che una volta tanto sia una cosa seria».

Ascolto distrattamente il dialogo rollandomi una canna. Ho passato una pessima giornata a setacciare le agenzie di lavoro interinale. Quando arriverà, Karine mi domanderà se ho trovato qualcosa, dovrò dirle che ho fatto un buco nell'acqua e che al momento non so come pagare la mia parte d'affitto. Se quel manager piovuto dal cielo riuscisse a portare i K-Aos sotto i riflettori, con un po' di fortuna potremmo essere inquadrati come lavoratori dello spettacolo, e Karine non sarebbe più costretta a mettere benzina e lavare parabrezza all'altro capo del dipartimento né io a spostare pallet e spingere carriole...

Sul palco, Franck monta i piatti sulla batteria e si lancia in piccolo assolo improvvisato. Io lo ascolto un po', mi accendo la canna e mi stravacco con un sospiro sul divano troppo morbido che abbiamo rimediato alla comunità Emmaus. Alle brutte, penso, proporrò a Karine di venire a dormire qui... Non è il lusso, ovviamente, ma è più grande del monolocale che abbiamo in affitto vicino alla stazione.

Osservo gli amplificatori Marshall, i *flight case* impilati qua e là, gli adesivi e i poster di concerti sul muro. Divago col pensiero, mi torna in mente la cucina di rue de Verneuil in cui mio padre attaccava i risultati delle analisi accanto agli articoli ritagliati dai giornali, e anche camera mia a Les Chaumes, dove non ho mai attaccato niente, come se non mi ci fossi mai sentito il benvenuto. Da quando sono nato ho l'impressione di essere un occupante abusivo perenne.

«Be', che fa la donna tua?» chiede Ben. «Avevamo detto alle sei, sono le sei e mezzo. Il tipo sta per arrivare e non siamo pronti!».

Faccio un'alzata di spalle. L'autobus sarà in ritardo, come al solito, oppure un cliente dell'ultimo minuto alla stazione di servizio, chissà.

«Tranquillo, dài. Vado a vedere se arriva» dico.

Risalgo dal seminterrato e faccio il giro della MJC. È l'ora in cui i bambini finiscono i corsi di ceramica o di teatro, grappoli di genitori chiacchierano davanti all'entrata, meglio che mi tenga a distanza con la mia canna.

Mentre scruto dalle parti della fermata dell'autobus per cercare di vedere Karine i miei occhi vengono calamitati da una sagoma familiare. La donna mi dà le spalle, sta parlando con un tipo grassottello che ha in mano un casco da motorino. Non indossa né la salopette rossa di quando era piccola né i jeans e maglietta di quand'era adolescente, ma un trench annodato in vita e, anche se non la vedo in faccia, giurerei che è Ariane. Il mio stomaco fa una capriola. Ariane lì? Com'è possibile? Sono pronto ad abbandonare la canna e andare a vedere più da vicino, ma in quel momento arriva l'autobus, si aprono le porte e Karine scende con gli altri passeggeri.

Passa davanti ad Ariane e al tizio con il casco senza notarli, si precipita verso di me come un tornado.

«Scusa il ritardo» dice. «Oltre a essere un lavoro di merda, è lontanissimo! Non ce la faccio più, ti giuro che sto per dare le dimissioni!». Si alza sulla punta dei piedi per darmi un bacio, ma si ferma a metà. «Cos'hai?» mi fa. «Sei strano. Sembra che hai visto uno zombie».

Mi rendo conto che i miei occhi sono rimasti fissi sul punto in cui era la donna in trench, che nel frattempo è sparita tra la folla dei genitori.

«No no, tutto okay» dico. «Ti stavo… aspettando».

«Uhm, hai fumato, eh?» brontola Karine vedendo la mia espressione sbalordita.

«Sì, un po'».

«Intelligente, subito prima dell'audizione davanti al manager!» brontola di nuovo scendendo le scale del seminterrato. «Non ti regoli, Oli!».

Resto indietro, attonito, dubitando dei miei sensi. Non è la prima volta che mi sembra di vedere Ariane, ma era da un po' che non mi succedeva. Guardo il mozzicone della canna che si consuma tra le mie dita. Karine ha ragione, fumo troppo.

Mi affretto a raggiungere gli altri.

Abbiamo appena il tempo di provare un paio di canzoni che arriva il famoso Marceau. Bassino e rotondetto, si toglie giubbotto e sciarpa e posa il casco da motorino sul divano.

«Salve, ragazzi!».

Mentre gli altri vanno a salutarlo rimango piantato davanti al microfono, preda di un malessere diffuso. Quel tipo è molto reale. E quindi? Ariane era davvero lì anche lei o sto diventando matto?

«E quello lì, che ha messo radici sul palco, è il nostro cantante» dice Karine all'ospite. «Olivier!».

Mi riprendo. Karine mi lancia un'occhiataccia, convinta che sia sballato per colpa della canna, ma la verità è che sono sballato per colpa dei miei ricordi, prigioniero di quel passato che non riesco a dimenticare.

E scivolo su una brutta china
E di notte lo spettro si avvicina
E non canto, grido forte
E la mia vita è una lenta morte.

Luglio 1992

Capitolo 70

Sonnecchio seduto accanto a Ben che guida. Il cielo è coperto, un po' temporalesco, si vedono bagliori lontani sopra l'oceano. Nel pulmino tutti stanno cercando di dormire, così Ben ha abbassato la radio, ma riconosco la chitarra implacabile di *Smells Like Teen Spirit*. Mentre Ben batte il tempo sul volante penso al successo folgorante, planetario, dei Nirvana e di Kurt Cobain.

Non è certo il caso dei K-Aos! Ecco quel che mi dico dopo quindici giorni di tournée disastrosa.

Eppure eravamo tutti contenti. Quando Marceau, ormai il nostro nuovo manager, ci ha annunciato che aveva ottenuto una decina di date sulla costa della Vandea in pieno luglio ci siamo sentiti spuntare le ali. Finalmente un po' d'avventura! Finalmente on the road! Finalmente qualcosa di diverso dalle sale e dai bar della periferia di Parigi!

Purtroppo la realtà non ha coinciso con i nostri sogni. Due concerti annullati all'ultimo momento, una rissa con i fan di un gruppo locale che ci ha procurato qualche noia con la polizia, un cortocircuito che ha distrutto un amplificatore, un giorno che siamo rimasti senza benzina, l'accoglienza non proprio entusiastica degli organizzatori, le notti scomode in tende da campeggio, per non parlare delle continue discussioni con Karine: ne ho le palle piene.

Do un'occhiata verso il fondo del pulmino.

Karine è stesa sulle ginocchia di quell'altro coglione. Che vada al diavolo.

L'altro coglione è Christophe detto Tof, quello che suona la fisarmonica. Fondere il punk con la musica popolare è stata un'idea di Marceau, geniale davvero! Per il momento l'unica cosa che sembra fondersi è Karine con quel tipo, una cosa che non sopporto.

«Credo che sia lì» dice Ben indicando una strada che si addentra nella pineta.

Poco dopo, il cartello *Camping de la Dune* ci conferma che siamo arrivati alla nostra ultima destinazione.

«Siete il gruppo?» ci chiede il gestore all'entrata. «I Kasons, giusto?».

«K-Aos» lo corregge Ben alzando gli occhi al cielo.

«Okay, è uguale, l'importante è che facciate ballare i clienti» ribatte l'altro. «Il palco è là. Potete posteggiare accanto allo snack bar».

Ben mi guarda. Io guardo lui. Ha preso troppo sole, gli si sta spellando il naso, mi fa pena.

«A noi lo snack» sospira.

«A noi la gloria» rispondo.

Scarichiamo l'equipaggiamento in mezzo all'odore di fritto, sotto gli sguardi indifferenti dei dipendenti del camping. Gli unici che ci ronzano intorno sono alcuni bambini in costume da bagno e infradito, incuriositi dalle chitarre.

«La sai suonare?» mi chiede un biondino alto un soldo di cacio.

«Io? No. È lei che la suona» dico indicando Karine che si sta sventagliando seduta su un *flight case*.

«Una femmina?» fa lui con una smorfia. «Strano».

«Vieni a sentirci fra poco. Vedrai, suona benissimo».

«Ha i capelli verdi» osserva il piccolo. «Bella. È la tua ragazza?».

Sospiro. I bambini hanno il dono di mettere il dito nella piaga.

«Non lo so, chiedilo a lei».

E siccome i piccoli prendono tutto alla lettera vedo il biondino salire risolutamente sul palco e dirigersi verso Karine. Sono un idiota, avrei fatto meglio a tenere la bocca chiusa. Me la svigno verso il pulmino per andare a prendere il resto del materiale.

Un minuto dopo, mentre sto srotolando i cavi, torna il bambino e mi tira per la maglietta. Sorride da un orecchio all'altro.

«Ha detto che resta la tua ragazza, ma solo se la sposi».

«Eh?».

«Ha detto così».

Aggrotto le sopracciglia e mi volto verso Karine, che fa finta di guardare altrove. Cos'è questa nuova provocazione da quattro soldi? Sono giorni che mi tiene il broncio, che fa la scema con quell'altro deficiente, e ora vuole mettermi la fede al dito? Proprio lei che da sempre definisce il matrimonio una trappola per coglioni?

Mollo i cavi e il biondino e mi avvicino a lei.

«Sei impazzita o che?».

Si gira verso di me, mi scocca uno sguardo che pare una freccia e sul palco di quello squallido camping, in mezzo all'odore nauseabondo di frittelle, annuncia:

«Sono incinta, Olivier».

Il giorno dopo

Capitolo 71

Io e Karine siamo stesi sulla spiaggia alle prime luci dell'alba. La sabbia della duna, raffreddata dalla notte, mi cola liquida tra le dita. Intorno a noi non c'è nessuno, solo una dozzina di bottiglie di birra vuote e una serie di cicche piantate a terra tipo ridicola barriera contro l'Atlantico.

Tutto scorre, quella mattina: la sabbia, la duna, il mare, la birra e le lacrime dagli occhi di Karine.

Nel corso di una massacrante notte insonne non ho fatto che ribadire la mia posizione: non voglio diventare padre, è superiore alle mie forze, non voglio figli. «Ma guarda come siamo messi, porco cane! Non abbiamo un soldo, viviamo in una stanza che riusciamo a stento a pagare, non siamo fatti per diventare genitori. Non ho neppure voglia di diventare adulto in questa società deprimente, quindi pietà! In più mi odi» aggiungo cercando di chiudere definitivamente il discorso.

«Non è vero, non ti odio» protesta lei.

«Ma sì, non mi sopporti più, si vede».

«Perché tu non fai il minimo sforzo, Olivier! Te ne freghi di tutto».

«Me ne frego di tutto perché il mondo se ne frega di noi. La vita è troppo assurda!».

«Appunto. Un bambino le darebbe senso».

Quella frase mi fa imbestialire. Penso con rancore ai miei genitori che mi hanno messo al mondo per consolarsi, non farò certo lo stesso errore!

Ostinata, Karine mi sfida.

«E se decidessi di tenermelo? Da sola?».

A corto di argomenti, caccio un grido rabbioso. Anchilosato, ubriaco, sfinito, mi alzo e parto dritto davanti a me verso le onde.

«Olivier!».

«Cazzo!».

Proprio in quel momento spunta il sole da dietro la duna e la superficie dell'oceano, abbagliante e dolorosa, si illumina.

«Olivier!».

Non rispondo. Vorrei trovarmi altrove, o essere qualcun altro. Ne ho abbastanza. Mi tolgo le scarpe ed entro in acqua.

Nonostante tutto, per quanto strano possa sembrare, il concerto della sera prima è stato il migliore della tournée. Nessun intoppo tecnico, il suono era regolato abbastanza bene e, miracolosamente, siamo stati tutti bravi, perfino quel coglione di Tof con il suo pianoforte a bretelle, lo ammetto.

Dapprima diffidente, il pubblico variegato del camping si è fatto poco a poco conquistare dai nostri pezzi. Alcuni bambini si sono messi a saltellare davanti al palco, poi i genitori li hanno raggiunti. E quando abbiamo eseguito *Golden Brown*, la canzone degli Stranglers, qualche coppia di vecchi è venuta a ballare il valzer. Sì, il valzer! E cavolo, era bello! Ho perfino ringraziato mentalmente Marceau di aver avuto l'idea della fisarmonica, perché una volta tanto la cosa cominciava a funzionare. Quando siamo scesi dal palco tra gli applausi eravamo tutti contenti, e io avevo quasi dimenticato la notizia che mi aveva dato Karine.

Poi la gioia se n'è andata un'altra volta.

L'acqua mi avvolge i polpacci e dopo un po' le cosce, incollandomi la tela dei jeans alla pelle. Più avanti i gabbiani volteggiano sulle onde, e ancora più lontano alcuni pescherecci si stagliano contro il cielo rossiccio. È bello, talmente bello che continuo ad avanzare calamitato dal largo, deliziosamente alleggerito del corpo, di tutte le mie rabbie e le mie tristezze. Il mare mi trasporta, mi lava, mi solleva fino al cielo, e il cielo mi avvolge. Per un breve momento di estasi mi sento appartenere tutto intero all'universo, come se vi fosse disciolta ogni mia cellula. La vedo in quel momento che nuota a pochi metri da me, con il viso illuminato dal sole… Ma sì, è lei! È Ariane, che come un tempo alla scuola di Sainte-Saverne sta venendo verso di me per propormi di giocare a qualcosa. Estasiato, le sorrido e vado ancora avanti mentre il fondo sabbioso viene a mancarmi sotto i piedi ogni volta che l'onda mi solleva. È tutto semplicissimo, mi dico, la vita è un gioco da ragazzi!

Poi sento la mano di Karine che mi afferra la spalla.

Il contatto spezza la trance. Mi volto.

Vedo, stranamente lontane, le dune erbose e la bandiera del beach club che sventola. Karine mi guarda con aria strana. Noto che l'acqua le arriva alle ascelle. Anche a me, del resto.

«Hai ragione tu» dice. «Sarebbe una follia tenerlo, non siamo pronti. Abortirò». Ha gli occhi imbrattati di lacrime, acqua di mare e mascara. Mi tende la mano e aggiunge: «Sei tu quello che voglio tenere, Olivier. E ti ricordo che non sai nuotare».

Accetto il suo aiuto senza dire niente e mi lascio guidare verso la riva. La stanchezza mi fa quasi piangere.

Rimettiamo piede sulla terraferma mentre le prime famiglie affluiscono sulla spiaggia con ombrelloni e ciambelle. Guardo un'ultima volta verso il largo. Ariane non c'è più, ovviamente. Non c'è mai stata.

«Ho fame» dice Karine. «Tu no?».

«Sì».

«Alla fine è andata bene ieri sera, no?» commenta mentre risaliamo la duna diretti al camping.

«Sì, decisamente sì».

«Stavo pensando… Visto che non facciamo un figlio potremmo fare un disco».

Intorpidito e sfinito, le sorrido.

«È senz'altro meno rischioso».

«Tof ha un amico che suona il trombone».

«Il trombone? Uhm... ci stiamo allontanando sempre più dal punk».

«Forse ci avviciniamo al successo» ride lei.

Non credo che quel giorno avessi davvero voglia di morire, Saule.

Ma mi sono chiesto a lungo cosa sarebbe successo se Karine non fosse venuta a tirarmi fuori dall'acqua.

Tornati a Parigi, prende appuntamento all'ospedale.

Muore di paura, ma la sua decisione sembra irrevocabile. E dato che la gravidanza non è troppo avanzata, potrà interromperla con un farmaco.

Le domando se vuole che la accompagni, risponde di sì.

Mi sento un po' intimidito, perché sono l'unico uomo in quella sala d'attesa piena di donne. Alcune molto giovani, anche più giovani di Karine, alcune accompagnate dalla madre, altre con un'amica, ma anche donne più grandi, tutte con lo sguardo perso in questioni vaste e fondamentali che hanno avuto il coraggio di affrontare da sole.

Stringo la mano di Karine.

Mi tornano in mente le trasmissioni di Ménie Grégoire che mia madre ascoltava appassionata. Mi torna in mente zia Simone, pallida, nella stanza di Les Chaumes dove ogni sera le portavo una scodella di brodo.

Sono contento di vivere in un'epoca diversa in cui, per quanto difficile sia, si può finalmente scegliere.

Poi Karine prende la pasticca che le danno, un'infermiera le dice di andare a stendersi in un box in attesa dell'espulsione e io rimango in sala d'attesa come un fesso. Per passare il tempo prendo una delle riviste di gossip che stanno su un tavolino.

In prima pagina c'è uno scatto rubato di Kurt Cobain e di sua moglie Courtney Love davanti all'ingresso di un ospedale di Los Angeles. La foto è barrata da un'unica frase: "È nata la loro bambina!".

È la conferma, il destino della rockstar e il mio non fanno la stessa strada.

… Sei mesi dopo …

1993

Capitolo 72

Ci ritroviamo in fondo a un cortile che somiglia un po' a quello in cui Fréquence Pink aveva sistemato i suoi studi, solo che stavolta è l'entrata di una piccola casa discografica, la HellProd.

«Di qua».

Davanti a me, Karine, Ben, Franck e Tof seguono Marceau buoni buoni, come se andassero a fare la prima comunione. Io mi trascino un po' più indietro.

Marceau ci ha avvertito, suo zio non scherza, prima di buttarsi nella musica ha fatto i soldi con la pubblicità, ma le nostre nuove canzoni gli sono piaciute davvero, è disposto a finanziare la registrazione e distribuire il primo album dei K-Aos, a condizione però che ci mettiamo al lavoro. Quando ho chiesto cosa volesse dire, Marceau ha risposto: meno birra, meno canne e più disciplina.

«Mio zio vuole una cosa pulita. Quadrata, capisci?».

Pulita e quadrata? Per poco non mi sono strozzato. Chiedere a un gruppo punk di essere puliti e quadrati è un controsenso, no?

«È il prezzo da pagare per cambiare marcia» ha cercato di convincermi Karine. «Te l'immagini se davvero facciamo un disco e abbiamo successo? La libertà ce la ripiglieremo dopo!».

Non ero d'accordo, e come al solito abbiamo litigato. Da allora ho mal di pancia, mal di testa e voglia di mordere qualcosa o qualcuno.

La passeggiata finisce in uno stanzone tipo loft, in finto stile newyorchese, con muri in mattoni, mobilio industriale e scala di metallo. E, sulla scala, un tizio con gli occhiali dalla montatura rossa e un paio di pantaloni tenuti su da bretelle fosforescenti. Capisco subito con chi ho a che fare, il tipo sicuro di sé, eccentrico che tuttavia non lascia niente al caso, probabilmente il prodotto di una grande scuola di economia. Ai miei occhi è un predatore, una specie di Terence Szovat.

«Ecco i K-Aos» ci presenta Marceau.

Lo zio ci rivolge uno sguardo tetro, contrae il labbro superiore come per un tic e si strofina il naso. Cocaina, penso subito.

Scende gli ultimi scalini e si ferma davanti a Karine.

«Una ragazza alla chitarra, bene. È diverso dal solito, ma non basta. Canti?».

«Io?» fa Karine. «Ehm, no, è Olivier a...».

«Chi è Olivier?».

Ora so chi ho voglia di mordere.

«Sono io» dico venendo avanti.

L'uomo mi guarda da dietro gli occhiali con la montatura rossa. Apre la bocca, ci ripensa, passa agli altri.

«Marceau vi ha detto che sto pensando di trovarvi un altro nome?».

Il nostro manager incassa la testa nelle spalle, contrito. No, certo che non ce l'ha detto.

«Ho messo al lavoro i ragazzi del marketing, gli stessi che faranno anche il logo e la copertina. Venite, ve li presento...».

«I ragazzi del marketing? Ma dove siamo?» sghignazzo. «Vuole pure riscrivere i testi, per caso?».

Il tipo non si smonta.

«Visto che hai sollevato la questione, sì, in effetti abbiamo qualche suggerimento. Ma non volete un caffè prima che ci mettiamo a parlare seriamente? Di qua, seguitemi».

Quello non è un uomo, è una macchina da guerra. Nessuna

empatia, si sente che ha sempre ottenuto quello che voleva fin dal giorno in cui ha chiesto il suo primo biberon. Guardo Karine, che mi fa segno di andarci piano. Tof conferma lanciandomi un'occhiataccia. Ben e Franck invece sono paralizzati, troppo impressionati per riuscire a pensare.

Marceau mi afferra il braccio e mi tira da parte.

«Te l'avevo detto, non è un tipo tenero, ma i vostri pezzi gli sono piaciuti davvero, e trasforma in oro tutto quello che tocca, fidati».

«Me ne frego, non siamo una boy band».

«No, certo. Dài, vieni, dopo un buon caffè andrà tutto meglio».

Ci ritroviamo in una stanzetta sul fondo del loft con una finestra che dà su un piccolo giardino sul retro dell'edificio. Al centro c'è un tavolo, e sul tavolo un vasetto di polvere bianca. A prima vista la scambiamo per una zuccheriera, ma lo zio di Marceau si diverte a smentirci.

«Pura, arrivata direttamente dalla Colombia». Solleva il mento verso di me. «Serviti pure, Olivier, offro io».

Io prendo una sigaretta e me la accendo.

«No, grazie, per me solo un caffè».

Gli altri si siedono intorno al tavolo in un silenzio imbarazzato mentre Marceau va alla caffettiera, ci riempie le tazze e ce le porge.

«Sapevate che la cocaina veniva venduta legalmente in tutta Parigi alla fine dell'Ottocento? Ne facevano uso Émile Zola, Jules Verne e tutti i grandi creativi».

Mentre blatera, il boss si prepara una striscia.

«Che c'entra?» chiedo.

Lui sniffa la sua schifezza prima di rispondermi.

«Che c'entra, ragazzo mio? C'entra che devi capire cosa vuoi nella vita, se essere Jules Verne o restare anonimo. Voi fumate erba e vi sbronzate di birra tiepida, con il risultato che siete mosci, mentre con questa roba si possono fare grandi cose!». Si raddrizza e ci squadra. «Marceau vi vuole bene, e io voglio bene a Marceau. E poi ho voglia di diversificare il mio catalogo. Voi avete un potenziale, ma siete fragili, molto fragili. Quello che vi propongo con questo contratto...».

Così dicendo schiocca le dita. Vedo Marceau uscire dalla stanza a tutta velocità e tornare poco dopo con un mucchietto di fogli appena fotocopiati. Nel tempo che si è allontanato, Ben e Tof hanno allungato le mani verso la zuccheriera della coca.

«Quello che vi propongo con questo contratto» ripete il capo di HellProd, «è di mantenere il succo della vostra musica per farne qualcos'altro. Marceau mi ha spiegato chi siete e da dove venite, le vostre famiglie, i vostri lavoretti, i seminterrati dove provate... Tutto ciò va bene, la banlieue è di moda, la gente ha voglia di incanaglirsi, basta guardare il successo dell'hip hop. Posizionandoci in quella nicchia, con un buon storytelling e se la ragazza canta, possiamo fabbricare un format...».

La rabbia mi travolge. Do un pugno sul tavolo per svegliare gli altri.

«Non ci posso credere! Lo senti, Karine? Questo signore ci sta dicendo che dobbiamo interpretare i proletari di turno per fargli piacere!».

«Ma no» interviene Marceau, «dice solo che...».

Mi volto verso di lui. L'ultima volta che ci sono sceso a patti, il diavolo si chiamava Szovat e ho perso tutto. Non mi fregherà un'altra volta!

«Zitto tu!» grido. «Non siamo in vendita!».

«Non sei solo tu a decidere, Olivier!» sbotta Karine. «Non ne posso più che mi dici sempre cosa fare! Prima il bambino, ora il disco, hai rotto i coglioni! Il gruppo l'ho fondato io, non tu! Quindi stavolta decido io, okay? E se non ti sta bene troveremo un altro cantante!».

Gli altri si scambiano sguardi perplessi.

«Che bambino?» chiede Ben.

Karine si mette a tremare. Sono smarrito, non ne avevamo più parlato da dopo l'ospedale.

«Che bambino, che bambino...» ripete. «Chiedilo a lui!».

Sei paia d'occhi sono puntate su di me. Vado nel pallone, allargo le braccia, balbetto che non c'entra niente, che non sono affari loro, che mi dispiace se Karine ha rimpianti, che non è quello il momento di... ma è troppo tardi, non c'è bisogno di aspettare il verdetto, sono già condannato. E come pubblico ministero c'è quel brutto tipo con gli occhiali rossi.

Allora mi avvicino al tavolo, prendo la zuccheriera e la scaglio con tutte le mie forze contro la finestra. Il vetro si rompe, la coca si sparpaglia nella cucina, Karine grida, Tof la abbraccia, Marceau si precipita a spolverare lo zio, Franck e Ben mi guardano come se fossi impazzito.

Quando esco dal cortile della HellProd, solo e incazzato nero, so che la mia vita ha appena fatto una brusca sterzata a novanta gradi.

Ho ventitré anni, senza più la ragazza, gli amici e il gruppo, senza un diploma, senza lavoro, e devo trovarmi al più presto un posto in cui dormire.

Mi resta solo una cosa, il mio orgoglio.

Un orgoglio che sono costretto a ingoiare di nuovo, Saule. Dopo qualche settimana di calvario a sbattermi di qua e di là con le tre borse in cui ho ficcato la mia roba in fretta e furia, mi sento definitivamente rifiutato da Parigi.

Una mattina, scoraggiato, prendo il treno per Sainte-Saverne. Naturalmente senza biglietto, visto che non ho più un centesimo.

Estate 1993

Capitolo 73

Da solo, nel caldo secco di agosto, costeggio i campi di colza e i pascoli deserti. Non ho rimesso piede qui dall'estate seguita alla morte di Karl, nel 1985. Sono passati otto anni, e non è cambiato niente.

Non ho il coraggio di telefonare a Les Chaumes. Preferisco mettere mia madre e Yvon di fronte al fatto compiuto, cioè io e le mie tre borse.

Pensavo di aspettare la corriera per arrivare almeno fino al paese, ma a Sainte-Saverne mi informano che quella linea non esiste più.

«Costava troppo, l'hanno soppressa» mi ha spiegato la barista del Café de la Gare. «Ormai hanno tutti la macchina».

«Io no».

Mi ha guardato.

«Allora non ti restano che i piedi. O l'autostop, e in questo caso buona fortuna».

Ho sfoderato il pollice all'uscita della città, ma con i jeans strappati e i capelli dritti ho spaventato i pochi abitanti del luogo che mi sono sfrecciati sotto il naso senza neanche rallentare. Dopo quel picco di traffico la campagna si è riaddormentata. Non si vede più una macchina all'orizzonte, così cammino.

Con spalle e braccia indolenzite per le cinghie delle borse, provo una sensazione sempre più opprimente di ritorno alla casella di partenza.

Mi rivedo nella classe del maestro Besson, alle elementari,

con le pagelle che erano una sfilza di “Ottimo”. Mi rivedo alle medie, a Nevers, chino sui compiti nella sala studio, divorando tutti i libri che mi capitavano sottomano, ossessionato dalla media dell’otto e dalla voglia di scappare da quel luogo in cui pensavo di non avere futuro. Mi rivedo il giorno del mio arrivo all’Henri-IV. E poi, come spesso capita, rivedo Terence che mi fa la sua lezioncina sui campagnoli. Rido amaro. Alla fine aveva ragione lui, ho rinunciato.

«Uno a zero per te, Savate!» dico ad alta voce.

Ironicamente, ripenso anche alla psicologa dell’esercito. Alla fine, forse, avrei fatto bene ad andarci, nella loro maledetta caserma. A quest’ora avrei un tetto sulla testa, vitto assicurato e forse starei salvando Sarajevo!

Invece no. La guerra, la faccio contro me stesso, ed è già abbastanza sfibrante così.

Morto di sete, sudato, con i muscoli al limite dei crampi, mi fermo a riposare all’ombra di un albero e mollo le borse sul ciglio della strada.

L’erba alta risuona del ronzio degli insetti, nell’aria aleggia un odore di letame che mi rimanda inesorabilmente ai lunghi momenti di noia della mia infanzia. Non pensare ad Ariane è impossibile, come anche non pensare a tutto ciò che ho perduto o rovinato.

Mi accendo una sigaretta. Ho la bocca talmente secca che non mi piace, ma la fumo lo stesso. Sarà dunque questa la mia vita, una successione di fallimenti?

Sollevo la testa. Un po’ più in là un rapace sta descrivendo cerchi al disopra del bosco. Mi resta un’ora abbondante di cammino e non ho un goccio d’acqua. Se non ricordo male c’è un ruscello che scorre nel vallone là sotto. La parola “ruscello” mi dà quasi la forza di correre. Trasferisco le borse sotto l’albero e parto attraverso i campi in direzione del boschetto.

Tutto mi è ostile. I gambi mi pungono, le pietre mi colgono di sorpresa, i ronzii mi disturbano e ho paura dei serpenti. C’è da dire che non mi sono mai sentito a mio agio nella natura, neanche da piccolo, agli inquietanti capricci dell'esterno ho sempre preferito i rassicuranti interni delle case.

Entro comunque nel bosco. Ascolto i rumori, gli scricchiolii, i cinguettii di uccelli di cui non so il nome, e finalmente sento la deliziosa melodia dell'acqua che scorre sui ciottoli.

Quando raggiungo il ruscello la tensione si scioglie. Mi tolgo le scarpe, scendo goffamente lungo il greto, affondo i piedi martoriati nella melma e bevo a lungo con le mani a conca.

Poi risalgo sulla riva, trovo un vecchio ceppo mangiato al suo interno dai funghi e mi siedo a fumare un'altra sigaretta.

Da quel luogo emana una dolcezza incomprensibile che mi commuove e mi rasserena.

«Okay» dico sospirando.

È inutile che continui a sperare in cose impossibili. Dopotutto l'ho avuto, il mio sogno parigino, ho toccato con mano la famosa realizzazione con cui ci bombardano le orecchie. Inoltre frequentando Karl, mio padre, gli attivisti di Fréquence Pink e i morti di AIDS ho visto il "rovescio della medaglia", un altro tipo di guerra. E allora? Che ci risolvo?

Non lo so, ma in quel momento smetto di combattere contro ciò che è. Ci sono solo io, io seduto sul ceppo, io in un bosco che si chiama Buco della Volpe, io che sto tornando da mia madre, che sto tornando nella fattoria di famiglia su questa vecchia terra. Mi guardo le mani e penso a quelle di Fernando. E se la smettessi di rovinare tutto, di distruggere tutto? Se la smettessi di scendere dal treno appena parte?

Torno sulla strada, recupero le borse e mi rimetto in cammino verso Les Chaumes.

Cammino spedito sotto il sole cocente con la testa piena di idee.

Mi prenderebbe come apprendista, quel coglione di Yvon? In fondo ho già un po' di esperienza, e non credo che si debba essere un genio per collegare tubi o arrampicarsi sui tetti!

Vedo l'incrocio tra il sentiero e l'albero Morin, poi Les Chaumes, in cima alla salita.

Se rimango, penso, devo assolutamente prendere la patente.

Ecco com'è andata, Saule.

Tornando da mia madre entro finalmente nella vita adulta, almeno nel senso in cui la intende la società normale.

Mi rimetto in tasca la rivoluzione.

Torno nel luogo che ho avuto la sfacciataggine di voler lasciare.

Decido di giocare a quel gioco.

Per fortuna il mio ritorno avviene in un periodo in cui molti olandesi, attratti dai paesaggi e dalla tranquillità del Morvan, ricomprano le fattorie abbandonate per farne seconde case. Hanno soldi, si rivolgono agli artigiani locali, e Yvon ha bisogno di manodopera. Per quanto mi stimi poco, e a condizione che righi dritto, acconsente ad assumermi.

Negli anni che seguono mantengo un basso profilo.

Istruito da quelli che lavorano per lui, imparo i rudimenti della muratura, della falegnameria, della posa in opera di mattonelle, dell'idraulica. Salgo sulle scale, posiziono pietre da lastricato, intonaco, rivesto, pavimento, spargo ghiaia, spiano, raddrizzo, imbianco.

Fatico per otto o nove ore al giorno.

Mi ci pago vitto e alloggio.

E la sera, quando torno a Les Chaumes al volante del furgone, ascolto la radio.

Tra Céline Dion e Mylène Farmer, è il momento del

successo degli Oasis, di Coolio e delle Spice Girls. Ogni tanto mi viene da pensare: e se sul più bello sentissi un pezzo dei K-Aos?

Lo spero e lo temo, ma non succede.

Ho appena il tempo di mangiare la minestra, poi, stanco morto, salgo a dormire nella stanza con la carta da parati marrone e il fregio di piccoli Zorro. E lascio marcire insieme a tutto il resto quel periodo della mia vita in cui mi sono creduto cantante.

… Passano tre anni …

Kurt Cobain si spara in testa.

In Ruanda una guerra civile degenera in genocidio, vengono massacrate ottocentomila persone.

In Sudafrica, dopo una vita intera a combattere per l'uguaglianza tra bianchi e neri e ventisette anni di prigione, Nelson *Mandela diventa il primo presidente nero del paese.*

In Algeria prosegue un sanguinoso conflitto tra il governo militare al potere e il Fronte *Islamico di Salvezza che farà duecentomila morti.*

*Un po' ovunque, dall'Afghanistan alla Cecenia, la disintegrazione dell'*URSS *provoca altre disintegrazioni che provocano a loro volta altre guerre.*

In Israele, poiché a quanto pare non tutti vogliono la pace e lui aveva firmato un accordo con i palestinesi, il presidente Yitzhak Rabin viene assassinato da un altro israeliano.

E mentre un team di scienziati internazionali pubblica il suo secondo rapporto concernente l'impatto delle attività umane e industriali sul clima del pianeta, il resto del mondo continua la sua corsa insensata verso chissà cosa.

1996

CAPITOLO 74

Un sabato mattina trovo mia madre con gli occhi rossi davanti al lavabo della cucina. Vedendomi entrare si affretta ad asciugarsi le lacrime.

«Qualche problema, mamma?».

Colta in flagrante, non può mentire e mi confessa di essere un po' stanca.

«Niente di grave, non ti preoccupare. Vuoi un caffè? L'ho appena fatto».

Mi riempie una tazza e, siccome la scruto, cerca di cambiare discorso.

«Come va lo studio?».

Da un po' di tempo ho ricominciato a studiare. Il lavoro con Yvon mi permette di sopravvivere, certo, ma so che non è destinato a durare. Dopo attenta riflessione mi sono iscritto a scuole per corrispondenza e ho ritrovato in me la caparbia disciplina che mi imponevo al liceo. In questo modo ho preso la maturità e svolto il primo anno di università. Il mio obiettivo è prendere il CAPES, il certificato di abilitazione all'insegnamento nelle scuole superiori.

«Va bene, sto andando avanti. Yvon non si è ancora alzato?».

«È già uscito. Oggi è l'apertura della pesca al luccio».

Sospira. È già da un po' che non la vedo molto felice. Le domando se pensa di andare al mercato di Sainte-Saverne come ogni sabato. Risponde di sì, ma con una tale stanchezza che, in uno slancio inatteso, mi offro di accompagnarla.

«Davvero?» si stupisce lei.

«Se ti fa piacere, mamma».

Un gran sorriso le illumina il volto.

«Non osavo chiedertelo».

Il tempo di infilarmi scarpe e maglione e partiamo alla volta di Sainte-Saverne a bordo della Peugeot 304 che guida dagli anni Settanta, contenti tutti e due della scappatella. C'è da dire che, a parte i cantieri in cui lavoro e una birra ogni tanto al bar, non esco mai. Le distrazioni della campagna mi lasciano indifferente, e anche se così non fosse non ho voglia di incontrare vecchie conoscenze a cui non ho niente da dire, a cominciare da Antoine Pleutin e Vincent Grimont, i miei vecchi nemici. Entrambi hanno seguito le orme dei rispettivi padri, il primo nella farmacia, il secondo nel settore immobiliare. Quei due, meno li vedo e meglio sto.

Mia madre trova parcheggio sullo spiazzo delle fiere, poi risaliamo a piedi verso la piazza della chiesa fermandoci ai vari banchi.

Mentre aspettiamo il nostro turno davanti al furgone dei formaggi chiacchierando del più e del meno vengo folgorato da un tale stupore che lascio la frase a metà. Stavolta non ho dubbi, non è un'allucinazione, è veramente Ariane quella che è appena uscita dalla panetteria con un pacchetto di pasticcini, a pochi metri da me.

«Cos'hai, Olivier? Sei diventato pallido».

Ariane non mi ha visto. Ci dà le spalle, si è messa in fila davanti a un banco di frutta e verdura. Dato che non fa freddo, indossa solo un vestito lungo. Inerpicata sui tacchi alti, è pallida e dimagrita, la vedo di una fragilità che non è da lei e mi sconvolge. Vado nel panico. Che faccio? Vado lì e le parlo? No no, impossibile, non...

«Olivier?» dice ancora mia madre.

Poi si volta, individua Ariane e capisce la ragione del mio turbamento, anche se non le ho mai raccontato nei particolari quello che è successo fra noi.

«Ci vediamo alla macchina» dico precipitosamente.

Senza darle il tempo di rispondere prendo la sporta della spesa e me la do a gambe, scendendo la strada fino allo spiazzo delle fiere in stato alterato.

Poco dopo, quando arriva mia madre, sono ancora sotto shock.

«Be'» sospira mettendo il resto della spesa nel bagagliaio, «se avessi saputo l'effetto che rischiava di farti la giovane Fournier ti avrei avvertito che era qui per le vacanze».

«Lo sapevi?».

«Ho incontrato Madeleine e Pierre, l'altro giorno. Da quando stanno a Parigi non tornano quasi mai qui. Stavano uscendo dalla messa, ci siamo scambiati notizie. Erano felici che ci fosse anche Ariane con il marito! L'hanno vista poco negli ultimi anni, ha vissuto in Africa, dove il marito si occupava di cooperazione».

La parola "marito" è una pugnalata, tuttavia ripeto come un idiota:

«In Africa?».

«Sì, mi pare a Gibuti» specifica mia madre chiudendo il bagagliaio. «Il marito è un uomo brillante, a quanto mi hanno detto. Pensa di entrare in diplomazia, un ministero, cose del genere. Comunque sembravano molto orgogliosi del genero». Storce il naso e, in un vecchio sussulto di femminismo, aggiunge: «A quanto pare, anche Ariane ha fatto studi di un certo livello, ma sai come succede, è sempre la donna quella che sacrifica la carriera. Madeleine mi ha confessato che aveva sperato di veder tornare la figlia incinta…».

Mia madre si siede al volante, mi guarda un po' dispiaciuta e, in un inconsueto gesto di tenerezza, mi posa la mano sul braccio.

«Sei ancora innamorato di lei, quindi».

«No, per niente».

«Ah. Sei sicuro?».

Mi chiudo in un silenzio sofferto fino a Les Chaumes. Mentre scarichiamo la spesa chiedo:

«E Madeleine e Pierre? Ti hanno chiesto di me?».

«Non hanno fatto in tempo! Stavo per cominciare a dirgli di te quando è arrivato il genero suonando il clacson come se fosse giorno di festa».

Quello che poi mi racconta di Terence non mi stupisce: Land Rover rutilante, abbronzato, disinvolto, sempre imperioso come se al mondo ci fosse solo lui.

«Aveva prenotato un tavolo in un ristorante gourmet verso Saulieu, così sono saliti in macchina e mi hanno mollato lì» conclude mia madre.

Penso con sollievo che è meglio così, molto meglio così. Ognuno per la propria strada, ognuno la propria vita. E la mia, il più lontano possibile da quella di Terence.

Quanto all'Ariane filiforme che ho visto al mercato, non è più quella che ho amato. Quella che amavo aveva le guance rosse e rotonde, ed è palesemente scomparsa nell'ombra del marito.

Dopodiché, caro Saule, mi sforzo di non pensarci più.

In quella fine di anni Novanta,

mentre altre guerre, altri colpi di Stato e altri terremoti scuotono il pianeta, mentre i bambini occidentali giocano freneticamente a Super Mario su piccole console da videogiochi giapponesi,

mentre gli utenti di una rete informatica ancora ristretta chiamata World Wide Web creano i primi siti e i primi motori di ricerca,

mentre in Francia, nell'approvazione quasi generale, il nuovo presidente Jacques Chirac sospende il servizio militare obbligatorio,

mentre undici stati europei si preparano ad abbandonare la moneta nazionale e adottare una moneta comune che si chiamerà "euro", io termino gli studi per corrispondenza e ottengo i miei diplomi.

… Tre anni dopo …

1999

Capitolo 75
Argenteuil

Apro la cassetta delle lettere, prendo la posta, la infilo nella cartella e, siccome sono in ritardo, corro verso il parcheggio del residence senza neanche guardarla.

Salgo sulla Renault 5 che ho comprato usata con i miei primi stipendi. Stipendiuccio da prof, macchinetta da prof, appartamentino da prof, ho tutti gli accessori del ruolo tranne il look. Quello no, non ce la faccio ad abbandonare le magliette informi, il giubbotto di pelle liso pieno di spille e le mie Creepers sformate. A inizio anno, quando la preside della scuola media Gabriel-Péri ha provato a convincermi di togliere almeno gli orecchini, ho negoziato per tenerli impegnandomi in cambio ad avere un taglio di capelli meno vistoso. Lei ha sospirato e ha detto va bene.

Il giorno dopo mi sono presentato con la boccia.

«Professor Balaguère, le dispiace passare nel mio ufficio quando può?».

Cosa che ho fatto alle quattro e mezzo del pomeriggio dopo aver finito con la quarta B[1].

«Le sembra una trovata intelligente?» ha chiesto la preside.

«Ai ragazzi della quarta B è piaciuta. Mi hanno chiesto se avevo il cancro».

«Molto divertente».

«Hanno il senso dell'umorismo».

[1] In Francia le scuole medie durano quattro anni.

«Probabilmente i loro genitori non ne hanno altrettanto, professor Balaguère. Se insegnasse educazione fisica o musica il suo abbigliamento potrebbe ancora andare, ma in quanto professore di francese...».

«Non vedo la differenza».

«Non faccia il finto tonto. Quando uno insegna una materia importante come la sua la posta in gioco è alta, i genitori hanno bisogno di essere rassicurati».

«Non mi trova rassicurante?».

«No».

Da allora tiene d'occhio me e le mie classi, lo so, ma me ne frego. Continuo a far scoprire ai miei alunni Maupassant e Camus mentre loro mi prestano CD dei Suprême NTM, dei Ministère A.M.E.R. e di Jay-Z.

Stamattina devo giustappunto ridare a quelli di terza vari album, oltre alla pagella del primo trimestre.

La classe è rumorosa e agitata come al solito quando tiro fuori i CD dalla cartella. Insieme a loro mi cade sulla cattedra una delle lettere che avevo preso dalla cassetta della posta e, non so perché, invece di metterla via ho la curiosità di girarla.

Mi balza il cuore in petto quando leggo sul retro nome e indirizzo del mittente: *Sidonie Fournier – 29, rue Claude-Bernard – Paris* V.

«Ehi, prof, mi ha messo sei, vero?».

«Prof, ha ascoltato *Laisse pas traîner ton fils*? È scritta da dio, vero?».

«Io preferisco *Ma Benz*, soprattutto il videoclip, ci sono ragazze da urlo!».

«I compiti in classe li ha corretti?».

Lascio che il brusio cresca e apro la busta. La lettera di Sidonie comincia così:

Caro Olivier, ho trovato il numero di tua madre a Les Chaumes e l'ho chiamata, è stata lei a darmi il tuo indirizzo...

«Ehi, prof, è la lettera di un'ammiratrice?».

«È vero, non ha la fede. Vuol dire che non è sposato, prof?».

«Ce l'ha la ragazza?».

«Ma la smettete? È la sua vita privata, siete proprio grezzi!».

Mentre parte il dibattito tra gli alunni per decidere se io conviva con qualcuno o non sia magari gay, leggo al volo le righe successive.

Lo so, non ci vediamo da dieci anni e l'ultima volta non devo averti lasciato un bel ricordo. Ti chiederai perché di colpo rompo il silenzio. Ho bisogno di vederti, Olivier. È molto importante. Chiamami a casa o sul cellulare…

Ho un presentimento di catastrofe. Colgo tutti di sorpresa sbattendo il pugno sulla cattedra.

«Oh! Allora? Non si riesce più neanche a leggere, qui!».

Guardo i ventotto alunni della terza F che hanno smesso di colpo di parlare.

«Compito in classe a sorpresa» annuncio.

Di fronte alla mia determinazione protestano sottovoce e tirano fuori il foglio protocollo.

Mi invento un argomento, uno qualsiasi che li faccia scrivere, poi incarico il più ribelle del gruppo di sorvegliare la classe, dico che mi assento per cinque minuti, prendo la lettera ed esco.

Arrivo in fondo al corridoio, spingo la porta antincendio e mi ritrovo all'aria aperta su una scala di servizio. Il cielo è grigio sulla banlieue parigina, ma per essere novembre non fa tanto freddo. Mi accendo una sigaretta e tiro fuori dalla tasca il Nokia che Cécile, la mia ragazza dell'epoca, mi ha regalato per il compleanno. Poi faccio il numero di Sidonie.

Qualche giorno dopo

Capitolo 76

Sidonie entra nel caffè e dà uno sguardo circolare alla sala senza vedermi. Io ho riconosciuto subito la sua figura piena di energia e gli occhi molto chiari dietro gli occhiali che dieci anni fa non portava. Le faccio un cenno con la mano. La sorpresa le strappa un gran sorriso.

«Questa poi! Stavo cercando un punk» dice togliendosi il cappotto. «Che fine ha fatto la cresta ossigenata?».

Mi accarezzo il cranio rasato.

«Non ti piace?».

«Sì sì. Sembri meno Sid Vicious, ma hai sempre l'aria da cattivo ragazzo».

«È quello che mi rimprovera la preside della mia scuola».

Divertita, Sidonie si siede di fronte a me.

«La tua preside?» ripete. «Non ci posso credere! Sei diventato prof?».

«Sì. Sono stato a lungo incerto se fare il tutto esaurito sul palco, poi…».

«Peccato, mi sarebbe piaciuto sentire un concerto dei K-Aos».

Sgrano gli occhi.

«Ti ricordi il nome del gruppo?».

Arrossisce un po'.

«Devo confessarti una cosa, Olivier. Dieci anni fa, quando ci siamo incontrati, non sono riuscita a mantenere il segreto, ho raccontato tutto ad Ariane. Non sai quant'era contenta di sapere che stavi bene! Per un po' di tempo siamo state attente a vedere se in giro c'erano concerti dei K-Aos».

«Ah» dico, piuttosto turbato. «E... siete venute?».

Si affretta a scuotere la testa. Meglio così. Del resto all'epoca bisognava essere davvero motivati per scovare le sale in cui si esibivano gruppi come il nostro!

«Professore di che?» chiede Sidonie. «Di musica?».

«No, di francese».

«E ti piace?».

Faccio un'alzata di spalle.

«Fa stare tranquilli mia madre e il mio direttore di banca. Ho optato per la sicurezza. Cosa prendi?».

Sidonie si soffia sulle mani, ordina un tè, si accende una sigaretta e me ne offre una. L'altro giorno al telefono non ci siamo detti quasi niente, ma ho sentito che c'era qualcosa di grave, e ora che è davanti a me, anche se fa la disinvolta, vedo i segni della stanchezza sul suo viso. La trovo bella, un po' impressionante.

«E tu cosa fai?» domando per guadagnare tempo sulle brutte notizie.

«Come lavoro, vuoi dire?».

«Per esempio, sì».

«Sapevi che ho sempre sognato di fare l'attrice?».

«Ah sì? Quindi reciti?».

«Quasi» sorride lei alzando gli occhi al cielo. «Sono avvocata».

Mi lascio sfuggire un fischio di sorpresa.

«Bah, come papà» continua lei. «Un classico, no? Comunque recito anche in una troupe amatoriale. Ma non è di me che volevo parlarti, Olivier. Si tratta di Ariane».

Ha un groppo in gola, le lacrime agli occhi. Io sento come una freccia che mi si conficca nel petto.

«Ariane ha avuto una bambina» mi annuncia senza preamboli. «Sei mesi fa».

Okay, è nella logica delle cose, incasso. Quello che dice dopo, però, mi fa l'effetto di una secchiata d'acqua fredda.

«Sai come l'ha chiamata?».

Ovviamente rispondo di no.

«Olivia. In onore tuo».

«Scusa?».

«Così mi ha detto lei in clinica, il giorno dopo aver partorito. Terence non c'era. Ariane aveva pianto tutta la mattina. Quando sono arrivata si è gettata nelle mie braccia e mi ha raccontato tutto».

L'ambiente intorno a noi si fa nebbioso. I clienti del caffè, i camerieri, il bancone, il rumore ripetuto della macchina del caffè e gli alti muri del Jardin des Plantes al di là della finestra non esistono più.

«Tutto cosa?» domando.

«Tutto» ripete Sidonie. «Tutto quello che nascondeva, tutto quello che teneva per sé da anni. Il suo dolore per averti perso, la sensazione di vivere una vita che non è la sua e soprattutto, come temevo, la pressione costante di Terence su di lei, prima perché lo sposasse, poi perché andasse con lui a Gibuti anche se non ne aveva nessuna voglia, poi perché non cercasse lavoro, poi perché gli desse un figlio… Insomma, perché corrispondesse in tutto e per tutto ai suoi desideri e basta».

Sido si accende un'altra sigaretta con il mozzicone della prima e dà un'occhiata all'orologio sopra il bancone. È quasi mezzogiorno. Allontana la teiera.

«In realtà avrei voglia di un bicchiere di vino. Tu no?».

«Buona idea» rispondo, piuttosto scosso.

Mentre sorseggiamo un côtes-du-rhône continua a raccontare.

«Quando Ariane ha detto a Terence che voleva chiamare la figlia Olivia hanno litigato malamente. Terence non era d'accordo, te lo puoi immaginare, ma per una volta Ariane ha tenuto duro». Mi guarda con quella franchezza che mi ha sempre colpito. «Preferisco essere chiara, Olivier. Non credo che Ariane provi ancora qualcosa per te, è una storia talmente vecchia, ma ho capito che ha bisogno di evocare il tuo ricordo per trovare la forza di opporsi a Terence. Come se tu fossi ancora il suo alleato nella guerra che sta combattendo, capisci?».

Esterrefatto e sempre più sbalordito, scuoto la testa.

«Guerra? Credevo che avesse scelto Terence con cognizione di causa!».

Sidonie fa una risatina forzata.

«Dài, Olivier, lo sai meglio di chiunque altro: è Terence a scegliere la gente, non il contrario! È lui che designa gli uni e gli altri e distribuisce i ruoli, è lui il regista. E nello spettacolo che sta mettendo in scena ognuno deve rispettare il suo copione. Quel giorno però Ariane ha improvvisato, e per la prima volta è riuscita a imporre la propria scelta».

Sento il mio corpo farsi pesante sulla sedia.

«Fammi indovinare» dico. «Terence le sta facendo pagare la sua ribellione, vero?».

Il mento di Sidonie si contrae.

«Da quando è nata Olivia, con la scusa che Ariane ha bisogno di creare un "legame privilegiato" con la bambina, Terence la tiene reclusa. I miei genitori riescono a stento a vedere la nipote. Alla fine, un mese fa, Ariane è stata ricoverata per depressione». Mi guarda con occhi imploranti. «È per questo che ti ho cercato, Olivier. Se potessi andare a trovarla nella clinica in cui sta, sono sicura che la tua visita le darebbe coraggio! Ho una tale paura che...».

Attonito, mi appoggio allo schienale e scuoto la testa.

«No, Sido, non chiedermelo. Mi dispiace per Ariane, per te, per la bambina... ma è un pezzo che sono uscito dalle vostre vite. Non lo posso fare».

E, temendo di cambiare idea, mi alzo di scatto.

«Ho lezione fra un'ora ad Argenteuil» dico. «Devo scappare».

«Ariane ha bisogno di te, Olivier. Dobbiamo salvarla!».

Mi infilo il giubbotto.

«Da quando mio padre è morto sotto i miei occhi, Sido, ho capito che non sono in grado di salvare nessuno. A stento me stesso. A stento».

Passano i giorni, passano le settimane.
Rivedo a ciclo continuo la scena del caffè con Sidonie.
Immagino Ariane in clinica, imbottita di farmaci, e sono paralizzato.

Arriva la fine dell'anno.

Stiamo cambiando secolo e millennio, e tutti sono terrorizzati dal grande bug informatico che seminerà lo scompiglio nelle transazioni bancarie e rischierà di scatenare lanci automatici di missili o far esplodere centrali nucleari.

Alcuni miei alunni parlano seriamente di fine del mondo.

Mi sforzo di farli ragionare, dico che hanno la vita davanti a sé e tutto da costruire, anche se a trent'anni credo ormai a ben poco, e di sicuro non alle sciocchezze che mia madre e zia Simone, un po' brille, dicevano nel 1981, «Nel 2000 non ci sarà più la fame, non ci saranno più malattie, avremo automobili volanti e la pace regnerà sulla terra».

La sera del passaggio di millennio chiamo mia madre a Les Chaumes. Lei se ne frega del bug, visto che non ha il computer. Il suo tormento è Yvon.

Mi dice che non lo sopporta più, che le fa le corna spudoratamente con una vedova del paese dalla quale peraltro è andato a festeggiare il Capodanno lasciandola sola. Ha paura della sua reazione se prova a metterlo alla porta. Impulsivo com'è, sarebbe capace di andarsene con quella.

«Cos'è più difficile?» mi domanda. «Soffrire restando con qualcuno o soffrire di solitudine?».

Le ricordo che si è già ritrovata sola quando Aloe se n'è andato, e che all'epoca era molto più allegra.

«Ero ancora giovane» sospira. «E poi c'eri tu, c'era Simone. Ormai qui è una desolazione, se n'è andata perfino Francine».

Colpito dal suo smarrimento, le prometto di andare a trovarla prestissimo, alle prossime vacanze, sì, sicuro.

Buon anno, mamma.

Buon anno, Olivier.

Quando riattacco è quasi mezzanotte e sono in preda a un malessere tanto acuto quanto indefinito.

Lascio il balcone su cui mi ero appartato per telefonare e torno alla festa. Guardo ballare la gente, gente che non conosco in un appartamento che non conosco. Vedo Cécile che ride a crepapelle stravaccata con alcune amiche su un divano.

In tutta la serata non ha fatto caso a me né io a lei. Stiamo insieme da più di un anno, ma non sappiamo perché.

Torno sul balcone.

Aiutato dall'alcol, non so cosa mi prende, fatto sta che chiamo Sidonie.

Mi risponde subito.

Mi chiede dove sono.

«Da qualche parte in banlieue» rispondo. «E mi annoio. Tu?».

A quanto pare anche lei si sta annoiando a una festa parigina.

Le domando come sta Ariane.

Meglio, dice.

Non è più ricoverata. Pierre e Madeleine l'hanno portata per qualche settimana al sole con la piccola Olivia, la morsa si sta allentando.

Entrambi sospiriamo al telefono.

Dopo una breve esitazione le propongo:

«Ti andrebbe di svegliarti in campagna domattina?».

Sento che sorride.

«Vuoi dire dalle nostre parti, nel Morvan?».

Le parlo della mia R5 da prof che potrebbe coprire i trecento chilometri in quattro ore e delle vecchie cassette che potremmo ascoltare lungo la strada.

Lei evoca sognante i sentieri fangosi, gli abeti, i campi e l'aria pungente che fa lacrimare.

Mi chiede se arrivando all'improvviso non disturberemo mia madre.

Tutt'altro, rispondo.

Sorride ancora di più.

«Credi che nel Morvan ci sarà la neve?» chiede prima di riattaccare.

Primo gennaio 2000

Capitolo 77
Les Chaumes

Vengo svegliato da un raggio di sole che filtra dalle persiane. Accanto a me, sepolta sotto il piumino, Sidonie si rigira. In lontananza si sente suonare il campanile del paese, due rintocchi.

Sono le due del pomeriggio del primo giorno del terzo millennio e per la prima volta ho dormito con Sidonie Fournier, avvocata del foro di Parigi. Altro che partite a Cluedo, mi dico respirandone il profumo di tabacco e acqua di Colonia.

In casa aleggia odore di legna e, tendendo l'orecchio, capisco che mia madre si sta dando da fare in cucina. Stamattina svegliandosi avrà trovato il mio biglietto sul tavolo, scostato le tende e constatato la presenza della R5 in cortile. Sorrido. Forse ho fatto una sciocchezza a mollare Cécile nel bel mezzo della festa, forse ho fatto una sciocchezza ad andare a letto con la sorella piccola del mio primo amore, forse ho fatto una sciocchezza ad arrivare a casa di mia madre senza avvertirla, ma quanto mi piace fare sciocchezze!

«Bella carta da parati» mormora Sido.

Le luccicano gli occhi mentre osserva alla luce del giorno la stanza intorno a sé.

«Ti piace?» chiedo.

«Sì, è di un marrone che non fanno più. E gli Zorro in fila indiana sono molto carini».

«Prima c'era una carta a fiori. Era camera della mia sorella maggiore».

Sidonie si appoggia su un gomito e mi guarda, concentrata

e splendida. Le prometto di raccontarle la storia di Veronica, ma non in quel momento.

«Ho una fame da lupo, tu no?».

«Sì».

«Odore di coniglio, se non sbaglio».

Lei annusa l'aria.

«Di faraona, direi».

«Alle castagne?».

«Uhm… no, ai funghi».

«Con due patate saltate in padella sarebbe fantastico».

Sidonie mi dà un bacio casto sulla guancia, poi scende dal letto e dice:

«Non è vero che non salvi nessuno, Olivier. Ieri sera mi hai salvato dalla depressione».

«Ci siamo salvati in due» la correggo.

Scendiamo in cucina. Mia madre è ancora in vestaglia. Seduta davanti a un bicchiere di vino bianco, sta ascoltando la radio e sbucciando mele con un'espressione preoccupata che si rischiara appena ci vede.

«Che bella sorpresa» dice. «Quando ho trovato il biglietto ho scongelato una faraona».

«Ho vinto io!» esclama Sidonie, trionfante.

«Tu devi essere Cécile» dice ancora mia madre.

Sidonie fa una risatina portandosi la mano alla bocca e lascia a me l'onere di spiegare quello che sa già, visto che durante il viaggio notturno in macchina ci siamo raccontati tutto.

«Ho lasciato Cécile» dico, e senza altri commenti domando: «Non riconosci Sidonie? Sidonie Fournier».

«Questa poi!» esclama mia madre. «La piccola Sido? La sorella di Ariane?».

«Sì» sorride Sido.

«Benvenuta, Sidonie» dice mamma. «Non potete sapere quanto sia contenta di avere un po' di compagnia oggi. Grazie di essere venuti».

Sarà forse la stanchezza, forse il fatto di essere lì con Sidonie in quel giorno tutto nuovo, all'ingresso di un'epoca ignota, ma di colpo la fragilità di mia madre mi suscita una stretta al cuore. Mi rendo conto che ha quasi sessant'anni, che è passata attraverso tante tragedie senza mai cedere e che non la abbraccio da quando ero bambino.

Goffamente, vado dietro di lei e le poso una mano sulla spalla. Di fronte a noi, Sidonie è silenziosa e attenta.

«Quando ho visto che c'eravate» ci spiega con voce tremante, «ho mandato un messaggio a Yvon dicendogli di non tornare oggi. Anzi, di starsene alla larga per qualche giorno».

«Hai fatto bene, mamma».

«Non è stato facile, sai».

«Ma se l'è cercata! E… non sapevo che fossi capace di scrivere messaggi».

Mamma ride sopra le lacrime.

«È il primo che mando in vita mia! Yvon si starà mangiando le mani per avermi regalato un telefonino!».

Sidonie prende la bottiglia di vino bianco e riempie altri due bicchieri.

«Allora, alla nuova Christiane e al nuovo secolo!» esclama raggiante a mo' di brindisi.

Beviamo tutti e tre nel profumino delizioso della faraona a cui ben presto si mischia quello della torta di mele.

Io e Sidonie ci fermiamo a Les Chaumes per tre giorni.

Nevica sulle cime del Morvan.

Con il cuore al caldo, camminiamo nel freddo che fa lacrimare.

Poco tempo dopo Christiane riesce a far sloggiare Yvon da Les Chaumes. Lui non si porta via niente, solo la sua roba.
«Che liberazione!» dice mamma.

Quando torno a trovarla per le vacanze di febbraio con Sidonie ci presenta la sua nuova compagna, uno spaniel femmina di quattro anni che ha adottato al canile. «Ogni mattina appena mi sveglio mi fa le feste. Nessun uomo mi ha mai dato il buongiorno così!».

Mia madre approfitta che sia lì per chiedermi di fare qualche riparazione in casa, un rubinetto che perde, una porta che non chiude più, uno scalino da rinforzare e un armadietto pensile da appendere in cucina.

Nell'entusiasmo Sidonie si rimbocca le maniche e mi propone di ridipingere la camera in cui dormiamo.

«Quel marrone mi mette tristezza» dichiara storcendo il naso.

Il negozio di stoffe e colori di Sainte-Saverne ha chiuso da un pezzo, così andiamo insieme a Nevers a scegliere i barattoli di vernice.

L'ultima sera facciamo l'amore in un ambiente giallo vivo tra gli effluvi di acrilico.

«Così è decisamente più allegro, no?» sorride Sidonie.

Sul soffitto ha disegnato un sole.

Sì, quel periodo è luminoso, Saule, e mi resta nella memoria come il più felice della mia vita.

Da quando mi sono lasciato con Cécile vivo da solo nel mio appartamentino di periferia. Sidonie viene a trovarmi spesso, e quando viene costruiamo intorno a noi una bolla in cui nessuno entra. È ovviamente fuori discussione che il clan Fournier venga a sapere che stiamo insieme.

«Non stiamo facendo niente di male» sospira talvolta Sido. «Non dovremmo sentirci in colpa».

Ha ragione, eppure né io né lei ce la sentiamo di presentarci sottobraccio a casa dei suoi genitori per un compleanno o per il pranzo di Pasqua!

Quel segreto è l'unico neo del quadro.

Il resto, tutto il resto, è delizioso: guardare un film con lei, preparare da mangiare, farci un bagno insieme, cantare, fare l'amore, leggere l'uno accanto all'altra, aiutarla a ripassare le arringhe o le scene del suo spettacolo di fine anno, farle vedere il compito di un mio alunno o sentire lei che mi racconta i casi dei suoi clienti, tutte vite normali che dall'oggi al domani diventano fatti di cronaca. Ci sarebbe materiale per un romanzo.

«Potresti provare» mi suggerisce Sido.

Scuoto la testa.

Lo scrittore era mio padre.

Passano i mesi.

Stando a quel che dice Sidonie, la salute di Ariane sta continuando a migliorare. Grazie agli antidepressivi riesce a occuparsi della bambina, riprende un po' di peso e pare che Terence la lasci in pace.

Nel 2000 anche gli eventi del mondo sembrano suonare la loro tragica musica in sordina.

Passata la paura del bug, gli affari riprendono a pieno ritmo, le piazze finanziarie collezionano record, in particolare nel settore nascente di Internet.

Dopo un attacco suicida a una nave americana in Yemen si

comincia vagamente a sentir parlare di al-Qaida, un non meglio identificato gruppo terroristico, ma nessuno ci fa caso. Come nessuno fa caso alla Cina, che avvia riforme per aprire la sua economia al resto del mondo e diventare una grande potenza. Come nessuno fa caso alla Russia, dove Boris El´cin lascia il posto al suo primo ministro Vladimir Putin.

In Europa si sta pensando di ammettere presto nell'Unione europea molti ex paesi dell'Est come Polonia, Repubbliche baltiche, Ungheria, Repubblica Ceca, e più l'Unione europea si allarga, più si fa plausibile la speranza di una pace durevole sul continente.

In Francia diminuisce finalmente la disoccupazione e la terapia antiretrovirale restituisce ai malati di AIDS *una speranza di vita. E, nonostante la feroce opposizione della parte conservatrice della popolazione, due persone dello stesso sesso possono ormai unirsi civilmente.*

Tra i vecchi amici di mio padre, alcuni sopravvissuti mi invitano alla loro festa di PACS.

Ci porto Sidonie.

25 AGOSTO 2001

CAPITOLO 78

Quel sabato, parcheggiando la R5 davanti al municipio di Montreuil, mi sento più emozionato di quel che credevo.

«Pensi a tuo padre?».

Annuisco. Sidonie mi stringe la mano.

«Anch'io penso al mio» dice. «Se mi vedesse qui…».

«Si arrabbierebbe parecchio?».

«L'unica manifestazione alla quale abbia partecipato in vita sua è stata quella contro i PACS nel '99, quindi figurati. Quando ho visto in televisione le immagini di place du Trocadéro con la gente che urlava "Al rogo i froci!" sono rimasta disgustata. Da allora è un argomento tabù a casa nostra».

Sospiro. Sapevo che Pierre era un cattolico convinto e dal tempo in cui guardavamo insieme *7 sur 7* avevo il sospetto che fosse abbastanza di destra, ma non lo immaginavo così intollerante.

«Un tempo non era così» dice Sido, «ma invecchiando, non so perché, diventa sempre più stronzo».

Riesce a farmi ridere. Scendiamo dalla macchina con un tempo che volge al piovoso, uno di quei caldi umidi da fine vacanze, con gli ippocastani che stanno già perdendo le foglie. Tra qualche giorno dovrò tornare alla scuola media Gabriel-Péri e ho veramente poca voglia di ritrovare l'atmosfera della sala professori.

Ai piedi degli scalini ci aspetta un gruppetto in mezzo al quale riconosco Cyril in completo a tre pezzi, un cambiamento notevole rispetto al suo consueto look da motociclista. Al suo braccio, un uomo brizzolato anche lui molto elegante, probabilmente il suo compagno, e intorno a loro il piccolo alveare di Fréquence Pink che non vedevo da anni.

«Olivier!» mi chiama Cyril, allegro.

Alcuni volti familiari si girano verso di me.

«Tesoro!» grida Lydie stringendomi con le sue braccia muscolose.

Seguono abbracci, risate ed esclamazioni a proposito della mia boccia e del mio aspetto adulto, rimproveri perché non mi sono fatto vivo, e in mezzo a quell'esplosione di amicizia saltano fuori i nomi di Karl e di mio padre, cosa che mi fa venire un po' voglia di piangere.

«Be', non ci presenti la tua amica?» mi scuote Cyril.

«Presentaci prima il futuro coniuge» ribatto.

L'uomo brizzolato si avvicina, si chiama Gilles, ci baciamo sulle guance e anche Sidonie viene subito adottata.

Mentre entriamo in municipio, Sido mi dice all'orecchio:

«Sono fantastici, i tuoi sopravvissuti».

«Sì, non sono cambiati. Con loro sembra tutto facile anche se non lo è».

Da avvocata esperta, Sidonie misura insieme a me il cammino percorso da quelle persone che da tanti anni si battono perché la società li lasci vivere in pace. Quando Cyril e Gilles, solenni, firmano i documenti di fronte all'ufficiale di stato civile alzo gli occhi al soffitto come se sperassi di vederci mio padre, ma il soffitto è vuoto.

Quando usciamo, mentre tutti si abbracciano di nuovo davanti al portone del municipio dicendo che è arrivato il momento di andare a cantare, ballare e bere un bicchiere, Sidonie sente suonare il suo telefonino.

La vedo aggrottare le sopracciglia leggendo il nome che appare sul display. La seguo con gli occhi mentre si allontana dal gruppo. La vedo, di spalle, fermarsi di colpo e curvare la schiena sotto un peso invisibile. La vedo cercare un appoggio allungando il braccio finché la mano non trova il tronco di un ippocastano. Corro verso di lei nel momento in cui si accascia ai piedi dell'albero con il viso contratto in una smorfia di dolore che non capisco.

Lascia il telefonino. Mi inginocchio accanto a lei, ripeto il suo nome più volte.

Si aggrappa a me con tutte le sue forze, mi guarda spaventata, dice:

«È… Ariane, Olivier».

Il cuore mi batte all'impazzata.

«Cosa? Ariane, cosa?».

Sidonie apre la bocca, le esce un filo di voce.

«Si è buttata dal quinto piano, Olivier. Si è ammazzata».

Ecco. Un'altra morte nella mia storia.
E nella tua, Saule.
Notti in bianco, giornate nere.

Sidonie non viene più a trovarmi, resta dai suoi genitori con una bambina di diciotto mesi che ormai dovrà crescere senza la madre.

Quando mi telefona pronuncia termini che di solito figurano nei dossier dei suoi clienti, ma che stavolta riguardano la sorella.

Inchiesta. Perquisizione. Autopsia. Medico legale. Ha sfoderato l'artiglieria pesante, è convinta che Terence abbia spinto la sorella alla disperazione fino a indurla al suicidio.

«Prende dagli altri ciò che non ha» dice.

«E ha preso ad Ariane tutta la sua gioia di vivere».

A forza di insistere ottiene il permesso di prelevare dall'appartamento di Ariane parte dei suoi effetti personali. Cosa spera di trovarci? Una lettera, una frase di diario, qualunque cosa possa compromettere Terence. Non trova niente, nessuna prova che venga a convalidare la sua tesi.

In compenso, frugando in un mucchietto di vecchi documenti, trova qualcosa che riguarda me.

«Sei seduto?» mi domanda al telefono.

7 SETTEMBRE 2001

CAPITOLO 79

Trovo un angolo tranquillo in sala professori. Sono pronto, le dico, e aspetto che mi racconti cos'ha trovato.

«Dépliant di vari concerti dei K-Aos conservati all'interno di un quaderno insieme a braccialetti e biglietti d'ingresso timbrati… Ariane non me l'ha mai detto, Olivier, ma è venuta a vedervi suonare!».

Resto senza parole mentre Sidonie elenca:

«Al Ministry e all'Hôpital Éphémère nel '90, alla MJC di Crépy-en-Valois nel '91 e a La CLEF di Saint-Germain-en-Laye. Ti ricordano qualcosa questi nomi?».

Altroché! Come dimenticare quelle serate deliranti e anarchiche in cui tre o quattro gruppi si dividevano la scena davanti a un pubblico strafatto?

L'emozione mi inchioda sulla sedia. Quante volte in tutti questi anni ho creduto di vedere Ariane un po' dappertutto? Quante volte ho pensato di essere diventato pazzo! Ma allora… Possibile che si fosse spinta fino al locale in cui provavamo? Possibile che fosse lei quella che parlava con Marceau, al quale non ho mai osato chiederlo?

Domando a Sidonie se abbia mai sentito parlare di un certo Marceau.

«Marceau» ripete lei. «Marceau De Mirville?».

«Sì, lui!» rispondo sbalordito. «Lo conosci?».

«L'ho visto qualche volta, era un compagno di liceo di Ariane. Perché?».

Ammutolito, ho difficoltà a rimettere insieme i pezzi del

puzzle. Spiego a Sidonie il ruolo avuto da Marceau nelle vicende dei K-Aos.

La sento riflettere all'altro capo del filo mentre anch'io rifletto ad alta voce.

«Secondo te ha davvero potuto fare una cosa del genere, pilotare il suo compagno di liceo perché ci raccomandasse alla HellProd dello zio?».

Smarrita quanto me, Sidonie balbetta che sì, è possibile, vai a sapere.

«Ma perché di nascosto? Mi sembra così contorto…».

«Con Terence sempre alle costole anche lei diventava contorta» sospira. «Te l'ho detto, non la riconoscevo più».

In quel momento suona la campanella. Ho lezione, devo riattaccare. Sido mi chiede se posso mettermi in contatto con Marceau, le prometto che ci proverò e ci salutiamo.

A fine pomeriggio, congedate le mie pecorelle, vado nella biblioteca della scuola, dove c'è un computer a disposizione di insegnanti e studenti, e comincio una ricerca su Internet. Non c'è traccia della HellProd, ma digitando il nome di Marceau scopro che è il direttore di un'agenzia di eventi: feste aziendali, seminari, congressi, cose così. Sulla home page del sito c'è la sua foto e un numero di telefono che chiamo subito.

Quando finalmente me lo passano, si mostra stupito e contento.

«Olivier Balaguère? Non ci posso credere! Che fine hai fatto?».

Purtroppo non ho il tempo di mettermi a chiacchierare. Gli dico l'essenziale: il brutale decesso di Ariane, il dolore, le scoperte di Sidonie. Scioccato, Marceau ripete no, non è vero, non è possibile, fino a che lo interrompo.

«Ho bisogno di sapere, Marceau. È stata lei a chiederti di occuparti del gruppo, all'epoca?».

Il poveretto emette un sospiro da spaccare l'anima prima di raccontarmi la storia.

«Ariane sapeva che avevo uno zio nel business della musica e che avevo voglia di lanciarmi in quel campo, e un giorno è venuta a trovarmi con una cassetta dei K-Aos».

Secondo Marceau era una registrazione fatta da Ariane con un apparecchio non professionale durante uno dei nostri primi concerti.

«Non si sentiva granché» ride, «ma Ariane era talmente convincente che alla fine ho accettato di accompagnarla al concerto successivo».

«Alla MJC di Crépy-en-Valois, giusto?».

«Giusto. Che gitarella! Certo, eravate agli inizi, era tutto un po' un bordello e non mi sarebbe venuto in mente di presentarvi a mio zio se Ariane non avesse insistito tanto. Eppure avevate talento, Olivier. So che mio zio era duro negli affari, ma è un peccato che...».

Non ho nessuna voglia di parlare del mio sabotaggio in piena regola, così svicolo.

«Perché ha fatto tutto di nascosto?».

«Era la sua ossessione, aveva paura delle reazioni del marito, diceva che era di una gelosia malsana. E difatti l'ha beccata. Un giorno il marito ha scoperto una cassetta dei K-Aos che Ariane aveva dimenticato nel mangianastri della macchina ed è diventato pazzo di rabbia. Poco tempo dopo, lei mi ha annunciato che andava per due anni in Africa. Non sprizzava certo felicità, ma era sposata, non poteva fare altro».

«Vuoi dire che... c'è un rapporto tra quella cassetta e la sua partenza per l'Africa?».

Marceau fa l'ennesimo sospiro.

«Sì, è chiaro, il marito voleva allontanarla da Parigi e in particolare da te».

Mi rendo conto che la vita di Ariane è stata una lunga discesa agli inferi e penso che Sido, quando saprà quello che mi ha detto Marceau, odierà il cognato ancora di più. Purtroppo sono elementi che non avranno il minimo valore giuridico, non si condanna qualcuno perché è stato asfissiante con la moglie, neppure se lei per venirne fuori non ha trovato di meglio che buttarsi dalla finestra.

«Prima di partire, Ariane mi aveva incaricato di trovarvi una tournée per l'estate» aggiunge Marceau. «Era felice di sapere che avevate una serie di date e le avevo promesso che in sua assenza vi avrei fatto da angelo custode, ma... be', non sono stato all'altezza della missione».

Un velo di tristezza si abbatte su di me, e sento che è lo stesso per Marcel. Mi chiede dove e quando sarà il funerale, gli piacerebbe esserci. Gli prometto di richiamarlo appena lo saprò.

Purtroppo Marceau non è potuto venire a dire addio ad Ariane.

Il giorno dopo, Sidonie mi dice che Madeleine e Pierre hanno deciso di seppellire la figlia a Sainte-Saverne nella massima riservatezza.

«Capisci bene, un suicidio in famiglia fa un brutto effetto» mi spiega con ironia. «A Parigi ci sarebbe stata troppa gente e i miei genitori non vogliono pubblicità».

Così hanno voluto che la messa e la sepoltura si svolgessero nella più stretta intimità.

«Il funerale è dopodomani, il 10 settembre» dice, e dopo un breve silenzio sbotta: «Ma io me ne frego della loro vergogna e delle loro regoline sociali! Voglio che tu venga, Olivier. Il posto nella cerchia intima di mia sorella ti spetta di diritto, e tanto meglio se Terence si incazza!».

Il cuore mi batte a mille.

Rispondo di sì. Certo. Per Ariane. Per te.

Ci sarò.

9 SETTEMBRE 2001

CAPITOLO 80

Solo, cammino dentro Parigi cercando di placare l'angoscia. È giorno, fa caldo, e non capisco come possa esserci ancora gente felice in questa città. Vorrei che il mondo smettesse di girare come il cuore di Ariane ha smesso di battere.

Sidonie è già partita per Sainte-Saverne con i genitori, io mi metterò in strada domani all'alba.

Via dopo via, ponte dopo ponte, i miei passi mi riportano verso il quartiere che conosco meglio dopo Saint-Germain, la Belleville dell'epoca in cui abitavo da Cyril.

Mi fermo davanti a casa sua ricordando con nostalgia le prime volte che incontravo Ben sulle scale con il basso in spalla. Non ne posso più di perdere persone a cui voglio bene.

Quando abbiamo saputo la notizia, l'altro giorno davanti al municipio, Cyril mi ha detto «Passa quando vuoi». Così eccomi.

Suono al citofono.

«Sono Olivier» dico. «Ho bisogno di tirarmi su».

«Scendo» risponde subito lui.

E ci ritroviamo da Chez Said.

«Non è cambiato niente» dico entrando.

«No, sempre le stesse facce» conferma Cyril. «Un po' più vecchie».

«E sempre lo stesso arredo, direi».

«Ci puoi giurare! Questo bar è tutelato dall'UNESCO!».

Gli racconto quello che ho fatto dodici anni prima, quando

ho strappato la lettera per Ariane e ho infilato i pezzi tra l'imbottitura e lo schienale di un sedile fissato al pavimento.

«Sei sempre stato un romanticone, Olive» sorride Cyril. «Magari c'è ancora».

«Forse» dico cercando di ricordarmi dov'ero seduto. Quel sedile? Quell'altro? «Dev'essere quello in fondo».

Andiamo a sederci lì e, in attesa che Said ci porti due birre, infilo la mano dietro l'imbottitura in similpelle. Sotto lo sguardo incuriosito di Cyril faccio scorrere la mano tra lo schienale e la seduta affondando le dita in strati di sporco, briciole e frammenti di chissà cosa fino a sentire lo spigolo della busta.

La tiro fuori.

«Incredibile!» fa Cyril.

Contemplo il rettangolo sgualcito, lo apro. I brandelli della mia prosa amorosa si sparpagliano sul tavolo nel momento in cui Said posa i boccali sui sottobicchieri.

«State facendo un puzzle?».

«Più o meno».

«Vi porto lo scotch?».

Ariane,

ti ricordi la prima volta che ci siamo visti? Eravamo nel cortile delle elementari, a Sainte-Saverne. Portavamo salopette di velluto a coste e passamontagna di lana che pizzicavano. Io leggevo libri che non erano per la mia età e tu mi trovavi interessante, il che non ha niente di straordinario se i termini di confronto sono dei cretini come Antoine Pleutin e Vincent Grimont, ma lasciamo perdere.

Non so cosa mi sia subito tanto piaciuto di te, forse la fiducia formidabile nella vita che avevi già e di cui io mi sentivo disperatamente sprovvisto, forse i tuoi capelli corti (c'era un'epidemia di pidocchi, ti ricordi? e tua madre si era decisa a malincuore a farteli tagliare), forse il tuo sguardo concentrato.

Fatto sta che ti ho amato all'istante.

L'ultima volta che ti ho visto eravamo nel seminterrato di Fréquence Pink, il giorno del concerto live degli Hot Banana.

Quel giorno c'erano un sacco di cose che non sapevo. Non sapevo che ti vedevi già con Terence, che ti aveva invitato a casa sua con la scusa di farti vedere la chitarra nuova, quello stronzo. Non sapevo neanche che il tasso di linfociti T4 nel sangue di mio padre era già troppo basso. Non sapevo che quella prima trasmissione, di cui era tanto fiero, sarebbe stata quasi l'ultima.

Poi ci hai regalato le cassette dei Cure, siamo partiti per la Germania ed è successo Černobyl'.

Dal 26 aprile 1986 per me Černobyl' indica due catastrofi strettamente legate: quella che tutti conoscono, che si misura in millisievert, e quella di cui sono l'unico a osservare il danno irrimediabile che ha avuto nel corso degli anni. Il 26 aprile 1986 il mio cuore è stato devastato da un veleno pericoloso per l'organismo quanto la radioattività a forti dosi: la gelosia.

Nel pullman che ci riportava da Amburgo a Parigi il suo morso era talmente doloroso che ho immaginato vari modi di uccidere Terence.

Ti giuro, mi vedevo nell'atto di spingerlo sotto le ruote di uno degli autotreni che incrociavamo, o buttarlo giù dai ponti che scavalcano le autostrade, ma Terence era ancora nel mio campo visivo con la sua boria e la sua ambizione divorante e ho capito presto di avere un'unica soluzione per sottrarmi al dolore, cancellarvi entrambi dalla mia vita.

So che hai cercato di rivedermi.

Le prime volte ho ascoltato i tuoi messaggi sulla segreteria telefonica, poi sentire la tua voce mi è diventato insopportabile. Un paio di volte ti ho anche visto sul marciapiede di rue de Verneuil. Ti sei accorta che ti stavo guardando da dietro le tende? Ma non potevo, non ce la facevo, e di fronte al mio silenzio, dato che sei una persona ragionevole, hai smesso di venire e dopo un po' di telefonarmi.

Ora mi rendo conto che non sei stata tu a mollarmi. Sono io che ti ho abbandonato, Ariane. Se non è troppo tardi, vorrei chiederti perdono e dirti che ti amo ancora.

E che resterò per sempre tuo,

Olivier

Quella sera piango a lungo sul passato e sulle birre di Said.

Per quanto Cyril mi abbracci, quel dolore è il dolore di troppo, trabocca e ci annego dentro.

Piango sui silenzi e sui segreti che ci soffocano.

Piango sugli uomini a cui è stato detto di non piangere e che hanno seguito quel consiglio idiota.

Piango sulle donne di quegli uomini.

Piango su mia sorella morta sotto il trattore e sui bambini che nascono cercando di riparare i cuori spezzati dei genitori.

Piango su mio padre che per tutta la vita si è vergognato di se stesso.

Piango sull'amore che viene sempre sprecato.

Piango su Kurt Cobain e Ariane che non hanno sopportato il dolore di vivere.

Piango su questo mondo che glorifica i dominatori fino a farne degli eroi, quando è evidente che ci trascinano sempre verso il peggio.

10 SETTEMBRE 2001

CAPITOLO 81

Da solo in macchina, passo caselli e stazioni di servizio senza vedere niente, poi lascio l'autostrada e prendo le provinciali che attraversano i paesi senza degnare di uno sguardo i castelli e i campi con le mucche al pascolo.

Stamattina presto Sidonie mi ha mandato un messaggio per avvertirmi che non ha detto a nessuno del mio arrivo. "Scusami, non ne ho avuto il coraggio".

Non vedo Terence da quindici anni, come del resto Madeleine e Pierre. Saranno invecchiati e mi troveranno vecchio. Immagino che non avranno nessuna voglia di vedermi, ma non m'importa. L'importante è Ariane. L'importante è la lettera che non ha mai ricevuto e che ho deciso di posarle accanto, pur sapendo bene che è troppo tardi perché mi perdoni. Come ha detto Cyril ieri sera, sto soprattutto cercando di perdonare me stesso. È vero.

All'entrata di Sainte-Saverne rallento e procedo a passo d'uomo lungo le vetrine della via principale. Quasi tutti i negozi sono chiusi, come anche la locanda del Bon Laboureur sulla piazza, e le botteghe degli artigiani lungo il fiume hanno abbassato le saracinesche. Ormai restano solo il Café de la Gare, la panetteria e una drogheria, che vivacchiano. In cima alla salita, anche la chiesa sembra morta da quando non vi celebrano più la messa, tranne per l'appunto in caso di funerali.

Mi fermo davanti al sagrato. Ci sono solo altre cinque o sei macchine con i parabrezza che brillano al sole del mattino e, un po' più in là, il carro funebre in attesa. Il tutto è di una tristezza insostenibile.

La cerimonia non è ancora cominciata. Mi fermo sulla soglia della chiesa per riprendere fiato e dare il tempo ai miei occhi di abituarsi alla penombra. La sagoma del sacerdote si staglia davanti all'altare, poi vedo Sidonie, che si volta e mi fa segno di raggiungerla in prima fila.

I miei passi rimbombano nel silenzio del raccoglimento, il prete alza gli occhi su di me, poi Madeleine e Pierre si voltano. Non sono sicuro che mi riconoscano con il cranio rasato.

Fisso la nuca del tipo alto accanto a loro, Terence. "Guardami, Savate" penso. "Guardami bene, stronzo, perché oggi sono qua anche per te". Ecco, mi vede. E mi riconosce all'istante, glielo leggo negli occhi.

Mentre vado a mettermi accanto a Sidonie, Terence si piega verso l'orecchio di Pierre che a sua volta mormora qualcosa all'orecchio di Madeleine che, capendo chi sono, si porta una mano alla bocca.

Dato che tutti si voltano a guardarmi Sidonie mi prende il braccio e, nello stupore generale, si stringe contro la mia spalla. Ma non c'è tempo per lo scandalo, il prete ha fatto partire la musica. Pianoforte. Bach, direi.

Cerco di restare impassibile. Deglutisco.

Accanto all'altare, su due trespoli, c'è una bara chiusa, una bara con dentro il mio primo amore.

Appena finita la messa Terence mi si para davanti.

«E tu che ci fai qui?» mi dice a denti stretti. «È una cerimonia riservata agli intimi».

«Olivier è un intimo» replica Sidonie. «L'ho invitato io».

Lui la fulmina con lo sguardo.

«Stai facendo del male ai tuoi genitori, Sidonie. Non credi che stiano già soffrendo abbastanza?».

Terence gira i tacchi. Sidonie, che ribolle di rabbia, si

aggrappa a me e non mi lascia più, né quando usciamo dalla chiesa dietro alla bara portata dagli addetti delle pompe funebri né quando arriviamo al cimitero con la mia macchina, e ancora meno quando raggiungiamo la fossa. Io non capisco più cosa provo, sono anestetizzato, ho pianto tutte le mie lacrime ieri.

Nel momento della sepoltura prendo la lettera dalla tasca. Faccio passare tutti, Madeleine, Pierre, Terence e la dozzina di parenti attentamente selezionati, fino a che tocca a Sidonie. Irrigidita dal dolore, lancia sulla bara una manciata di terra e una rosa, poi mi passa l'aspersorio.

Vado avanti, mi chino sulla fossa. Mi piacerebbe dire qualcosa ad Ariane, ma non mi viene niente. Tutto quello che dovevo dirle è nella busta. Nel momento in cui la lascio cadere, Terence scatta.

«Cos'è? Cos'hai tirato?».

«Lascia stare, Terence» lo supplica Pierre con voce spenta. «Non fa niente».

«No, non lo sopporto! Ariane non deve ricevere niente da te, neanche lì dov'è! È mia moglie, Olivier, mia moglie!».

Lo affronto a muso duro.

«Calpesteresti la sua bara pur di marcare il tuo territorio, vero?» dico. «Be', accomodati, salta là dentro!».

«Su, su, calmatevi...» brontola il prete. «Un po' di rispetto!».

Fa arretrare Terence, Sidonie tira indietro me, ma continuiamo a sfidarci in silenzio dai lati opposti della tomba.

Il campanile della chiesa batte due colpi.

Madeleine piange, Pierre la stringe a sé e il piccolo gruppo di presenti, costernato, non sa più cosa fare. Alla fine il sacerdote autorizza il becchino a gettare la prima palata di terra e la tensione ricade.

Uno a uno, torniamo alle macchine.

Seduta accanto a me nella R5, Sidonie si prende il viso tra le mani.

«Non me la sento di andare senza di te al rinfresco» dice. «Ritrovarmi con quello stronzo davanti a un buffet nella casa della mia infanzia è superiore alle mie forze. Davvero non vuoi venire?».

«No, Sido, andrebbe a finire male. Torno a Les Chaumes. Mandami un messaggio quando sei pronta e scendo a prenderti».

Sa che ho ragione. Sospira.

«Portami a casa, allora».

Guido in silenzio fino a quella via di Sainte-Saverne in cui al tempo delle medie ho passato tanti sabato pomeriggio ad aspettare un bacio da Ariane. Lascio Sidonie.

La guardo varcare il portone e rimango un po' lì a motore spento, solo e corroso dai rimorsi.

Nel momento in cui rimetto in moto per andarmene una Land Rover si parcheggia davanti a me e vedo Terence scendere dal posto di guida. I nostri sguardi si incrociano, lui si blocca in mezzo alla strada con una smorfia di soddisfazione, poi infila una mano nella tasca interna della giacca e ne estrae una busta che solleva verso di me con aria trionfante.

Mi si gela il sangue nelle vene. È la mia lettera! Non ci posso credere. Ha aspettato che tutti se ne fossero andati per tornare alla tomba di Ariane e recuperarla? Ha osato?

È troppo. Scendo dalla macchina.

«Ridammela, Szovat!».

Scuote la testa con aria falsamente dispiaciuta.

«L'ho letta, Olivier. È mediocre, sembra uno dei tuoi temi del liceo».

«Ridammi la lettera, stronzo!».

Si scurisce in viso.

«Vaffanculo. Ariane era mia moglie, e quel che è di mia moglie è mio».

Contraggo i pugni fino a farmi male mentre Terence cammina all'indietro verso il portone senza staccarmi gli occhi di dosso.

«Sei un incapace e lo sei sempre stato, Olivier! Un campagnolo, un poveraccio, un fallito. Lo dimostra il fatto che non hai combattuto per riprenderti Ariane quando siamo tornati dalla Germania. Eppure avresti dovuto, sai, perché all'epoca ti ho mentito, povero deficiente. Lei voleva te e solo te. Poverina, non ha mai capito perché tu non volessi più vederla».

Impallidisco. Non mi sento più le gambe. Terence assapora il suo trionfo.

«E così l'ho consolata, capisci? Sono bravissimo a consolare la tristezza delle belle ragazze!».

Poi passa il portone e rimango solo in mezzo alla strada con un senso di nausea. No, non posso lasciare la mia lettera nelle mani di quel bastardo. Mi precipito dentro casa, e pazienza per lo scandalo.

Entro in salotto come un toro nell'arena e grido:

«Szovat! Restituiscimi la lettera!».

Il brusio ovattato della quindicina di presenti si spegne subito. Sidonie, accanto alla madre, si volta verso di me stupefatta. Vedo Terence al buffet, ha già in mano un bicchiere di vino. Con l'altra sventola il foglio.

«Se sei un uomo vieni a prenderla, Balaguère!».

Sono paralizzato dagli sguardi puntati su di me mentre Terence continua il suo show.

Si fruga in tasca. Prende un accendino.

«Non hai mai capito niente della vita, amico! Sarai sempre un perdente, quello che si becca il premio di consolazione!» conclude indicando Sidonie con un gesto del mento.

Poi, davanti a tutti, dà fuoco alla mia lettera d'amore. Non credo ai miei occhi.

Mentre la carta brucia sento salirmi dentro un furore arcaico. Sidonie si stacca dalla madre, si precipita verso di me e mi afferra il braccio.

«Lascia perdere, Olivier».

«No. Lo massacro».

Mi libero dalla stretta di Sidonie e mi getto su di lui. È alto dieci centimetri più di me, ma anche molto più moscio. Non ha mai spalato cemento, lui, non ha mai passato le giornate a spingere carriole o maneggiare un martello pneumatico. Gli entro nel petto con la spalla mozzandogli il fiato.

«Dio mio, no! Fermateli!» grida Madeleine.

Ma è impossibile. Sono accecato dalla rabbia e nessuno può fermarmi.

Da quel momento in poi discutiamo da uomo a uomo, spalla contro spalla, torace contro torace, pugni contro pugni. Faccio cadere Terence in mezzo al buffet. Piovono colpi. I nostri respiri si mischiano, i nostri muscoli si tendono fino al limite dello strappo, c'è sangue, sputi, il cozzo delle falangi su una mascella, lo scricchiolio della cartilagine di un naso che si spezza. Nel momento in cui il campanile suona le tre una mano trova un coltello sul tavolo del buffet. La lama guizza e si infila in una pancia fino al manico.

11 SETTEMBRE 2001

CAPITOLO 82

Sono nei locali della gendarmeria di Sainte-Saverne. Ci ho passato la notte. I testimoni della zuffa sono venuti a deporre: Pierre, Madeleine, i cugini e Sidonie.

In quel momento ho di fronte due graduati. Sono sicuro che uno dei due era alle elementari con me nella classe del maestro Besson, ma né io né lui siamo lì per evocare ricordi d'infanzia.

«Dovremo trasferirti al commissariato di Nevers» dice.

Chiedo se sanno come sta Terence dopo che l'ambulanza l'ha portato via, ma non vogliono dirmi niente. Per il momento sono accusato di violenza e lesioni volontarie ai danni di Terence Szovat. Dopo il fermo, sarò probabilmente messo in carcerazione preventiva. Non mi rendo conto di quello che mi sta succedendo, eppure succede.

Nel pomeriggio, a Nevers, ricevo la visita di un avvocato. È stata Sidonie a mandarmelo, consigliata da un collega.

«Ho due brutte notizie da darle» comincia l'uomo di legge. «La prima è che la vittima, lo Szo... Szovat, è deceduto in seguito all'emorragia interna causata dalla coltellata. È morto stamattina alle nove. La seconda è che i gendarmi hanno recuperato frammenti ancora leggibili della lettera che, stando ai testimoni, lei aveva lasciato sulla bara, e che a quanto pare ha scatenato l'alterco. Tali elementi sono stati aggiunti al suo fascicolo. Se la perizia dimostra che lo scritto è di suo pugno, la faccenda si mette male».

Impallidisco. L'avvocato sospira, consulta le sue carte e mi guarda con pessimismo, poi legge i brani trascritti dai gendarmi: «*...dirti che ti amo ancora... radioattività a forti dosi: la gelosia... ho immaginato vari modi di uccidere Terence...*», poi scuote la testa e conclude: «Temo che si possa configurare l'omicidio volontario, signor Balaguère. La cosa peggiore sarebbe che l'accusa riuscisse a dimostrare la premeditazione».

A fine giornata vengo trasferito in carcere a bordo di un'auto della polizia. Sono sul sedile posteriore, ammanettato, accanto a un poliziotto silenzioso. Altri due poliziotti silenziosi sono seduti davanti.

Attraversando un quartiere della città la macchina resta bloccata per un po' dietro un camion che ha imboccato una via troppo stretta. Mentre l'autoarticolato fa manovra spronato dagli incoraggiamenti dei passanti guardo dal finestrino. Al pianterreno dell'edificio accanto al quale siamo fermi le finestre di un appartamento sono spalancate e riesco a vedere dentro come se fossi lì: un tavolo da pranzo, una pianta in vaso e un televisore acceso di fronte al quale una coppia sembra impietrita. Sullo schermo si vedono due grattacieli. Il primo è in fiamme e, immagine stupefacente, un aereo di linea va a schiantarsi sul secondo. Il filmato viene trasmesso a ciclo continuo: le fiamme, l'aereo che si infila al rallentatore tra i piani e l'esplosione seguita da una palla di fuoco. Sulla parte bassa dello schermo scorre la scritta *Edizione straordinaria. Attentati a New York.*

Il poliziotto seduto accanto a me si accorge di quello che sto guardando ed esce dal suo mutismo.

«Sono le Torri Gemelle» dice. «Pare che siano crollate entrambe. Pare che ci siano migliaia di morti». Poi aggiunge: «Ci sono giorni in cui uno preferirebbe non essersi svegliato».

Alla fine il camion bloccato libera il passaggio, la gente si disperde, la nostra macchina riparte. Il cielo è azzurro e limpido come a New York. Penso alla mia vita, anch'essa crollata.

Ecco, ora sai tutta la storia, Saule.

Al processo, Cyril e Said hanno testimoniato a proposito della lettera e i miei avvocati sono riusciti a dimostrare che l'avevo scritta più di dieci anni prima dei fatti. Erano le parole di un adolescente ferito e non quelle di un uomo spinto da una reale volontà di vendetta. Non è stata riconosciuta la premeditazione e, in virtù dell'articolo 222 comma 7 del Codice penale, sono stato condannato a tredici anni di reclusione per omicidio preterintenzionale. Grazie alla buona condotta ho ottenuto qualche sconto di pena. Alla fine sono rimasto in prigione undici anni.

Durante la detenzione
una domanda non ha mai smesso di tormentarmi.
Da dove ci viene la violenza?

La mia mi aveva portato a uccidere un uomo, e volevo capire. Com'ero potuto arrivare a quel punto, io che alle medie avevo letto centonovantatré libri, che avevo imparato il tedesco, il latino e rudimenti di greco antico, che ero stato ammesso in un liceo prestigioso in cui la cultura veniva eretta a bastione contro la barbarie umana?

Così, per capire l'incomprensibile, ho cominciato a scrivere la mia storia.

Mi sono ricordato delle prime zuffe nel cortile delle elementari di Sainte-Saverne, delle botte che avevo dato ad

Antoine Pleutin e a Vincent Grimont ogni volta che mi avevano preso in giro perché non corrispondevo a quello che si aspettavano da un compagno.

Cosa difendevo allora con tanta rabbia?

Mio padre?

La mia violenza veniva da lì, da mio padre?

In quel caso, prima di raccontare la mia storia, non avrei dovuto raccontare la sua? E se volevo capire mio padre, non dovevo cercare di capire il suo?

Poco a poco, di domanda in domanda, di padre in figlio, sono andato indietro nel tempo.

Da una guerra all'altra, da un segreto all'altro, da un alcolizzato all'altro, passando da un dolore a un senso di colpa, ho visto che la violenza era presente in ogni generazione. Da principio subita, poi esercitata, come se, privi di ogni altro linguaggio, quegli uomini non avessero potuto fare altro che ricorrere alla fuga o alla distruzione per esprimere il loro diritto a esistere. Fino a Terence Szovat, fino a me, come una maledizione.

In quegli undici anni ho letto decine di libri, cercato documenti, interrogato mia madre per lettera, che mi ha raccontato quello che sapeva e mi ha mandato fotografie.

In quegli undici anni ho pensato, scritto e tratteggiato la storia della famiglia Balaguère. È stato il mio sfogo, la mia consolazione.

E durante quegli undici anni non ho fatto che ripetermi lo stesso ritornello: meno male che non ho avuto figli.

Mi resta quindi da raccontarti l'ultimo capitolo della nostra storia, prima di proseguirla forse insieme.

… Diciannove anni dopo …

20 aprile 2020

Capitolo 83

Resto un po' senza muovermi davanti al computer chiedendomi cosa fare di quella richiesta inaspettata.

Ho un profilo Facebook che uso pochissimo, ma da quando c'è il lockdown faccio come tutti, perdo tempo sui social alla ricerca di chissà cosa, un'informazione interessante, una vignetta buffa sul coronavirus o un video di qualcuno che fa yoga nella sua cucina all'altro capo del mondo. Di quando in quando mi scambio messaggi con i colleghi del ristorante, che sono come me in cassa integrazione. Come va? Si tira avanti! Poi, di colpo, la richiesta d'amicizia di Sidonie Fournier.

Mi manca l'aria. Mi alzo e vado alla finestra.

È mezzogiorno. Il quadro fuori è sempre lo stesso, una città deserta, ferma come in un film di fantascienza, il silenzio sospetto lacerato sporadicamente dalle sirene delle ambulanze, il glicine in fiore nel giardino della casa di fronte. Da un mese mi è tornata l'angoscia, ho ricominciato ad avere gli stessi incubi che avevo in prigione. In tutto ciò che bisogno c'era che Sidonie interrompesse proprio adesso un silenzio di quasi vent'anni? Do una manata sulla ringhiera del balcone.

«Cazzo! Cazzo!».

«Che c'è, Olivier?».

«Niente, tutto bene».

Sulla porta della camera appare la testa di Ben. Tiene in braccio il gatto che ci ha lasciato la vicina quando è stata ricoverata, un vecchio micione bicolore che semina peli dappertutto, ma che a quanto pare procura a Ben una gioia quasi paterna.

«Hai urlato» dice. «Biscotte si è spaventato».

«Scusa, Biscotte, ho sbattuto, non è niente».

«Bene. Oggi scendi tu a fare la spesa, eh? È il tuo turno».

Ben sparisce nella stanza accanto. Un po' più calmo, mi risiedo davanti al computer.

Ho visto Sido per l'ultima volta nel parlatorio della prigione di Nevers, all'inizio dell'istruttoria. Piangeva, diceva che era troppo dura, troppo assurdo, troppo difficile. A ventinove anni doveva occuparsi dei genitori in lutto, del proprio lutto e della piccola Olivia ormai orfana. Occuparsi anche del mio caso era superiore alle sue forze, e io l'avevo capito perfettamente.

«Rischi che ti diano quindici anni, Olivier» singhiozzava. «E io…».

L'avevo alleggerita delle parole che non riusciva a pronunciare, le avevo detto di fare la sua vita senza di me, di conservare le sue energie per sé e per la figlia di Ariane. Era l'unica opzione possibile. Certo, avrebbe testimoniato a mio favore, ma per il resto era necessario troncare di netto il nostro rapporto. Doveva salvarsi.

Alla fine del colloquio in parlatorio le avevo detto: «Ti giuro che se torni mi rifiuterò di vederti e se mi scrivi non ti risponderò».

Non avevo avuto bisogno di mantenere la parola, Sidonie non era più tornata e non mi aveva più scritto. Era uscita dalla mia esistenza mentre io entravo all'inferno.

Incapace di decidere se accettarla o meno tra i miei "amici" mi infilo le scarpe, passo nella stanza in cui si è accampato Ben e gli annuncio che scendo al supermercato.

«Avrei voglia di cuscus» dichiara lui.

Faccio un inchino tipo cameriere.

«Ho preso nota, signore. E cosa desidera bere con il cuscus?».

«Mi fido del sommelier» risponde lui, concentratissimo su una partita di Candy Crush sul telefonino. «Non ti scordare il green pass».

Sbatto la porta, scendo le scale in velocità e arrivo in strada. Uscire mi piace da morire. È la dimostrazione che, nonostante le apparenze, non sono in prigione. E siccome ho diritto a un'ora di passeggiata cammino un po' prima di andare a fare la spesa.

Cosa vuole da me, Sidonie?

A dire la verità ho già digitato il suo nome su Google. Normale, chi non l'avrebbe fatto? Ho trovato alcune sue omonime, ma niente di preciso su di lei, e ne ho desunto che forse non faceva più l'avvocata.

Per quando riguarda me, se ha cercato di scoprire che fine ho fatto da quando sono stato rimesso in libertà, dev'essere rimasta altrettanto delusa. Meno si sa di me e meglio sto. Da ormai otto anni la mia vita si riduce a lavorare, scrivere, leggere e bere qualcosa con i pochi amici rimasti tra cui Ben, che un giorno, lasciandomi di stucco, si è presentato in parlatorio offrendomi di nuovo la sua amicizia.

È proprio vero, nella vita le sorprese non finiscono mai.

Confortato da quella riflessione, quando torno dal supermercato (e prima di mettermi a cucinare il cuscus) accetto la richiesta di Sidonie.

Con un clic ristabilisco il contatto.

Immagino che Sidonie ti abbia raccontato quello che è successo in seguito.
Dopo i primi, esitanti messaggi su Facebook continuiamo a scriverci per mail, lettere più lunghe.

Sidonie tasta il terreno.

Ha lasciato un trentenne rovinato dalla propria violenza nel parlatorio di un carcere, è normale che cerchi di capire che tipo d'uomo sono diventato a cinquant'anni passati.

Non sto dicendo che sono una persona equilibrata, Saule, tutt'altro, ma non ho dato i numeri, o comunque non più del solito. Spiego a Sidonie cosa mi abbia tenuto la testa fuori dall'acqua, ovvero la lunga storia che ho scritto sugli uomini della mia famiglia, attraverso la quale ho cercato di mettere ordine in ciò che non ne aveva. "Scrivere" le dico, "è un po' riprendere il sopravvento sull'assurda violenza del mondo, non credi?". "Pensavo che lo scrittore fosse tuo padre" risponde lei, maliziosa.

In altre mail le racconto il mio difficile ritorno alla vita fuori dal carcere. Le racconto di come Ben mi abbia ospitato per vari mesi a casa sua, a Pantin, e i miei lavoretti nei bar fino a che non ho trovato un posto fisso in un ristorante di Bastille, e successivamente una casa popolare nel quartiere vicino.

Qualche settimana fa, quando Ben si è ritrovato privo di alloggio, gli ho offerto di ospitarlo a mia volta.

"Ed eccoci qua, entrambi in lockdown in due stanze con il gatto Biscotte".

"Be', poteva andarti peggio" scrive Sidonie.

"Se vogliamo... E tu?".

Mail dopo mail, prudente, Sidonie si rivela a piccole dosi.

Mi parla di Rennes, dove vive ormai da parecchio tempo.

Della sua rinuncia a esercitare l'attività forense.

Del suo impiego come semplice consulente legale in un'azienda agroalimentare.

Di Madeleine e Pierre, che sono andati a vivere vicino a lei.

E naturalmente di Olivia.

Olivia che sta per compiere ventun anni e studia a Montréal.

"Ma per il momento è qui a fare il lockdown con noi" specifica.

Quel "noi" mi fa pensare che Sidonie viva con qualcuno, ma non aggiunge altro, e io preferisco non farle domande.

Dice che vorrebbe parlare con me di tante altre cose, ma non così, non a distanza.

Mi chiede se sarei d'accordo a rivederci, quando non ci sarà più il divieto di spostarsi. Potrebbe venire a Parigi. Per esempio un sabato.

Ho un po' paura degli appuntamenti con Sidonie.

Ogni volta mi annuncia cose che mi fanno l'effetto di una bomba.

Così ci penso un po', poi le dico di sì.

Parigi, giugno 2020

Capitolo 84

C'è un tempo magnifico, bar e ristoranti hanno rimesso i tavolini fuori e Parigi sta ricominciando a vivere nonostante le restrizioni ancora numerose e l'assenza di turisti.

Ho a disposizione solo qualche ora prima di prendere servizio. Ci siamo dati appuntamento vicino alla gare Montparnasse qualche minuto dopo l'arrivo del treno di Sidonie.

Prima di uscire mi sono trattenuto a lungo davanti allo specchio del bagno. Camicia o maglietta? Giacca o no?

Mi sono passato una mano nervosa tra i capelli diventati grigi e ho pensato che ormai ero più vecchio di mio padre, più vecchio di Karl. Ho pensato che anche Sidonie si avvicina alla cinquantina, e che mia madre ne avrà presto ottanta. Alla fine mi sono messo la maglietta rossa con la scritta *Come to the dark side.*

La vedo dall'altra parte della piazza. Si è tagliata i capelli, la sua silhouette si è arrotondata, porta grandi occhiali da sole e ha una borsa da viaggio in spalla. Attraversa sulle strisce, le faccio un cenno con la mano, sorride.

«Olivier» sospira posando la borsa sulla sedia di fronte alla mia.

Non osiamo scambiarci un bacio, e non solo per colpa del Covid e delle misure di sicurezza.

«Hai fatto buon viaggio?».

«Sì, decente. A parte questa cosa maledetta che bisogna indossare sempre…».

Si toglie la mascherina, la infila in tasca, sposta gli occhiali sulla fronte e si siede. Dopo gli scambi virtuali delle ultime settimane siamo un po' impacciati dalla realtà. Per aggirare l'imbarazzo mi chiede a che ora attacco a lavorare, se gli affari sono in ripresa e come stanno Ben e Biscotte.

«Biscotte è tornato dalla sua padrona, al piano di sopra. E Ben ha ricominciato a fare il responsabile di regia».

«Le sale da concerto sono di nuovo aperte?».

«Non proprio, fa manutenzione tecnica in attesa che riaprano».

Silenzio. Sidonie mi guarda. Legge la scritta sul mio petto, il "lato oscuro"... Vedo che vorrebbe chiedermi perché mi sono messo quella maglietta.

«Stai bene» sorride invece. «È una novità vederti con tanti capelli».

«Anche tu stai bene».

Altro silenzio. Viene un cameriere a prendere gli ordini. Sido chiede una menta, io mi allineo alla sua scelta. I nostri sguardi un po' sfuggenti si incrociano.

«Cavolo, Olivier» fa dopo un po'. «Non so se...».

E senza preavviso le lacrime cominciano a scenderle lungo le guance. A me viene un groppo in gola.

«A distanza era più facile, eh?».

Annuisce. Vorrei prenderle la mano, ma non lo faccio. Lei fruga nella borsa, tira fuori un pacchetto di sigarette e me ne offre una, che accetto.

«Ho comprato questo pacchetto alla stazione» dice dopo una boccata. «È la prima che fumo da sette anni e mezzo».

«Ti stressava così tanto l'idea di rivederci?».

«Sì, tanto».

Ride, ma è una risata che sembra un singhiozzo. Poi prende un grosso respiro e, trascurando le banalità, va dritta al sodo.

«Hai trovato risposte alle tue domande?».

«Domande?».

«Sì, sulla violenza».

Stupito, mi metto a ridere. Lei no. Mi guarda con un'espressione molto seria che mi ricorda Ariane.

«Be', non so se ho trovato risposte, Sido, ma di sicuro ho ritrovato fantasmi».

«Che fantasmi?».

«È lungo da spiegare, dovresti leggere quello che ho scritto».

«Mi piacerebbe molto».

«Perché ti interessa tanto?».

Sidonie apre la bocca, fa per dire qualcosa, poi ci ripensa. Invece di parlare prende il telefonino, spegne la sigaretta, si schiarisce la gola e apre la galleria fotografica. Trovata l'immagine che cerca, mi passa il cellulare.

Sullo schermo c'è la foto di un giovane.

«Il giorno in cui è morta Ariane non lo sapevo ancora, come non lo sapevo il giorno del funerale e neppure il giorno in cui sono venuta a trovarti in prigione. Avevo la testa altrove, come puoi immaginare avevo ben altri pensieri che non il mio ciclo… Me ne sono accorta parecchio tempo dopo, quando era troppo tardi per fare marcia indietro».

Sbalordito, fisso la fotografia. Respiro a stento. Aspetto che vada fino in fondo.

«Stavo per compiere trent'anni, Olivier» continua lei. «Non ero pronta ad affrontare tutte quelle catastrofi, tutte quelle morti. Però ero pronta per la vita. Nostro figlio è nato a maggio 2002. Poiché avevo già adottato Olivia sono cresciuti insieme, come fratello e sorella». Mi guarda dispiaciuta. «Non sono mai riuscita a dirgli chi era suo padre. Non l'ho detto a nessuno. Era impossibile, capisci? Non potevo dire ai bambini che il padre dell'uno aveva ucciso il padre dell'altra!».

Quella sintesi mi gela il sangue nelle vene. Non riesco a dire una parola.

«Ha compiuto diciott'anni il mese scorso» aggiunge con

voce spezzata, «e da un po' di tempo non sta bene. Sono preoccupata, Olivier».

Riprende il telefonino e zooma su un particolare che mi era sfuggito, un avambraccio ricoperto da sottili cicatrici. Sembrano quelle che stavano tutto intorno al ceppo al Buco della Volpe, in memoria di Marty.

«È per questo che ti ho cercato» dice Sido. «Anche lui è ossessionato dai suoi fantasmi. Ho capito che non posso più tenermi dentro il segreto, ha bisogno di conoscere la sua storia, ha bisogno di sapere chi sia suo padre». Indica la scritta sulla mia maglietta. «Anche se il padre è dalla parte sbagliata della Forza, come in *Star Wars*».

Frastornato, riesco solo a mormorare:

«Come l'hai chiamato?».

«Saule, come l'albero[1]».

[1] *Saule* in francese significa "salice".

Ecco come sei diventato il destinatario di questo racconto, Saule.
L'avevo cominciato per me, l'ho finito per te.
E poiché tua madre ti ha dato il nome di un albero, a me toccava restituirti le radici.

Ripenso a quel che ha detto mio padre una mattina nella cucina di rue de Verneuil: la letteratura è una consolazione.
Non so se avesse ragione, ma mi piacerebbe molto.
Mi piacerebbe credere che tutte le storie possano consolarci, anche le più tragiche, sempre che dicano la verità.
È quello che ho cercato di fare qui, dirti la verità sugli uomini della famiglia Balaguère, sulle loro debolezze e sulle mie.
Spero che ne trarrai forza.

Sono passati vari mesi da quando ho rivisto Sido dalle parti della gare Montparnasse.
Nel frattempo c'è stato un ulteriore triste evento.
Qualche settimana fa è morta mia madre.
Christiane non ha fatto in tempo a conoscerti, ma io ho fatto in tempo a dirle che esisti.
Quando ha saputo che avevo un figlio con Sidonie si è ricordata di quel primo gennaio in cui io e tua madre siamo arrivati a sorpresa a Les Chaumes.
Ha sorriso. Ha detto che era contenta.

Da allora sono a Les Chaumes.

Tanto a Parigi non ho comunque più un lavoro. Con le chiusure a ripetizione dovute alle misure sanitarie il ristorante in cui lavoravo ha finito per licenziare tutti.

Per il momento, quindi, vivo in quest'angolo di campagna da cui avevo tanto voluto scappare e che mi ha sempre riportato a sé.

Metto in ordine le vecchie scartoffie, faccio la cernita dei vestiti fuori moda, classifico, riesumo ciò che resta delle vite che si sono susseguite tra queste mura e penso a te.

Ho messo da parte qualche reliquia.

La pipa di radica appartenuta a Cytise.

Il fucile da caccia di Charme che prendeva polvere sopra la porta dal 1973.

La copia dello Straniero *che Aloe aveva lasciato qui e che ho letto quand'ero decisamente troppo giovane.*

La scatola che Christiane aveva riempito con i ricordi di Veronica.

Ho perfino ritrovato il mio garage di plastica con tutte le macchinine, i miei CD *degli anni Ottanta con tutti gli album dei Nirvana e, nel mucchio, una vecchia registrazione di pezzi dei K-Aos.*

Che fare di tutto ciò?

Ieri ho deciso di andare all'agenzia immobiliare di Sainte-Saverne. C'è solo quella, così mi sono ritrovato di fronte al mio vecchio nemico Vincent Grimont, che ne è diventato il capo.

Quando mi ha riconosciuto ho visto che era imbarazzato.

Come puoi immaginare, tutti qui sono al corrente della mia storia. All'epoca il Journal du Centre *era uscito con il delitto commesso da un ragazzo del posto in prima pagina e, benché non abbia rimesso piede in zona per vent'anni, la gente ha la memoria lunga.*

Non saprei dire se l'essere stato in prigione mi conferisce ai loro occhi una specie di prestigio o se faccio paura, fatto sta che Vincent si è mostrato fin troppo educato con me. È mancato poco che mi desse del lei.

Gli ho detto che volevo una valutazione della fattoria e dei terreni.

Mi aspettavo che fissassimo un appuntamento, ma era libero e mi ha proposto di andarci subito.

Perché no, ho pensato, e siamo risaliti insieme verso Les Chaumes. Ha effettuato la visita da vero figlio di notaio, con le mani dietro la schiena, il passo pesante e l'occhio esperto.

«In questo momento i compratori pullulano» mi ha spiegato. Soprattutto i parigini che, traumatizzati dal lockdown e stremati dalla città, sognano l'autenticità delle vecchie pietre e si contendono ogni minimo orticello. Secondo lui, anche in cattivo stato, ho tutte le probabilità di vendere Les Chaumes in un batter d'occhio.

«La regione ha poche strade ed è mal collegata, quindi non ne ricaverai una fortuna» ha specificato, «ma i prezzi non sono mai stati così alti».

Mi ha lasciato un contratto e un cartello con la scritta VENDESI *con il nome dell'agenzia, che mi basterà fissare al muro del fienile appena mi sarò deciso.*

Prima che se ne andasse non ho potuto fare a meno di dirgli:

«Comunque devo prima parlarne con mio figlio».

Ti confesso che quelle parole mi hanno fatto venire un brivido.

Non so se avrai voglia di incontrarmi dopo aver finito di leggere questa storia, Saule.

Io sì, l'ho deciso al caffè vicino alla gare Montparnasse nel momento stesso in cui ho saputo che esistevi.

Così, se ne hai voglia, vieni.

Io ci sarò.

Per il momento ho messo il cartello VENDESI *in un angolo e preso la cassetta degli attrezzi lasciata da Yvon. In questi ultimi giorni ha piovuto e ho notato che il tetto fa acqua in un punto.*

Sarà una piccola riparazione, anche se ce ne sarebbero da fare di molto più importanti, ma dato che qualcosa bisogna pur fare ho deciso di cominciare da qui.

Marzo 2022

Epilogo

Da solo, nel cortile della fattoria, ti aspetto.

Da quando mi hai chiamato poco fa per dirmi che stavi venendo qui non faccio altro che aspettarti.

Guardo il pozzo, la porta del fienile, i rami del tiglio che hanno già le gemme, e penso a tutti gli eventi di cui questo cortile è stato testimone da un secolo a questa parte.

Ha visto Cytise mettere il corpo di Marty sul carro, ha visto Anzême tornare dal fronte nell'inverno del 1915, ha visto Charme abbracciare Mona e cadere per lo sparo di Jean, ha visto Aloe e Christiane sposarsi, ha visto arrivare i gendarmi il giorno in cui Veronica è morta sotto il trattore, mi ha visto in piedi, sgomento, davanti al bagagliaio dell'Ami 6 quando ho capito che mio padre mi stava abbandonando, mi ha visto partire e tornare cento volte, ma credo che non mi abbia mai visto piangere.

Sarebbe meno violento, il mondo, se gli uomini piangessero più spesso? Hitler sapeva piangere? Vladimir Putin sa piangere? Abbiamo attraversato tante bufere, sapremo attraversare quelle che ancora devono arrivare? Spero di sì.

Probabilmente starò ancora piangendo quando apparirà la tua macchina, anche se saranno passate un paio d'ore.

Ma per il momento, nel cortile della fattoria, ti aspetto.

Nota sull'Autrice

Anne-Laure Bondoux è nata a Parigi nel 1971 ed è nota anche per i suoi romanzi Young Adult e per il suo stile narrativo ricco di emozione e introspezione. I suoi libri sono pluripremiati, tradotti in molte lingue ed esplorano temi universali come l'amore, la perdita e il viaggio verso la maturità.

INDICE

Finito di stampare il 13 maggio 2025
presso Puntoweb, Ariccia (Roma)